中公文庫

海《わだ》神《つみ》の島

池上永一

中央公論新社

Contents

海神《わだつみ》の島

元始より、島の海は全てを受け入れてきた。それが果報であれ、災禍であれ、拒むことはない。島の海は人智《じんち》を超えた中立性を保つことで、神として君臨した。それ故、島人《シマンチュ》は海を崇《あが》め、海を畏《おそ》れ、海を愛した。島人はその中庸《ちゅうよう》たる叡智《えいち》を持つ者を、海神《わだつみ》の末裔《まつえい》と呼んだ――。

第一章　失われた秘宝

一九九九年　沖縄本島

　島の海は光の瞬《またた》きで煌《きら》めいていた。水平線の彼方《かなた》で空と交わる青に、濃いボカシが入っている。それは紅型《びんがた》で使われる技法のようだった。沖縄において紅型は、写実表現なのである。東シナ海沿岸は島でも屈指の景勝地が揃《そろ》うことで知られる。小麦粉のようにきめ細かな白い砂浜、遠浅の海、そして海岸を覆う赤紫色のグンバイヒルガオの花。無為の景色なのに、緻密《ちみつ》にデザインされた神の意志を感じさせた。それは創造主のグラフィックデザインの成果だ。

　あまり知られていないが、建築的な構造美のある浜も存在した。それが渡具知《とぐち》ビーチだ。馬蹄形《ばていけい》の切り立った崖《がけ》に囲まれた浜は、イスラム建築のアルコーブのような小室感があり、他人《ひと》の目を気にせず寛《くつろ》ぐことができた。整備された隣の浜は家族連れでいっぱいなのに、ここは崖が目隠しになって人があまり寄り付かなかった。

　その浜に普段着のまま膝下《ひざした》まで水に浸《つ》かった少女がいた。

「宝物みーつけた！」

と服が濡《ぬ》れるのも構わずに、海の中に腕を突っ込んだ。彼女が手にしたのはオカリナほどの大きさのゴホウラガイだった。ゴホウラガイは巻貝の一種で、外唇が人の耳のように広がっている。艶《つや》のある淡いピンク色の外唇は、乙女《おとめ》の耳のように見えた。

花城泉《はなしろいずみ》はゴホウラガイを集めるのが趣味だった。その渦巻形と複雑な斑《まだら》模様に魅せられていた。コレクションの中には、内側の乳白色の光沢が見事なものもある。いつか大物も拾いたいが、それは上手《じょうず》に泳げるようになってからだ。今は足のつかない沖まで出る勇気がない。

彼女がゴホウラガイを好きなのは、外唇に耳を当てると潮騒《しおさい》が聞こえてくるからだ。イライラした時、ツイてない日、寂しい日にゴホウラガイが奏でる音を聴くと、不思議と心が落ち着くのだった。

「懐かしい音がする……」

泉は拾ったばかりのゴホウラガイを耳に当て、うっとりと聴き入った。渡具知で聴くゴホウラガイの潮騒は格別だった。その音は胎児のときに聴いた、胎盤に送り込まれてくる母親の血流の音と同じなのかもしれない。そういえばこの浜も子宮の形に似ていた。

アルコーブの浜でぼんやり膝を抱えていた泉は、沖に人影を捉《とら》えた。

「ダイバーがいたんだ」

この辺りはスキューバダイビングのメッカでもある。ダイバーは浜を目指して次第に身を現す。彼は網を引っさげていた。ダイバーの男も泉に気づいて、軽く手を振った。

「なんだ海人《ウミンチュ》か」

泉の推測はすぐに覆される。網には魚や貝など一匹もいなかった。それどころかガラクタのようなゴミが入っているではないか。泉は興味津々《しんしん》で男に近づいた。

「お兄さんは海の掃除屋さん？」

泉がよく駆り出される、地域総出の環境美化活動がついに海中にまで及んだのだ、と思った。

ゴーグルの下から現れた顔は、意外にも図書館に籠《こも》っていそうなタイプの男のものだった。

「あはは。ゴミだなんてひどいな」

イントネーションがナイチャー（日本人）だった。男は網を広げて中身を丁寧に横一列に並べていく。腐った木片、陶器の欠片《かけら》、小さな貝に覆われた鏃《やじり》のようなもの、元がよくわからないものもたくさんあった。

泉はボソッと呟《つぶや》いた。

「やっぱりゴミじゃない」

「これは研究の資料だよ」

青年は水中考古学者だと泉に告げた。なんでもこの沖に昔の船が沈没しているらしい。その遺物を引き揚げて当時の生活を研究するのが仕事なのだという。

「僕にとってこれはお宝なんだよ」

遺物を並べ終えた青年は、収穫に満足そうである。

「海の中にお宝があるんだ？」

「海の中は陸にあるお墓と違って盗まれにくいからね。手つかずのまま眠っているのさ」

泉は不思議そうな眼差《まなざ》しで遺物に見入っている。

「ガラクタじゃないかって顔しているね」

「いいと思うよ……」

「君にもわかりやすいお宝だってあるんだよ。例えばこういうの」

青年は泉にあるものを手渡した。

「コイン？」

五十円硬貨に似ているが、穴が四角だ。

「錆《さ》びているけど昔のお金だよ。こういうのが海の中にはたくさんあるのさ。な、お宝だろう？」

泉はもう何の疑問もなく、大きく頷《うなず》いた。

「それ、君にあげるよ」

「いいの？　お宝なのに？」

「海底にたくさんあったから、一枚くらいいいさ」

泉の胸がキュンとした。泉は並べられた遺物をもう一度見る。さっきまでゴミだと思っていた遺物が年代物の骨董《こっとう》に見えてくるから不思議だ。泉はさっき拾ったゴホウラガイを青年に差し出した。

「これ、お礼にどうぞ」

二人は顔を見合わせて笑った。

岩礁《がんしょう》を叩《たた》く波の音が、呼気のリズムと調和していた。

――名前、聞いとけばよかった。

「泉、何トゥルバッテルバ？」

(何ぼうっとしているんだ?)

ハンドルを握ったオバァが、頬杖《ほおづえ》をついて車窓を眺める孫娘に声をかけた。

「なんでもないよ」

泉は先月会った青年のことを思い出していた。あのときは昔のお金を貰《もら》ったからときめいたと思ったが、どうやら違う。

「ずっと溜息《ためいき》ばかり吐《つ》いてるさぁ。恋煩いみたいさぁ」

泉はドキッとして、すぐに話を逸《そ》らそうとした。

「オバァ、見て! モノレールの柱があんなに延びてるよ」

中央分離帯に現れたモノレールの橋脚が神殿の柱のように連なっていた。常に水平線が意識される沖縄の景色の中で、この列柱は異形《いぎょう》だ。ウチナーンチュ(沖縄人)が垂直の世界を意識した初めての経験なのではないだろうか。天空に向かって伸びる橋脚は、沖縄を三次元の世界に変える神の視座を与えてくれるだろう。

「空の上を電車が走るようになるんだねぇ」

「もう渋滞なんてなくなるね」

「電車ができてもオバァは乗らないよ。落っこちそうでチムワサワサ(ヒヤヒヤ)するさぁ」

窓から身を乗り出した泉の顔を、橋脚の影が通り過ぎていく。その陰りは、心なしかコンクリートの冷たさを感じさせた。

「これから沖縄はどんどん発展していくさぁ。あんたたちの時代はきっと豊かなはずさぁ」

そんな子供騙《だま》しの甘言すら信じられそうなほど、大きな変化が訪れていた。

一九九五年、沖縄は普天間《ふてんま》基地返還に向けて、大きく舵《かじ》を切ったばかりだった。ほぼ返還不可能と反対派でも諦《あきら》めていたあの普天間基地を、だ。ウチナーンチュにとって嘉手納《かでな》基地が返還されるのに準ずる衝撃として受け止められた。

その雛形《ひながた》となる光景が那覇《なは》市内にあった。十二年前まで、ここは牧港《まきみなと》住宅地区と呼ばれる米軍の施設だった。そこが返還され、暫定《ざんてい》的に天久《あめく》開放地という名称になった。返還された天久開放地は新都心開発に向けて整備が始まったばかりだ。まるで埋立地を造成した直後のような広大な空き地に、新しい街が生まれるという。二十一世紀の初頭に完成するといわれている那覇新都心だ。

「泉、エアコンが利かないから窓を締めて」

パワーウインドウのスイッチを押す白い手が横から現れた。隣に座っていた姉の汀《なぎさ》だ。

「そんな暑っくるしい格好しているからよ」

「お着物ってちゃんと着れば涼しいのよ」

上質な琉球絣《りゅうきゅうかすり》を着た汀は、気怠《けだる》そうに後れ毛を掻《か》き上げた。その様は少女とは思えぬ妖艶《ようえん》な雰囲気である。汀はウチナー髪《カラジ》を重たそうに結っていた。その横顔は小学校六年生とは思えないほど大人びていた。

「琉舞《りゅうぶ》の先生に言われたのよ。普段でも着物を着てないと所作が身につかないって」

「だからって、それで学校に行くのはどうかと思うよ？」

「なぜ？　民族衣装なのに？」

「汀のせいで、先生たちがピリピリしているのに気づいてないの？　叱《しか》りにくいって空気読んでよ。先生が私に何とかしろって言うんだよ」

「ただの大島紬《おおしまつむぎ》じゃない。普段着でしょ？」

「それが今じゃ高級なのよ。校長先生のかりゆしウェアよりも高いのよ」

「お社中から譲られたのを着ているだけでしょ。ぜひあたしに着て欲しいって言うものだから……」

「あんた異様よ。その色気といい、時代錯誤の格好といい、何をしたい人なのよ」

「だから伝統文化を守っているだけじゃない」

汀は大人相手でも全く臆しない。むしろ年長者を手玉に取るのを楽しんでいる節がある。汀を怒らせると名門・玉那覇《たまなは》舞踊研究所のお社中が着物姿で職員室に押しかけてくるからだ。師範の玉那覇雅子《まさこ》は当代一の舞踊の名手として名を馳《は》せている。彼女の寵愛《ちょうあい》を一身に受けた汀には、教育委員会といえども迂闊《うかつ》に手出しできない。おまけに、県庁の幹部なんて汀の顔見知りばかりだ。彼らの宴席でいつも踊っているのだから。舞台での圧倒的な華やかさと確かな技術を兼ね備えた汀は、宴席に引っ張り凧《だこ》だった。

「学年主任なんて怖くなーいもーんだ。うふふ」

鬢《びん》を指で梳《す》いた汀は楽しそうに声を弾ませた。

泉はそんな汀のことを「エロ」と呼んでいる。こいつは将来、ロクな女にならない。男を誑《たら》し込んで私腹を肥《こ》やす毒婦になること間違いなしだ。

「エロは悪どいのよね……」

「あんたたち、姉妹喧嘩《きょうだいげんか》はやめなさい！」

ミニバンのハンドルを握った漣《れん》オバァは、渋滞のイライラを紛らわすように怒鳴った。予定より一時間早めに出たというのに午後の渋滞に引っかかってしまった。こうなると国道58号線は動脈硬化のように流れない。

「天久を抜け道にしたのに、もうこんなだよ」

「じゃあ今のうちにお化粧させてもらいます」

　そう言って汀は所謂《いわゆる》白塗りの琉装メイクを始めた。琉舞の白塗りは、砥《と》の粉《こ》をベースに使うから、全体的にピンク色っぽくなる。その方が日差しの強さで白く見えるのだ。

　汀は手鏡を見ずとも、手際よく化粧を仕上げていく。

「光善《みつよし》の白粉《おしろい》じゃないとうまく伸びないのよね。ほら泉。あんたも日焼け止めくらいしなさい。ジーグルー（色黒）だとモテないわよ」

「白塗りのあんたの隣にいれば誰だって黒く見えるよ」

「この後、お稽古《けいこ》なのよ。泉が辞めたせいでお社中の当たりがきつくなっちゃったんだから」

「私、ああいう堅苦しい世界は苦手なの。今はアクターズスクールの時代だよ。代わりに澪《みお》を連れて行けばいいよ」

「生憎《あいにく》、澪は出入り禁止になりました……」

　と汀が色っぽい溜息を吐いた。

　三列シートの最後尾に座っている澪は、三姉妹の末っ子だ。長いツインテールで一番愛くるしい顔立ちの澪は、地元の雑誌でモデルをするほど人気があった。だが、彼女はとにかく口が卑《いや》しかった。その口は喋《しゃべ》るよりも多く常に何かを食べるために使われている。今も菓子のムーチー（餅《もち》）を食べていた。澪はただの食いしん坊ではない。食べ物に必ず、沖縄のソウルフードであるワシミルク（練乳）をかけるのだ。

バックミラーで後部座席を確認した漣オバァが目を剝《む》いた。

「澪！　それはお供え物さぁ！　今から使うのに！　また全部にワシミルクかけて！」

「美味《おい》しいですうっ。美味しいですうっ」

汀が心底軽蔑《けいべつ》した眼差しで澪を睨《にら》んだ。

「先生の家でもトートーメー（先祖の位牌《いはい》）のお供え物を食べちゃったのよね。そりゃあ先生も怒るわよ。後でお社中に分けるクンペン（薫餅）だったのよ。ワシミルクかけちゃったら誰も食べられないもの」

その時の先生の様子を再現するかのように、漣オバァが沖縄芝居の口調で言った。

「アッキーヨーナ、ワッタークワッチーヌムルネーラン」

（あらまあ、私たちの分が全部ないさぁ）

「そうそう。オバァ上手。本当にそんな感じだったわ」

「あの人、今じゃ師範だってスカしてるけど、昔は沖縄芝居の子役だったんだよー。特に驚いた時の表現が上手《うま》くてねえ。したたか笑ったさぁ」

「だってお腹空いてるんですぅっ！」

澪が大きな瞳をうるうると潤ませる。澪の瞳は目まぐるしく変化した。普段は人を小馬鹿にしたように飄々《ひょうひょう》としているが、詫《わ》びる時は瞳孔が限界まで開いて、アザラシの赤ちゃんのような黒目になった。身内でもコロッとやられそうになるほどだから、他人、ましてや男だとイチコロだろう。

泉は澪に散々振り回されてきたから、もう騙されることはない。澪がテストで〇点取ったのも、教え方が悪かった泉のせい。部屋の掃除をサボったのも伝え忘れた泉のせい。遅刻したのもちゃんと起こさなかった泉のせい。まあいい。ここまでは騙される奴《やつ》もいるだろう。でも東京の芸能事務所の最終選考で落とされたのは、泉のせいではない。いくら澪の写真映りがよくても、一緒に食事を摂《と》れば、こいつがヤバいのは一目瞭然《いちもくりょうぜん》だからだ。澪はいま流行《はや》りの沖縄アクターズスクールにも通ったが、女から嫌われる性格のせいで、一週間で追い出された。理由は差し入れのサーターアンダギーに練乳をかけたからである。

「アクターズを追い出された挙句、後継者不足の舞踊研究所まで！」

「みんなひどいですぅ。美味しくしてあげたのにぃ」

澪が食べ物に練乳をかけるのにはもうひとつ理由がある。他の人に取られないようにマーキングしているのだ。一旦《いったん》、練乳漬けにした後、ゆっくり食べ物を独占する。それが澪の手口だ。下は小学生から上はおばさんにまで等しく嫌われる美少女、それが澪である。

泉はそんな澪のことを「ロリ」と呼んでいる。こいつも将来、ロクな女にならない。庇護《ひご》欲を掻き立てられた男どもを手玉に取って渡り歩く害女になること間違いなしだ。

「ロリは強欲なのよね」

「泉、妹になんてことを。口が悪いわよ」

と汀が窘《たしな》める。その時の汀の仕草といったらなかった。両手で泉の手を包んで、自分の膝の上に置くのだ。まるでやんちゃ坊主を色香で封じる女教師のようである。その瞬間、泉は自分の腕の産毛が逆ドミノのように立ち上がっていくのがわかった。

「ハゴー（キモい）。ハゴー。エロもロリも嫌い！」

「あんたたちは三姉妹なんだから、仲良くしなきゃダメだよぉ」

「オバァ、こいつらと仲良くできる人がいたら紹介してよ。私、次女辞めるから」

「姉妹って辞められるものなのかしら？」

「泉ネーネー（お姉さん）はキャラが弱いから、僻《ひが》んでいるんだよ」

「私は普通です！　ちゃんと健康的に育っています！」

「あなたのそういうところが処女っぽいのよね」

「あんた違うの？　十二歳のくせに？」

「さあて、どうかしら？　うふふ」

泉はあまりの気持ち悪さに爪《つめ》の内側に蕁麻疹《じんましん》が出てきそうだった。

「あんただけが頼りなんだよぉ」

漣オバァが悲しそうな瞳でジッと見つめてくる視線をバックミラー越しに受けた。そういう目をされると泉はやり場のない苛立《いらだ》ちを覚える。何だろう。この負債を押し付けられた連帯保証人のようなモヤモヤ感は。三姉妹の中で相対的にまともに見えるというだけで、妙な期待をされちゃ困るのだ。

沿道に悠々と延びる鉄条網が現れた。その奥には手入れされた涼しげな芝生が広がる。フェンス一枚で混沌《こんとん》とした世界と整然とした世界が分けられているようだ。無論、泉がいるのは混沌側である。

渋滞さえなければ、自宅から三十分もかからない道のりを、一時間半もかけてやっと浦添《うらそえ》市まで辿《たど》り着いた。ここは牧港補給地区、通称キャンプ・キンザーである。国道58号線沿いにひたすら続く海側のフェンスの中がそれだ。

泉は、基地のことを何とも思っていない。世間の空気を読んで発言しないようにしているというのが正直なところだ。大人たちが何十年もかけて反対しているのは知っているから、彼らの苦労を軽々しく踏みにじったりしないのがマナーだと弁《わきま》えている。でも共闘しろと言われたらちょっと引く。掉棒打星《とうぼうだせい》みたいなことに人生を捧げるのもどうかと思うからだ。

いつか泉が大人になったら、基地賛成派と反対派の両方から意見を聞くことがあるかもしれない。その時は、反対派になったとしても、熱心には活動しないだろうから、戦力外にしてほしい。それから万が一、米兵と結婚して沖縄に住んだら、立場を忖度《そんたく》してほしい。その代わり、大っぴらには賛成しないから。

だから泉はキャンプ・キンザーに通っていることを親友にも言っていなかった。ただ言わなかっただけなのに、今では一番大きな秘密になってしまった。

ゲートの前で車を停《と》めた漣オバァが許可証を見せる。軍属でもない民間人が米軍基地の通行証を持っているというのも異常な話だ。日本人で入れるのは、防衛施設局の業者くらいだろう。

「ウィーハブアンアポイントメント」

漣オバァの慣れた様に門兵たちがダルそうにゲートを開けた。入れなかった経験なんて一度もないのに、いつも泉は緊張した。それは米兵たちが銃を構えているからだろう。

漣オバァは特別な許可証を持っている。民間人が入れるのは、宗教祭祀《さいし》に関わる場合である。

例えば清明節《シーミー》や盂蘭盆《ソーロン》で墓参りをする家族だ。

「今日はウマチーだったかなぁ」

泉はここに何度も来ているのに、何の日に来るのか覚えていなかった。旧暦で換算していることも分かりにくさの一因だ。清明節は入りがテレビのニュースで報じられるから、ぼんやりしている人でもわかる。ウマチーは旧暦の二月、三月、五月、六月の十五日で、だいたい各家庭でひとつだけ選ぶ。今日は旧暦の何日か諳《そら》で言える子供なんて、ユタ（拝み屋）の家系くらいのものだろう。

「汀、次の信号を右だったかね。左だったかね。基地はどこも同じ作りだから迷うさぁ」

「信号を右よ。突き当たったら左。道なりにまっすぐ」

「さすが汀はよく覚えているね」

「一度通った道は忘れないわ」

ミニバンの後ろに車が尾《つ》いた。監視していると示したのだ。

汀は窓を開けて、気怠そうに背後の車に手を振った。突然顔を出した着物美少女に、ＭＰ（憲兵）の運転手が陽気にクラクションを鳴らして反応した。

「いやだわ。お兄さんたちデレちゃって。うふふ」

「汀、余計なことしなさんな。私たちはこれから神聖な儀式をするんだからねぇ」

「面倒臭いことは全部泉に押し付けちゃえばいいのよ。この子、空気読んで上辺で帳尻合わせるしか能がないんだから」

「事を荒立ててばかりのあんたに言われたくない」

キャンプ・キンザーは、巨大な倉庫が並ぶ海兵隊の兵站《へいたん》基地だ。いかにも基地らしいヘリや戦闘機、戦車などは見られない。時々牽引《けんいん》用の榴弾砲《りゅうだんほう》やトラックが見られるだけで、今日は並んでいない。変な言い方だが「無害っぽい基地」に見える。

そんな牧歌的な風景のキャンプ・キンザーの片隅に、ノッチを覆うガジュマルの樹があった。

ノッチは沖縄の海岸線でよく見られる腰が括《くび》れた岩礁だ。これを方言でナーファ（茸《きのこ》）と呼ぶ。那覇の語源になった言葉である。那覇の街は昔干潟《ひがた》で、至る所にノッチがあった。干潟を埋め立てて現在の那覇市となった。江戸時代の日本語には「ファ」の音がなかったため「ハ」に訛《なま》った。それが「ナハ」となる。しかし海外では［NAPHA］と表記された古地図があることから、原音に近いのはこちらの方だ。

陸にあるノッチは開発しづらい。岩根が地中深くに達しているため、重機でも取り除くことができないからだ。那覇市内にも至る所にノッチが紛れている。市街地に突然現れるこんもりとした森が、そうだ。

このノッチも、当初は重機で削って平地にする予定だったのだろう。しかし難工事になると予想されたため、そのまま手付かずとなった。基地の中にもまた、こうしたノッチが見られる。

ノッチは孤立した崖で、危ういバランスを保っている。まるで巨大なシャンパングラスのようだった。興味本位で登ろうにも、オーバーハングしなければならない。人が入れないことを知ってか、頂上の樹冠には野鳥のアカヒゲが満開の花のように群れていた。

「いつ来てもすごいね」

ノッチを包み込むように根を張った巨大なガジュマルは、画家ルネ・マグリットの『ピレネーの城』の絵を彷彿《ほうふつ》とさせた。まるで樹が岩を持ち上げて宙に浮かんでいるようだ。泉はノッチの括れの下から見上げるのが好きだった。目を閉じて息をすうっと吐くと、自分も空に浮かびそうな気がした。

　ノッチの陰にすっぽりと包まれた泉は、尻餅をつきそうなほど体を仰《の》け反《ぞ》らせる。巨大な重量のものが宙に浮くような厳《おごそ》かさを感じずにはいられない。ノッチの括れは自重を支えるには、あまりにも細かった。泉はここだけ重力がおかしいと感じていた。他のどの場所も太陽が照りつけているのに、ここだけは日差しが優しい。ノッチは巨体と威厳で太陽に打《う》ち克《か》っている。ガジュマルの気根の水分が蒸散するお蔭《かげ》で、日陰は洞窟《どうくつ》のように涼しかった。この場だけは冷気を纏《まと》っている。

　漣オバァが孫娘たちにテキパキと指示を出す。

「泉、ビンシを用意しておくれ。汀はお酒とお茶を。澪は餅を……いらないさぁ」

　餅の入った重箱から、練乳が汚らしく糸を引いていた。

　漣オバァはいそいそと祭壇を設《しつら》えていく。昔は疑問に思わなかったが、今の泉には違和感がある。これまで泉は、祖母がノロ（神女）だと思っていたが、いろんな祭祀を見てきた経験から、違うような気がしてきたのだ。

　例えばここは、巨石を信仰する斎場御嶽《セーファウタキ》と似ているところもある。もし基地内でなければ、聖域のひとつと認定されただろう。しかし漣オバァは巨石を崇めている訳ではなさそうだった。

　最初にお酒を撒《ま》いたのは、ノッチから遠く離れた土の上だ。それから大地に蹲《うずくま》るように何かを探していた。泉はノッチの雄大さに目を奪われていたが、オバァはノッチを何かの目印にしているのではないか。

「ここだけ芝生がないのよね」

泉は不思議に思った。日当たりのせいなのか、ノッチの周りは区画ごと赤土が剝き出しだった。道路を挟んだ向かいには青々とした芝生が広がっているというのに。

「これ、なんだろう？」

泉は地面に半分埋まっていた金属片を拾った。それは錆びついていたが、ジャムの蓋《ふた》のように見えた。すると突然ＭＰが泉に銃口を向けた。

「ノー。サワルナ！」

獣の口のような銃口に、泉は反射的に両手を挙げた。同時に汀が割って入る。汀はさっと銃身を持ち上げるや、身を翻してＭＰの懐《ふところ》に入っていた。あまりにも優雅な動きで、舞いの一部に見えた。

〝Naughty boy!〟

（もう、いたずらっ子ね）

そう言ってＭＰの頰にそっと掌《てのひら》を当てた。汀の冷たい手で興奮を冷ましたＭＰが、子供のような瞳に変わる。ＭＰに撓垂《しなだ》れた汀が泉に目で合図を送った。

「汀、ありがと」

自分にされたら気持ち悪いが、お見事としか言いようがない。

「イッター、マーヤーマーヤーサンドー！」

（あんたたち、ウロチョロするんじゃないよ！）

漣オバァは地面を睨んでいて、今の状況を見ていなかったようだ。彼女は石ころを拾って頷いた。

泉も側《そば》に腰を落とす。

「これは御嶽じゃないの？」

「違うよ。御嶽じゃないさぁ」

「オバァはノロなの？」

「違うよ。ノロじゃないさぁ」

「じゃあユタなの？」

「違うよ。ユタじゃないさぁ」

「じゃあ、何なの？」

漣オバァは事も無げに言った。

「ただの墓守さぁ」

泉はますます混乱した。沖縄の伝統的な墓は亀甲墓《きっこうばか》だ。それに花城家にはちゃんとした墓があったはずだ。毎年清明節はそこでやっている。先祖の墓以外のものがあるなんて聞いたことがなかった。それがこのノッチだというのか。凡《およ》そ見たことのない型の墓だ。

「誰のお墓なの？」

「神様のお墓さぁ」

「神様って死ぬの？」

「あんたオバァのやっていることが変だと思っているだろ？」

「いいと思うよ……」

「出た。あんたの口癖さぁ」

漣オバァはシートの上に設えた祭壇の前に孫娘たちを座らせた。ちょうどノッチの影が日時計のように泉たちの背後に差し掛かる。泉は不安定なノッチが倒れてきたのかと背筋を凍らせた。

「そろそろみんなに教えてやる時期だねぇ」

漣オバァは祝詞《のりと》を捧げながら呟いた。

「ここは御嶽じゃない。もっと古い時代の聖地さぁ。沖縄に王様がいた時代よりもずっとずっと古い時代のものさぁ」

古典舞踊に明るい汀が口を挿《はさ》んだ。

「三山《さんざん》時代かしら？」

「三山よりも古い」

「舜天《しゅんてん》朝？」

漣オバァがもっと昔というふうに首を振った。舜天は尚《しょう》王朝の正統性に結びつけて語られる伝説の王だ。古琉球といわれる十二世紀のグスク時代よりも前だとすると、七世紀の貝塚時代後期になる。

「もっともっと古い時代のものさぁ。尊い神様たちが沖縄に立ち寄って、去っていった。その中のひとりがここに祀《まつ》られたんだよぉ」

「証拠はあるの？」

「昔はあったさぁ。オバァが覚えているのは、ここに石を積み上げた塚があったってことさぁ。五十年前かね、父さんに連れられて、一度来たことがあったさぁ」

漣オバァが昔のことを語り出した。

*

昭和十九年、漣がまだ五歳の時のことだ。この牧港の一帯はサトウキビ畑だった。大人の背丈よりもずっと高いサトウキビ畑は、高台から見下ろさない限り、方向がわからない。進むのに足元の畔《あぜ》しか頼るものがなかった。こういう涼しい茂みにはよくハブが出る。人が噛《か》まれた話なら何度も聞いていた漣は、ハブ避《よ》けの棒を左右に振って慎重に進んでいた。ハブが怖いからサトウキビ畑に立ち入らないという選択肢はない。サメが怖くて漁に行けない海人がいないのと同じだ。十分気をつければ、ハブもサメも向こうから避けてくれることを島人なら知っていた。

「スー（父さん）、ウジトーシー（収穫）は来年だって言ったさぁ」

パナマ帽を被《かぶ》った父・石嶺賢治《いしみねけんじ》は最新型のカメラを携えていた。賢治は何も答えずにブリキの水筒を漣に差し出した。

「ここら辺だったかな……」

賢治は農家を継がず、役場で村史を編纂《へんさん》する仕事に就いていたと、後に漣は知った。道理でいつもパリッとしたカッターシャツを着ていたはずだ。幼心に父の賢治には腕時計の印象がある。ピカピカのエニカの腕時計が、知的な横顔とセットになって思い出されるほどだ。賢治は万年筆もパイプも眼鏡《めがね》も、舶来品の上質なものを使っていた。それがそこらへんの野暮ったいおっさんたちと一線を画すようで、お洒落《しゃれ》な父は漣の誇りだった。

　そして父のシンボルといえば、片時も手放さない二眼レフのカメラだった。メイカイレフは左右に大きさの違うレンズがつき、ロールフィルムを採用した画期的な製品だ。それは医師が患者の目をルーペでどれどれと覗《のぞ》き込んだ時、片目だけが大きく見える様を彷彿とさせた。

　賢治は役場一筋だったというわけではない。サトウキビは手入れがいらない作物だ。多少の干ばつも長雨もものともしない強い作物で、農薬とも、雑草抜きとも、無縁だった。一年半に一度、収穫期にだけ忙しくなるが、それ以外は放置している。家が裕福だったのは、賢治が副業を持っていたからだろう。他の家は竹の水筒しか持っていなかったが、漣は最新のブリキの水筒を持っていた。

「ウカーサン！」

（危ない！）

　と叫ぶと同時に漣の腕を引っ張った賢治は、振り返り様にもう片方の手でハブの首根っこを押さえた。体がもう半周するまでにハブは遠くに放り投げられていた。漣には、それがハブだったかすらわからないほど一瞬の早業だった。

　賢治は取り乱しもせず、漣の膝の汚れを払ってまた歩き出した。安心して身を委ねられる心地好い存在。それが賢治だった。

「あったぞ。ここだ」

すすけた緑色の視界が突然開けた。サトウキビ畑から突き出るように現れたのは巨大なノッチだった。遠くからなら目立つだろうが、一度サトウキビ畑に入ってしまうと勘を頼りに辿り着くしかない。

「アキサミヨーナー！」

（うわあっ！）

漣の叫び声を乗せた上昇気流が岩肌を転がるように登っていく。ノッチの下の部分が漣の視界を傘のように覆った。

「スー、これを見に来たの？」

「違う。これはただの目印だ。この近くにある」

娘を安全なノッチの洞《うろ》に座らせ、賢治はまたサトウキビ畑の中に分け入っていく。しばらくして、こっちだ、とサトウキビの梢頭部《しょうとうぶ》の上に放物線を描くようにパナマ帽が舞った。漣が近づくと、カメラのシャッター音と巻き取り音が交互に聞こえた。

「スー、これは何？」

自然の岩とは明らかに違う。そこには人の手が加わった石積みの塚があった。中央には碑文が彫れそうな平たい石が垂直に立てられ、墓を想起させた。

「スー、これはグスクなの？」

「違う。これは海神の墓だ」

片膝をつき、二眼レフ越しに塚を捉えた賢治は、明らかに興奮していた。

＊

漣オバァは懐かしむように当時の話を孫娘たちに聞かせた。

「海神の墓って、この空き地が？」

「そんな踊りってあったかしら？」

「美味しそうな名前ですぅ」

「昔はここにあったんだよ。戦争があって、アメリカ軍がここに基地を作った時、ブルドーザーで海神をどこかに連れていっちゃったさぁ。ほら、ここの石だけ島のものと違うだろう？」

漣オバァがさっき拾った石を泉に渡した。見た目よりもずっしりとした石は、細い縞《しま》模様で彩られていた。地質に詳しくない泉でも石灰岩との違いはわかる。石垣などに使われる琉球石灰岩は、泡のような穴が無数にあって軽かった。

「なんだろう？　硯《すずり》みたいに重い」

「磨いたら宝石になりそうだわ」

「ワシミルクかけたいですぅ」

三姉妹が順番に石を触っては首を傾《かし》げる。漣オバァは、昔の自分もこうだったと思い出した。物静かな父親が珍しく興奮している表情を見られるのがただ嬉《うれ》しくて、少しでも長く見ていたいがために、自分も興味があるふりをしたものだった。まだ自分の人生すら照らすことができない孫娘たちが、悠久の時間に思いを馳せようなんて、無理な相談だった。

しかし意外にも食いついてきたのは次女の泉だった。

「漣オバァ、これぐらいじゃあ証拠にならないよ。もっと確かなものじゃないと」

「そうだねぇ。でも確かにここにあったんだよ」

「アメリカ軍が壊したんだ」

「この辺りにあったサトウキビ畑は、みんなブルドーザーで整地されたよ。塚なんて跡形もなくなったさぁ」

昭和十九年六月、マリアナ沖海戦で帝国海軍は壊滅的敗北を喫した。賢治は結核の病み上がりで徴兵を免れていた。だが彼の戦況の読みは確かだった。フィリピン侵攻の前に、守備防衛の拠点である南西諸島の基地が狙《ねら》われると直感していた。アメリカ軍は日本人のように一騎打ちを好まない。自軍の損傷を最小限に抑えるために、必ず後方を叩く。帝国海軍の小禄《おろく》飛行場とその支援施設がある那覇が危ないと踏んでいた。

「父さんは頭が良くてねぇ。家族を台湾に逃がそうとしたんだよ」

「本土に疎開させようとはしなかったの？」

賢治はアメリカ軍の潜水艦を恐れていた。食料が配給制になったのは海上輸送路が途絶えたからだ。それは商船がことごとく潜水艦の餌食《えじき》になったせいである。民間船でも物資を積んでいる可能性がある商船がもっとも危ない。潜水艦の得意な戦法は待ち伏せだ。それがもっとも活かされるのは、本土側で水深の深いトカラ列島だった。

「私たちは10・10空襲の前に、台湾に逃げることにしたのさ。たくさんの荷物を持ってね」

戦況が悪くなる寸前だったのが奏功した。漣と父母は家財道具を積み込むだけの余裕をもって、定期便に乗り込むことができた。傍目《はため》には、疎開する家族には見えなかったことだろう。

漣オバァは覚えていた。父が一際厳重に釘《くぎ》打ちされた木箱から片時も離れようとしなかったことを。それが家財道具とは別の大切なものだということを、父の態度から察した。

「そこにお宝があったのね」

「錦かしら？」

「ワシミルクの缶ですぅ」

漣オバァは今になって後悔している。あの時、もう少し父の行動に興味を持っていれば、孫娘たちの問いに答えられたのに、と。幼かった漣は、誕生日にもらったセルロイド製の人形だけが宝物で、船室でもずっと人形と会話していた。母だって、自分の着物を必死に守っていた。他人の宝物に関心を寄せる心の余裕なんて、誰も持っていなかった。

「父さんはねぇ、沖縄の宝だって鼻息を荒くしていたさぁ。でも戦争中だろう？　みんな今日食べるものを探すのに精一杯で、誰も耳を傾けてくれなかったんだよ」

「じゃあ、オバァも宝が何だったのか知らないのね」

「見たわけじゃないけど、聞いたさぁ。首飾りと、鏡と、ブレスレットと、あと何だったかねえ……」

「話だけじゃ証拠にならないよ」

漣オバァは溜息を吐いた。もし本当に何も知らなかったのなら、自分の記憶とともに葬り去ることもできただろう。ただ、手がかりがなくもない――。

漣たち家族は定期便を使って一旦、石垣《いしがき》島へ上陸した。石垣島は沖縄本島ほど戦時の緊張感はないが、やはり帝国海軍の飛行場があり、賢治のいう守備防衛拠点のひとつであることは確かだった。疎開で島民がパニックになる前に、娘と妻を一刻も早く台湾へと逃がすことを賢治は選んだ。お宝と家財道具と同じ便で追って向かうと伝えて。

「なんで命がかかっているのに、一緒に行かなかったの？」

「父さん、フラー（バカ）だったかもしれないんだよねぇ……」

漣オバァが後に人伝《ひとづ》てに聞いた話を語り出した。

＊

沖縄戦末期、ついに石垣島に空襲警報が鳴り響いた。こんな辺鄙《へんぴ》な島を攻略しても、大した戦果にならないだろうと島民たちも高を括《くく》っていた。この島は自給自足もままならず、沖縄本島から絶えず補給を受けていた。特にエネルギーに関しては百パーセント沖縄本島に依存していた。その地の利の悪さゆえに却《かえ》って、甘い見通しをしていたことは否めない。

石垣港は疎開する島民たちが桟橋まで溢《あふ》れていた。

「台湾に荷物を送りたい」

賢治は切符売り場の窓口に押し寄せる人の波を押し分けた。しかしすぐに引き波のように押し戻されてしまう。三歩進んでは二歩退がらされ、やっとの思いで窓口の台にしがみついた。

「貨物の扱いは取りやめになりました」

「そんなバカな。先週まで受け付けていただろう」

賢治の襟と袖《そで》とベルトが誰かに掴《つか》まれ、引きずられるように戻された。また窓口まで辿り着く気力もない。

「絶対に台湾に荷物を送る方法があるはずだ……」

賢治は当初、家族を追ってすぐ台湾に疎開するはずだった。しかし持ち前の学究肌で、石垣島にも沖縄本島と同じ石塚があるはずだと見込んだことが災いした。石塚を線で結べば太古の海洋航路研究の一里塚となるはずだ。空襲警報がけたたましく鳴り響くのも聞かず、賢治は野外調査に没頭した。そのうち、米軍の爆撃機の機影が見えるようになった。それでも賢治は臆することなく調査を続けた。

「爆撃機なんて雷雲みたいなものさ」

雷に当たるなんて考えるだけ無駄、というのが賢治の論理だ。道端にいる島民ひとりを仕留めるために、わざわざ莫大なコストを投じる理由がない。軍人ならもっと戦略的に重要な拠点を狙うはずだった。例えば空港とか、港とか、燃料庫とか、だ。

しかしその日、空襲警報の後に飛来したのは、コスト度外視の猛獣だった。英国空母から飛び立ったヘルキャットが、農道にいた賢治に向けて機銃を放ったではないか。

「アキサミヨーナー！」

（ひええええっ！）

大地が抉《えぐ》られ、土煙が一直線に迫ってくる。まるで見えない猪《いのしし》が迫ってくるようだった。間一髪でサトウキビ畑の中に飛び込んだ賢治は、九死に一生を得た。それでようやく台湾行きの決心がついたのだった。

ただ、研究の成果であるお宝を石垣島に残して、身ひとつで台湾に行くわけにはいかなかった。

「定期便はないが、帝国陸軍の補給船は出ているはずだ」

民間船は帝国陸軍が徴用していて一般旅客は使えない。しかし補給船は随時出ている。先週、沖縄本島守備隊を率いた第三二軍の牛島《うしじま》満《みつる》陸軍大将が自決し、敗戦が確定したと聞いた。しかし帝国陸軍は投降することなく、来《きた》る八重山《やえやま》決戦に向けて着々と準備を進めていた。

賢治には疑問だった。沖縄本島は連合国の手に落ちたのに、八重山守備隊は一体どこから補給を受けようとしているのだろう。

「基隆《キールン》だ！」

基隆には台湾防衛の要塞《ようさい》があり、工廠《こうしょう》も発達している。そこには重砲兵第一三連隊が展開していた。八重山守備隊はそこから弾薬と食糧を補給するつもりなのだ。

補給船は復路に用がある。行きの積荷は空のはずだ。石垣島から台湾へ運ぶものなんて何もない。人以外は。

賢治は八重山守備隊のある八重山農学校を訪れた。

かつての校門には見慣れぬ看板が掲げられていた。

『独立混成第四五旅団司令部』

「私は浦添村役場村史編纂室の石嶺賢治と申します。疎開船の担当者とお話がしたい」

賢治の役人然とした口調は、軍隊にはよく通じた。決して狼狽《ろうばい》せず、懇願せず、卑屈にもならず、相手がどうすればよいのか、優先順位を伝えていく。

出てきたのは山内《やまうち》軍曹と名乗る男だった。

「疎開船は女、子供が優先だ。単身の男は乗れない」

「存じております。ただ、運んで欲しいものがあるのです」

「荷物は後回しだ。今は住民避難が優先だ」

「秘宝だって？」

「大日本帝国の国宝となりうる文化財です。それを台北《たいほく》帝国大学南方人文研究所の馬淵《まぶち》先生に届けていただきたい」

「ダメだ。私は命令以外のことは受けつけない！」

賢治は語気を荒らげそうになるところを寸前で止めた。要は彼の心を動かせばよいのだ。

「お国のためです」

掌で包み込むように渡したのは、賢治のコレクションのひとつだ。山内軍曹はすぐに辺りを見回した。

「これは金の勾玉《まがたま》！」

「第一尚氏王朝の最高神女・馬天《ばてん》ノロが身につけていたとされる黄金の勾玉です」

琉球の勾玉は本土の勾玉よりも尾の形が長いのが特徴だ。円弧ではなく楕円弧を描く。

「これを軍曹殿のご慧眼《けいがん》の証《あかし》としてお納めください」

山内軍曹は金細工を見るのも初めての様子だった。島の黄金色の日差しは純金の価値を増幅させるようだった。

「……荷物の搬入を許可する」

「見張りとして私も乗りたいのですが」

「許可する。船は明朝、第二桟橋から出る」

翌朝の石垣港には、着の身着のままの女、子供たちが不安そうな表情を浮かべて集まっていた。桟橋に着いたのは、徴用された民間船、第一千早《ちはや》丸、第五千早丸の二隻だ。

「こんな大型船で行くのか……」

台湾への疎開船は、米軍の戦闘機に見つかりにくい小型船を使うのが常だった。西表島《いりおもてじま》、与那国島《よなぐにじま》を経由して、闇《やみ》に紛れて深夜台湾へ渡る。機影が見えても小さな船なら岩礁に隠れることができた。それが、今回の船は五〇トン級の大型船である。

まるで牛が運ばれていくように、島人たちが黙々と船に乗り込んでいく。賢治は荷物が第一千早丸に積み込まれるのを確認した。

「満員だ。おまえは次の船に乗れ」

渡り板に足をかけようとした瞬間、日本兵が賢治の前で通せんぼした。第一千早丸は甲板まで人が溢れていた。

「エー、イッターイユンナー」

（こら、おまえら座るんじゃない）

賢治は慌てて日本語で言い直そうとする。公の場で沖縄方言を使うなというお触れが出ていたからだ。皇民化政策の一環で沖縄方言は下等言語とされ、学校で使えば児童は罰された。

「こら、それは大切な荷物だぞ！」

賢治の木箱に腰かけた子供たちが虚《うつ》ろな眼差しを向けてくる。兄弟で乗る船を分けられた者もいた。仕方なしに賢治は後続の第五千早丸に乗ることにした。荷物は気になるが、基隆までの航海は西表島を経由して三日だ。すぐに家族と荷物に会えると素直に信じた。

「戦争が終わったら、研究の成果を発表して、世間をあっと驚かせてみせるさ」

賢治は荷物を積んだ第一千早丸の船影を写真に収めた。昨日打った電報は、漣たちに届いただろうか。賢治は逸《はや》る気持ちが抑えられず、エンジン音に合わせて靴を鳴らした。

ついに二隻の疎開船は一路、台湾を目指して出港した。

*

――あの貧乏ゆすりのおじさん覚えているよ。

それが疎開船に賢治がいたことを示す証言だ。

「ある日、電報が届いたさぁ。『ア・ス・タ・イ・ワ・ン・ニ・ワ・タ・ル』って」

「大きい爺《じい》ちゃんに会えなかったの？」

「私と母は基隆港でずっと父さんが来るのを待っていたんだよ。目と鼻の先だけど八重山が遠く感じたねぇ」

漣オバァは溜息を吐いた。結局、父と台湾で会うことはなかったのだ。漣オバァと母は基隆港へ毎日足繁《あししげ》く通ったが、石垣港からの船はいつまで経《た》っても着かない。沖縄本島と石垣島の距離の半分もないのに、地球の裏側よりも遠い気がした。

「大きい爺ちゃん、戦争で死んだの？」

「違うよ。生きて会えたのは沖縄本島に戻ってからさぁ」

「よかった。じゃあお宝は大きい爺ちゃんが持ってたんだね」

「いや、なくなってしまったんだよ……」

漣オバァは、戦争のせいだと思いたかった。戦後父と会えたのは僥倖《ぎょうこう》だったが、元の父ではなくなっていた。宝を失った父は人が変わったとしか思えないほど、生きる気力を失くしていた。気分が塞《ふさ》ぎがちになり、入退院を繰り返すたびに衰えていった。そして譫言《うわごと》のように、

「俺は海神様を見た……。俺は海神様を見た……」

と呟くようになった。あの知的でハイカラな父が魂の抜け殻のようになってしまった。

世間は父のことを天才となんとかは紙一重だと嗤《わら》った。漣オバァはそんな父と向き合えずに幼少期を過ごした。沖縄は米軍統治下で、日々の暮らし向きも良くない。お嬢さん育ちだった母が、真っ黒に日焼けするまで外で働いて家計を支えた。父の退院を喜んだのは最初の数回だけだ。どうせまた入院するとわかってからは、良くない感情を打ち消すのに苦労したほどだ。

父は戦後数年で亡くなった。ただ今際《いまわ》の際《きわ》だけは、驚くほど聡明《そうめい》だった。目に光を宿した父が枕元にある写真を漣オバァに渡して、こう告げた。

「海神の墓を守れ。私たちの本当の神だ」

漣オバァはハンドバッグからセピア色に染まった一葉の写真を取り出した。それは海岸の写真であることがようやくわかるほどに色褪《いろあ》せていた。

「この人が大きい爺ちゃん？」

三姉妹は興味深そうに、写真の男に見入った。旅行の記念写真なのだろう。痩《や》せ型の男が浜辺に立っていた。三姉妹は曾祖父の姿を初めて見た。

「大きい爺ちゃんはスタイルが良かったんだね」

「若い頃は運動神経抜群だったって、聞いたことがあるさぁ」

「大きい爺ちゃんは割といい男だったのね。私に似ているわ」

「そうだねぇ。汀の色気はひい祖父《じい》さん譲りだねぇ」

「澪は？　ねえ澪は？」

漣オバァは華麗にスルーして、話題を変えた。

「この写真がお宝の手がかりさぁ」

「ここの岩の写真？　ううん違う。海の側じゃないもの」

泉は写真を掲げてノッチと見比べた。写真の岩の頂上にガジュマルはない。大きさを比べるものがないからわからないが、写真のノッチの方がもっと大きいかもしれない。写真の裏には青いインクで、こう曾祖父の走り書きがあった。

――海神島にて。

漣オバァは父への贖罪《しょくざい》のつもりでここに詣《もう》でるようになった。あの日、寡黙な父が子供のようにはしゃいだ面影を求めるように。父が決して正気を失ったわけではなかった、と知ったのは亡くなってからだ。彼は見てはならぬものを見てしまったのかもしれない。そしてその証拠となる海神の墓は米軍に接収され軍事基地となった。海神の墓はブルドーザーで跡形もなく消し去られてしまった。

もし家財道具と一緒に台湾に疎開できていれば、全く違う人生だったことだろう、と漣オバァは思う。疎開船は女、子供優先で、男性は後日追いかけるのが普通のことだった。

「スー、ユルシチキミソーリヨー」

（お父さん、ごめんねぇ）

石をぎゅっと握りしめた漣オバァは、父の遺言に沿いたいと思う。漣オバァは背筋をピンと伸ばして孫娘たちを並ばせた。

「あんたたち三人のうち、誰かがこの墓を守りなさい！」

「ターガヒヤー！」

（誰がやるかよ！）

と三つの声がハモった。こんなに性格が違うのに、三姉妹は嫌なことだけは共通している。

「ここは誰かが継がねばならないさぁ。年に一度、必ずここを詣でること。汀、やりなさい！」

「いやよ。こんな原っぱでユタみたいなことするなんて」

「着物を着られるさぁ」

「白装束でしょう？　あたし、柄のない着物なんて着ないわ」

「泉、あんたが継ぎなさい！」

「私に何の得があるのよ」

「知ってるさぁ。あんたは歴史好きなんだってねぇ？」

「歴史好きと墓守は全然関係ないよ」

「オバァは澪が大好きさぁ」

「澪はユタじゃなくて、アイドルになってブリンブリンするんですぅ」

「ブリンブリンしながら拝めばいいさぁ」

「嫌ですぅ。澪は原宿《はらじゅく》でスカウトされるんですぅ」

もう一度最初からだ、と漣オバァは点呼のような口調に変わる。

「汀！」「イヤ！」「泉！」「ベー！」「澪！」「プッ！」

漣オバァは孫娘たちの反応に動じなかった。それどころか勝機ありと踏んだように鼻で笑ったではないか。孫娘たちが拒絶するのは想定内だ。物事には段取りというものがある。まずはこの場所を覚えてもらうこと。ここが、曽祖父の賢治が託した夢の土地だと知ってもらうこと。そして、まだある――。

「誰が継ぐのかは、私がきちっと見定めさせてもらうさぁ」

「今、みんなが嫌って言ったじゃない」

「今はね。でも二十年後、おまえたちは我先に継ぎたいって言い出すことになるさぁ」

汀はバカバカしいと笑った。将来は衣装道楽をするのが汀の願いだ。華やかなもの以外に興味はない。墓守なんて地味な生活は、想像するだけで吐き気がする。

「処女がやりなさいよ。結婚しない理由ができるじゃない」

「誰が結婚しないって言ったのよ」

「あら？　てっきり、あなたは処女のまま死ぬのかと思ってたわ」

「エロはどうせ死ぬまで毎年離婚を繰り返すんでしょう？」

「失礼ね。結婚は七回までって決めてるわよ」

「澪はパパがたくさん欲しいですぅ」

「パパだと同時並行できるからでしょ？」

「それいい考えね。さすが私の妹だわ」

「おえっ。エロもロリもキモいよ」

花城三姉妹の喧嘩はいつも下ネタ含みである。物心ついたときからこんなだから、漣オバァは麻痺《まひ》して、これが異常な会話だと気づいていなかった。

「あんたたちっ！」

漣オバァが一喝して姉妹喧嘩を蹴散《けち》らした。

「誰が後継者になるかは私が選ぶんじゃないさぁ。はっきり言っておこうねぇ。私はちゃんと遺言を作って弁護士に託してあるさぁ。ひい祖父さんが失くした宝を持ってきた人が墓守になる。これが絶対条件さぁ。わかったかい？」

三姉妹はこれで不戦勝だと思った。探さなければ自動的に墓守免除だ。

「わかーりまーしたー！」

また三人の声が嬉しそうにハモった。

漣オバァもまた満足そうに頷いた。今は孫娘たちの浅薄な思惑に付き合っているふりをしているが、心の中では快哉《かいさい》を叫びたいほど高揚していた。

『ヨーヨー（覚えておきなさい）、あんたたちは絶対に飛びつくはずさぁ！』

巨大なノッチの影が幼い三姉妹を優しく包んでいた。

——ノッチは覚えている。かつてここがサトウキビ畑だったこと。石塚があったこと。夢を追った男がいたこと。火炎放射戦車が辺りを火の海にしたこと。そして、ブルドーザーがやってきたこと。たった五十年で目まぐるしく景色が変わった。それらは悲しいことではあるけれど、もっと昔、島に人が住む前はそもそも、ここは海だった。岩礁の括れは、かつてここが海岸線で、何万年も波の浸食を受け続けたことを告げていた。五十年など瞬《まばた》きほどの時間だった。

キャンプ・キンザーから北谷町《ちゃたんちょう》へ、国道58号線を北上するときに右手に見えてくるのが普天間基地だ。

漣オバァは夕方の渋滞に巻き込まれた運転席から、普天間基地の景色を見て、珍しく何度も溜息を吐いた。いつもとは違う漣の様子に気づいた泉が、後部座席から声をかける。

「漣オバァ、どうしたの？」

「なんでもないさぁ」

「ううん。基地を見てワジワジー（イライラ）したよ」

泉は普天間基地が返還されるというニュースをほぼ毎日見聞きしている。それは沖縄人にとってよいことだ、と理解している。

「基地の返還話はこじれると長いさぁ」

「すぐに返ってくるんじゃないの？」

「ハッサ（とんでもない）！　順調に返還されても、再開発までに二十年はかかるさぁ」

「そんなに長いの？」

「これから行くアメリカンビレッジだって、那覇新都心だって、それくらいかかったはずだよ」

泉は基地の返還プロセスを知らない。日米両政府が返還に合意したから、すぐに再開発というわけにはいかない。地権者との折衝、自治体の財政力確認、環境保全対策など、複雑な手続きを経てようやく始まる。

「順調じゃなかったら、どれくらいかかるの？」

「五十年は覚悟しないといけないさー」

「そんなに⁉」

泉がパッとイメージしたのは、自分が漣オバァの歳《とし》の姿だった。六十歳の自分なんて、子供の泉には想像できない。

「那覇軍港だって、返還合意されているのに、いつまで経っても返ってこないさぁ。たぶん私が生きているうちはダメだろうねぇ」

普天間基地のフェンスにはたくさんの横断幕が掲げられていた。所謂、平和活動家たちが掲げた基地反対のメッセージだ。渋滞の景色の中に現れたのはデモ隊だった。チューリップハットにサングラス姿の大人たちが、金網に赤いリボンを巻いている。

「可愛いですぅ」

澪が風に靡《なび》くリボンを見てはしゃいだ。

「ヨーヨー（気をつけなさい）。あのリボンを触っちゃいけないよぉ。中にカミソリが仕込んであるからねぇ」

「ひっ！」

澪は思わず指を隠した。

「なんのためにそんなことするのよ」

「リボンだから素手で外せるって米兵を油断させるためさぁ」

「随分卑劣なことするのね」

汀はウンザリした様子で、活動家たちの姿が目に入らないように、窓に吸盤式のサンシェードを貼《は》り付けた。

「あたし醜いものを見たくないわ」

「私もああいうことをしてほしくないんだけど？」

「アメリカー《人》は頭がいいから怪我《けが》なんてしないさぁ。学校帰りの子供がリボンに触ったら怪我するのに、そういうところまで頭が回らないんだろうねぇ」

「全然平和的じゃないよ！」

泉が義憤に満ちた声をあげた。すると漣オバァはバックミラー越しに、さも不思議そうな顔で泉に視線を合わせた。

「あんたあいつらに何を期待してんだい？」

汀と泉は、彼らに強烈な違和感を覚えた。小学生の泉でも、彼らの活動が具体的な成果を上げたことがないことくらいわかっていた。カミソリ入りのリボンなんて、双方に憎悪しかもたらさない。

漣オバァは彼らから孫たちを遠ざけようと、車線を変更しようとする。忙《せわ》しないウィンカーの音が漣オバァの苛立ちを表しているかのようだった。

「五十年間フェンスに張り付いて、毎日毎日毎日毎日、カミソリ入りのリボンを巻き続けていたら、そのうち何者かになるんじゃないかねぇ？」

漣オバァの皮肉に、三姉妹は滑稽さよりも目眩《めまい》を覚えた。

「あんなの無視して、早くアメリカンビレッジに行こうよぉ！」

澪は床から離れた足をバタバタさせた。

*

アメリカンビレッジは今の沖縄の変化を象徴する最先端の街だ。米軍ハンビー飛行場が返還された跡地が大開発され、アメリカの雰囲気を纏った商業施設がオープンした。観覧車やお洒落なカフェ、芸能人が経営する雑貨店などが整備されつつあり、米兵や地元の若者たちが集《つど》うようになった。天久開放地の開発を控えた那覇新都心構想は、このアメリカンビレッジをベンチマークにしている。

澪にとってここは「沖縄の原宿」である。東京の雑誌やミュージックビデオの撮影によく使われることを知って、スカウトされに来たのだ。

もちろん可愛く見える場所も調べてあった。人気店『カフェ・ミストゥーラ』のテラス席だ。ここなら自慢の栗毛色のツインテールが、日差しで輝いて見えるはずだった。

「泉ネーネーの陰になって邪魔なんですぅ」

「大丈夫よ。あんたすぐ目立つから」

「着物が浮いてますぅ」

「あら？　何なら脱ぎましょうか？」

「ハイカラな店は緊張するさぁ」

　この街の半径五百メートルの円内で、最年長は自分だと漣オバァは自覚していた。まるでディズニーランドに年寄りが紛れているような気がする。

「見て漣オバァ、夕日が綺麗《きれい》よ」

　泉が海に背を向けて座る漣オバァを促《うなが》した。泉は夏の夕日が好きだった。空気が膨張しているせいで冬場の倍の大きさに見える気がする。また輪郭のグラデーションが、染めのボカシのように立体感を際立たせていた。太陽を球体と感じられるのが島の夕日だった。

　沖縄全土を黄金色に染める夕日が、アメリカンビレッジの小洒落た風景を紅型の柄に落とし込む。観覧車も、モールも、カフェも、現代風の紅型絵巻のようだ。

「私はこの時間が好きよ」

「あたしは夜が好きだわ」

「澪は朝が好きですぅ」

「朝寝坊のくせに、よくいう」

「いつか朝帰りしてみたいわ」

　全身を黄金色に染めた孫娘たちの姿を見た漣オバァは、この上なく愛《いと》おしい気持ちになった。喋れば癖の強い孫たちだが、夕日を眺めているこの瞬間は、仲良しの子猫のように大人しく並んでいる。

——誰が継いでもいいんだけどねぇ。

汀は色気が過剰だが、所作が優美だ。泉は頑固だが、物事を深く理解しようとする。澪は……。澪は……。と漣オバァはしばし考え込んだ。澪は、そのうちよいところが顕《あらわ》れるかもしれない。

「お待たせしました。明太子パスタです」

ウェイトレスが漣の方に皿を置こうとする。

「それ、澪のですぅ」

「お嬢ちゃん、辛いの平気なの？」

「大丈夫ですぅ」

と言った直後、澪はカバンからワシミルクの缶を取り出し、皿から溢れるまでかけ続けた。

それを目にしたウェイトレスも、周りの客も、テラスを横切る歩行者も、時が止まったかのように硬直した。明太子パスタは原形をとどめないくらい練乳に覆い尽くされている。

「ほらね。目立ったでしょ」

「嬉しいですぅ」

泉は気持ちが悪くなって、自分のサンドイッチを食べる気力も失せた。

今日三姉妹がアメリカンビレッジに来たのは、何も澪のスカウトを手伝うためではない。隣接するサンセットビーチで花火大会が催されるからだ。

「漣オバァ、早く早く！」

「泉、そんなに急《せ》かさない。花火は逃げないさぁ」

「私にいい考えがあるのよ」

泉は、アメリカンビレッジのランドマークになっている観覧車の列になんとか並んだ。このタイミングなら、観覧車の頂上で花火を見ることができる、と閃《ひらめ》いたのだ。観覧車の切符を購入した直後、最初の花火が打ち上がった。

「うわー。綺麗ですぅ！」

上空からの音に振り返った澪が向日葵《ひまわり》のような笑顔を浮かべた。

観覧車に乗り込んだ漣と三姉妹は、花火側の窓にべったりと張り付いた。次々と打ち上がる仕掛け花火の競演に目を輝かせる。

「ねー。なんで花火ってお花の形しかないのかなぁ？」

澪は素朴な疑問を呟いた。

「花火は球体にしかならないよ。丸い玉を爆発させるんだから」

「もっと変わった形の花火も見たいですぅ」

「ほら、ご覧なさい。今、輪っかが開いたわよ」

「そんなんじゃなくて、もっと、ハートとか、クリスマスツリーとか、リボンみたいな形の花火があればいいのになぁ」

「無理だよ。花火は真上から見ても、真下から見ても、円にしかならないよ」

「あ、今、文字みたいなものが見えましたぁ！　ＭＩＯの『Ｍ』だぁ！」

澪は消えかかる花火の跡を星座のようになぞって、文字を見出《みいだ》したと言った。

「夜空に文字を描く花火なんてありえないよ」

「ううん。見えましたぁ。ほら、また『ＭＩＯ』って上がりましたぁ！」

「そんな風に見えるなんて、澪は詩人だねぇ」

漣オバァは三姉妹を背後から包み込むように抱いた。

観覧車の頂上で、花火と一緒に記念写真を撮ることにした。コンパクトカメラのタイマーをセットした泉が、急いで席に戻る。

「三、二、一、はいチーズ！」

――愛しい孫娘たちと。

漣オバァは、フラッシュで赤目になった三姉妹との写真をずっと大切にしていた。

第二章　三姉妹の夢

二〇一九年　東京　銀座《ぎんざ》

気怠い都会の夕闇にネオンサインが点《とも》りだす。年中続く縁日のような活気が人々を街へと駆り立てる。ここは銀座並木《なみき》通りだ。昼間は裏道のように閑散としているが、夜になると高級車が乗りつけてくる。所謂高級クラブが犇《ひし》めく通りだ。

風に舞う小雨の一粒一粒がネオンに弾《はじ》かれ、宝石のように散っていた。

粋《いき》な蛇《じゃ》の目《め》傘を差した女が、着物の裾《すそ》を持ち上げながら通りを闊歩《かっぽ》していた。古典柄の『子持ち縞《じま》』は決して華やかな柄ではないが、色っぽく着こなしてみせるという自信の表れでもあろう。スプレーできっちり固められた髪型は、もはや帽子さながらで、鍔《つば》のように迫《せ》り出した前髪は雨粒をものともしない。傘を畳んだビルの入り口にはこんな看板があった。

——クラブ汀。

大人になった汀は、銀座の女帝の階段を三段飛ばしで駆け上がっていた。

その前に、汀のこれまでの人生をおさらいしておこう。

中学を卒業して祇園甲部《ぎおんこうぶ》の舞妓《まいこ》になった汀の伝説は今でも語り草だ。物心ついたときから、汀は花街で生きていく決意を固めていた。人を魅了するように踊るなら、現代において京都しかない、と意を決した汀は中学を卒業するや、祇園の舞妓になった。当然、両親の反対に遭ったが、芸の道を極めたいと押し切った。

　そこから汀の快進撃が始まる。一年はかかる女紅場《にょこうば》をたった二ヶ月で修了し、お座敷に上がることを許された。汀にしてみれば、日舞は琉舞の従姉《いとこ》くらいに近いもので、摺《す》り足や重心を落として踊るところは同じだった。たとえば「立ち上がる」という動作は上半身が前後に動いてはいけない。これは日舞も琉舞も共通している。洋服に慣れているとこの癖が抜けない。運動会でも着物を着ていた汀にとって、上半身がブレないのは当たり前のことだった。

　中学三年生で琉舞の最高選賞を史上最年少で獲《と》った汀にとって、厳しい訓練で脱落者が続出するといわれる女紅場は、幼稚園のお遊戯レベルに過ぎなかった。実際、踊りにしろ、三味線にしろ、笛にしろ、長唄にしろ、全部習ってきたものを本土風にアレンジするだけでよかった。井上《いのうえ》流の師範も汀の才能に「生まれながらの芸妓《げいこ》」と最大級の賛辞を贈った。

　誰もが汀はこのまま祇園で伝説の芸者になるものとばかり思っていたが、二十歳《はたち》で芸妓になるや否や、贔屓《ひいき》の旦那さんと結婚するという理由で、あっさり辞めた。プレイヤーよりもプロデューサーの方が面白そうだと感じたからだった。

　だからといって伝統に縛られた京都で新たにお茶屋を興《おこ》すのは不可能だ。仕来りから離れてもっと自由に、現代風のホスピタリティでおもてなししたかった汀は、上京することにした。富裕層向けの不動産会社のオーナーだった旦那さんには感謝しかない。

　一年後、最初の離婚をした汀は、銀座にワインバーを開いた。主にアフターでやってくるホステスたちを相手にする商売だ。気《き》っ風《ぷ》のよさと豪快な飲みっぷりでホステスたちの心を鷲摑《わしづか》みにした汀は、更に一年後、ポルシェビルの近くで中箱の店を構えるまでになった。それが『クラブ汀』である。オーナーとの契約は年二億円の売り上げだったが、祇園で築いた関西財界の太ゴネを駆使して、半年で予算を達成してしまった。

　今や銀座でクラブ汀の名を知らぬ者はいない。ビルの入り口にはいつも汀ママへのプレゼントが届いているからだ。今日のプレゼントは、帯のようなリボンに包《くる》まったブガッティである。日本では滅多に見られぬスーパーカーに、道行く男たちが次々と足を止め、スマホで撮影していく。

　汀はワイパーに挟まるカードを慣れた手つきで取った。

「まあ！　上海《シャンハイ》の海運王の李大人《リーターレン》からだわ」

　そういえば先月、店に来た李が汀にプレゼントを贈ると言っていたことを思い出した。彼は汀がカラオケ代わりに披露した二胡《にこ》の演奏に震えるほど感動したと言った。二胡は沖縄の御座《うざ》楽《がく》で使われるから、汀にとって珍しい楽器ではない。どの国からどんなお客様が来ても、その国の芸能でもてなすのが汀の流儀である。

　昇り竜の勢いで銀座を制する汀に陰口が立たないのは、他人の客を奪わないからである。クラブ汀の客はこれまで銀座に縁がなかった関西や中国や中東の富裕層たちだった。そして汀は彼らに、二軒目としては老舗《しにせ》の店を紹介した。

　老舗クラブのママたちは汀のことを、銀座を世界に広めた女として高く買っていた。

　そんなクラブ汀は、今日も開店の準備に余念がない。

汀は入り口にある生け花をさっと直した。花は毎日汀が生けているが、仕上げはチーママに任せていた。

「お花の首が曲がっているわ。お客様によく見えるようにしなきゃね」

店の顔はベーゼンドルファーのグランドピアノだ。内装は、オペラ座のボックス席でコンサートを聴いている風の拵《こしら》えである。そして壁一面のワインセラーがこの店の自慢だ。この壁にあるワインだけで総額二億五千万円以上する。

マネージャーとボーイたちを整列させた汀は、開店間際のチェックを怠らない。

「ひとつ、ひとつ、確実に。お辞儀は三秒をキープ。ほら、ヒロ、ネクタイが曲がっているわよ。カズさん、ズボンのポケットに余計なものを入れない。マサト、御髪《おぐし》が乱れているわよ。ナオヤ、トイレチェックは終わった？」

「はい、汀ママ！」

汀が拘《こだわ》ったのは、ボーイの質である。四大卒、第二外国語の修得は当たり前。親の躾《しつけ》、礼儀がちゃんとしていること。そして余所《よそ》の店からは引き抜かない。この条件で集めた結果、元外資系ホテルマン、元百貨店の外商部勤務、元三ツ星レストランのソムリエ、元外資系エアラインの男性客室乗務員などがボーイとなった。彼らは黒子に徹するが、そこで手を抜かない。客は店の土台の強さを見ているのだ。

銀座のホステスは意識が高いから、それほど苦労しなくても質のいい子はすぐに集められる。もし多少の粗相があっても汀がフォローできた。しかしボーイは汀をフォローしなければならない。ボーイにこそ、プロのホスピタリティが必要だった。それに仕事のできる男は、みんないい顔をしている。クラブ汀は、客がボーイたちを「ウチの会社に来い」とスカウトするほどの粒揃いだ。

「では、オープンよ。今日も頼りにしているわよ」

午後七時、クラブ汀の舞台の幕が上がった。

同伴で出勤してきたのは、芸能事務所に所属する櫻井《さくらい》カレンだ。百七十八センチの長身を活かして敢《あ》えてヒールを履かせた。背が高すぎるのをコンプレックスにしていたカレンは、無意識の猫背で、小さく見せようとする癖があった。そんな彼女に汀は、ミュウミュウのノックオフを買い与えた。カレンは姿勢が良くなった途端、人気が出た。一代で財を成した男は、目立つアイテムを好む。汀はカレンに、男たちのトロフィーになれと教えていた。

今度は三人連れの客だ。

「あら岸本《きしもと》さん、いらっしゃい」

「ママ、俺のことを覚えてるの？」

岸本はクラブ汀に来るのは初めてだったが、十一年前に汀のワインバーを訪れたことがあった。

「何言ってるのよ。キュウリ入りのジントニックがお好きだったじゃない」

汀は一度訪れた客のことは絶対に忘れない。たとえ十一年ぶりだろうが、話した内容、酒の好み、飲み方、女の子の趣味など全部覚えている。

ボーイのナオヤは元一流ホテルのベルボーイだった。客の雰囲気を一瞥《いちべつ》しただけで、誰を「係」につければいいのか瞬時に判断できる。岸本のワイシャツの襟元だけに当てられたアイロンが、倦怠感《けんたいかん》を醸《かも》し出していた。

　こういう時は聞き上手な恵《めぐみ》の出番だ。

「恵さん、岸本さんをお願いします」

　恵は銀座の女にしては野暮ったい見かけだ。口紅だけのポイントメイクが特徴で、髪型も服も地元の信用金庫の女性事務員といった出で立ちだ。その代わり、とてつもなく聞き上手で男の無意識の悩みを上手く探り当ててくれた。恵はかつてスクールカウンセラーとして十五校を掛け持ちしていたほどの凄腕《すごうで》なのだ。いじめ自殺を未然に防いだり、学級崩壊でノイローゼになった教師を救ったり、モンスター化したＰＴＡを解散させたり、と教育業界で名を馳せていた恵を汀がスカウトした。

「中津川《なかつがわ》恵と申します。よろしくお願いします」

　恵はおしぼりを一度広げて熱を冷ましてから渡した。岸本が眼鏡をテーブルに置いて顔を拭《ふ》いている間に、きちんとクロスで拭いてトレーにセットした。まるで眼鏡屋で下ろしたての品を引き渡すときのようだ。

「ありがとう。君は気が利くんだね」

「これくらいはさせていただかないと、私なんてすぐに西川口《にしかわぐち》に飛んじゃいますから」

　岸本が噎《む》せた。飾り気のない恵の口調に岸本はすっかり気を許してしまった。

「恵さん、聞いてよ。今度さ、俺の娘が結婚するんだけど、ＢＧＭっていうの？　あれで悩んでいるんだよ」

　そう言って岸本は音程のズレた鼻歌で曲のフレーズをハミングした。娘の結婚式でかけたい曲を探しているときに、ある店でこの曲を聴いたそうだ。この曲だ、と思って急いで覚えたけれど、音程がズレているせいで誰に聞かせても曲名がわからないという。

「鳩が鳴くんだよ。ポッポー、ポッポーって……」

恵はもう一度聞かせて、と岸本に頼んだ。元の曲が何だったのかわからないくらい調子外れのハミングだったが、恵は高校までピアノを習っていたから辛《かろ》うじて復元できそうだった。

「岸本さん、もしかしてこれじゃないかなぁ……」

恵は店のベーゼンドルファーに向かって演奏し始めた。ベーゼンドルファー特有のハスキーな音色は、誤魔化しが利かない。下手《へた》な人が弾くと、あなたは今こうタッチしましたよ、とシビアに反応する難しいピアノだった。それをいとも簡単に弾きこなす恵は、相当な腕を持っていた。

奏でられた曲を聴いた岸本がショックを受けたように立ち尽くした。

「そう。これ！　間違いない。この曲だよ！」

「これは『おもちゃのシンフォニー』という曲です。作曲はエトムント・アンゲラー。オーストリアの神父です」

恵はすぐに、名刺の裏に曲名と作曲者名を書いて岸本に渡した。

「ありがとう恵さん。さすが銀座のホステスは学が高いなあ」

「岸本さんのお役に立てて光栄です」

岸本は恵にすっかり魅了されてしまった。

中箱といっても三十席はある。その全てに目を配るのが汀の仕事だ。奥のボックス席では、常連のセクハラ親父の細谷《ほそや》がホステスのスカートの中に手を滑り込ませていた。

「細谷さんったら、もう出来上がっちゃって」

汀は席に割って入り、細谷の手を両手で包み込むようにホールドした。膝の上でがっちり押さえ込んでいる間も、汀はじっと細谷の目を見つめて優しく微笑《ほほえ》んでいる。髪とか着物とかを触られたくないときには、こうやって押さえ込むのだ、と祇園のお姉さんから学んでいた。

「細谷さん、私も一杯いただいてよろしいかしら？　カズさん、升を持ってきて」

汀はひらりと立ち上がって、演歌歌手が歌い上げるように仰け反った。

「いいねえ、その飲みっぷり！」

酒豪の汀の飲みっぷりは八岐大蛇《やまたのおろち》級だ。一気に飲み干した升をカツンとテーブルの上に叩きつけた。まるで舞台で柝《き》が入ったかのように、店が一瞬にして静まり返る。汀は一呼吸置いて、帛紗《ふくさ》で升を拭《ぬぐ》った。

「それ、俺が誕生日にプレゼントしたやつ……」

「そうよ。細谷さんセンスがいいから、いつも使わせてもらっているのよ。うふふ」

「汀ママは俺の女神様だから」

と細谷は目を潤ませる。汀の懐に頭を突っ込む細谷はまるで五歳児のようだった。

細谷の会社がかつてリーマンショックで破産したとき、汀が被った売掛金は五百万円だった。しかし汀は決して取り立てようとせず、むしろ細谷が再起できるように、新たなビジネスパートナーとの縁を取り持った。経営の才覚があった細谷は、瞬く間にかつてと同じくらいの収入を稼ぐようになった。以来、細谷は毎月三百万円を落としてくれる上客となった。

汀は一時の損得勘定で人付き合いしない。付き合うと決めたら、とことん面倒を見る。たとえそれで借金を被っても意に介さない。どんなことをしても必ず返す自信があるからだ。

そんな姿勢がアフターにも表れている。深夜零時過ぎ、クラブ汀が閉店した後、汀の夜回りが始まる。アフターにあぶれたホステスたちが行く店に顔を出すのだ。憂さ晴らしで自棄酒《やけざけ》を飲んでいるホステスたちを見つけると、ポンとドンペリピンクをテーブルに置く。

「みんな今日もお疲れ様でした！」

「ママ、イナバウアーやって！」

演歌歌手の歌い上げのポーズをそのままさらに仰け反らせると、頭を下にした逆U字形になる。これが汀のイナバウアー飲みだ。恥も外聞もなく、着物の股《また》を割ってぐいっと仰け反った汀に、ホステスたちがどっと沸いた。

「これは奢《おご》りよ。じゃあね」

こんな調子で四軒ほど梯子《はしご》すると午前二時を回っていた。汀が銀座に落とす金は一晩で二十万円ほどだろうか。いくら稼いでも出て行く金が多いので、収支がどうなっているのか本人にもわからなかった。ただ引き抜きが多いこの業界でも、クラブ汀の離職率は驚くほど低かった。ボーイもホステスも居心地の好さと高待遇を考えたら、汀についていった方が断然、楽しかったからだ。みんな前職よりも上増しの待遇で引き抜いたスタッフだった。同業者が知ったら青《あお》褪《ざ》めるほどの高給取りばかりだ。

午前二時半、汐留《しおどめ》にあるタワーマンションの自宅に帰った汀は、ほっとしたように帯を解いた。女のひとり住まいにしては大仰なほど立派な部屋だが、家具は最小限しかなかった。汀が拘ったのは、リビングを畳敷きにすることだ。これなら床に着物や帯を並べることができた。

着物なら百着は持っている。絽《ろ》、袷《あわせ》、紗《しゃ》、訪問着、付下げ、色無地、江戸褄《えどづま》、絣、紬、総絞り、縮緬《ちりめん》。西陣《にしじん》の五十本の帯と組み合わせると毎日違う装いができる。これらは全て作家の一点物だ。貰ったものもあるが、毎月一着は仕立てているから、総額はどれくらいになるか、これも汀にはわからない。

幼い頃に思い描いていた衣装道楽は実現できた。あと六回は結婚できる。まさに有頂天といったところなのに、汀はまだ満足していない。これから寝るまでの間の二時間、お礼状を三十通書かなければならないのだ。寝て記憶が薄れる前に、覚えていることを全て書き留めておく。文机《ふづくえ》に硯と筆を置いた汀は、達者な筆捌《さば》きで、礼状を認《したた》めていった。

『岸本さん、お嬢さんの結婚式のＢＧＭがわかってよかったですね。うちにあったエトムント・アンゲラーのＣＤを同封致します。うちの恵を今後とも可愛がってくださいね』

汀の礼状のポイントは、個人的なエピソードを必ず一行入れることだ。たとえ自分が席に着かなくても、閉店後の飲み会でホステスたちから情報を仕入れている。これがリピーターを生み出す秘訣《ひけつ》だった。

礼状を一気に仕上げたところで、汀は遅い夜食を摂ることにした。冷蔵庫の野菜室はびっしりと沖縄産のゴーヤーで埋められていた。これを五本分、ジュースにする。

本土で流通しているゴーヤーは品種改良されて苦味が抑えられている。本場のゴーヤーはどす黒い濃緑色で、耳の穴が痒《かゆ》くなるほどの苦さだ。これじゃないと栄養にならない。苦味成分たっぷりのゴーヤージュースはヨーグルトのようなペースト状になった。汀はこれをジューサーカップごと一リットル飲み干すのだった。

「ヌチグスイ、ヌチグスイ……」

（滋養、滋養……）

カップを空にした汀はバタッと床に倒れた。これは生粋《きっすい》のウチナーンチュでものたうちまわるほどの苦味なのだ。まず鼻腔《びこう》から目頭にかけてささくれた割《わ》り箸《ばし》を突き刺されたような痛みを覚える。それから三半規管が麻痺して、天地がぐるぐる回り出す。しばらくして、胃がクラインの壺《つぼ》のような位相幾何学的捻転を起こす。苦味で全身が痺《しび》れるという感覚だった。どう考えても毒劇物的な刺激なのに、汀はこれをしないとリセットできない体になっていた。

汀は毎日酒を一升分は飲んでいる。このアルコールを抜くためにどうしてもゴーヤージュースの力が必要だった。そのお蔭で肝機能検査値は赤ちゃん並みと医師からもお墨付きを得られたほどだ。

これからクチャという沖縄のマングローブで採れる泥で髪を洗い、スプレー一本分の整髪剤を落とす。普通のシャンプーだと何度も洗わないと整髪剤は落とせないが、クチャの成分のシルトは五ミクロン以下の極微粒子で、マイナスに帯電している。毛穴の皮脂や汚れはプラスの電荷を持つので、一回の洗髪で汚れをきれいに落とせる上に、ミネラルによるリンス効果もある。着付けとセットに一時間かけるが、落とすのにも一時間だ。

午前五時、これでやっと汀の一日が終わる。

「今日もあたしは頑張ったわ……」

「汀ママ、汀ママ……」

午前十一時、合鍵を持ったマネージャーの神田隼人《かんだはやと》が汀を揺さぶり起こす。昨夜は布団に入る手前で力が尽き果てたようだった。ザンバラ髪になった汀は妖艶な色気の欠片もなく、戦場で朽ち果てた落ち武者のようだった。こんな姿を見せられるのは長年の相棒の隼人だけである。

「隼人、おはよう……」

公認会計士の資格を持つ隼人はクラブ汀の頭脳だ。しっちゃかめっちゃかな経営をしている汀の手綱を彼がしっかりと握り締めているからこそ、成り立っている。

「汀ママ、王《ワン》さんの売掛金は二千万円を超えそうです。どうすればいいのか……」

「もっとあるかと思ってたわ」

「銀聯《ぎんれん》カードは外貨持ち出し制限に引っかかるってあれほど言ったでしょう」

「三十枚フルに使えば制限を突破できるんじゃなかったの？」

「中国の金融引締め政策で、王さんの会社の口座が止められたみたいなんですよ」

「まあ、お気の毒に！　王さん大丈夫かしら？」

「大丈夫じゃないのはこっちですよ」

「しょうがないわね。代わりのお金持ちを呼ぶわよ」

汀は飛び跳ねた髪をバレッタでまとめて、スマホの言語をアラビア語に設定した。そして慣れないアラビア語入力でなんとか文字を打ち出した。

السلام عليكم

『アッサラーム・アライクム（こんにちは）』

「誰にメールしているんですか？」

「アラブ首長国連邦のムハンマド・ビン・スルタン閣下よ。投資担当大臣」

「どこでそんな方とお知り合いに？」

「この前、サウジアラビア大使館のパーティーで会ったのよ。二千万円分飲んでもらうわ」

　隼人の顔色は青くなったり赤くなったりと目まぐるしく変わった。一晩かけてチマチマ計算していた売掛金が汀のメール一本で解決してしまう。これが汀と組む醍醐味《だいごみ》だった。

「ところで汀ママ、今日の午後は一緒に出かけると言ってましたけど、どこに行くんですか？」

　汀はドルチェ＆ガッバーナのセットアップパンツスーツに着替えてサングラスをかけた。洋服姿の汀を見るのは滅多にないことだ。普段着が着物の汀が洋服を着るとき、それはお忍びという意味を持っていた。着物に隠されていた豊満な肉体がはち切れんばかりに強調されると、ゴージャスな雰囲気に変わった。

　隼人と汀が現れたのは銀座の並木通りだ。昼間は人もまばらで静かな通りだった。

「汀ママ、ここは店の側じゃないですか？」

「いいこと隼人？　クラブ汀は中箱から打って出るのよ」

「なんですって？　今でもうちは銀座で五本の指に入る店なんですよ」

「あたしは一番じゃなきゃイヤなの！」

　汀の野望は路面店進出だった。ビルを一棟まるごと借りて、一階から最上階までの全フロアをクラブ汀にするのが夢だった。

　その話を聞いた隼人は再び青褪める。

「バカな。路面店だなんて。エルメスとかシャネルなんかのスーパーブランドじゃあるまいし」

「あたしは世界のマダム・ハナシロになりたいのよ！」

　クラブ汀は外国人富裕層を主なターゲットにしている。彼らは日本人経営者のように人目を忍んで銀座に来ることを好まない。富を見せつけるように高級車で乗り付けて、羨望《せんぼう》の眼差しを浴びながら店に入ることを好んだ。中箱は彼らの好みからちょっと外れていたのだ。

　そこで汀が狙ったのはポルシェビルだ。銀座のクラブはポルシェビルから何軒目という案内をする。それほど並木通りではシンボル的な存在だ。クラブ汀もポルシェビルから四軒目と説明するとわかりやすいので、そうしていた。汀はあるとき、ふと気づいた。いっそポルシェビルがそうだ、と言えば話が早いのではないか、と。

「汀ママ、正気ですか。ポルシェビルなんて買収できっこないですよ」

「あたしがディーラーをやるわよ。毎日ポルシェを三台売ればいいんでしょ？」

「年間一千台！」

　ポルシェ本社もその条件なら考えてもいい、と乗り気だ。実に日本での販売シェアの十四パーセントを占める計算になる。オーナーチェンジして、一階がポルシェのショールーム兼クラブ汀の入り口なら、東京のみならず世界にも名が通る。世界の富裕層の顧客を汀は握っている。接客しながらポルシェを売るなんてわけないことだ。

生真面目《きまじめ》な性格の隼人は汀の突飛な話に動悸《どうき》がしてきた。

「そんな簡単に買収なんてできるとでも思ってるんですか？」

「今の店だとオーナーの縛りがあって、自由にやれないのよね」

「それは人件費が高すぎるからです。うちの人件費は他店の三倍です」

「優秀な人材にはお金を出すのが筋でしょ？」

　クラブ汀が流行っているのはオーナーも認めるところだが、利益が期待したほどではない、というのがオーナーの主張だった。売り上げは年間四億円あるが、オーナーが所有する二億円の別の店と利益が同じなのだ。だからといって、汀に出て行ってほしいわけじゃない。少しだけ人件費を抑えてほしいというのが要望だった。だが、そんなケチくさい話は汀の聞き入れるところではない。

「それでね、ポルシェビルの所有者と話をしたのよ。丸ごといただけないかしらって」

　隼人は何も言わず仰け反った。

「保証金は五億円なんですって……」

　汀はポルシェビルのショーウインドウにベッタリと張り付いて鼻息を吹きかけた。

*

新宿《しんじゅく》歌舞伎町《かぶきちょう》

高級店が立ち並ぶ銀座とは打って変わって、新宿には闇鍋のように雑多な人種が集まる。特に歌舞伎町は、出自を問われない土地柄もあって毛色の変わった人たちの楽園だった。軽く通りを流しただけでも、ホステス、風俗嬢、ホスト、キャバ嬢、ヤクザ、外国人売春婦、売人、メイドカフェの店員、ホームレス、家出少女、何かの事件の逃亡犯、と名札をつけたようにわかりやすい面構えをした人種が通り過ぎる。一般人がここを歩いていると、むしろ自分が普通すぎて街の雰囲気にそぐわないのではないか、と不安を覚えるほどである。

　そんな懐の深い歌舞伎町の一角に、新たな種子が飛来した。所謂『地下アイドル』である。本来はプロデビュー前のインディーズのカテゴリーだったはずだが、最近では地下アイドルがゴールになっている傾向がある。

　極近視眼的に見ると、それは百平米四方を世界の全てと捉えた場合だが、ある種の熱狂が確かに存在する。そして外の世界のほとんどと氷点下で断絶していた。

　ここ新宿のライブハウス［SARZ］は、地下アイドルの聖地である。

　ライブの構成は単純だ。十六組の地下アイドルが一曲ずつ歌って百二十分だ。それは真打が存在しない全員前座のライブである。各アイドルには少なくとも五、六人ほどの熱狂的ファンがついているので、十六組集めれば百人程度の観客になる。ライブハウス側としては、手堅い商売だった。

〽夢を叶えること、OH YEAH!
自分を信じること BELIEVE ME!

きっと明日は輝く未来　SHINY DAYS!
NEVER CRY! NEVER CRY!

「みんなありがとー！」

ステージ前で潰《つい》えてしまうようなまばらな拍手だった。スポットライトを浴びていたのは澪である。

花城三姉妹の問題児の澪は、地下アイドルになっていた。ただし経緯が他の地下アイドルたちとはちょっと違う。

地元沖縄のローカルＣＭ出演まで果たした澪は、高校入学を機に上京してトップアイドルを目指すことにした。本来の素材の良さから、すぐにティーン雑誌の読者モデルとして誌面を飾ることには成功した。澪のふわっとした雰囲気が、生活感のなさを求められるファッション誌と合致したのだ。

そのままそこでちやほやされていればよかったものの、澪は強欲だった。表紙を飾ったらモデル卒業と決めていた彼女は、半年後にはグラビアアイドルに転身した。

清純派と押し切れば、お尻もおっぱいもギリギリまで露出してよいグラビアアイドルは、澪の天賦《てんぷ》の才とうまくハマっていた。思えばグアムロケも行った、オーストラリアロケも行った、ハワイロケも行った。事務所の押し出しも十分だった。天然ボケのトークも、青年マンガ誌の付録ＤＶＤのインタビューにはキャッチーだった。

ロケバス三十人の中のひとりだった澪は瞬く間に番手《ばんて》を上げていき、巻頭グラビアの常連となった。

しかしある事件が澪の人生を台無しにした。覚えているだろうか、雑誌のグラビア担当がロケ打ち上げの様子をＳＮＳにうっかり発信してしまったあの事件を。現場のカラオケルームの画像には、アルコールを摂取する澪の様子がしっかりと写っていた。

『グラビアアイドル飲酒ご乱行』

世間はスポーツ新聞のこの見出しで澪の名前を認知してしまった。清純派だから乳首以外は見せても可だが、未成年の飲酒は不可なのがこの世界の掟《おきて》である。どんなに素行が悪くても、男性遍歴が派手でも、誌面ではあくまで清純派なのである。そこがＡＶ女優との違いだ。

雑誌の担当者は懲戒解雇、澪出演の深夜番組は撮り直し、広告主からは契約解除と所属事務所に損害賠償請求、営業はキャンセル、と一夜のうちに澪は転落した。

普通なら精神がおかしくなるところだが、澪は一晩寝たらケロッと忘れた。芸能事務所を解雇された澪は、芸名を『MIWOON』と変え、再び芸能界を志した。

新しい芸能事務所は、澪にスキャンダラスなイメージがつきまとうなら、いっそ利用した方がいいという方針で、ぶっちゃけトークアイドルに仕立てあげようとした。奔放《ほんぽう》な恋愛経験を始めとした告白が澪の売りだったし、途中まではうまくいった。ＤＶ被害、ダメンズ好き、極貧生活、結婚詐欺《さぎ》被害、危険な新薬臨床試験のバイト……。澪の実録話は一般女性の共感を呼んだ。

あの発言をするまでは――。

『枕なんてフツーですよ』

潮目が変わるというのは、まさにこのことを言うのだろう。五分前まで爆笑に包まれていた生放送のスタジオがしんと静まり返った。私生活は奔放でも、仕事では真面目という芸能界の不文律が理解できなかった澪は、視聴者から大バッシングを浴びた。

『なんで？　アオイちゃんも、パルファンも、セーラも、みんなやってるのにー？』

この澪の苦し紛れの発言のせいで、数名の現役トップアイドルたちも余波を食らった。澪の事務所の社長は十億円を超える損害賠償を苦に失踪《しっそう》してしまった。

二度の芸能界追放を食らった澪は、最後の浜辺へ漂着した。それが地下アイドルである。ここは澪の最終防衛ラインだ。

ライブハウスは満員だったが、澪の客は十人もいないだろう。ここは世界でも珍しい、満員とがら空きを同時に体験できる空間である。

「大崎《おおさき》さーん！　来てくれてありがとー！」

客席の隅にいた汗っかきのデブが、黄色く染まったシャツの腋汗《わきあせ》のシミを見せつけるように手を挙げた。

地下アイドルも千差万別で、プロのアイドル顔負けの稼ぎを誇る者もいる。「チェキ」と呼ばれるファンサービスによってだ。インスタントカメラの写真はスマホの画像と比べて拡散されにくく、アイコラと呼ばれる加工も難しい。何より一点物の価値がある。地下アイドルとチェキを撮り、プリントした写真にサインして、五分間お喋りをする料金の相場が千円だ。これを千チェキという。十人と千チェキをすれば、地下アイドルの収入は一万円になる。

楽屋前の通路は、お目当の地下アイドルたちとファンの懇親会場になっていた。

「澪ちゃん、チェキしてください」

「はーい。佐久間《さくま》さん、奥さん元気ー？」

「嫁はメンテに出してるんだ」

「ウィッグはちゃんと人毛のを使った方がいいよー」

「お化粧ってトルエンで落としちゃダメなんだね」

「そりゃそうだよ。シリコンが溶けちゃうよー」

　この不思議な会話は、佐久間の「嫁」が工業製品だと分からなければ理解できないだろう。澪は佐久間の腕を取って、満面の笑みで写真を撮った。

　このチェキだけが澪の現金収入だ。ステージのギャラも交通費も衣装代も支給されない。ほとんどの地下アイドルは芸能界の華やかなイメージとは裏腹に、ド底辺の暮らしをしていた。

　一方、他の地下アイドルたちのチェキは暴走状態である。

「ライトキス、五千チェキでーす」

「ベロチュー一万チェキ」

「こっちは手ブラチェキよ」

　上半身裸になった地下アイドルが手で胸を隠した写真が手ブラチェキだ。背後から男の手でブラをする逆バージョンは値段が倍になった。

　逆手ブラチェキを二万円で申し込んだ男が、背後からわざと乳首を指で挟むように手ブラする。

「もー。坂田《さかた》さんってば、エッチなんだからー」

和気藹々《わきあいあい》とした雰囲気は淫靡《いんび》さを感じさせない。まるで学校の健康診断の光景のようですらあった。

「みんな危ないなー」

澪はその光景を冷静に眺めていた。澪はお姫様抱っこが許せるギリギリのラインだ。手ブラ、ましてや逆手ブラなんてやったら、三度目の芸能界追放になる。

十把《じっぱ》一絡《ひとから》げに映る地下アイドルたちでも、マネジメントを受けている地下アイドルと、放任されている野良アイドルに分けられる。事務所がしっかりしている地下アイドルは、過激なチェキは禁止されていた。もし危ない場合には、マネージャーが割って入った。しかし野良の場合、和気藹々とした雰囲気に流されてチェキが過激化することがある。ファンの歓心を買いたくて、売春に走る子なんてザラにいる。そしていつの間にか消えていく。一般社会に戻れたらまだ幸運で、大抵はパニック障害になったり、鬱《うつ》病になったり、リストカットが癖になったり、と外界との繋《つな》がりすら途絶えてしまうことになる。

だけど彼女たちは、いつかトップアイドルになって武道館をいっぱいにする日を夢見ていた。

十六組六十四人の地下アイドルの楽屋となると、充《あ》てがわれる部屋もない。トイレの個室で着替えられるのはまだ待遇がいい方で、ケープを羽織って通路で着替えが普通だ。一見するとそこは被災者の避難所と変わらない。

「澪さん宛《あて》にプレゼントが届いてますよ」

ライブハウスの従業員が忙しなくやってきて、小包を渡す。澪のファンからの差し入れだ。澪はこれを「妖精さんからのプレゼント」と呼んでいた。

「ありがとうですぅ。妖精さんは何を送ってきてくれたのかなー？」

ネット通販の素っ気ないダンボール箱を開けた澪は、目を丸くした。

「なんですか、これー？」

箱にはカメラを掃除するブロアーのようなものがゴロッと入っていた。それが何かわからずに澪がペコペコ押していると、地下アイドル仲間から悲鳴が上がった。

「やだ。気持ち悪い。それ月経カップよ！」

「それ、なんですかー？」

澪はシリコン製のカップから送られる風を頬に当てている。

「生理の時にアソコに入れて血を溜《た》めるためのものよ」

生々しい品を見た地下アイドルたちは、露骨に嫌悪の表情を浮かべた。だが、澪は違う。

「さすが妖精さんですぅ。澪の排卵日をちゃんと知ってましたー。ほら、こうやってペコペコすると涼しいですよー」

「きゃあああっ！」

隣にいた地下アイドルに月経カップからの風を送ったら、みんな逃げ出してしまった。

そんな澪だから、地下アイドルたちからイジメられてもいた。

『ババア、死ね！』

フライヤーの裏に殴り書きされたものが便器の中に浮かんでいた。

「まただ……」

澪はがっくりと膝を落とす。澪の私服は男子トイレの大便器に投げ込まれていた。なまじ知名度のある元芸能人の澪は、女子のイジメに遭いやすかった。澪のトレードマークのツインテールを根本から切られたこともある。マチ針で背中を刺されたこともあった。服がハサミで切られるなんてザラだ。だから高価なものは身につけないようにしている。

　貴重品だけでも回収しなきゃ、と澪は汚れた便器に手を突っ込んだ。財布に大した金額は入っていないが、中には澪の宝物があった。

「漣オバァ、どうしてるかな……」

　折《お》り皺《じわ》がついた写真には、観覧車の席で漣に抱っこされた三姉妹が写っている。子供の頃の思い出で真っ先に思い浮かべるのが、北谷のアメリカンビレッジで遊んだ二十年前のあの日だ。祖母も二人の姉も澪に温かかった。いつか一流の芸能人になって、漣オバァや姉たちに胸を張って会いたいと思っているのに、今の澪はアンモニアの匂いがこびりついた男子便所の前で、途方に暮れている。

　振り返ると、目をシバシバさせるような匂いを放つ包茎チンポが勃起《ぼっき》した首を上下させていた。

「聞いたぞ。フェラチェキしてくれるんだってな？」

　澪の額にクシャクシャになった一万円札がペタッと貼られた。

「澪、そんなことしないもん！」

　澪は汚水に塗《まみ》れた私服を抱えて、男子トイレを飛び出した。

　澪は歌舞伎町のとんかつ屋で、マネージャーの五十嵐《いがらし》と打ち合わせをすることになっていた。

「五十嵐さん、おそーい！　プンプン！」

安手のスーツを着た五十嵐が片手でごめんと謝りながら小走りに席に着いた。四十代後半の五十嵐はいかにも栄養不足といった痩せ型の男で、白髪《しらが》交じりの頭がタンポポの綿帽子を連想させた。

　五十嵐との出会いは澪がグラビアアイドルをしていた頃まで遡る。雑誌編集をしていた五十嵐はグラビア班のデスクだった。グラビアはセンシティブなページなので、できるだけ堅物が担当に就くことになっている。

　当時、五十嵐は結婚していて娘もいた。グラビアなんて門外漢だったが、雑誌のためだからと編集長から懇願され渋々グラビア担当になった。常に妻から枕営業を疑われ、中学生の娘からは軽蔑され、針の筵《むしろ》のような毎日だった。

　グラビアページは短期集中決戦で、できる限り撮り溜めする。特に冬場は国内での撮影が不可能なため、南半球のオーストラリアロケが主流だった。これが難所だった。

　海外、特に英語圏の国で、ビーチで水着の未成年の女の子を撮影すれば、児童ポルノとされる。いくら日本では普通のことだといっても、現地の法律では違法だった。ホワイトヘブンビーチで現行犯逮捕された五十嵐は、五日間勾留《こうりゅう》されてしまった。会社が現地の弁護士を駆使して、なんとか釈放されたものの、五十嵐は二度とオーストラリアに入国できなくなってしまった。パスポートに「SEX OFFENDER（性犯罪者）」と警告文がタイプされているからだ。

　海外ロケができないグラビア担当は編集部でも用無しだった。急遽《きゅうきょ》募集した新たなグラビア担当は、元ホストの男だった。五十嵐は大反対したが、人材難に加えて海外ロケは三日後に迫っていた。一抹《いちまつ》の不安を覚えた五十嵐は、当時イチオシだった澪に、こう告げた。

「絶対にあいつと二人っきりになるな」

それがＳＮＳで炎上した事件の元凶となった男だった。

五十嵐はオーストラリアの一件を家族に黙っていた。そしてハワイへの家族旅行のときに、五十嵐だけ入国審査で拒否された。性犯罪者とは一緒にやっていけないという理由で妻から離婚届を突きつけられ、娘からは結婚式にも出てほしくないと言われた。以後、伝手《つて》のあった芸能事務所を転々とし、五年前に独立した。だが、事務所の家賃も払えなくなり、車中泊の窮乏生活に陥ってしまった。

当時、澪は二度目の芸能界追放中で、マネジメントの力を必要としているときだった。

売れているときはちやほやしてくれる取り巻きもたくさんいたが、落ちると津波の前の引き潮のように海底が露出するまで去っていくのがこの世界だ。全裸で都会の真ん中に放り出されたような絶望感の中で澪は、これまでの人生と向き合った。業界の名刺は千枚以上あったが、胸に染み入る会話が思い出された人はひとりしかいなかった。それが五十嵐である。

五十嵐の事務所はかつて板橋《いたばし》のマンションの一室にあったらしい。というのは、五十嵐が車中泊をしていたときにそう聞いたからだ。見るに忍びなかった澪は、自宅のアパートに五十嵐を迎えた。

澪は人伝てに五十嵐を探し出し、再々起させてほしいと懇願したのだった。澪はチェキの稼ぎでホームレス一歩手前だった五十嵐にスーツを買い、革靴を買い、鞄《かばん》とスマホを持たせた。生活費で足りない分は居酒屋でバイトして補塡《ほてん》している。

芸能事務所『アズール』の所属タレントは澪だけである。

地下アイドルの中でも澪はメディアの露出が多い方だ。インディペンデント系カルチャー誌『Rocket』でもしばしば特集されるまでになっていた。しかし人気爆発には今ひとつきっかけが足りないのも事実だ。

「澪ちゃん、今日はすごい話があるんだ！」

「とんかつ先に食べちゃうぞー」

五十嵐はお冷やをお代わりして汗を拭いた。ライブの立会いをキャンセルしてまでやりたかった打ち合わせとは、何だったのだろう。

澪は熱々のとんかつに練乳をたっぷりとかけた。キャベツ、お新香まで乳白色に染まっていく。

「え？　味噌《みそ》汁にも入れるの？」

五十嵐は逃げ腰で椅子《いす》から立ち上がりかけた。

「ところで澪ちゃん、今日オレ、大河原《おおがわら》監督と会ったんだよ」

「大河原監督って『盗人挙《ぬすびとこぞ》りて』の人？」

「そう。カンヌグランプリの監督さん。あの北崎倫子《きたざきのりこ》を大スターにした人！」

「すごーい！」

「前に宣材を出したら、興味を持ってくれてね。澪ちゃんで主演映画を撮ってもいいんだって！」

五十嵐がこんなに興奮するのを初めて見た気がした。目だけがまるで二十代の若者のような輝きを放っていた。

「オレ、澪ちゃんの危うさは絶対、大河原監督向きだって思ったんだよ。そしたら、企画している映画があって、ちょうど澪ちゃんとイメージが合っているんだってさ！」

「うん、絶対合ってるー」

「それで来週、オーディションを受けてほしいんだ」

「うん、受けるー。受かったー。パチパチパチパチ」

　澪の鼻息が荒くなった。ついに運が巡ってきたのだ。地下アイドルになってから淫《みだ》らなことには一切手を出していない。五十嵐のアドバイスを頑《かたく》なに守ってきた。

　翌週、澪は五十嵐の指示通りコンサバなファッションに身を包み、オーディションを受けた。西新宿にある貸し稽古場は、折り畳み椅子が中央に置いてあるだけの、殺風景な空間だった。テーブルに並ぶ気難しい顔をしたおじさんたちに、爪先から耳たぶまで品評会のようにしげしげと眺められた。

「十七番、アズールの花城澪です。よろしくお願いします」

　世間のイメージでは強面《こわもて》の大河原監督だったが、実際に会ってみると好々爺《こうこうや》だった。何か台詞《せりふ》でも言わされるのかと思っていた澪は、ちょっと期待外れだった。

「あの……。どんな役なのか教えていただけますか？」

「役のことは意識しなくていい。君の素顔を見たいんだ。君の人生で一番衝撃的だったことを話してください」

　澪はちょっと考えてから、静かに語った。

「えっと。ファンからの差し入れで骨壺《こつつぼ》をいただいたことです……」

「おおっ！　それはすごい！」

社会の暗部を撮らせると世界一、と謳《うた》われる巨匠の食指が動いたようだ。

「箱に入れて楽屋に置かれてて、リボンがしてあったので、てっきりケーキかと思って開けちゃったんです。そしたら人骨が入っていました。怖いからお寺に持って行きました。無縁仏でいいから供養してくださいって……」

「それで？」

「そしたら警察が来ました。何かの事件の被害者の骨かもしれないって……」

澪は取調室に連れて行かれたことを語った。

骨は推定で三十代男性のもので、警察が追っている麻薬シンジケートの構成員のひとりのものかもしれないとのことだった。ソタイ五課が組織を一網打尽にする寸前で、ある男が失踪したらしい。彼は芸能界麻薬ルートの顧客情報を掌握していると目されていた。捜査協力をと言いながら、刑事たちが澪に恫喝《どうかつ》するような口調で接してくるのが怖かった。

「おまえもやってたんだろ！」

と机を叩かれると、気の弱い人なら頷いてしまうほどの圧迫感だった。澪は怖くてただ泣くしかなかった。もし聴取が長引いたら、嘘《うそ》の供述をしたかもしれない。

澪は女性刑事の目の前で薬物検査のための検尿を要求された。股間《こかん》の前に人の顔がある緊張感で、オシッコが出るまで三十分はかかったほどである。女性刑事が量が足りないと言って、澪の下腹部を靴の爪先で押してきたときには、実験動物にされたような惨《みじ》めな気分になった。

澪の潔白はすぐに証明されたが、警察の澪へのマークはそれから一年以上続いた。だが、怪我の功名もある。張り込み中に、澪をスタンガンで襲った暴漢がひとり、ストーカーが二人、澪のアパートの天井裏で生活していた変質者がひとり、澪の腕に自分の名前のタトゥーを入れようとしてきた男がひとり、逮捕されたのだ。これで、身辺が綺麗に片付いた。

「刑事さんたちが除霊してくれたんだと思ってます。だから人骨には今でも感謝しています」

大河原監督は椅子から立ち上がって声を張り上げた。

「合格！」

澪は拍子抜けしてしまった。監督が探していたのは、演技では出せない本物の危うさを持った女だった。今度の映画は台詞よりもリアクションが求められる。骨壺の話を淡々とした口調で語る澪の姿は、どんなホラー映画よりも怖かった。

「ホント？　合格ですか？」

澪は狐《きつね》に抓《つま》まれたような気分でオーディション会場を後にした。

「澪ちゃん！　やった！」

五十嵐は瞼《まぶた》が腫《は》れるくらい泣いて喜んでくれた。ひとりのスターを誕生させることに残りの全人生を懸けていた五十嵐にとって、これまでの苦労が全て消し飛ぶほどの僥倖だった。普段は雑炊《ぞうすい》ばかり食べている二人は、この日だけ奮発して、ファミレスでエビフライ定食を食べた。澪はタルタルソースの代わりに練乳をたっぷりかけて——。

翌月、映画の製作委員会が立ち上がった。広告代理店、出版社、レコード会社、芸能プロ、衛星放送局、中国資本のＩＴ企業と錚々《そうそう》たるメンバーだ。製作費は五億円と、実写邦画の中では大作と呼ばれる規模だった。キャストには今をときめく俳優たちが起用され、脇《わき》を大ベテランで固めた手堅い布陣だった。その中に自分がいるなんて澪は信じられなかった。

今日、さらに驚くべきニュースが入った。

「ウソ？　北崎倫子さんが友情出演してくれるって？」

「大河原監督への義理だそうだ。あのハリウッドセレブが！」

続々と入ってくる映画のニュースを聞くたびに、澪と五十嵐は声を裏返した。喜んではお互いに宥《なだ》め、また興奮しては深呼吸する。一日が目まぐるしくて、世間が二人の周りをぐるぐる高速回転しているかのようだった。

また五十嵐の携帯が鳴った。

「もしもしアズールの五十嵐です。え？　ベネチア国際映画祭から正式出品に応募するよう打診を受けたんですか？」

「五十嵐さん、おちけつ！　おちけつ！」

「澪ちゃん、うるさい！」

五十嵐は、フライパンを叩きながら食卓の周りをスキップしていた澪を制したが、本気じゃなかった。電話を切った五十嵐はニンマリと笑い、今度は自分がフライパンを叩きながらスキップした。

映画の製作発表を間近に控えたある日、五十嵐の携帯が鳴った。もう喜び疲れて倦怠感が生じていた。これ以上、興奮させられると心臓麻痺を起こしかねない、と真剣に悩んだほどだった。

「え？　製作中止？　なんでですか？」

スポンサーである中国のＩＴ企業が不渡りを出したのが原因だそうだ。このところの景気後退と金融引締め政策で焦げ付きが発生した。本体が傾くほどの業績悪化で映画への出資どころの話じゃないらしい。製作費の五億円は凍結されてしまった。

「でも日本側の製作委員会は生きているんでしょう？　世界の大河原監督の作品ですよ！」

「五十嵐さんどうしたの……？」

澪は不安そうに五十嵐の顔を覗いた。彼はさっと目を背けて、電話に集中した。それから蚊《か》の鳴くような声で生返事を繰り返した。携帯を切った五十嵐は天井のシミをぼうっと見つめたまま動かない。

「何があったの、五十嵐さん？」

揺さぶっても叩いても五十嵐は反応しなかった。澪はそれで大体の予想がついた。

「製作費五億円の出資がなくなったんだとさ……」

澪は世界から色味が失われていくのを感じた。

*

鹿児島県トカラ列島・悪石島《あくせきじま》沖　北緯二九度二九分　東経一二九度三七分

インディゴ色に染まった海面は、哲学者のような深い思考を彷彿とさせる。大気と海水の境界線は意識と無意識の狭間《はざま》のようだった。目まぐるしく変化する大気の世界と対をなすように、海水の世界は百年を一日とするかのごとく、ゆっくりと時を刻んでいた。

水深三十メートルを超えると、太陽光線が半分も届かなくなる。海上は正午だが、海底は午前六時のまどろみだった。その海底を這《は》うように泳ぐペアのダイバーがいた。海中で聞こえる自分の呼気は、まるで睡眠時の寝息を聞いているようで、ついウトウトしてしまう。

ダイバーは片手にメッシュバッグを携えていた。そしてもう一人は水中カメラで撮影中だった。水中ノートに日付と座標を書き込んだダイバーが、カメラに向かって巧みにバランスを取った。そのノートの前を、体長一メートルはある巨大なアオブダイがゆったりと横切っていく。

——フジョウスル。

小柄なダイバーがハンドサインで親指を上に立てた。無意識の世界に潜って一時間が過ぎようとしていた。ダイバーは頭上に煌めく日差しに向かって優雅に上昇していった。

海面に頭を出したダイバーがレギュレーターを外した。ここから時間の尺度は千倍速く進む。

「ぷはっ。まずまずの収穫ね」

「やっぱり花城先生が見込んだ通りでしたね！」

クルーザーの舷側《げんそく》に現れた二つの頭は、泉と助手の新垣涼《あらかきりょう》だ。泉は水中考古学者になっていた。

日本で水中考古学は広く認知されているとはいえないが、海外では地上の考古学と並ぶほど熱心に研究されている。泉は、二十年前に渡具知ビーチで青年研究者と出会ったのをきっかけに、海の考古学を専攻した。

アメリカのテキサスＡ＆Ｍ大学で水中考古学の博士号を取得した泉は、調査の手薄な東アジアの水中考古学を発展させるために、日本に戻った。水中考古学は覇権国家の歴史である。まずエジプト文明をルーツとするギリシャ・ローマ文明を擁した地中海。次にスペイン帝国の富の源泉となったカリブ海。

欧米では研究者だけでなく、富裕層の趣味としても水中考古学が盛んである。タイタニック号の遺物の引き揚げなどに代表される、所謂トレジャーハンターの世界だ。

世界には地上にある遺跡よりも多い、凡そ三百万隻の船が沈んでいるとも言われる。その全てが研究対象だ。特に東アジアは交易の歴史の規模に比べて調査の進んでいない地域である。

クルーザーに上がった泉と涼は収集物を甲板に並べていった。

「これは清《しん》朝の陶器の欠片ね。これは漆《うるし》片だから東道盆《トウンダーブン》の一部かもしれない。クリーニングして堆錦餅《ついきんもち》の層が出てきたら十八世紀以降のものだと断定できる」

「花城先生、この筒はなんですか？」

涼が巨大な筮竹《ぜいちく》のような筒を指差した。

「火箭《かせん》よ。当時のロケット砲。海賊対策で武装していたんでしょう」

「海賊って倭寇《わこう》ですか？」

「倭寇に火箭じゃ物足りないよ。大砲とか神機箭《しんきせん》じゃないと皆殺しにされちゃう」

「神機箭って何ですか？」

「百連発装備のロケット砲よ。火箭はならず者の漁民に襲われたときの護身用だったんでしょう。それに倭寇がいたのは秀吉《ひでよし》の時代までよ。この船は江戸に上るための謝恩使のものだったんじゃないかな」

「するとこの遺物は江戸時代のものか。すごい。花城先生の予想通りだ」

泉は近世の東アジアの交易ルートを洗っていた。明《みん》朝は当時世界最大の造船国だ。西洋の船よりも何倍も大きな船を建造し、隔壁構造まで採用していた。所謂ジャンク船は、安全性において西洋の帆船と比べ物にならないほどの性能を誇っていた。

「ここはお宝スポットね」

泉は並べた遺物を見て、満足そうに微笑んだ。古文書をあたると、当時の行政文書にはトカラ列島で船が何十隻と遭難した記述があることがわかった。

古くから十島《としま》と呼ばれていたこの地域は、黒島《くろしま》、硫黄島《いおうじま》、竹島《たけしま》の三島を上三島《かみみしま》。そして中之《なかの》島《しま》、諏訪之瀬島《すわのせじま》、口之島《くちのしま》、平島《たいらじま》、宝島《たからじま》、小宝島《こだからじま》、悪石島を下七島《しもしちとう》と呼んでいた。下七島が現在のトカラ列島に属する。

トカラ列島は別名『七島灘《しちとうなだ》』と恐れられた、「東洋のバミューダ海域」である。特に悪石島と小宝島の間には渡瀬《わたせ》線と呼ばれる生物分布境界線が走っている。この線を境に生態系がガラッと変わるのだ。それは黒潮の蛇行《だこう》が原因とされている。悪石島と小宝島は三十五キロメートルしか離れていないが、潮流が激しく、帆船では操舵《そうだ》が難しかった。たとえ天候が穏やかで、順風を受けていても船が流されていった。当時の人々は七島灘には魔物がいると恐れた。泉は過去一千年の間に、この狭い海域で少なくとも二千隻の船が沈んでいると予想していた。

「レディーシャークは今日も冴《さ》えてますね」

「もっと可愛い名前にしてほしかったな」

それは海外の研究者が泉につけた渾名《あだな》だ。泉は一度海に潜ると必ず沈没船を発見すると評判だった。そして回収した遺物は歴史的な知見を更新すると言われていた。獲物の一滴の血の匂いを数キロメートル先で捉えるというサメの逸話から、その渾名は付けられた。

　ウェットスーツを脱いだ泉は無造作に束ねていた髪を解《ほど》いた。ハーフスパッツ型の水着は競泳用のものだ。肌の露出を抑え、実用性を重視する泉の好みが窺《うかが》える。

『目の前で着替えるのやめてくれないかな』

　女性は普通、男性の前で着替えるのを躊躇《ためら》うはずだが、泉にはそれがない。むしろ恥ずかしがっているのは新垣の方だ。ウェットスーツを上半身だけ脱いだ新垣は、ボクサーパンツ一丁になるのを遠慮した。

「涼、ほら冷えてるよ」

　泉は、クーラーボックスに入っているペットボトルを無造作に涼に投げ渡した。

「花城先生、そのペンダントはお守りですか？」

　飾り気のない泉にはそぐわない、錆びた銅銭が泉の胸元を飾っていた。

「そうよ。私を海に導いてくれた人との思い出の品」

「先生はモテるんですね」

「やーね。そんなんじゃないよ」

　泉はレディーシャークの異名に助けられてもいた。男社会の学界で一匹狼をやるには、獰猛《どうもう》なサメのイメージが役に立った。男から手に負えないとでも思われないと、セクハラやアカハラの被害に遭いやすいのが日本の女性研究者だ。

　泉の海外留学経験、著作物、ファッション誌を含めたメディアへの露出は、コンプレックスの塊《かたまり》である男性研究者の気勢を削《そ》ぐのに十分だった。どうせ彼らは高校でも彼女がいなかった非モテ人生だ。だから泉はメディアを使って、研究者が不得手そうな外の世界との繋がりをアピールした。例えば著作物は、買切制度で流通に制限がかかる日本の専門出版社から出すのではなく、アメリカの大手商業出版社を使った。

[Time Capsule of the Sea（海のタイムカプセル）]

　これが泉の名を世界に知らしめた伝説の著作だ。アメリカで刊行されるや、たちまち世界十二ヶ国語に翻訳され、累計六百万部を売り上げた。

　パートナーの新垣涼は、琉球大学で水中考古学を学んだ若き研究者だ。水中考古学は二十世紀後半に立ち上がった学問で、スキューバダイビングの進歩とともにある。日本ではまだ、史学分野の考古学からさらに分岐したニッチな学問だった。

　新垣にとって泉は、レディーシャークの肩書きが先にくる存在だった。『海のタイムカプセル』を新垣は大学一年生のときに読んだ。世界でも指折りの若き水中考古学者が日本人だ、というのが衝撃だった。女性、それも同じ沖縄人だと知り、当時専攻選びに迷っていた新垣は、水中考古学の道を選んだ。

　しかし涼の研究室は、華やかな研究とは縁のない封建的な世界だった。

　大学での研究は悪い意味でオタク化していた。枝葉末節を微に入り細に入り、ネチネチ揚げ足を取るように突《つつ》き合う。教授も学生たちも総じて大局的見地に欠けていた。歴史は今ここにある、と信じていた新垣は、物語る力を失った大学にそっぽを向いた。そんな涼を仲間たちは落伍者《らくごしゃ》と呼んだ。大学職員のポストは限られている。非常勤講師、講師、准教授、教授と出世していきたいなら、教授の顔色を窺うのが処世術だと真剣に信じていた。

大学教授がエスタブリッシュメントだったのは五十年前の話だ。現代においては高校の校長くらいの地位だ、と新垣は感じていた。潤沢な研究資金、自由闊達《かったつ》な議論、世間に与える知のインパクトでは、ＩＴ企業のエンジニアの方がよっぽど上だった。

新垣は人生の選択を迫られた。狭い蛸壺《たこつぼ》のような世界で疵《きず》のないキャリアを積み重ねるか、それとも無頼にドでかい夢を生きるか、新垣は清水《きよみず》の舞台から飛び降りる気持ちで、泉に手紙を書いた。それは、

「ぼくは今を生きたいんです！」

という悲鳴のような心の叫びだった。

泉からの返事はメールで一行だけだった。

『一級小型船舶操縦士免許は持ってる？』

新垣は翌月までに取得してくると宣言し、ひとまず泉に弟子入りすることになった。船を自分で操縦するのが面倒臭くなっていた泉は、代わりに操縦してくれるなら、高校生でもよかったのだ。

泉は大学に籍を置かず、ＴＥＤ《テド》やクラウドファンディングのような新しい形で研究費を募った。日本の大学の学閥や教授の死を待つ年功序列のシステムより、実績のみを評価するアメリカの研究体制の方が性に合っていた。その泉の柔軟さも涼が憧れる点だ。組織に身分を保証さ

れながら、革新的な研究をすること自体が無理な相談だ。知は常に新しい息吹《いぶき》を欲している。

「来週は、こことここを調査しましょう。燃料を節約しなきゃ」

泉は地図上に×印をつけた。悪石島沖で調査を開始して二週目、新垣はここまで毎日潜っていた。涼と泉が一年間に潜る回数は優に百日を超えていた。涼が大学にいたときは、年に二回潜れれば御の字だったことを鑑みると、破格の潜水回数だった。

泉の研究資金集めは実に巧みだった。著作と講演からの収入、そして企業からの協賛金を得ている。泉の講演を聞いたら誰でも鳥肌が立つだろう。

三年前、東京国際フォーラムホールAで五千人を前にした泉は、壇上で万雷の拍手を受けていた。集まったのは地方自治体の観光課の職員たちだ。村興し、町興し、島興しで万策尽きていた職員たちを一堂に集め、新たな知見を授けたのだった。

『今こそ、日本は海底に眠っている遺物をユネスコに、世界水中文化遺産として登録すべきなのです！』

世界遺産ブームは日本の地域観光の起爆剤になった。しかし登録できる遺産は限られている。自然遺産を拡大して、水中にある文化遺産を登録しようというのが泉の主張だった。この運動に歴史的遺産に乏しい島嶼《とうしょ》連合が参加を申し込んだ。悪石島のある鹿児島県は泉の有力なスポンサーのひとつである。もし世界水中文化遺産への登録が実現すれば、人口七十人の島に、世界中から観光客が押し寄せてくることになるだろう。悪石島での民宿の滞在費、クルーザーの燃料費は鹿児島県庁の観光課の予算から出ていた。大学の研究員では絶対にできない集金手腕に、新垣は目を白黒させたものだった。

「花城先生と一緒にいると、二十一世紀を生きているって実感できるんです」

と新垣は毎日がわくわくする気分だ。暗中模索で陰々滅々としていた学生時代とは打って変わって、今は明日の発見を素直に信じられた。

新垣は海底で撮った写真のデータをタブレット端末に落とし込んでいた。

「変ですね。これだけの遺物があるのに、船の残骸が見当たらないなんて。腐ってしまったのでしょうか？」

「ジャンク船の錨《いかり》は三百年程度じゃ腐らない。もっと古い元寇《げんこう》船の錨が残っているもの」

「遺物のあった箇所を地図に記してみたんです。まるで蛇行しながら荷物を落としていったような形跡です」

「そうよ。蛇行しながら積荷をバラバラと落としたのよ」

「嵐にでも巻き込まれたんですかね。可哀想《かわいそう》に……」

「風じゃない。黒潮に引きずり込まれたのよ」

「そんなバカな！」

プカプカと波間を漂うクルーザーの脇を、トビウオの群れが牧歌的に跳ねていった。雲がなければ海と空の区別もつかないほど、視界は青のグラデーションに染まっている。もし旅客機から泉たちのクルーザーを見つけたら、優雅な南洋のバカンスと思ったことだろう。

泉はこれからある実験を行なう予定だった。時間はまもなく午後四時だ。

「涼、エンジン停止。ライフベスト着用。ＰＬＢ（携帯用位置指示無線標識）スイッチオン！」

「花城先生、なんですか急に」

「急いで。無線オープン。いつでもＯＳＯ（非常通信）が出せるようにしておいて！」

テキパキと指示を出す泉に、涼の体が反応できない。泉が涼の頭からライフベストを被せて、無線標識のカプセルを開けた。これで衛星に位置が発信される。

「古文書に依《よ》れば、あの沈没船は一七一四年五月二十六日に那覇港を出発した謝恩使のものだった。新暦に換算すると七月七日。そして三日後の五月二十九日、悪石島の沖で沈没した。それが今日よ」

「花城先生、何を言っているのかわかりません！」

「涼、船が流されても絶対に舵を切っちゃダメよ。エンジン始動の合図は私が出す。もし船外に放り出されたら、海上保安庁がＰＬＢを探知して救助してくれる」

そういえば風もないのに、船が流されだした。天候の急変は認められないのに不思議だ、と新垣は首を傾げた。その時だった。新垣の腰がストンと落ちたような感覚がした。見れば水平線が異様に盛り上がっているではないか。

「嵐でもないのに変です！」

「何かに摑まって。揺れるよ！」

同時に舷側が鈍い音を立てて斜めに傾いた。甲板にあった遺物が音を立てて端に転がっていく。上空のウミネコは下界の喧騒《けんそう》とは無縁とばかりにのんびりと滑空していた。

「花城先生、船が沈みます。舵が取れません」

「ダメ！　このまま流れに逆らわないで。大きな渦の縁にいるのよ」

「なんでそんなに冷静なんですか！」

　キャビンにあったクッションや食器が、天井に壁にぶち当たっていく。泉は転がりながらも顔を輝かせていた。

「これが七島灘の魔物の正体よ！」

「東洋のバミューダ海域」と呼ばれる七島灘は、黒潮の蛇行が遭難の原因とされている。しかしそれは二次元の海図で見たときのうねりだ。実際はトカラギャップと呼ばれる水深一千メートルの海裂に向かって、黒潮が落ちていく滝のような三次元の流れだった。このトカラギャップに黒潮が嵌《はま》ると、深海にあるプランクトンの死骸《しがい》が巻き上げられ、海水が富栄養状態となる。そこに北上する回游魚《かいゆうぎょ》がやってくると太平洋最大の餌場《えさば》となった。東シナ海沿岸では痩せていたカツオが日本近海で脂が乗るのは、トカラギャップで肥《ふと》るからである。

「花城先生、もうダメですぅ！」

　新垣は操舵室のドアの縁を掴んでぶら下がっていた。船首はロケットのように垂直に天を指していた。

「涼、掴まって！」

　キャビンからダイブした泉が、海に吸い込まれていく涼を寸前でキャッチした。今度は船尾が上になり、泉が落ちそうになる。

「花城先生危ない！」

　このままだと自分の体重で泉を潰《つぶ》してしまうと感じた新垣は、体をつっかえ棒のように横にして入り口を塞いだ。

「かつてトカラ列島の水主《かこ》たちは、七島灘が荒れる日を知っていた。諏訪之瀬島の漁師たちが七月に港を出ないのは、トカラギャップに落ちる黒潮の滝を知っていたからよ」

「何言ってるのか全然わかりませーん！」

天候が荒れたと思った謝恩使の船の水主たちは、反射的に帆を畳んで舵を切った。それが夜なら更に判断を迷わせたことだろう。急激に舵を切ったジャンク船は積荷を撒き散らしながら、トカラギャップへと落ちていった。それが船の残骸がない理由だ。

再び船首が上になる。船は錐揉《きりも》み状態に陥っていた。

「次、船首が下を向いたらエンジン始動！」

「何を根拠に？」

「渦の力を利用して脱出するのよ」

涼と泉は間近にいながらも互いに声を張り上げていた。

「渦から逃げるにはそれしかない。今よ、エンジン始動！」

「エンジン始動しました」

「フルパワー。全速前進！」

船は一瞬、ジェットコースターの頂上から落ちるときのような無重力状態に陥った。それから猛烈な加速度が体を壁に押し付けた。船は落下しつつも、強い横波を受けている。船にかかる遠心力に向心力で抗《あらが》っているのだ。

「エンジンが焼きつくまで回して！」

「何でですか？」

「ハンマー投げと同じ理屈よ。遠心力と向心力が合わさった力で飛んでいく」

泉の言う通り、船は渦の中に滑り落ちているはずなのに、縁に向かって流されていた。

「今よ！　面舵《おもかじ》いっぱい！」

「面舵いっぱーい！」

と涼が叫んだ瞬間、クルーザーは水切りで飛んでいく石のように、海面を跳ねていくではないか。FRPの船底が凹《へこ》んだり復元したりするときの音がボコッ、ボコッと鳴った。

目を瞑《つむ》った新垣は声が嗄《か》れるまで叫び続けた。肺の中の空気が途絶えた新垣は、恐る恐る目を開けた。

「助かった……」

さっきまでの時化《しけ》が嘘のように静まり返っていた。船は坂道を下るように軽快に流されていく。

「私の予想通りよ。沈没船のほとんどはトカラギャップの底にあるはずよ」

時化の荒波で乱れた髪に、なぜかケチャップをつけた泉が興奮していた。

「トカラギャップを調査すれば、過去千年分の遺物を引き揚げられる」

「花城先生、正気ですか？」

「私を誰だと思ってるの？　レディーシャークよ！」

「水深一千メートルなんてスキューバダイビングじゃ無理です」

散らかったキャビンを片付けた泉は、余裕綽々《しゃくしゃく》で脚を組んだ。

「深海潜水艇ならできる！」

「天下のレディーシャークはスケールが違いますね！　潜水艇を買うお金があるんですね」

泉は全世界から資金を調達できる凄腕の水中考古学者だ。去年、中国の大富豪ジャッキー・マーから資金援助の約束を得ていたのだ。中国の海洋進出の一環として、泉はよい広告塔になると、利害が一致したのだった。

「これを予約したのよ」

泉は棚にあったパンフレットを涼に渡した。金の箔《はく》押しとエンボス加工が施された冊子は高級感たっぷりだった。そこには［TRITON SUBMARINE 3300］とあった。

「すごい。まるで宇宙船だ！」

トライトン三三〇〇は、SF映画に出てくる宇宙船の脱出ポッドのような形をしている。

「深海一千メートルまで潜れる有人潜水艇よ。民間で買える潜水艇の中ではかなりハイスペックなの」

「さすが中国一の富豪のジャッキー・マーだ。でも、よくポンと出してくれましたね」

「彼を説得するのに、何回中国に飛んだと思ってんの」

「レディーシャークは、狙った獲物を逃がさない」

「ふふん。まあね」

泉はまんざらでもなさそうに笑った。欧米の水中考古学で潜水艇は必須のアイテムだ。ただし途方もなく高額で、日本では高嶺《たかね》の花だった。個人の研究者で有人深海潜水艇を所有するのは、世界でも泉が最初となるだろう。

「来月、トライトンを受け取りにフロリダに行ってくる。その前に乾杯しましょう」

泉はシャンパンを取り出して景気よくポンと栓《せん》を飛ばした。

「水中考古学の未来にカンパ――」

とグラスを掲げた瞬間、泉の携帯電話が鳴った。

「はい花城です。オーシャン通商？　ああ、トライトンの日本代理店の方ですか？」

泉は涼に、飲むのはちょっと待てと素振りで示した。

「え？　振込が確認されてないですって？　まさか！　あの阿拉丁《アラジン》のジャッキー・マーですよ？」

新垣はいつでも飲めるようにシャンパングラスを掲げたままだ。

「当局による資産凍結！　そんなことってできるんですか？」

電話の内容は、中国の金融引締めによる、個人資産の凍結を伝えるものだった。外貨不足に喘《あえ》ぐ中国政府の強権が発動されたらしい。

「ちょっと待ってください。キャンセルはしません。すぐに工面するので猶予《ゆうよ》をいただけませんか？」

電話を切った泉はしばらく呆《ほう》けたように突っ立っていた。

「花城先生、どうなったんですか？」

「トライトンが……。トライトンの納品がキャンセルされそうなの……」

「レディーシャークなら新しいパトロン探しもチョチョイのチョイでしょ？」

「無理よ。ジャッキー・マーが最後の砦《とりで》だったのよ」

「トライトンとやらは一体幾らなんですか？　ベンツくらい？　それともフェラーリくらい？」

泉は頭を抱えた。

「自家用ジェット機くらいよ……」

パンフレットの最終ページには控え目な書体でこう書かれていた。

――USD 4,800,000（約五億円）。

第三章　相続人の行方

花椿《はなつばき》通りにあるセットサロンは、銀座の女御用達《ごようたし》の老舗だ。夕方になると艶《あで》やかな着物姿の女性たちが押しかける。彼女らは何《いず》れ劣らぬ銀座の名店のママたちだ。セットしてもらっている束の間、私生活の一部が垣間見《かいまみ》られた。

本加賀友禅《ほんかがゆうぜん》の訪問着の装いをした汀は、カーラーを巻かれていた。これから逆毛を立てて、歌舞伎座入り口の唐破風《からはふ》屋根も真っ青な前髪をセットしていく。汀はその間、チャットアプリでボーイたちからの報告を受けていた。グループ名は『クラブ汀』である。

『ママ、すごいですよ。ビン・スルタン閣下から胡蝶蘭《こちょうらん》の五十本立ちが届きました』　午後4:21

『入り口の前に置いて』　既読

『五十本立ちが十鉢ですが？』　午後4:25

『階段に並べて』　既読

ヘアセットの順番待ちを含めて総勢三十人のママたちが一堂に会する光景は、まるで時代劇の撮影を控えた楽屋のようである。

京都のお茶屋の女将《おかみ》さん風の、貫禄たっぷりのママが汀の肩をポンと叩いた。昭和から続く老舗クラブ『御園《みその》』のママである。

「汀ちゃん、この前はありがとね」

「御園のママ。困った時はお互い様ですわ」

先月、御園で売掛金未回収騒ぎが起きた。総額は一千万円にものぼる。客の不動産屋は行方不明になった。噂《うわさ》で中国に逃げたらしいとわかった。不憫《ふびん》に思った汀は、上海の共産党幹部に頼み込み、男の消息を追ってもらった。そして先週、アブダビに発《た》とうとしていたところを、浦東《プードン》国際空港で現地警察が身柄を拘束した。

「これも汀ちゃんのお蔭よ。売掛金のほとんどを回収できそうでホッとしてるわ」

その遣《や》り取りを盗み聞きしていた他店のママたちが、小さく肩を竦《すく》めた。銀座の女帝と言われるあの御園のママが、若手ママに直《じか》にお礼を言うなんて前代未聞のことだ。創業五十年の御園のママから頼りにされている汀は、次期銀座の女帝候補の筆頭格とみなされたも同然だった。

「花城様、フェイスガードをさせていただきますね」

美容師が最後の仕上げのスプレーの封を切った。銀座では前髪の高さと店の格は比例すると言われている。小雨程度じゃものともしない汀の前髪は、銀座の女としての矜持《きょうじ》だった。

今月は汀の誕生月だ。売り上げは普段の二倍ほしいところだ。鼻息を荒くしているところに着信音が鳴った。沖縄の実家からだ。

奔放な生活をしている汀は、とうの昔に実家とは疎遠になっていたから、実に十年ぶりの連絡だった。もっとも汀にしてみれば、金にだらしない両親からタカられずに済むので、このまま絶縁になっても一向に構わなかった。

両親は悪い人たちではない、と汀は思う。ただ依存心が強いだけなのだ、と自らに言い聞かせてきた。両親は自力で人生を切り拓くことをせず、他人の援助に期待して歳をとった。世間はそういう人たちばかりなのだと思えば多少は気が紛れるというものだ。しかし彼らがひ弱だからといって油断してはならない。情につけこまれると、身ぐるみ剝《は》がされかねないほどの浅ましさなのだ。

　汀が家族の中で唯一愛しているのが漣オバァだ。矍鑠《かくしゃく》とした祖母の振る舞いを見て育った汀にとっては、情愛だけに留まらず人生の手本となる人物だ。

『汀は前髪が綺麗さぁ』

　汀はふと、幼い頃に漣オバァがそう言って髪を結ってくれたことを思い出した。

　思えば、京都で舞妓になるのを反対されたとき、両親を一喝してくれたのは漣オバァだった。結婚式のとき、夫になる人が資産家だと知って、不動産のひとつも貰おうとした両親を叱責《しっせき》したのも漣オバァだった。ワインバーの開店祝いに父の同級生と名乗る集団が駆けつけ、三十万円分飲み食いした末に、付け馬する羽目になったのを、立て替えてくれたのも漣オバァだった――。などなど、漣オバァに助けられたことは枚挙に遑《いとま》がない。

　子供の頃に習った琉舞のお稽古の月謝を払ってくれたのは漣オバァだったし、舞台用の紅型衣装を揃えてくれたのも漣オバァだ。そういえば夕食はいつも漣オバァの家で摂っていた気がする。両親が何をしてくれたのか、汀はパッと思い出せない。十五歳で親元を離れてから、親の顔を見るために帰省したことはない。漣オバァに会うついでに、両親に顔を見せていたというのが、正直なところだ。

　だからクラブ汀のことは、両親に話していない。また無銭飲食されるのは懲《こ》り懲《ご》りだったからだ。

そんな汀は電話の切り上げ方もよく心得ていた。

「あらお母様。奇遇ね。ちょうど連絡しようとしていたところなのよ。実は急に二千万円必要になって困っていたところなの」

普通はこれで終わる。タカり屋はタカられるのが一番嫌なのだ。しかし今回は母の様子がおかしかった。汀は母の次の言葉を聞いて、息を飲んだ。

「え？　漣オバァが入院したですって⁉」

セットを打ち切った汀は、そのままタクシーで羽田《はねだ》空港へ向かった。

〽夢を叶えること、OH YEAH!
自分を信じること BELIEVE ME!
きっと明日は輝く未来　SHINY DAYS!
NEVER CRY! NEVER CRY!

新宿歌舞伎町のライブハウスでまばらな拍手を受けた澪は、物憂《ものう》げな表情だった。映画製作中止の一報以来、薄い膜越しに世界を捉えているような気分だった。歌うのも笑うのも条件反射で行なっている。このままじゃいけない、と理屈ではわかっていても、奈落の底に落ちたようなあの日の気分から抜け出せずにいた。それは五十嵐も同じである。

「澪ちゃん、良かったよ」

ステージの袖で虚ろな目をした五十嵐の言葉も条件反射だ。そしてお互いに、

「頑張ろう」

と励まし合うのも条件反射だった。もしかしたらこんな気持ちのまま十年、いや一生を過ごすのかもしれないと思うと、恐怖心はあるものの、抜け出し方がわからない。二度の芸能界追放を食らった澪でさえこんなに気落ちしたのは初めてだった。多分、当時はひとりだったからこそ乗り越えられたのだと思う。

五十嵐が指で口角を指して「スマイル」と合図をくれた。そんな彼の姿を見ると、澪は人目も憚《はばか》らず、泣き出してしまいそうになった。

芸能界に生きていれば、映画や舞台の製作中止なんてザラにある。オーディションは百回受けて一回受かればスマッシュが決まったも同然だ。テレビのバラエティ番組の途中降板もよくあることだ。ただし、どれも理由をはっきり伝えられることなんてない。もしかしたら大した理由なんてないのかもしれない。でも失望だけは確実にある。毎回一喜一憂していたら身が保《も》たない。そんなことわかっているのに、わかりきったことなのに、今回のことだけは立ち直れそうにもない。

五十嵐は首を素早く横に振って「まだ泣いちゃダメ」と澪を制した。これからチェキが行なわれるのだ。澪はなけなしの元気で愛想を振りまいた。

「佐久間さーん、いつも応援ありがとー。奥さんの具合はどう？」

「もうすごいの！　オプションで血管メイクを施したらエリカちゃん、超リアルになったんだよ」

「下着は通販じゃなくて、ちゃんとしたのをランジェリーショップで買った方がいいよー」

「でさ、澪ちゃんのを譲ってくれないかな。ぐへへ」

「はいそこまで！」

さっと五十嵐の手が佐久間を遮った。普段は影のように存在感のない五十嵐だが、澪をガードするときは瞬時に実体化した。あのうるさいマネージャーめ、と煙たがられてナンボの商売だ。

突然、五十嵐の携帯電話が鳴った。発信者を見た五十嵐の表情が硬くなる。

「はい。アズールの五十嵐です。澪さんは今、ステージに立たれていて電話に出られません。私が責任を持って澪さんにお伝えさせていただきます」

電話は澪の母親からだった。所謂「毒親」である澪の両親は、親孝行させてあげると称して無心をする。五十嵐が聞き出した限り、澪はグラビアアイドル時代から収入のほとんどを親に巻き上げられていた。澪は、親孝行とはこういうものだと洗脳されていて、支配から逃れられずにいた。貯金がわずか数百円になって、そのことを訴えても、親のタカリは止まらなかった。五十嵐はそのことを知って、実家からの連絡先を自分の携帯番号にした。

「はい。澪さんのお祖母《ばあ》さんですね。はい。お伝えいたします。それでは」

五十嵐はやれやれ、と溜息を吐いた。いつもの手練手管《てれんてくだ》にしてはタチが悪すぎると思った。この前の、父親が手術をしたという連絡は狂言だった。八重山での親戚の法要も嘘だった。それが通じないとわかったら、今度は祖母の入院ときたもんだ。

一応、伝えておくか、と五十嵐が祖母の入院のことを澪に告げた。すると澪はガタガタと震え出すではないか。アザラシの赤ちゃんのような黒目がちの目が、今にも零《こぼ》れ落ちそうだ。

「澪ちゃん、まだお仕事中だよ」

澪は鼻を真っ赤にして唇を嚙んだ。あのいつも優しかった漣オバァが、もう長くないかもしれないという。

芸能界から追放された極貧時代、漣オバァが仕送りしてくれなければ、危うく風俗に落ちるところだった。沖縄に帰りたいと泣きながら電話をした時、漣オバァが励ましてくれなければ、とっくに諦めて帰っていた。漣オバァはいつもこう言っていた。

『なんくるない（大丈夫）。澪は世界一の美少女さぁ』

佐久間とチェキのポーズをした澪の唇から、一滴の血が滴《したた》り落ちた。

「流血チェキだね。あははは。あははは……」

澪の虚《むな》しい笑い声が通路に響いた。

＊

丸《まる》の内《うち》に近い和田倉《わだくら》噴水公園で、ペットボトルのお茶を飲む男女がいた。安手のリクルートスーツ姿の男は、ネクタイの小剣《スモールチップ》が間延びして大剣《エプロン》の下からはみ出ていた。

「花城先生、陸《おか》は世知辛《せちがら》いですねぇ」

額の汗を拭ったのは新垣だった。

「たった二十社程度で音《ね》を上げるんじゃない。まだ行ってない会社の方が多いのよ」

「まだやるんですか！」

泉はかつてやったことを改めて淡々とこなしているだけだから、全く凹んでいなかった。泉の経験上、三百社回ると一社、好反応が得られる。それだけで十分なのだ。泉たちが新たなスポンサーになってもらおうと目論《もくろ》んだのは、海運会社と損保会社だった。ここ丸の内界隈《かいわい》には、日本を代表する企業が集中している。

さっき終わったのは海上保険会社へのプレゼンだった。歴史的な沈没船の発見は企業イメージと合致すると新垣も思っていたのに、微妙な反応だった。

世間は水中考古学のことを知らなくても、メディアに出る花城泉のことはよく知っていたから、門前払いされることはない。広告塔としての泉のイメージも良好だ。しかし今回はＣＭの話ではない。

「やっぱり、深海潜水艇を買いたいから五億円出してくれってのは無理な相談か……」

新垣はどこか冷静に自分たちの提案を無理難題と理解していた。五億円の出資に見合うプロジェクトといえば、今なら東京オリンピック関連だろう。トカラギャップに落ちた数千隻の沈没船の発見が、果たして企業イメージの向上に適《かな》うのか、今ひとつ説得力を欠いていると新垣ですら感じていた。

横目でチラッと泉を見たら、メールを確認していた。

「台湾のエバーグリーンから返事が来た。『我們很抱歉 没能帮到你《ウォーメンハンバオチェンメイナンバンダオニー》』お力になれず申し訳ございません、か。うーん、じゃあ次はシンガポールのＡＰＬと接触しましょう」

「どこからそんなバイタリティが出てくるんですか？」

「レディーシャークは否定されるほど燃えるタイプなの」

フリーランスの研究者なら誰もが通る道だ。早く通り過ぎるか、だらだら通るのかの違いしかない。研究者はサメと同じで止まったら死ぬのだ。たとえ破滅への道だとしても、今死ぬより延命して思う存分暴れまわってから死ぬ方を選ぶ。それに水中考古学は、潜ったとしてもボウズ（成果ナシ）になるのはよくあることだ。潜れば必ずお宝を見つける泉の嗅覚《きゅうかく》が異常に優れているだけで、普通の研究者なら十回潜って一回沈没船を見つけることができれば大収穫だった。

「やっぱり、ジャッキー・マーが最後の砦だったか……」

日本の民主主義的な大企業より、一代で財を成した中国のオーナー企業の方が、こういう山師的なロマンを理解してくれる。泉がいつも口癖のようにこう言っていたことを、新垣は思い出した。

『知への興味を失ったら、人間は犬よりも弱い動物になるのよ』

その真意を新垣はなんとなく理解している。大学では情報とその処理の仕方を体系的に教えてくれただけだ。膨大な情報を右から左に並べ替えたり、古い籠《かご》から新しい籠に積み替えたりすることが学問だと思っている学生が大半だった。しかし泉の弟子になってから、新垣はその考えをきっぱり捨て去った。

新垣は知った。知とは、人間の身体を投影した生々しい叫びだ、と。ぶつかったり、葛藤《かっとう》したり、迷ったり、自棄になったり、快哉を叫んだり、新発見に涙したり、夜も眠れないほどの不安に押し潰されそうになったり、人間の生々しい感情を通過した結晶が知になる、ということを。そこに人間がいなければ、どんな事実もただの情報に過ぎない。研究に全人格を捧げた者だけが、深遠なる知の僕《しもべ》になれる。

だから陸で必死にスポンサー探しをしている泉は、知に近づくための必要条件をこなしているに過ぎないのだろう。

泉がコンビニで缶ビールを買ってきて新垣に渡した。

「花城先生、いいんですか？　まだ日が高いですよ？」

「ちょっと自棄気味なのよ。一本飲んでからまたスイッチを入れる」

二人で一気にビールを飲み干して、皇居の桜《さくら》田《だ》巽櫓《たつみやぐら》を眺めた。青々と茂る森の間に江戸時代の櫓、背後に大正時代の東京駅の駅舎、そしてそれらを取り囲むように二十一世紀の超高層ビルが共存する不思議な光景だった。今しがた打ちのめされたばかりの街なのに、歴史は今と共にある、という泉の信念がよく具現化されていて、不覚にも初心に返らされた気がした。

「綺麗な景色ね。四百年の歴史が調和している……」

やり方を改めろ、というお告げに思えた泉は、再び闘志が湧いた。

「涼、渋谷《しぶや》に行こう。グーグルマップに海底地図を提案する」

重かった腰を上げた瞬間、泉の携帯電話が鳴った。

「あ、お母さん？　なに？　この前三十万円振り込んだばかりでしょ？」

いつもの無心と思った泉は、厄介払いするように通話を切り上げようとした。泉は十万、二十万の端金《はしたがね》で両親が大人しくしてくれるなら、お布施として払ってやってもいいと思っている。その代わりに、結婚しろだの、孫の顔を見せろだの、世間体をネタにしたタカリから免除してもらう。というのも、両親は同じことを汀や澪にもしているはずだからだ。
あの汀が、世間体など考えるはずもない。あの澪が、幸福な家庭を築けるわけがない。三姉妹に個別に当たっていったら、消去法で一番御《ぎょ》し易《やす》かったのが次女だった、というオチなのはわかっている。三姉妹全員にけんもほろろにされたら、次に母がやるのは病人の真似《まね》だ。注目を集めたいがために、悲劇のヒロインになって、同情を買おうとするのがお決まりのパターンだった。

残念ながら、花城家は今世紀中に滅びる。汀も澪も泉も、今生《こんじょう》を精一杯生きて、後顧の憂いなく死ぬ。葬式も要《い》らない。仏壇も要らない。年忌法要も要らない。墓も要らない。来世も要らない。この事実を知って親は泣くがいい。交渉はしない。深海潜水艇を買ってくれるなら話は別だが。

と、こういう無言の意を込めてのお布施だ。受け取った以上、納得してくれたものとする。返してくれたら話し合おう。ただしこれまでのお布施総額一千万円を、耳を揃えて返してくれた場合に限りだ。

泉は邪険に電話を切ろうとしたが——。

「ユクシー（ウソ）！　漣オバァが倒れた⁉」

忌まわしい花城一家の中で、唯一泉が心を寄せているのが漣オバァだ。高校では平凡な成績だった泉が交換留学したいというのに、両親は女の子だからという理由で反対した。その反対を押し切って、全面的に支援してくれたのが漣オバァだ。アメリカの自由な社会で学ぶことの喜びに触れた泉は、テキサスＡ＆Ｍ大学に進学することを決意した。就職するための大学選びではなく、自分の学びたいことを優先させる風土が泉に合っていた。そのときも母親は反対したが、漣オバァが学費と生活費を全額支払ってくれた。留学生のアルバイトが禁止されているアメリカで、年間二百五十万円の学費と生活費二百万円の援助は本当に助かった。少しでも漣オバァの期待に応えるために、泉は必死で勉強し、首席で卒業することができた。今の自分があるのは、漣オバァのお蔭だと泉は恩義を感じていた。

「涼、渋谷行きは中止よ！」

電話を切った泉はすぐに、東京駅に向かって駆け出した。

＊

沖縄県うるま市　県立中部病院

太陽がガンガンと騒音を撒き散らす沖縄の空に重なるように、最新鋭ステルス戦闘機Ｆ‐22の爆音が轟《とどろ》くと、空が災害に見舞われているような錯覚を起こす。大気が四六時中振動しているせいで、人々の口調も自然と荒っぽくなった。

「漣オバァ！」

タクシーから降り立ったのは汀だった。髱《たぼ》もすっかり乱れ、着物の下前も落ちた姿は、まるで火事場から這《ほ》う這《ほ》うの体《てい》で逃げ出したホステスのようだ。それが却って汀の妖艶さを倍増させていたから不思議だ。手ぶらで那覇行きの便に飛び乗った汀は、到着までの間、機内でずっと泣いていた。

「漣オバァはどこ！」

続いてレンタカーで病院に乗りつけたのは泉だ。マイレージ上級会員の特権を使い、優先搭乗で割り込んだ。プレゼンを中止して駆けつけた泉は、荷物の代わりにプロジェクターを抱えたままだった。それがプロジェクターだと気づくのは、数時間後のことである。気が動転していた泉は、母に無心されるまま羽田空港で二十万円を振り込んでしまってもいた。

「漣オバァ、死んじゃダメですぅ！」

最後に現れたのはふわふわのボリュームパニエを翻した澪だ。地下アイドルに馴染《なじ》みのない島人は、イメクラ嬢かランジェリーパブ嬢が駆けつけたのかと思ったことだろう。佐久間との流血チェキでＬＣＣ航空券を得た澪は、那覇空港からモノレールとバスを乗り継いで、汀と泉から三時間遅れで到着した。

久しぶりの姉妹の対面に泉は虫酸《むしず》が走った。

「げ。エロがいる！」

「処女に言われたくないわ」

「ロリもきた！」

「澪はアイドルですぅ」

「なあに？　その子供服みたいなの。みっともないわ」

「これは衣装ですぅ」

「あんたこそ、棺桶《かんおけ》から出てきた死体みたい」

「これは、その……。セットの途中だったから……」

「今時ガングロメイクは流行らないですぅ」

「これは日焼け。職業柄です！」

　三姉妹が揃ったのは実に十二年ぶりだろうか。汀の結婚式以来だった。あの日の、離婚する気満々の汀の色打掛姿は、今でも時々泉が夢に見るほどだ。

　最初の結婚は資産家の爺《ジジ》ィで慣らしておきたい、と汀が小学生の頃から言っていた通りだった。見るからに金満親父、といった風体の汀の元旦那は、噂によると五度目の結婚だったそうだ。狐と狸《たぬき》の化かし合いそのものだ、と泉は冷淡な眼差しを向けていたが、実態は違った。元旦那は汀と結婚することで、守銭奴の悪鬼と化した子供たちの相続争いを沈静化させたかった。汀は腹違いの子供たち十人を次々と誑し込んで、相続放棄の手続きを進めた。その手口はあくまでも優雅だった。

　家族の親睦《しんぼく》会と称した宴《うたげ》を汀のホームである祇園のお茶屋さんで開き、ベテランのお姐《ねえ》さんたちを使って、骨抜きにしてもらったのだ。そのお礼に元旦那さんからワインバーを貰った。翌年、目的を果たした二人は円満に離婚した――。というのが真相である。世の中では色っぽい狐と賢い狸が共闘して、第三者を化かすということもあるのだ。

　泉は昔、澪をテレビで視《み》たことがある。確か水着姿で雛壇に座る深夜番組だった。ちょっとエッチな内容に閉口したものだ。グラビアアイドルの世界はよくわからないが、泉の目にはAV女優予備軍に映った。きっとこの中から将来のAV女優が誕生するのだろう。そして一世を風靡《ふうび》した後、タレントに転向する。では、さっきの雛壇に座っていたグラビアアイドルたちはタレントじゃなかったのか？　水着から服を着るタレントになる前に、なぜ一度脱がなければならないのか？　考えると胸がザワザワするので、泉はスルーすることにした。

泉が渡米した後の澪のことはよくわからないが、キワドイことをやってそうなのは、今の澪の格好を見ればわかる。多分、コスチュームプレイをする風俗嬢の類《たぐい》だ。

「二十七歳にもなってアイドルぅ？」

「澪は永遠の十七歳ですぅ。そうプロフィールに書いてありますぅ」

「捏造《ねつぞう》資料ね。まさか整形とかしてないでしょうね？　汀みたいに」

「まあ失礼ね！　プライベートゾーンの永久脱毛しかしてないわ」

「おえ。気持ち悪う！」

「カシマサン！」

（うるさい！）

病床から漣オバァの一喝する声が上がった。漣オバァが入院している特別室は、親戚たちで鮨《すし》詰《づ》め状態だ。まるで清明節か盂蘭盆で門中《ムンチュウ》が集ったような賑《にぎ》わいだった。

漣オバァが中部病院に運ばれてきたのは、たらい回しにされること三度目にしてのことだった。最初のクリニックでは熱中症と診断され、点滴を受けた後すぐに帰された。目眩がして立ち上がれなくなっただけなので、ごく軽い症状と診断された。二週間後、安静にしていた漣オバァが再び倒れた。そこで個人総合病院に掛かることになったら、ここでは治療できないと言われた。診断は「全身性ＡＬアミロイドーシス」だった。漣オバァは、県の拠点病院で臨床に優れている中部病院に流れ着いた。

「泉、あなた博士なんでしょ？　全身性ＡＬアミロイドーシスってなにかしら？」

「知らないよ。私は水中考古学者で医者じゃないもの」

「怪獣の名前みたいですぅ」

「あらまあ。博士号なんてなんの役にも立たないのね」

「PhDなんて足の裏の米粒みたいなものよ。取れないとむず痒いけど、取っても食えない」

「言い得て妙だわ。馴染みの大学病院の院長に教えてあげましょう」

「でもアミロイドは知ってる。不溶性のタンパク質だったんじゃないかな？」

　回診で同室にいた引き締まった背中をした主治医が、泉の発言に眉を動かした。

「お詳しいんですね」

「タンパク質考古学っていうのがあって、古い絹や膠《にかわ》からタンパク質を抽出して当時の家畜の成育環境を調べるの。主にコラーゲンのことだけど。だから私が知っているのはアミロイドβだけ。アルツハイマー病の原因とされるタンパク質の滓《かす》として知られていて、それが脳内に溜まって発症するとか。でもアミロイドは何十種類もあるし、私の専門外よ」

「原理は同じです。繊維状になったアミロイドの滓があらゆる臓器に溜まって発症するのが全身性ＡＬアミロイドーシスです」

「患者様の私を放っておいて蘊蓄《うんちく》かい？　まずは挨拶《あいさつ》だろ、泉！」

　漣オバァは痺れを切らしたように口を挟んだ。ちょっと倒れたくらいで、てんやわんやの大騒ぎをする親戚連中にはうんざりといった様子だ。

「そうだった。漣オバァ大丈夫？」

泉は子供の頃のように漣オバァのおでこにコツンと額を当てて挨拶した。昔は背伸びしてしたおでこコツンを、今では漣オバァが自分の額を持ち上げてする。その姿に泉はちょっと胸を詰まらせた。

「泉の活き活きとした顔を見たらすっかり治ったさぁ。あんたは門中の誇りだからねぇ」

「あたしもいるわよ」

汀もおでこをコツンとしようとしたが、唐破風屋根になった前髪が邪魔して届かない。

「汀は相変わらず色っぽいねぇ。本金泥《ほんきんでい》の帯がよく似合ってるさぁ」

「澪は？　ねえ、澪は？」

澪は犬が匂いをこすりつけるように、頭を漣オバァの額の上に転がした。

「澪は世界一の美少女だよ。どうしたの？　お口を切ったのかい？」

大好きな漣オバァのいつもの口調に、三姉妹が揃って安堵《あんど》の息を吐いた。子供の頃も、大人になった今も、漣オバァの言葉で励ましてもらえないと心底納得できなかった。息苦しい世間体など吹っ飛ばしてくれる魔法の言葉だ。その魔法は今も解けない。三姉妹のうち何人かは世間体を気にした方がいいくらい、伸び伸びと育った。

「花城様、弁護士の先生がお見えです」

看護師長自ら案内して恭《うやうや》しく頭《こうべ》を垂れた。訪れたのは、県内最大手の弁護士事務所の男だった。

「汀と泉と澪は残りなさい。これから遺産相続の話をするからねぇ。残りはみんな病室から出て行くさぁ」

「なんで母さん？」

三姉妹の母の明海《あけみ》は、実の娘の自分が排除されることに納得がいかない様子だ。所帯肥りした三姉妹の母は、背中の肉がBカップはあるように見えた。体の中身は金、金、金だ。

「おまえには十分すぎるほど施したさぁ。そして義務を果たさなかったさぁ。だからここから出てお行き」

「なんで私を邪険にするの？」

弁護士の男が機械的な口調で、病室の外に向け明海の背中を押した。

「御依頼人の希望です。あなたは二十二年前に相続放棄の書類にサインをしました。久茂地《くもじ》のスナックの経営が破綻《はたん》した時です。借入金三千万円を肩代わりすることを条件に」

三姉妹の顔色が変わった。この欲張り母は、自分たちにタカるばかりか、漣オバァの財産にまで手をつけていたのだ。

「あれは昔のことよー。親子でお金の貸し借りなんてよくあることよー」

「それは数万円程度のお金の場合です。三千万円は贈与税の対象になります。これがその時の書類です」

弁護士が突きつけた書類に、明海の顔色が青くなった。まさか本当に使われることになるとは思ってもいなかったらしい。

「明海、観念するさぁ。あんたの婿《むこ》の浩史《ひろし》さんの実家の借金を肩代わりした時の五百万円はおまけしてやったんだからさぁ。浅巳《あさみ》さんが自動車修理工場を興すときの連帯保証人にもなってやったさぁ。潰れたけどねぇ。それだけで十分さぁ」

「浅巳叔父《おじ》さんたち、そんなことしてたんだ！」

三姉妹は目眩がして、自分たちのベッドが欲しいくらいだった。

漣オバァは浦添で仕出しの事業をしていた。女の細腕で最初は、小さな弁当屋から始めたらしい。味が良くてボリューム満点の弁当は、肉体労働の男たちによく売れたという。それから人を雇ってちょっと大きな弁当工場を作ったそうだ。毎年事業を拡大して、今では大手の企業から病院、デイケア施設まで幅広く食事を提供するケータリング会社に成長した。

だからといって、漣オバァは贅沢《ぜいたく》な暮らしをしていたわけではない。昔ながらの赤瓦屋根の家に住み、孫たちのお迎えにも使ったミニバンに二十年以上乗っていた。

漣オバァに小金があることを泉たちは朧《おぼろ》げに理解していた。汀は習い事、泉は留学費用、澪は仕送りで、漣オバァには随分世話になった。そのお金のせいで漣オバァの生活が苦しくなるなんて、考えたことはない。漣オバァの人の良さにつけ込んで、みんな寄ってタカって金を無心していたのだ。

「私は最後の仕事をするさぁ。これさえ終わればこの世に未練はないさぁ」

「漣オバァ、何を言ってるの？」

「そうよ。こんなところにいたら病人になるわ。今すぐ銀座に行きましょう」

「歌舞伎町で澪のライブを観れば元気になりますぅ」

「ケータリング会社なんて私たちには必要ない」

人払いの後、ホテルの一室のような広い特別室に、三姉妹が残された。

弁護士が遺言状を開いた。

遺言状

私、花城 漣は、私の遺産について、次のように遺言する。

一、米海兵隊牧港補給地区、通称キャンプ・キンザーの土地を
祭祀者に相続させる。

二、祭祀者の候補者は次の三人とする。
孫長女、花城 汀。
孫次女、花城 泉。
孫三女 花城 澪。

三、祭祀者は候補者のうち、漣の父、石嶺賢治が発見
したとされる海神の秘宝を探し出した者とする。

四、発見した秘宝は然《しか》るべき機関にて厳正に鑑定する。

五、祭祀者は毎年、海神の墓を維持管理する。

祭祀は次の通りとする。

旧暦二月、三月、五月、六月のウマチー。

清明節。石嶺賢治の命日。

東御廻《アガリウマーイ》りの最終地、または首里十二支参りの最終地。

六、　祭祀者がその責任を果たさなかった場合は、
土地を国に寄付する。

以上

令和元年八月三日
沖縄県うるま市字高江洲《たかえす》一二六二番地
遺言者　花城漣

「海神の秘宝なんてどこにあるのよ」

泉が鼻で笑った。考古学者の端くれとして言わせてもらうが、そんな論文は読んだことがない。

「手がかりはこれさぁ」

漣オバァは一葉の古い写真を棚から取り出した。それは二十年前にも見たことがある。曽祖

父の賢治がフィルムに収めたものだ。

——海神島にて。

あれからさらに二十年の時を経て、茶渋色に褪せた紙焼きの裏には、賢治の筆跡があった。

「父さんはこの島で海神の秘宝を見つけたんだろうねぇ」

漣はまるで少女のような瞳で写真を愛《め》でた。もし漣に学があったら絶対に海神の秘宝に迫っていただろう。もし世間体が気にならなければ、婚期を逃してでも調査に没頭しただろう。しかし漣にはそれができなかった。沖縄の戦後の混乱は本土以上だった。アメリカに支配された二十七年間は、人権なんて存在しない奴隷のような暮らしだ。復帰後は開発ラッシュとバブル崩壊で、天災に見舞われたような四十七年間だった。いつか落ち着いたら、いつか落ち着いたら、と父の遺言を留保しているうちに、漣は人生の終わりを迎えるに至った。

「私たちは海神様から恩恵を受けてきたのに、何も返さないなんてありえないことさぁ」

ベッドから上半身を起こした漣オバァは、三姉妹を指差した。

「汀！　泉！　澪！　海神の墓を継ぎなさい！」

「放棄しまーす！」

三人が和音で合唱するようにハモった。何の因果か呪《のろ》いか知らないが、二十年前の悪夢が三姉妹に蘇《よみが》っていた。あの時きっぱり断っておいたはずなのに、なんでまた蒸し返すのだろう。

翌日、漣オバァは昏睡《こんすい》状態に陥った——。

再び病室に駆けつけた三姉妹の声に、漣オバァは反応しなかった。このまま目覚めない可能性があることを覚悟しておいてください、と医師に告げられ泉たちは混乱した。

そんな緊迫した最中《さなか》、弁護士が泉たちに遺言状の実行を迫った。

「誰が相続人になる意思があるのか、今のうちに決めていただきたい」

「エロが相続したいんだってさ」

「ガラクタ集めは処女の趣味だったわね」

「澪は難しいことはわかりませーん！」

「ロリは骨壺貰って捕まったことがあったわね。墓守にちょうどいいわ」

「あれは冤罪《えんざい》だったんですぅ」

「エロは世俗に塗れすぎだから、ちょっと枯れた方がいいよ」

「あたしは儲《もう》からないことなんてしないのよ！」

三姉妹の押し付け合いのラリーに弁護士の目がメトロノームのように動いた。

「当職は、あなた方の誰が相続人になっても一向に構いません！」

「放棄するって言ったでしょ！」

「いやよ。銀座の土地ならいざ知らず」

「祭祀者はアイドルじゃないですぅ」

弁護士は興奮する三姉妹を宥めるように言った。

「よろしいんですか？　依頼人の所有する牧港補給地区の土地は七万九千坪。年間の地代収入は五億二千五百万円にもなるんですよ？」

突然、三姉妹の目の色が変わった。

「五億円ですってえ⁉」

＊

汀は那覇空港の搭乗ゲート前に脚を組んで座っていた。アブスト柄のカシュクールワンピースは一歩間違うとおばさんファッションの典型になるが、メリハリのあるボディラインの汀が着るとゴージャスな雰囲気になる。オーバル型のサングラスを薬指で押さえながら、スマホのチャットアプリを開いた。送信先はマネージャーの隼人の個人アカウントだ。

『ポルシェビルを丸ごと借りるわよ』　既読

『ご冗談を。どこにそんなお金があるんですか？』　午後4：00

『五億円の目処《めど》がついたの』　既読

『汀ママは天才ですか！』　午後4：08

『今、那覇空港よ。ANA四七二便に乗るわ。十九時に羽田に迎えに来てちょうだい』　既読

　降って湧いたような五億円に汀は興奮していた。悲願の路面店進出のためなら、年に八回の祭祀を執《と》り行なうなんてお安い御用だ。午前中にパパッと拝めば、昼過ぎには東京に帰れる。それなら店に穴を開けることもない。並木通りに誕生する路面店は、エルメスやルイ・ヴィトンに劣らない名物店となるだろう。そのことを想像すると汀は笑いが止まらなかった。

「おーほほほほ。おーほほほほほ」

　搭乗ゲート前にいた乗客たちは、ヤクザの姐《あねご》が高笑いしているのかと思っただろう。

「でも油断は禁物よ」

汀の美点のひとつが、人を正しく評価するということだ。汀に学歴はないが、それを補って余りある世知が備わっていた。

「強敵は泉ね」

妹の泉は学級委員タイプの堅物だが、努力家で地頭がいい。しかも今回は泉の専門分野だ。考古学的アプローチで海神の秘宝に迫られたら、汀はとても太刀《たち》打ちできない。その上、泉にはクルーザーもある。泉の後追いをしていたら必ず負ける。

澪なんかどうでもいい、と汀は思った。澪は悪い子じゃないが、相続人争いのスタートラインにも立てないだろう。勝負は実質的に汀と泉の一騎打ちだ。汀が勝つには奇襲しかない。

「漣オバァの話を思い出すのよ、汀……」

汀の武器は驚異的な記憶力だ。客の名前、役職、交友関係、話に出てきた人物の名前と特徴、好みの酒、腕時計のブランド、タバコの銘柄など、一度会った客のことは絶対に忘れない。特に会話した内容は冒頭から正確に再現することができた。この能力がお座敷力として開花したのだ。

子供の頃から記憶力が優れていた汀は、その能力を持て余してもいた。当時は、しょーもない悪戯《いたずら》にしか使えなかった。例えば、友達のマンションのオートロックの暗証番号を指の位置で覚えて、二度目から勝手に入ったことがあった。漣オバァの家の金庫の暗証番号を、ダイヤルを回転させた角度で覚えて、無断で真珠のネックレスを借りたことがあった。朝、片方だけ裏返しの靴下で出勤した父が、帰宅後には元に戻っていることに気づき、浮気相手の家から戻ったのだろう、と脅《おど》して口止め料を巻き上げたこともあった。汀の頭の中に、あたかも容量無制限のビデオカメラとボイスレコーダーが備わっているかのようだ。

汀は東京までの空路、ずっと記憶を手繰《たぐ》っていた。

「二十年前のキャンプ・キンザーでの拝みの時だったわ。あたしは青の琉球絣を着ていた。泉は赤の海人Tシャツ。澪はメゾピアノのピンクのオフショルワンピースだったわ。漣オバァは右手の人差し指に絆創膏《ばんそうこう》を巻いていた。基地の中で米軍の尾行があったわ。車のナンバーは――」

汀はサングラスのブリッジを押さえながらしばし考え込んだ。突然、フラッシュのような閃《ひらめ》きと共にナンバーが脳裏に浮かんだ。

[Y 14-09]

「リアスポイラーの形からして、99年式の白のスバル・インプレッサ……。もっと後よ。確か岩の陰で泉がジャムの蓋のようなものを拾ったわ。そしたらMPが銃口を向けたんだったわ。あのアッシュブロンドの彼、名前なんて言ったっけ。ドッグタグを見たはずよ。確か――」

[REYNOLDS　M.F.]

「あたしが頬を撫でたら、アソコをおっきくしてたわ。さすが外人！　あんな立派なおチンポ、そうそうお目にかかれないわ。おーほほほほ。違う違う。汀、集中するのよ……」

　汀は漣オバァの少女時代の話を、脳内で正確に再現していく。

　曽祖父の賢治は家族だけを先に台湾へ疎開させ、自分は調査のために石垣島に残った。そして戦況が悪くなって定期便が使えなくなり、途方に暮れた。そこで、なんとか海神の秘宝を台湾に運ぶために、日本兵と接触したと言っていた。そのとき賢治は袖の下で日本兵を懐柔《かいじゅう》したはずだった。きっとそれが海神の秘宝だ。

　機内アナウンスがシートベルト着用を告げた。間もなく羽田空港に着陸だ。

「そうだわ。キンタマよ！　おーほほほほほ」

　汀は再び高笑いで東京に舞い戻ったのだった。


　一方、泉は石垣島に飛んだ。曽祖父・賢治の足取りを掴むために、教育委員会の市史編纂室を訪れることにした。石垣島は沖縄本島から四百十キロメートル南西にある。同じ沖縄でも暑さの質が違った。気温はそう変わらないが、日陰が小さいせいで日差しからの逃げ場がない印象だった。

　それなのに泉は、近場の商店街に薄手のカーディガンを買いに出た。沖縄の公共施設はエアコンが利きすぎていて、上から羽織るものがないと寒気がするからだ。

　アーケードのある商店街を歩きながら、泉は新垣に連絡を取った。

「涼、聞いて。トライトンの目処が立ちそうよ」

『やはりレディーシャークだ！　一体どこから金を集めたんですか？』

「自腹で購入することにしたの」

新垣の悲鳴がうるさいので、泉は耳につけていたヘッドセットをいったん外した。

『どこに五億円なんてあったんですか！』

「宝くじに当たったのよ。いや、これから当たる予定」

『なんだ。じゃあ気長に待ちましょう』

「当たる確率は三分の一、と言ったら？」

また新垣が変な声をあげた。こんなことならチャットアプリにすればよかった、と泉は思った。

『ところで花城先生は今どこにいるんですか？』

「石垣島よ。調べたいことがあって。涼はクルーザーで先に玄界灘《げんかいなだ》へ向かっていてほしいの。調べ物が終わったら、こちらもすぐに向かう」

『福岡ですか？　なんで？』

「今はなんとなく目星がついているとしか言えない」

『レディーシャークの嗅覚ってヤツですね？』

泉はスマホのカメラに収めた海神島の写真を指でピンチして拡大した。

――この島はどこかで見たことがある。

服の買い物がてら市場でバンシルー（グァバ）を一袋買った。皮ごと食べる果実は、独特の酸味が暑気払いに効いた。マンゴーやパッションフルーツもいいが、島人が郷愁を誘われる味といえば、このバンシルーだ。泉は一口齧《かじ》って、薬のような香りを頭の隅々まで巡らせた。

どうして二十年前のあのとき、進んで引き受けておかなかったのだろう、と泉は思う。地代収入が年に五億円と知っていたら迷わず飛びついていた。同時に、これまでの漣オバァの羽振りの良さに合点がいった。泉のアメリカ留学九年間の総費用は約四千万円にもなる。いくら漣オバァがケータリング会社の経営者だからといって、ポンと出せる金額じゃない。

泉は同時に、これは運命だと思った。さっき新垣には、三分の一の確率の宝くじと言ったが、九十九パーセントの勝機がある。お宝探しは泉の専門だし、資料の読み込みも得意だ。これが踊りの上手な者が相続するとなったら、汀には勝てなかったし、危うい女が相続するとなったら澪に決まっている。遺言状で海神の秘宝を探し出した者が相続する、となった瞬間、泉に勝利の女神が微笑んだ。

「エロもロリも地団駄を踏んでいるだろうな」

泉はニンマリ笑って、手首に滴り落ちるバンシルーの汁を啜《すす》った。お宝探しは、砂漠で井戸を掘り当てるようなものだ。当てずっぽうに首を突っ込むと、ミイラ取りがミイラになる。泉の仕事の九割が資料読みと聞き取りだった。それは警察の捜査と同じだ。捜査線上に浮かぶ複数の容疑者の中から、アリバイを潰し、動機を探る。

「大きい爺ちゃんは何をしたかったのかしら？」

記憶にない曽祖父の賢治が、初めて泉の中で息をした気がした。カーディガンを羽織った泉は、市史編纂室へ向かった。

窓の外から入る直射日光が強すぎて、閲覧室の資料の文字が白飛びする。泉は手を翳《かざ》して影を作りながら読んでいた。

「沖縄戦における石垣町の記録……。大きい爺ちゃんは石垣島で海神の墓に関連する研究をしていた。フルスト原《バル》遺跡は十四世紀から十六世紀にかけての住居。八重山が琉球王国に組み込まれる前のことね」

　泉は二十年前のあの日のことを思い出していた。残念ながら幼き日の記憶は虫食いのドレスのようで、とても着られたものじゃない。覚えているのはまばらな断片で、それすら確かかどうかわからない。記憶は当人の都合に合わせて改竄《かいざん》されていくものだ。こんなことなら、あのとき、しっかり聞いておけばよかったと後悔するばかりだ。

「漣オバァ、なんて言ってたっけ……」

　泉が覚えているのは、海神の墓が琉球王国よりも古い時代のものだということだった。もしそれが本当だとすると、曽祖父の賢治は十五世紀の第一尚氏王朝より古い史跡を調べたのだろう。石垣島を代表するフルスト原遺跡は当落線上ギリギリだ。これよりも古い遺跡が賢治の研究の対象になった可能性があった。しかし石垣島の遺跡といえば、貝塚が中心になる。沖縄では貝塚時代が本土に比べて長かったのが特徴だが、石垣島ではもっと長かった。実に十五世紀までそのような時代だったとされている。

「続日本紀《しょくにほんぎ》に石垣島が現れたのは、奈良時代。太宰府《だざいふ》に島人が朝貢した。この『信覚《しがき》』は石垣島のことね。狙いは八世紀から十二世紀の間にしておくか」

　泉がノートにメモをとる。石垣島までできたのは、この島が沖縄本島とは異なる歴史を持っているからだ。島には沖縄を代表する十一世紀以降のグスク時代が存在しないとされている。しかし泉は、同じようなものが石垣島にもあったと思う。陸の調査は専門外なので、手をつけていないが、考古学者の端くれとして何かムズムズするものがあった。

「これは大きい爺ちゃんの血かな？」

泉はクスッと笑った。

きっと賢治は、空襲警報が鳴り響く最中も資料を引っ張り出して、興奮していたに違いない。学者は世間と違う時間を生きる。研究に没頭するあまり、日露戦争も日清戦争も知らなかった学者がいたという逸話を思い出した。一テーマを十年かけて過ごす学者にとって、世事の移り変わりはあまりにも早過ぎた。

泉はノートに赤ペンで大きく「グスク」と書いて二重下線を引いた。

「次の資料は、と……」

泉が石垣島にきた理由はもうひとつあった。

黄ばんだ資料は当時、石垣島に展開していた帝国陸軍のものだ。太平洋戦争は既に考古学の対象になっている。戦時中の遺物を収集する「戦争考古学」という分野がある。考古学では、過去に人間のしたことの全てが研究の対象となりうる。例えば「トイレ考古学」があってもいい。

泉は、終戦間際の石垣島で賢治が接触したと思われる日本兵を特定しようとしていた。

「戦時中に石垣町に展開していた旧日本軍は独立混成第四五旅団と石垣島海軍警備隊の二つ。特設警備隊は地元民だから除外していい。この二つで兵員五千八百六十五人か。もっと絞り込まなきゃ。もうっ！　この部屋は冷蔵庫なの？」

エアコンが利きすぎていて、カーディガンだけじゃ寒さを凌《しの》げない。窓が結露しているのを見た泉は、正気の沙汰《さた》ではないと思った。

泉が推理するに、賢治は台湾に海神の秘宝を送ろうとしたはずだ。当時軍部が民間船を徴用していたので、これを管轄していた部隊と接触したと思われる。このことから独立混成第四五旅団が怪しい。

「旅団長は宮崎武之《みやざきたけし》少将。隊員二千八百六十五人のうち、兵站に関わっていた者は二百三十五人。この中から、福岡県出身の隊員を絞り込んでいくと――」

泉はノートに十人の軍人の名前を記した。ここで研究者を悩ませるのが地名だ。日本は明治の町村制移行、昭和と平成の大合併で地名が変わっていることが多いのだ。例えば沖縄では、うるま市は具志川《ぐしかわ》市、石川《いしかわ》市、勝連町《かつれんちょう》、与那城町《よなしろちょう》が平成の大合併でひとつとなり誕生した。さらに昭和の石川市は、明治時代には美里村《みさとそん》、琉球王国時代には越来間切《ごえくまぎり》と呼ばれた。研究者はその当時の地名を知っておかないと、現代から追えなくなる。

「東郷町《とうごうちょう》は愛知県だった気がする。違う。昭和二十年にはまだ東郷村《むら》だ。当時東郷町だった場所は……」

赤ペンで囲んだ男が最有力の人物だ。そこにはこう記されていた。

――軍曹　山内《やまうち》　長介《ちょうすけ》。福岡県　東郷町《まち》出身。

東郷町は、現在の宗像《むなかた》市である。

＊

日差しに照らされたうるま市のバス停で澪は脱水症状に見舞われていた。上空を通過するのは編隊飛行のＦ‐22戦闘機だ。金色の目をした怪鳥のように悠然と大空を飛んでいく。

「もう、うるさいなあ！」

片耳を指で塞いだ澪は五十嵐と連絡を取っていた。

「五十嵐さん、聞いて聞いて！　映画ができるよ！」

『可哀想に。暑さでやられちゃったんだね』

「違うもん！　製作費の目処が立ったんだって！」

『あれだけ枕はしちゃいけないって言ったのに……』

「違いますぅ。オバァの遺産が手に入りそうなんですぅ！」

『映画は、澪ちゃんのおばあさんの遺産でどうにかなるような金額じゃできないんだよ』

「遺産は五億円なんだってば！」

電話口で戦闘機の爆音に負けないくらい五十嵐の悲鳴が響いた。

「五十嵐さん、すぐに沖縄に来て。ついでに澪の着替えも持ってきて！」

澪の格好が、町を歩く海兵隊員の目には売春婦に映るようだ。さっきから車に乗っていけとか、ヘイベイビーとか、もっと露骨なのは四人で百ドルでどう？　みたいな誘いもあった。五十嵐との電話を終えた澪は、ふと自分が何かの日陰に入ったと感じた。次の瞬間、澪は身長二メートル近くもある屈強な黒人兵に担がれていた。

「ダイジョーブ。ダイジョーブ」

　黒人兵が陽気に鼻歌を歌いながら、澪を土嚢《どのう》のように担いだ。

「下ろしてぇ。誰か助けてくださーい！」

　最終便で沖縄入りした五十嵐は空港で澪を見つけるなり、両手を広げてハグを求めた。

「映画の神様は澪ちゃんを見捨てなかったんだね！」

「五十嵐さん、おちけつ。おちけつ」

「あれ？　衣装破けちゃったの？」

「逃げるのが大変だったんですぅ」

　なぜか澪は性的な被害に遭うことが多い。電車に乗れば必ず痴漢に触られるし、道を歩いているだけで複数の男から後を尾《つ》けられる。テレビ局のプロデューサーから仕事の話がしたいと言われて、向かった先がホテルだったこともある。ひとりで飲みに行ったバーで、バーテンダーに睡眠薬を混入されたことが数回あった。露出狂のおじさんに狙われ続けた腹いせに、スマホでおじさんの写真を撮ろうとして「盗撮するな！」と説教されたこともある。

　これは隙《すき》だらけでポヤンとした性格もあるだろうが、澪の愛情に飢えている気質がそうさせている面がある。芸能人には必須の資質だ。ステージで「私を見て！」とアピールする力がなければ、数万人の観客を二時間魅了することなどできない。歌が下手でも、リズム感がなくても、見た目がちょっと悪くても、この魂の叫びがあればスターになれることを五十嵐はよくわかっていた。その気質は平凡な日常を送るには厄介だが、芸能人なら問題ない。澪が二度の芸能界追放を食らっても、辛うじて端っこに残留できているのはその力のお蔭だ。

おもろまちの居酒屋で沖縄そばを啜った二人は、今後のことを話し合った。思えばこの街は二十年前はクレーンとブルドーザーが犇めく、返還地だった。北谷のアメリカンビレッジと比べると行政施設とオフィスが多い。今やこのおもろまちは、基地返還後の跡地利用の新たなベンチマークだ。

澪は沖縄そばにワシミルクをたっぷりと垂らした。

「こうすると美味しいんですぅ」

「それよりも澪ちゃん、遺産相続の話を聞かせてよ」

澪は漣オバァの遺言状の話をした。ライバルは二人の姉。ひとりは世界的知名度を誇る新進気鋭の水中考古学者で、もうひとりは、目的のためなら手段を選ばない銀座の高級クラブのママ。到底、澪が太刀打ちできる相手ではない。

「どうしよう五十嵐さん。このままだと澪は脱落しちゃいますぅ」

「手がかりも何もないのに、どうやって探すんだ？」

「手がかりはこれですぅ」

澪はスマホのフォルダを開いて海神島の写真を見せた。海岸に立ち上がる急峻《きゅうしゅん》な崖が印象的な写真だった。それを見た五十嵐はピンときた。

「澪ちゃん、まだ負けたわけじゃないよ」

「え？　五十嵐さん、この島知ってるんですかー？」

「これでも元編集者だからね。旅行誌の編集部に五年いたんだ」

五十嵐が三十代だった頃、旅のビジュアルムック編集に携わっていた。Ａ４ワイド判フルカラーの仕様は、写真が綺麗で文字が読みやすいとシニアの読者に好評を博した。五十嵐の編集は主題がわかりやすく、カメラマン受けも良かった。そのセンスを買われて青年マンガ誌編集部のグラビア担当に抜擢《ばってき》されたのだった。

「オレが企画したシリーズで人気があったのが、島の神社を巡るってやつだったんだ。沖《おき》ノ島《しま》が一番売れたんだよね。この写真の島は沖ノ島だと思う」

「それはどこにあるんですかー？」

「福岡県宗像市。海の正倉院と呼ばれているお宝の島だよ」

五十嵐は勝機ありと確信したように頷いた。

*

ママの誕生月のクラブ汀は、華やかさが際立つ。エントランスから続く総額一千万円の胡蝶蘭の鉢植えに、男性客のみならず、婦人たちの目も好奇心で引き寄せられていた。高級車や胡蝶蘭など、クラブ汀の前はいつも何かで飾られている。それらがデパートのショーウインドウよりも豪華なので、銀座の華やかさを演出するのに一役買っていた。

今日は汀自らが「係」についてのおもてなしだ。客の男の両脇には、ナンバーワンの江《え》刺《さし》若《わか》奈《な》とナンバーツーの鷹宮《たかみや》小百合《さゆり》がつく最強の布陣だった。

「若奈さん、ロマネ・コンティをもう一本お願いね」

「はいママ」

「いやー、よかです」

草臥《くたび》れた社名入り作業ジャケットを着た男は、銀座の高級クラブの客には相応《ふさわ》しくない出立ちだった。さっきからしきりに店内をキョロキョロ眺めている。

他の客は、アラブの民族衣装カンドゥーラと頭巾のクーフィーヤを身につけた王族のような男たち、宝石を鏤《ちりば》めた腕時計をしたシンガポールの不動産王、黒い帽子を被り腰に金糸が施されたシンジャンを巻いたブルネイの政府要人などなど、まるで国際会議場のようだ。イスラム圏は禁酒なので、銀座でこっそり羽を伸ばしているのだろうか。

それにもましてホステスたちの美貌《びぼう》はどうだ。映画やドラマでしか見たことのないような、完璧《かんぺき》なプロポーションの女性ばかりだ。正面から見て美しいばかりか、座ったときの背中の美しさたるや、陶磁器のような艶《なまめ》かしさだった。ドレスからメイクまで完璧に自らを飾ったホステスたちの姿は、男の目には歩く調度品のように映った。

「ちょートイレに行かせてくれんかねえ」

男がトイレから出てきたら、モデルのようなボーイが片膝をついて熱いおしぼりを渡すではないか。男は後退《あとじさ》りするほど驚いた。

「ここはまるで竜宮城ごたーねー」

今日は男にとって、宝くじに当選するよりも予想外の出来事ばかりがある日だ。

ある日達筆な手紙とともに、往復の航空券と帝国ホテルの宿泊券が届いた。福岡県古賀《こが》市で養鶏場を営んでいる男にとって、全てが信じられない話だった。銀座の高級クラブなんて噂にも聞いたことがない。送り主はクラブのママというから、てっきりスナックに毛が生えた程度のものかと思っていたら、何もかもスケールが違った。

汀がハンカチで目頭を押さえながら語った。

「沖縄の祖母が危篤になりまして……。わたしは幼い頃に聞いておりました。祖母が疎開先の石垣島であなたのお爺様に命を助けてもらったと。その命のお蔭で、孫であるわたしの今があるのです。どうか少しばかりのお礼をさせてください」

「はあ……」

男が身を乗り出したところで、汀は男の耳元で囁《ささや》いた。

「山内長介さんのお孫さんのあなたに」

汀が招いたのは山内軍曹の孫にあたる男だ。公認会計士の資格を持つ隼人は行政文書の取り扱いに慣れていた。すぐに旧帝国陸軍の名簿を入手し、山内長介の除隊後の動きを追った。福岡県出身の山内は戦後、故郷の東郷町の食品工場で働き、そこで所帯を設けた。子供は四人。長男は独立して古賀市で養鶏場を営んだ。その息子が彼、山内正一《しょういち》だ。

「なんとも奇妙な運命ですなあ」

山内は猫のようにチビチビとロマネ・コンティを舐《な》めた。

「本来なら祖母が直接お礼を申し上げるべきところを、失礼いたしました」

深々と頭を垂れても崩れない汀の前髪は、普段より盛り上がっていた。

「いやいや、俺にお礼なんかせんといてください」

「山内様のお爺様は何か言い残されてはいませんでしたか？」

「そういえば、子供んときに沖縄の話は聞いたことがあったかねえ。琉球王国の、なんとかいう……」

汀の眼が鋭く光った。

「それは、祖母がお礼に差し上げたのはキンタマだったというお話なのではないかしら？」

「おなごしがキンタマばお礼にあげると？」

山内は鳩が豆鉄砲でも食らったかのような表情だ。

「失礼、金の勾玉のことですわ。おーほほほほ」

汀は、賢治が山内軍曹に賄賂《わいろ》を贈った話を覚えていた。賢治が台湾に荷物を送るために山内軍曹に握らせたのは、第一尚氏王朝の最高神女・馬天ノロの金の勾玉。略してキンタマだ。おそらくそれが海神の秘宝である、と汀は睨んだ。

「確かオヤジが、爺ちゃんの骨壺になんかキラキラしたようなん、入れた気がするっちゃね」

「まあ、お爺様は最期に祖母の感謝の気持ちとともに逝かれたのですね……。小百合さん、シャルツホーフベルガー・リースリング・トロッケンベーレンアウスレーゼを一本」

「はいママ」

「いやいや、こんなんされたら困るちゃけど！」

「どうか祖母の気持ちだと思って受けてやってください。そうでないと祖母があまりにも不憫で、不憫で……。うう……」

「ママは義理堅いお人ですな」

「この商売、義理を欠いては成り立ちませんわ。ぜひ、お爺様のお墓に詣でさせていただけないでしょうか？」

「爺ちゃんの墓は宗像市にあるったい」

店の片隅で話を聞いていた隼人が、メガネをかけ直す仕草で「了解」と汀に符丁《サイン》を送った。

花城三姉妹による「海神の秘宝」争奪戦の火蓋《ひぶた》が切られた――。

第四章　古墳は囁く

福岡県宗像市

玄界灘に面した宗像の町は、余裕を漂わせる風土である。東京周辺部の郊外が見せる殺伐とした風景とは別世界の、セピア色の写真のような静かな時間が流れている。歴史的経験を積み重ねた大人のような余裕を感じさせた。

そんな宗像の町に粋な着物姿の女がやってきた。灰墨桜《はいずみざくら》の色無地に喪帯の組み合わせは、宗像の柔らかな日差しによく映えていた。

「静かな町ね。ここにお爺様が眠っていらっしゃるのね」

「爺ちゃん、びっくりするやろ」

山内長介の菩提寺《ぼだいじ》に訪れたのは、汀である。祖母の恩人の墓参りという立場を弁えた喪服の準礼装は、桜の散り際の燻《くす》んだ色で、過ぎ去りし青春の想い出を表している。

カサブランカと胡蝶蘭だけで仕上げた仏花は、花嫁のブーケのように豪華だった。汀の洗練された所作に墓参りの人たちが立ち止まったり、振り返ったりした。喪装の美女が何事か、と住職まで法衣と布の帽子を纏って駆けつける騒ぎになった。案内をしている山内正一は誇らしげに鼻の穴をパンパンに膨らませていた。

正一にとってクラブ汀での一夜は、神々の酒宴を垣間見たようなものだった。いつか正一が死んで正真正銘の天国に行ったとしても、クラブ汀と比べたら、田舎《いなか》臭い場所だと感じるかもしれない。そう思うと死後がつまらないものに思えた。正一が一晩で飲んだ総額は三百万円ほどだった。それを汀は「恩人への義理」の一言でロハでもてなしてくれた。正一は汀を菩薩《ぼさつ》の化身だと真剣に思っている。

福岡に帰った後、正一はお礼に自分の養鶏場で採れた卵を送っていた。地元のスーパーでも評判の、一パック四百五十円で売られている有精卵だ。汀は気に入ってくれただろうか。墓の前で手を合わせている汀の横顔を見ながら、正一はふと思った。

「山内長介様、お礼が遅くなって申し訳ございません。わたしの祖母がお世話になりました――」

まるで上村松園《うえむらしょうえん》の美人画のように艶かしい曲線を描く汀の横顔は、眺めているだけで深遠な気持ちになった。天女が人の真似をしているが、どこか浮世離れしていて違和感を覚えるような、とでもいうのだろうか。正一は、何の変哲もない墓場が、清浄な気で清められていくのを感じた。

「ヤマさん、わたしお重を拵えたのよ。お供えした後、ぜひお召し上がりくださいな」

お供の隼人が風呂敷から朝鮮螺鈿《らでん》細工の食籠《じきろう》を取り出した。下地の漆が全く見えないほど緻密な模様が鏤められた朝鮮螺鈿細工は、東洋一の超絶技巧と称される。正一は一瞬それを金属製かと見間違えたほどだ。重箱の中身はおせち料理も真っ青の豪華な食材ばかりだ。伊勢海老《いせえび》、鯛《たい》、鮑《あわび》、鰻《うま》巻き、数の子、フォアグラのトリュフ添え、金箔を撒いた黒豆、イクラの醤油《しょうゆ》漬けなど、一の重から三の重まで全てが主役揃いのご馳走《ちそう》だ。

正一は、神々の料理の一部が宗像に現れたのかと、重箱を二度見、三度見した。特に鯛の尾頭付きは、宗像でも滅多にお目にかかれない真紅の美魚だ。活〆《いきじめ》じゃないとこの色は出ない。

「わたしこういうのしか作れなくてお恥ずかしいんですけど……」

汀が卵焼きを箸で取って、山内の口元まで運んだ。

「ヤマさん。はい、アーンして」

一口食べた正一は目を見開いた。

「こんなふわっふわの卵焼きを食べたのは初めてっちゃ！」

正一にとって卵焼きとは、母の作ってくれた甘くて焦げ目のついたものだ。だが汀のものはプリンのように柔らかく、ほんのり旨味《うまみ》があった。卵焼きは卵だけで作ると固くなる。だから汀の卵焼きは白身魚の擂《す》り身と水を加えている。そうすることで卵焼きは、滑らかで柔らかくなるのだ。

「ヤマさんが送ってくれた卵で作りましたの。きっと卵が良かったんでしょうね」

正一は感無量になりその場で泣き崩れてしまった。そして墓前ではなく、汀の前で手を合わせた。

「あんたは本物の菩薩様や……」

「あら嬉しいわ。うふふ」

――この人、阿修羅なんですけどね。

隼人はしかつめらしい表情を崩さず、内心で呟いた。汀にロックオンされたらローマ法王ですらイチコロだと隼人は思っている。ましてや死人、をや。隼人はなんとなく予想がついている。たとえ山内長介の骨壺から汀が黄金の勾玉を盗んだと知っても、正一は気前良く許してくれそうな気がするのだ。むしろ、

「これは爺ちゃんよりも菩薩のあなたに相応しい」

と言って喜びそうだ。

隼人は大手の公認会計士の事務所を辞めて、汀の片腕となる道を選んだ。もちろん自分は汀に狙われた獲物のひとりだとわかっている。でもなぜか知らないけれど、汀と関わると毎日が弾むように楽しいのだ。汀は釣った魚にも餌を遣り、能力を正しく評価し、どん底に落ちても見放さず、時には甘えてきたりもする。これが絶妙に男心を擽《くすぐ》る。店のホステスたちも同じだろう。汀に誑し込まれるのを皆が楽しんでいる節があった。要するに汀は人間というものをよく知っているのだ。

墓暴きは今夜遅くに行なわれる予定だ。

玄界灘の内海で停泊するクルーザーの甲板で、新垣涼は泉からの連絡を待っていた。泉からはこう命じられた。沖ノ島と宗像大社のどちらにでもいける位置で待機せよ、と。新垣は大島、地島《じのしま》、神湊《こうのみなと》港を等距離で結ぶ三角形の重心にあたる洋上を選んだ。

泉から電話が入った。

『今、古賀市にいる。涼は神湊港に入って燃料を補給しておいて。それとホテルのチェックイ

ンをお願いね。十九時にホテルのロビーで会いましょう』

「宗像市じゃなくて、古賀市なんですか？」

『息子さんの代で古賀市に移り住んだようなの。今はお孫さんにあたる方が養鶏場を営んでいるらしい』

対象者の現住所が錯綜《さくそう》することは調査につきものだ。山内長介の足取りを追っていた泉は、四人の子供がいたという情報を得た。そのうちの長男が古賀市に移り住み、養鶏場を営んでいるのを突き止めたのが昨日だ。

泉はこう予想した。曽祖父の賢治は終戦間際の混乱のなか、疎開船の運航を管理する山内長介と接触した。その時に海神の秘宝の一部を賄賂として使った。そうでないと人命優先の疎開船に貨物を載せることはできなかったはずだ。

そして山内長介は、当時東郷町だった宗像市の出身である。海の正倉院と呼ばれる沖ノ島の知識は幼い頃からあったはずだ。戦後、長介は賢治から握らされた袖の下について調べたかもしれない。遺族が寄贈していた場合は宗像大社の神宝館へ、寄贈していない場合は墓の中か、直系子孫の誰かの手に渡っているはずだ、と。

「これで王手。エロもロリも残念でした」

泉はアクセルを踏み込んだ。赤のマツダ・ロードスターが泉のお気に入りだ。乗るのは最大で新垣と二人なのだから、ツーシーターで十分だった。泉は服も家も車も最低限のものしか要らない。ましてやローンで買うなんてもってのほかだった。世間や陸のしがらみに縛られて、海に行けなくなるようなことにでもなったら、本末転倒である。陸は用が済めばいつでも離れられるように、身軽にしておくのが泉の信条だ。

「やっぱり海の見える町はサイコーね！」

首筋を掠《かす》める風が心地好い。海岸通りから見える玄界灘は、藍染《あいぞめ》の刺し子の道着を着た剣士のように凛々《りり》しい。と同時に思慮深さも感じさせる。知れば知るほど奥深い男のようで、泉の好みである。

「エロは宗像まで辿り着けるかな？」

泉がもっとも警戒していたのは汀の動きだ。汀は自分で努力する前に人を使うことを好む。もし汀の知人に学者や政治家がいたら、宗像大社に着目する可能性があった。

宗像大社の国宝は桁外《けたはず》れに多い。奈良の正倉院ですら一万点未満の収蔵品しかないのに、宗像大社には八万点以上の国宝が収められているのだ。単なる重要文化財や登録有形文化財ではなく最上位の国宝だ。つまり宗像一帯は日本文化の源泉なのだ。神宝館に賢治の発見した海神の秘宝が収められているであろうことは、推測するに難くない。

しかし泉は汀に十歩以上先行していると自負していた。なにせ泉はレディーシャークなのだから。

「餅は餅屋よ。飲み屋のママは飲み屋で与太話でもしてなさい」

澪なんてどうでもいい、と泉は思った。出遅れたことを泣いていじけて通りすがりの男に慰めてもらえばいい。三歳児だったら飴玉《あめだま》一個貰ってすむだろうが、成人した今だとセックスの見返りを要求されるだろう。それでまた泣いていじけて通りすがりの男に——（以下略）。

「妹がバカでよかった！」

泉は唾棄《だき》するように言い放った。お蔭で、お宝の争奪戦は事実上、汀との一騎打ちで済んだ。

交通の少ない海岸通りは、対向車を気にする必要もないほどゆったり流れていた。車載ナビの音声案内が「間もなく目的地周辺です」とアナウンスした。

——うみたてたまご　山内養鶏場

可愛いのかヘタなのかよくわからない鶏のイラストの看板が目に入った。鶏冠《とさか》がなければ鳩に見えた。翼を広げて羽ばたいているからだ。

鶏舎は錆びついたトタンの外壁が部分的に何箇所も補修され、ツギハギ状になっていた。敷地には土埃《つちぼこり》に塗れた補助輪つきのセーラームーンの自転車が打ち捨てられていた。澪が同じものを持っていたことを思い出した。おそらく経営は縮小傾向なのだろう。養鶏場の有様は後継者がいないことを物語っていた。山内正一を知る商店街の人に尋ねると、正一は十五年前に離婚して、二人の子供は元妻に引き取られたらしい。

「ごめんくださーい。山内さんはいらっしゃいますかー？」

鶏の鳴き声しか返ってこない閑散とした自宅だった。鍵もかかっていないから、すぐに戻る用事なのだろうか。泉は車のボンネットを椅子代わりにして、正一の帰りを待つことにした。

太陽光線の帯が靄《もや》を通過し、埃やチリが舞っているのが見える。人の気配を感じさせない廃《はい》墟《きょ》のような空間だった。鶏糞《けいふん》の匂いがノイズのようにチラチラと鼻を擽り、男のひとり暮らしの侘《わび》しさを倍増させた。

小一時間ほど過ぎた頃だろうか。軽ワゴン車が敷地に入ってくるのが見えた。

「すみません。山内正一さんでいらっしゃいますか？　私は水中考古学者の花城泉と申します。

お爺様の山内長介さんのことでお尋ねしたいことがあるのですが――」

　軽ワゴン車から降りた正一は目を白黒させた。

「爺ちゃんは有名人だったん？　次から次へと人が訪ねてきようちゃ！　今爺ちゃんの墓参りから帰ってきたんよ」

「お墓参りってどこで？」

「宗像市の菩提寺っちゃね。東京から来たお客さんば案内してきとうばかりや」

　泉は胸騒ぎを覚えた。

「そのお客さんって、まさか――？」

「銀座のクラブのママさんや。あんな綺麗な人にお参りしてもろうて、爺ちゃんは幸せ者やね」

　泉は髪の毛を掻き毟《むし》って叫んだ。

「あのエロ！　先手を打ちやがったな！」


深夜二時、全身黒ずくめの二つの影が、宗像市の墓地に現れた。ヒソヒソ声で話しているのは汀と隼人だ。懐中電灯を点《つ》けようとする隼人の手を汀が遮った。

「明かりを点けちゃダメよ」

「見えるんですか？　こんなに暗いのに」

　墓地には外灯もなく、完全な闇だった。夜目で慣れるような暗さとも思えないのに、汀は迷わず隼人の手を引いて歩いていく。

「昼間に順路を足で覚えたのよ」

「汀ママは天才ですか！」

昼間来たとき、隼人は目印として自分のボールウォッチの腕時計を墓石の前に置いてきた。マイクロ・ガスライトで発光する文字盤は、夜光塗料の七十倍の輝度で輝き、十年は光り続ける。

目出し帽を被った男女が、抜き足差し足で墓場を歩いている。そのことを、我に返った隼人が自嘲《じちょう》した。

「まさか墓荒らしをすることになるなんて……」

「うるさいわね。五億円の地代を相続するためには、お宝を探さなきゃならないのよ」

「ひょっとして汀ママ、泥棒を楽しんでいませんか？」

「ちょっと楽しいわ」

そう言って汀は言葉を切り、すぐに続けた。

「だって隼人は頼りになるんですもの。うふふ」

これだ、と隼人は苦笑いする。男を持ち上げて、持ち上げて、舞い上がらせるのが銀座の女の得意技とは熟知しているが、実際自分がやられたら、それはそれで嬉しいものだった。汀と一緒にいると、どれが本音でどこまでが演技なのかわからない。もしかしたら全部ウソなのかもしれない。ただあまりにも魅力的なウソなので、騙されている方も喜んで被害者になってしまいたくなる。

「このお墓の裏だったわ」

汀の記憶は正確だった。通路から首を伸ばした隼人は、文字盤が光るボールウォッチを見つけた。

「いいこと？　山内長介の骨壺よ。他の御遺骨に手をつけちゃダメよ。だって……」

「だって？」

「バチが当たっちゃうじゃない？　うふふ」

「俺たちは既に十分バチ当たりです！」

「やあね。残暑だし怪談でもしようかしらって思っただけよ」

「汀ママの怪談はタチの悪い冗談になっていますよ」

汀に懐中電灯を持たせた隼人が拝石《はいせき》を持ち上げようと、その縁にバールを差し込んだときだ。想像していたよりも小さな力で納骨室が開き、隼人は不審に思った。

「コーキングしてないのか？」

すかさず汀が納骨室に懐中電灯の光を当てた。山内家の墓はそれほど大きくない。納骨室に納められている骨壺は全部で六つ。骨壺には生前の俗名が記されていた。一般的に左から右の順に古いお骨ということになる。

「山内国光《くにみつ》。山内カネ。山内英吉《ひできち》。山内チヨ子。山内和宏《かずひろ》。山内幸子《さちこ》……。山内長介のはありませんね」

「隼人、よーくお探しなさい」

「汀ママ、懐中電灯を貸してください」

地下の納骨室に潜った隼人は懐中電灯の光を当て、具《つぶさ》に検分した。そして納骨室の棚に不審な丸い染みがあるのを発見した。隼人が他の骨壺を持ち上げると、同じような丸い染みが現れた。つまり、つい最近までここにはもうひとつ骨壺があった、ということだ。隼人はピンときた。

　拝石は普通、雨水が侵入しないようにモルタルでコーキングされている。年式の新しい墓ならゴムやシリコン系が使われているが、昭和初期の墓ならモルタルが主流だ。拝石そのものはせいぜい五十キログラム程度で、男ひとりの力でも動かせるが、モルタルで目地止めされた拝石ならそう簡単に動かせない。バールで簡単に動かせたのは、モルタルが剝がれ落ち、拝石と板石に隙間ができてテコの原理を使えたからである。

　隼人はすぐに拝石の裏側を確認した。やはりモルタルが無理に剝がされた形跡があった。

「隼人、一体どういうことなのかしら？」

「汀ママ、山内長介の骨壺は盗まれていますよ」

「そんなバカな。誰が盗んだっていうの？」

　言ってから、汀は血の気が引いた。海神の秘宝を欲しいのは自分だけじゃないことに気がついた。

「あの処女！　やってくれたわね！」

*

沖縄県那覇市

汀に先を越された泉は沖縄に舞い戻っていた。もし汀がお宝を手に入れたら、真っ先に弁護士に届けるはずと思ったからだ。新垣を引き連れ、那覇空港の到着ゲートを飛び出た。冷房の利いたターミナルビルから一歩外に出た瞬間、むわっとした南国の湿気の洗礼を浴びた。

「あのエロに旧日本軍の知識があったなんて！」

お宝は鑑定にかけられた後、発見者が正式に相続人と認定される。泉は曽祖父の賢治が何を山内長介に渡したのか予想がついていた。琉球王国はその成立前に群雄割拠の三山時代を経ている。日本史における戦国時代と同様に、覇権を巡り戦いが繰り返された時代だ。統一王朝は自らの正統性を示すために、歴史的王の名を利用するものだ。例えば舜天だったり、英祖《えいそ》だったり。どれも逸話の中で語られる伝説の王だ。王権があった証拠もない。ただし、ひとつだけ第一尚氏王朝には、伝説の神器《しんき》と呼ばれるものがある。それが——。

「馬天ノロの勾玉こそ、海神の秘宝よ」

「花城先生、それは何ですか？」

「あんた史学を専攻していたのに、馬天ノロの勾玉も知らないの？」

琉球王国は王を守護する存在として、女系の祭司の神託を受ける必要がある。初代国王・尚巴志《はし》は守護神たる叔母《おば》、聞得《きこえ》大君《おおきみ》のご神託により即位した。その初代聞得大君こそ、馬天ノロと呼ばれる。

「もし花城先生のお姉さんが後を継いだらどうなるんですか？」

「トライトンを買えなくなって、また『ドブ板』の企業廻りよ」

「それだけは嫌です」

「涼、いいこと？　着物姿の女を見つけたらタックルするのよ。私はその間にヤツのハンドバッグからお宝を奪う」

　泉はレンタカーのエンジンをかけた。これから那覇市内の弁護士事務所に押しかける。


　同時刻、弁護士事務所のあるオフィスビルのエントランスホールでは、着物姿の女がしどけなく窓辺に凭《もた》れていた。女は結露した窓ガラスに「の」の字を書きながらこう呟いていた。

「ポルシェビル。ポルシェビル。ポルシェビル……」

「汀ママ、気を確かに！」

　已《すんで》のところで骨壺を奪われた汀は、魂の抜け殻のようになっていた。妹がこれほど鮮やかに早手回しするとは想像もしていなかった。お宝を奪取した妹は速やかに弁護士事務所で鑑定を受けるはずだ。その寸前を襲うしか、もう手がなかった。

「隼人、わかってるわね？　日焼けした女が現れたらこの水をかけるのよ」

　汀が紙コップに入った水を隼人に手渡した。

「騒いでいる間に、汀ママが妹さんのトートバッグを奪うんですね」

「処女は男慣れしてないのが弱点よ。隼人はイケメンだからパニックになるわ」

「墓荒らしの方がまだマシだ」

　肝心の弁護士は午後三時まで別件で外出中だ。事務員に聞けば、まだ泉は来訪していないという。

噂をすれば影だ。汀は、小走りでエントランスに走ってくる泉を見つけた。

「処女よ！　隼人お行きなさい！」

同時に泉の目は汀を捉えた。

「エロだ。涼、突撃！」

二人の男が奇声をあげて駆け出していく。新垣は汀の下半身にタックルし、隼人は紙コップの水を泉の顔にかけた。

「なにすんのよ！」

と姉妹が同時に悲鳴をあげる。ビルのエントランスは一時騒然となった。

「キンタマはどこ？」

「勾玉はどれ？」

それぞれがお互いのバッグを弄《まさぐ》って、ひっくり返した。書類、外国語の本、手鏡、十股のマルチケーブル、つげ櫛《ぐし》、ＵＳＢメモリ、袱紗《ふくさ》、方位磁石、カメラのバッテリーなどが大理石の床に散らばる。泉は自分のもの以外の品を拾っては、ポンポン放り投げていった。

「これはピル。エロの避妊薬！」

「失礼ね。便秘薬よ」

「これはマイルーラ。エロの避妊具！」

「よーじやのあぶらとり紙よ」

「これは妊娠検査薬。エロの医薬品！」

「水で洗える女性体温計よ」

「これは携帯用ビデ。エロの衛生用品！」

「花粉症の鼻洗浄ボトルよ」

「これはピンクローター。エロのおもちゃ！」

「ゲラン、ルージュ ジェのネオニスタ。口紅よ」

「これはラブローション。エロの潤滑剤！」

「ラ・プレリーのハイドレーティング セラム。美容液よ」

「これは陰毛を柔らかくするクリーム。エロの柔軟剤！」

「ヘレナ ルビンスタインのリプラスティ。日焼け止めよ」

公共の場で恥をかかされた汀は怒髪天を衝《つ》いた。

「ちょっと、何なのあなた！　さっきから失礼しちゃうわね！」

「勾玉はどこにあるの？」

「キンタマはあなたが持ってるんじゃないの？」

「女にキンタマなんてない！」

「学者が墓泥棒するなんてちゃんちゃら可笑《おか》しいわ」

「墓泥棒をしたってことね！」

エントランスホールで姉妹の取っ組み合いが始まった。汀の得意技は抓《つね》りだ。耳たぶを摑んでキューーッと抓る。痛みと鳥肌で泉の頭が混乱した。

あまりの騒動に警備員がやってきて、四人とも守衛室に連行されてしまった。行き先がちょうど弁護士事務所ということで、引き取りに来てもらうことになった。

弁護士は久しぶりに会う姉妹の愚行に呆《あき》れ顔である。

「いくら相続争い中とはいえ、暴力はいけませんよ」

事務所でソファーに座った汀と泉は、お互いに顔も合わせないほどむっつりしている。

泉は万事休すと諦めた。

汀もまた溜息を吐いた。路面店進出の悲願は潰えた。銀座の女帝の階段を七段跳びで駆け上がろうとしていたのに、足を引っ掛けられたような気分だ。

「それで、どちらが海神の秘宝を持ってこられたんですか？」

弁護士の言葉に二人ともキョトンとした。泉は汀の態度から持っていないのは察知していた。そうでないと襲われる理由がない。一方、汀も泉がウソを吐く女じゃないことを知っている。

では、誰が山内長介の骨壺を盗んだのだろうか――？

汀と泉が同時に目を見合わせた。

「まさか、ロリ⁉」

〽夢を叶えること、 OH YEAH!
自分を信じること BELIEVE ME!
きっと明日は輝く未来 SHINY DAYS!
NEVER CRY! NEVER CRY!

「みんなありがとー！」

二人の姉がお宝の争奪戦を繰り広げている最中、澪は歌舞伎町のライブハウスで歌っていた。宗像市へと急ぎたいのは山々だったが、如何《いかん》せん金がない。この後、旅行費捻出《ねんしゅつ》のチェキをやってから、五十嵐と深夜バスで福岡へ向かう予定だ。

出番を終えた澪が、楽屋に戻ってきた。これからチェキをして、二人分の深夜バス代を稼ごうというときだ。「花城澪さんへ」と宛名がついた差し入れが届いているのに気づいた。いつもの妖精からのプレゼントだろう。包装紙の中身はカバンか帽子だろうか。ちょっと持ち上げたら、ずっしりとした重みがあった。

「わーい。きっとホールケーキですぅ」

久しぶりの差し入れに声を弾ませた澪が、勢いよく包装紙を破いた。中身を見て目が点になる。出てきたのは「俗名　山内長介」と書かれた骨壺だった。

「また骨だ……」

怖くなった澪は腰が抜け、床にペタンと座り込んだ。

澪はトラウマになった日の記憶を蘇らせる。また警察がやってきて、強制検尿されるのではないだろうか。

「け、警察はイヤですぅ」

恐る恐る壺の中を覗いた澪は、息を飲んだ。骨の上にキラキラと輝く黄金の勾玉が載っているではないか。

「何これ？　キレイ！」

澪は恐々《こわごわ》と黄金の勾玉を摘《つま》んで電灯の前に翳した。勾玉を通した数珠《じゅず》の部分には水晶玉が配置され、当時はさぞ霊験《れいげん》あらたかに映ったことだろう。

骨壺には一通の手紙と航空券が添えられていた。

『これは、あなたがお探しの海神の秘宝です』

ファンからの贈り物にしては、やけに澪の事情に詳しすぎると思いもしたが、そもそも澪のプライバシーは歴代の変質者たちに暴かれて、ないも同然だった。普通の女なら病むところだが、澪は慣れっこなのであった。むしろ妖精が助けてくれたと受け入れている。

澪に取り付いている妖精たちはこれまでも、絶妙なタイミングで適切なものを届けてくれた。それが今日は骨壺だったということだ。

「わーい。また妖精さんが澪を助けてくれましたー」

沖縄行きの航空券は、今日のものだ。

この喜びを知らせたかった澪は、すぐに五十嵐に電話した。お気に入りのゾウさんのポシェットをタスキ掛けにして、ネオンが点り始めた歌舞伎町の雑踏をスキップしながら話した。今、自分は世界一の果報者だと心から思える。歌舞伎町の煌めきに負けないほど、エネルギーが満ち溢れていると感じた。

「五十嵐さーん、お宝をゲットしましたー」

『あれ？　まだ新宿じゃなかった？』

「これから澪は沖縄に行ってきまーす」

『ちょっ、ちょっと待って。福岡行きのバスのチケットは？』

「福岡行きは中止でーす」

すぐに沖縄に飛んだ澪は、浮かれ気分で弁護士事務所を訪ねた。澪を迎えたのは仏頂面の二人の姉だ。澪が弁護士に連絡を入れたのを聞いて、夜中まで待っていたのだった。

「優しいお姉さんたちが仲良くお迎えしてくれるなんて嬉しいですぅ」

「ふんだ。別に仲直りなんてしてないわ」

「あんたとの仲と同じくらいのままよ」

あの澪が、自分たちを出し抜いてお宝を得るなんて、と泉は信じられなかった。せいぜい自宅の近所で穴を掘るくらいが関の山だと思っていた。

泉は疑念の眼差しを澪に向けた。

「誰かが入れ知恵したのね？」

「妖精さんが助けてくれたんですぅ」

「あんたのその不思議ちゃんみたいな物言い、大っ嫌い！」

「澪は自分で考えたんですぅ」

何気ない一言で泉のプライドはズタズタだった。百歩譲って汀に負けるのはいい。負けた理由がわかるからだ。金と酒と女で山内正一を誑《たぶら》かしたのはお見事という他ない。だが澪に負けるのは納得がいかない。喩《たと》えるなら、癌《がん》患者の治療において医師が、祈禱師《きとうし》に負けたのに等しい屈辱だ。泉はショックで立っているのもやっとなのに、さらに澪の強烈な一撃が入った。

「考古学くらい、澪にもわかりますぅ！」

「ロリ、およしなさい。処女が自殺しちゃうわ。処女のまま死ぬなんて可哀想でしょ」

「言ったなー、このエロ！　あんたなんか死んでもアルコールで腐らないから、そのまま理科室に展示されちゃえばいい！」

「でもキリスト教では処女のまま死ぬと天使になれるっていうから、いいことかもしれないわね？」

「じゃあズベ公のあんたなら地獄行きね」

「閻魔《えんま》大王って精力絶倫っぽいわよね？　うふふ」

「おえ。気持ち悪ぅ」

乱闘騒ぎはもう御免だ、と弁護士が割って入る。

「では、海神の秘宝を見せてください」

澪は肩からタスキ掛けにしたピンクのゾウさんのポシェットから、黄金の勾玉を取り出した。骨壺の置かれた納骨室の環境が良かったのだろう。黄金の勾玉は燦然《さんぜん》とした輝きを保ったまま現世に現れた。

「これがキンタマ！」

「伝説の馬天ノロの勾玉だ。本当にあったんだ！」

「澪のものですぅ」

汀と泉ががっくりと肩を落とした。悔しいが、これで祖母の遺産は澪のものになる。汀はしばらく、中箱でオーナーから人件費と経費の使いすぎをネチネチ指摘され、トランペットを欲しがる黒人少年のように毎晩ポルシェビルのショーウインドウに張り付くことになる。泉もまた「ドブ板」の企業廻りだ。トライトンなんて夢のまた夢である。レディーシャークは地下アイドルに負けたのだ。

弁護士がもったいぶったような咳《せき》払いをした後、こう告げた。

「残念ですが、これは海神の秘宝ではありません！」

三姉妹が同時に「え？」としゃっくりのような言葉を発した。

「当職は依頼者の花城漣氏から、海神の秘宝について大まかな説明を受けております。その黄金の勾玉は、故・石嶺賢治氏が昭和十二年に斎場御嶽で発掘したものだと手帳に記しております」

弁護士の男が曽祖父の賢治のものだという古い手帳を持ち出して、勾玉に関する記述のある頁《ページ》を見せた。そこにはこうあった。

昭和十二年七月八日。
我さやはたけに於てさんぐいの
香炉の下より黄金の勾玉を発見せり。

紙焼きの写真の裏に書かれた賢治の筆跡と同じだった。

「さやはたけって何かしら？」

「斎場御嶽の美称語。昔はそう呼んだの」

「昔の言葉はわかんないですぅ」

「ロリは考古学に詳しいんじゃなかったの？」

「テヘペロ！」

「なんなのコイツ！」

　手帳を懐にしまった弁護士が無情に告げた。

「以上です」

「そんな……。これで映画ができると思ったのに……」

　澪が力なく膝をついた。同時にゾウさんのポシェットからレシート、使用済みのティッシュ、期限切れのクーポン券、色違いのヘアゴムが零れ落ちる。

　一方、汀と泉の目に再び闘争の炎が宿った。泉は今度こそ面目躍如だ、と一目散に事務所を飛び出した。続いて汀が「ポルシェビル！」と一言だけ発した後、高笑いを廊下に響かせて消えていった。金に目が眩《くら》んでいる三姉妹は気づいていなかった。馬天ノロの黄金の勾玉は、琉球史における一大発見だということを――。

　泉は車をホテルに向かわせながらあれこれと思索していた。

「黄金の勾玉じゃないとしたら、何が海神の秘宝なの？」

＊

　午前零時、営業が終わったクラブ汀で、汀と隼人が相談していた。アフターのないホステスたちのフォローのお付き合いも忘れるほど、汀は次の作戦に手を拱《こまね》いている。

　チーママの財前《ざいぜん》那月《なつき》が、汀のお気に入りのドライマティーニを差し出した。仕切り上手と評判の那月は、汀の信頼が厚い。着物も汀を立てるように、いつも色無地か付下げ、とさり気なく格を落としていた。那月もまた派手な顔立ちをした女だが、豪放磊落《らいらく》な女傑っぷりを見せつける汀に比べると、いささか控え目に映った。那月はオーナーから汀に紹介された女だった。

　彼女の仕事ぶりは見事だ。シンクにもカウンターにも水滴ひとつ残さない。

「那月さん、いいのよ。もう上がってちょうだい」

「汀ママが店を出るまでが、私の仕事ですから」

「いつもありがと」

　汀が那月の肩をポンと叩いて労《ねぎら》った。

　カウンターに座った汀と隼人が、次の目標について密談を続けている。

「キンタマが海神の秘宝じゃないなら、何がお宝なのかしら？」

　汀自慢の記憶力がまた発揮された。二十年前、海神の墓をお参りした時、漣オバァは確かこう言ってたはずだ。

『見たわけじゃないけど、聞いたさぁ。首飾りと、鏡と、ブレスレットと、あと何だったかねえ……』

「キンタマじゃないなら、鏡かブレスレットよ！」

「鏡。青銅鏡だ。そしてブレスレットか。日本で腕輪を装身具にしていたのは古墳時代ですね」

「キンタマの時代よりも古いの？」

「三世紀から七世紀にかけてだから、第一尚氏王朝よりも一千年くらい古いですね」

「まさに秘宝っぽくなってきたわね」

「汀ママ、やはり宗像は引っかかります。沖ノ島は海の正倉院と呼ばれる場所ですから」

「宗像は宗像でも、番地違いだったかしら？　じゃあ簡単よ。宗像大社の宮司さんを店に招待すればいいだけの話だわ」

汀のやることと言えば誑かししかない。山内正一を誑し込んだように、竜宮城並みの接待をすればよい。宮司が権威を欲しいのなら、宮内庁長官や内閣官房長官との縁を取り持ってやってもいい。こちとら本気を出せば、中国全人代常務委員会の副委員長くらいまでなら電話一本で話がつけられるのだ。

「その前に、青銅鏡の絞り込みをしておきましょう。青銅鏡は種類が多いですからね。それから他の可能性も考慮しておきましょう。前回の黄金の勾玉の時のように振り回されたくないです」

隼人はカバンから宗像大社の神宝目録を取り出した。掲載されているのは、八万点の全所蔵品には遠く及ばないが、傾向は捉えることができた。例えば、文書や図扁額《へんがく》などは明らかに海神の秘宝とは関係ないと言い切れる。

「鉄剣も入らないと思います。古代の鉄は中国や朝鮮半島由来で、沖縄には製鉄技術がありませんでした」

「あら、この葉っぱみたいなのは何かしら？」

イチョウの葉をひっくり返したような金属器には「金銅製棘葉形杏葉《きょくようがたぎょうよう》」と記されていた。

「馬具ですね。鞍《くら》を装着する帯に飾ったとあります。馬の骨は弥生時代の遺跡からも出てきます」

「そう言えば沖縄には与那国馬ってのもいるわね」

隼人は馬具の頁に付箋《ふせん》を貼った。

「これは何かしら？」

「舟形です。祭場に奉献した形代《かたしろ》ですね」

「昔の人って突飛なセンスをしていたのね。これのどこが舟なのよ。あたしには機織《はた》りの杼《ひ》に見えるわ」

汀は目録をパラパラと捲《めく》って、指を止めた。

「これってもしかして、おチン……」

「滑石《かっせき》製の人形《ひとがた》です！」

「どこが人形なのかしら？　腕も脚もないじゃない。ほら、ここが竿《さお》で、ここの括れはどう見たって――」

汀が見せると、那月は「確かに」と呟いた後、絶句した。

「ほら那月さん、これなんか頭がはっきりしてないからきっと被ってるのよ。おーほほほほ」

隼人は今度こそ先手で仕留めなければと思っていた。宗像市での墓荒らしの手口はプロの仕業としか思えなかった。汀の妹の澪には凄腕の実行部隊がついているはずだ、と隼人は推理していた。

「汀ママ、話が逸れてますよ」

「カタログを眺めていてもしょうがないわね。一度宗像大社の神宝館に行ってみましょう。来週の日曜日の予定は……と」

汀が手帳を開いた。日付欄にハートマークが多い、エロいスケジュール表だ。特に今週の日曜日なんかはハートが五つも入っている。これが何を意味するのか聞いてみたいものだが、そんな勇気のある奴は汀の周りにはいない。

大都会の魔窟《まくつ》である銀座の夜は、こうして更けていく——。

*

埼玉県狭山《さやま》市　航空自衛隊入間《いるま》基地

澪は自衛隊入間基地で撮影をしていた。

残念なことに、思いがけず手に入れた黄金の勾玉は、海神の秘宝ではなかった。そのことにショックは受けたものの、澪はあの猛獣のような姉たちを自分が出し抜いたことを誇りに思った。弁護士事務所で会ったときの姉たちのあの苦虫を噛み潰したような顔ときたら、と思い出すだけで傑作だった。急遽、相続人争いの筆頭格に浮上した澪は、初めて誇らしさを感じていた。

「澪だってやればできるんですぅ」

本心ではすぐにでも海神の秘宝を探したいところだったが、突然大口の仕事が入った。自衛隊の広報誌「MAMORROW」の巻頭グラビアに抜擢されたのだ。出版不況のこのご時世に、実売三万三千部の雑誌のグラビアは、正統派アイドルでも飛びつきたい仕事だ。

　その裏事情は、澪がグラビアアイドルだった時、熱烈なファンだったのが現防衛大臣だからだ。防衛大臣のご指名を受けて、今回、グラビアは通常の四ページから六ページへ拡大された。澪はこの仕事をメジャータレント復帰への足がかりにしようと思っていた。

　現場に立ち会っていた五十嵐がそっと澪に耳うちする。

「澪ちゃん、これが終わったら新宿のライブ。お宝探しはその後だからね」

「わかってますぅ。お仕事が優先ですぅ」

　自衛隊とロリは親和性が高い。例えば、いくら色っぽくても、汀みたいな女は敬遠される。高級感がそぐわないのではなく、肉食恐竜のように獰猛な雰囲気が自衛隊の攻撃性を増長させるように思われるからである。自衛隊はあくまでも専守防衛を貫く。庇護欲をそそられるロリ系は、無垢《むく》で善良な市民を象徴していた。

　ＷＡＦ（航空自衛隊女性隊員）の制服を着た澪が、Ｃ‐２輸送機のエンジンの前で敬礼する。カメラマンが指摘した。

「澪ちゃん、肘《ひじ》が下がっている。それ海上自衛隊の敬礼だから」

「こうですかぁ？」

　肘を九十度に開いてにっこり笑った澪に、同行する柳瀬《やなせ》防衛大臣もデレデレだった。

「初めて職権濫用《らんよう》しちゃったよ」

「素材は最高ですからね」

　編集者も澪の笑顔に上機嫌だ。元々メディア受けの良い澪は、不遇の時代でさえ誰かの心の中に残っていた。それに澪自身は気づいていないが、ＮＧがないので現場受けがいい。例えば、

C‐2の巨大なジェットエンジンのナセルに腰掛けて、と言われても自力で這い上る。パンツが見えようが、靴が脱げようがとりあえずやってみる。

「こうするとエンジンが大きく見えますよー」

そういって巨大なファンの前で両手を広げてみせたりもする。旅客機用のゼネラル・エレクトリックCF6エンジンは、人が手を伸ばしてもてっぺんに届かないほど大きい。それを一切怖気《おじけ》づくことなくやってみせた。

「澪ちゃん、怖くないの？」

「全然。だって整備士さんたちもやってることなんでしょー？」

立ち会った現場の自衛隊員も感無量だ。たちまち澪のファンになってしまった。

「澪ちゃん、この入間基地の風景をよく覚えておくんだよ」

と五十嵐がそっと耳打ちした。

「なんで？」

「澪ちゃんが相続する予定のアメリカ軍の基地の土地と、ここのエプロン（駐機場）はほぼ同じ大きさなんだよ」

「アキサミヨー！」

（ひええっ！）

もう使うことはないと思っていたウチナーグチが、咄嗟《とっさ》に飛び出してしまった。

「漣オバァの土地はこんなに広いんですかー」

入間基地のエプロンには、大型輸送機のC‐2が六機、中型輸送機のC‐1が十機、YS‐

11電子作戦機が十機、T‐4高等練習機が八機、CH‐47輸送ヘリコプターが六機、余裕をもって駐機されていた。サッカーコートに換算すると、実に三十七面分もあるのだ。

「てっきり海神の墓の周りだけかと思ってましたー」

澪は基地のある風景には馴染みがある。入間基地のフェンスと広大な芝生、そして密度を対比するように周辺に犇めく住宅地は、故郷の沖縄を彷彿とさせた。入間基地の面積は三百二十ヘクタール。漣オバァから相続する予定の牧港補給地区の総面積二百七十三ヘクタールとほぼ同じくらいだ。

当然、目の色を変えてお宝を争奪しようとするのは二人の姉だ。レディーシャークと名乗るサメと色っぽいティラノサウルスに、森の小動物の澪はたじたじだった。

基地内の幹部専用の食堂で昼食を摂った澪と五十嵐は、これから向かう宗像市ですることの打ち合わせを始めた。

「黄金の勾玉は海神の秘宝じゃなかったってことか……」

そう言って五十嵐は、手帳に記したお宝の候補の中から「勾玉」に斜線を引いて消した。

五十嵐の見込みは当初から山内長介の骨壺ではなく、宗像大社に収められている国宝群にあった。その中に子持勾玉と呼ばれる古いタイプの勾玉がある。勾玉の背と腹に小型の勾玉がついている。それはステゴサウルスの背びれのようにも見えた。

十五年前に編集したムックを広げた五十嵐は、懐かしさに笑みを浮かべた。

「ほら、澪ちゃん。この金の指輪なんか海神の秘宝っぽいだろう?」

「今でも十分オシャレなデザインですぅ」

五十嵐が開いたページには、花を模した金製指輪が荘厳な輝きを放っていた。

「新羅《しらぎ》によく見られるデザインだよ」

「シラギって茨城の昔の名前ですかぁ？」

「千年前まで朝鮮半島にあった国だよ」

「澪はこれが海神の秘宝でいいですぅ」

「違うよ。朝鮮半島っていうはっきりした由来があるんだ。沖縄に新羅の文化が渡った形跡はない。海神の秘宝は六世紀より前の古墳時代のものじゃないかと思う」

「その頃、沖縄では何をしてたんですかぁ？」

「貝塚時代だよ。ほら、澪ちゃん。これなんかどう？」

「これは盾ですか？」

澪の目にそれは、緑青《ろくしょう》に覆われた戦士の盾のように映った。

「内行花文《ないこうかもん》鏡。青銅の鏡の裏側に模様が施されているんだ」

「不思議な模様ですぅ」

「琉球に太陽信仰があるだろう？　太陽信仰の象徴となるのが鏡さ。もしかしたら大和《やまと》民族の一部は太陽信仰と共に、琉球列島経由で渡ってきたのかもしれないって考えると、面白いんじゃないかな？」

「さすが五十嵐さん、きっとそれですぅ！」

五十嵐は明日出発のチケットと日程表を澪に渡した。それを見て澪は仰天した。早朝の四時五十五分、東京駅発とあった。

「これ何のチケットですかぁ？」

「青春18きっぷ。深夜バスは高いから、在来線で福岡に向かうことにした」

「そんなことできるんですかぁ？」

日程表には殺人的な乗り換え時間が羅列されていた。始発で東京駅から横須賀《よこすか》線で品川《しながわ》へ。東海道《とうかいどう》本線で小田原《おだわら》へ。そのまま熱海《あたみ》、浜松《はままつ》、豊橋《とよはし》、大垣《おおがき》、米原《まいばら》と乗り継いで、琵琶湖《びわこ》線で姫《ひめ》路《じ》へ。山陽本線で相生《あいおい》、糸崎《いとざき》、徳山《とくやま》、下関《しものせき》へ。鹿児島本線に乗り継いで小倉《こくら》で制限時間切れとなる。「ダイヤ鉄」の五十嵐は少年に戻ったかのように興奮していた。

「十二回乗り継げば、午前〇時五分に小倉に着く。十九時間の旅だ」

「貧乏は辛《つら》いですぅ……」

金も知恵もコネもない澪は、匍匐《ほふく》前進でお宝に迫るしかない。

*

沖縄県那覇市久米《くめ》

沖縄は今日も殴りかかるような日差しで、脳震盪《のうしんとう》を起こしそうだった。タオルをフードのように被り、その上から帽子で押さえた泉と新垣は、炎天をものともせず、閑散とした街を歩いていた。四方八方から聞こえる蟬《せみ》の鳴き声が、熱に魘《うな》される患者のような気分にさせた。特にオオシマゼミは警報装置のような鳴き方をする。ずっと聞いていると、我が身に危機が迫っているような不穏な気持ちになるものだった。

「花城先生、どこに行くんですか？」

「航海安全の祈願をしておこうと思ったの」

ここは琉球王国時代久米村《むら》と呼ばれた、大陸からの帰化人の居住地だ。

「天妃《てんぴ》小学校は……と」

泉は古いアーチ造りの石門の前で足を止めた。風雨で劣化した木の扉が年季を感じさせる。

「媽祖廟《まそびょう》があった場所よ」

「媽祖って海の神様の？」

「そう。むかし福州《ふくしゅう》から渡来した華人たちが熱心に信仰していた廟の跡地よ。私たちは海が生きる場所だから、媽祖に参拝するのが筋でしょう？」

二人は天妃宮《ぐう》跡の前でお辞儀をした。道教の神々には序列があり、媽祖は元始天尊《げんしてんそん》の次に地位が高い「天妃」の称号を与えられた。それで媽祖廟の別名を天妃宮と呼ぶ。

ガジュマルの気根を這わせたアーチ門周辺は、王朝文化の名残《なごり》を感じさせる不思議な空間だ。こうして目を閉じていると、過去にここを訪れた何千、何万人の願いが波動になって伝わってくるようだ。

「花城先生、何を願いました？」

「トライトンを手に入れてみせるから、楽しみにしていてください、って」

「私にください、じゃないんですね」

「私、神様には決意しか述べないの」

「もしトライトンが手に入らなかったら、どうするんですか？」

「そのときは笑ってください、って言ったよ。バカな女の立ち回りを見られて面白かったでしょ、って報告するだけよ」

「つ、強い……」

現在は天妃小学校と天妃こども園の敷地内に押し込められているが、神様の名残は感じられる。天妃宮の神様は、子供たちがグラウンドではしゃぐ声を聞きながら、微笑んでいると思う。

泉が滴る汗を拭っているところに、メールの着信音がした。

「山階《やましな》先生からだ。『今回はご縁がなく誠に痛恨の極みではございますが、貴殿の益々のご活躍を心からお祈り申し上げます』だって」

「またスポンサーから断られたんですか？」

「違う。私から断ったの。京都大学の山階航《わたる》先生から、大学に招聘《しょうへい》されたの」

「ええ！　すごいじゃないですか！　なんで断るんですか！」

泉は、日本の水中考古学の権威の山階航教授から、特定教授就任の打診を受けていた。あるプロジェクトの中心メンバーとして参加してほしい、という理由だ。しかし泉は躊躇《ちゅうちょ》することなく断った。

「だって、潜る回数が減るんだもの。それに国立大学の教職に就くとスポンサーとの契約を打ち切られちゃう」

泉のスポンサーのひとつがアメリカの飲料メーカーのレッドウルフだ。エネルギッシュに活動する泉とスポーツドリンクのイメージが合致したのだ。泉のクルーザーはレッドウルフ社から貸与されたものである。

「でも花城先生、長い目で見たら、大学教授になる方がメリットが大きいんじゃないんですか？」

「デメリットしかないよ。学生に教えたり、大学内の雑務をこなしたり、受験のときに試験監督に駆り出されたり。パッと思いつくだけでこれだけヤなことがあるんだよ」

「最大のメリットは、安定性と世間のイメージですよ」

「私、何が起こるかわからない将来のことについて悩むのが苦手なの。私のやれることは今日一日をご機嫌に過ごすことだけ。そして今日もご機嫌。これ以上、何かすべきことがあるの？」

「参りました――」

天妃宮の石段の上で新垣が土下座した。ここまではっきり言われたら、いっそ清々《すがすが》しい。

外の景色がだらっと凭れかかってくるような蒸し暑さに、泉と新垣はバテ気味だった。二人は天妃宮に生い茂るガジュマルの樹の陰で、ぼうっと空を眺める。このけたたましい蟬の鳴き声を消したら、体感温度は三度下がるのではないかと感じながら。

「花城先生、海神の宝はどこにあるんでしょう？」

「ひいお祖父さんの写真はきっと沖ノ島よ。お宝の候補は二つある。ひとつは青銅鏡。そして――」

「もうひとつは？」

「それは移動中に説明する。ここからは車よ。涼、ちゃんと借りられたんでしょうね？」

「すみません、観光シーズンでロードスターがなくて……」

涼がやっと借りてきたのが、なんと業務用の軽トラックである。泉はがっかりするかと思いきや、二人乗りというのが気に入ったようだ。二人は窓を全開にして国道３３０号線を突っ走っていく。途中、車窓に現れたキャンプ・フォスターを、泉は神妙な面持ちで眺めていた。

「花城先生、どうかしましたか？」

「なんでもない。ただの基地よ」

ウチナーンチュの新垣も泉も、子供の頃からよく知っている光景だ。というより、沖縄の青い海と同じくらい原風景のひとつになっていた。キャンプ・フォスターの面積は五百四十五ヘクタール。これが住宅密集地のド真ん中にある。基地の中心部を国道３３０号線が貫いているので、左右を基地に挟まれながら車を走らせることになる。無視できるような規模ではない。

泉の認識で基地とは、日常の借景である。日本人は特別な許可がない限り入れない。あとはカーニバルのときにアメリカの大衆文化を味わう場だ。泉は自動的に、基地を海と同じ扱いにしている。呆れるほど広大だが、人を寄せつけないという意味でだ。ただ沖縄にいれば嫌でも目に入ってくるので、仕方なく借景にしている。借景をどう感じるかは人それぞれだ。

ある人は怒りを表明するだろうし、ある人は大陸的な風景に見《み》惚《と》れるかもしれない。泉はいちいち感性を刺激されないように無視することにしている。しかし今日は、何か心に引っかかるものがあった。

これが沖縄の矛盾だということを泉は理解している。しかしこの矛盾を受け止めるにはあまりにも巨大すぎる。基地を見ると漣オバァのことが想起される。そしてあの幼き日を狂おしいほど抱き締めたくなる。今は基地に疎外感と郷愁の二つを感じる。この二つは泉の中で衝突せず、光と影のように同時に存在していた。

新垣は今、泉が「ごめんね」と言った気がした。

泉の生家に着いたのかと思いきや、祖母の家だという。ここに泉のお宝があるのだそうだ。

泉は倉庫で半透明のプラスチック製の衣装ケースを見つけて、「あった」と呟いた。無邪気な笑顔で抱えてきたのは、子供の頃に集めていたお宝だ。蓋を開けた新垣が訝《いぶか》しむようにボソッと言った。

「貝を集めるのがご趣味だったんですか？」

「全部ゴホウラガイよ。この貝だけは特別なの」

今にして思えば、水中考古学の神が幼い頃から泉を呼び寄せていたのだ。泉は一番大きなゴホウラガイを新垣に見せた。

「これが先史時代の沖縄の輸出品よ。超高級品だって言ったら驚く？」

「貝貨《ばいか》ですか？　タカラガイが古代中国で通貨として用いられたというのは知っています」

「ゴホウラガイは装飾品として使ったのよ。今でいうブルガリのブレスレットのように」

「花城先生、ゴホウラガイをどうやって腕に嵌《は》めるというんですか？　これでは手首が通りません」

新垣が持っているゴホウラガイは、男の手で摑んでも余るほどの大きさだ。試しに外唇から指を忍ばせようとしたが、途中で支《つか》えてしまった。

「だから切断したのよ。縦の面で」

泉は工具箱からグラインダーを取り出した。新垣は泉が躊躇なくコレクションを切断するのに面食らって止めようとした。

「花城先生、いいんですか？　それは子供の頃の大切なお宝でしょう？」

「いいのよ。この日のために、幼い私が用意したと思えば」

グラインダーの刃が唸《うな》る。泉が迷うことなくゴホウラガイに刃を当てた瞬間、細かい粉塵《ふんじん》が飛び散った。新垣はヒヤヒヤしながら泉のすることをタブレット端末で撮影していた。

「グラインダーがなかった昔の人はどうやって貝を切ったんでしょうね？」

「たぶん、そんなに難しくなかったと思う。涼、そこにある鏨《たがね》と金槌《かなづち》を取って」

泉はグラインダーで貝に線を引いただけだった。この線に鏨を当てて金槌で叩くと、貝がまっすぐに割れた。

「ほらね？　原始的な道具でも綺麗に割れるでしょ？」

ゴホウラガイの切断面はカマボコ型をしていた。

「正円じゃないんですね。昔の人はよくこれを、ブレスレットにしようなんて思ったものですね。所々歪《ゆが》んでいるじゃないですか」

「私はこの形に意味があると思っているのよ。正円の断面だったらイモガイの方が向いているもの。ゴホウラガイは特別な人しか持てなかった。身分の高い豪族とか、シャーマンとか」

泉の説は、沖縄の貝塚時代が長かったのは、貧しかったからではなく、極度な輸出偏重型社会だったからだ、というものだ。極上のゴホウラガイは琉球諸島でしか獲れない。泉は高級品の原料を独占的に扱う立場が、農耕の始まりを遅らせたと考えている。

その証拠に貝塚からは、アカジンミーバイ（スジアラ）、マクブー（シロクラベラ）、アカマチ（ハマダイ）、シチューマチ（アオダイ）など大型の高級魚の骨が大量に出土する。貝塚時代の人たちは、けっこうなグルメだったことがわかっているからだ。

「要するに沖縄はブルガリを売って儲けていたのよ」

「今、本当に目から鱗《うろこ》が落ちました！」

「海神の秘宝のもうひとつの候補はこのゴホウラガイじゃないかと思っているの」

「それだ！　さすがレディーシャーク。ではゴホウラガイも沖ノ島にあるんですね？」

「ひいお祖父さんは『魏志倭人伝《ぎしわじんでん》』に出てくる伊都国《いとこく》に興味を持っていたのかもしれない――」

「福岡県糸島《いとしま》市ですか？　随分辺鄙な場所ですね」

「何を言っているの。当時の大国よ。大陸との交易の拠点だったんだから！」

邪馬台国《やまたいこく》の場所については侃々諤々《かんかんがくがく》の論争が続いているが、伊都国に関しては糸島市で間違いないというのが定説になっている。それほど有力な古墳があり、遺物が大量に出土しているのだ。

「魏志倭人伝」にはこう記されている。

『東南陸行 五百里 到伊都國 官曰爾支 副曰泄謨觚 柄渠觚
有千餘戸 世有王 皆統屬女王國 郡使往來常所駐』

〈末盧《まつろ》国から〉東南へ陸を五百里行くと、伊都国へ至る。長官を爾支《にき》と言う。副官を泄謨觚《せもこ》・柄渠觚《へくこ》と言う。そこには千戸あまりの家がある。あちこちに

王がいるが、皆女王国に属する。朝鮮半島に置かれた要衝の帯方《たいほう》郡の使者が往来して常に留まる場所である）

もしかしたら賢治は邪馬台国の謎を追っていたのかもしれない、と泉は考えていた。

「ゴホウラガイの腕輪が大量に出土するのが糸島市なの。先史時代の沖縄が明らかに伊都国と交易していた証拠よ。沖ノ島が海神島だったとしても、大陸や沖縄からの輸入品は一度、伊都国に集められたはず。当時の税関のような場所だったから」

「例のレディーシャークの嗅覚ってヤツですか？」

「陸の遺跡は不案内なんだけどね。でも所在がはっきりしている銅鏡より、最終的にはゴホウラガイの腕輪の方を探すべきだと思うの」

泉は出来立ての腕輪を自分の腕に嵌めてみた。驚いたことに、腕にしっくりくるではないか。新垣は見落としていたが、手首の断面は正円ではなく楕円に近い。それも脈拍を測る内側が平たく、外側はカーブを描いている。即ちカマボコ型だ。ゴホウラガイの腕輪は人間工学に則《のっと》った形なのである。

「ほら、こうやって使ったのよ。腕を上げても落ちないでしょ？　さすが先史時代のブルガリは違うね」

古墳時代の技術で作る腕輪は、使用する者の腕にぴったりに仕上げるのはほぼ不可能だったはずだ。だが天然のゴホウラガイは一個の貝から複数の腕輪が採れるから、どれかはぴったりと嵌まったはずだ。それがオーダーメイドのような価値を生んだのだとすれば、有力者なら幾らでも対価を支払ったことだろう。

ゴホウラガイは腕輪にすると、半透明の乳白色の層がなんとも言えない上品さを醸し出す。当時はさぞ垂涎《すいぜん》の的だったに違いない。

*

福岡県糸島市

長閑《のどか》な田園風景の広がる糸島市は、大都会福岡市の近郊にありながら、異なる時間が流れていた。これは宗像市にも言えることだが、圧倒的な歴史的経験のある土地は、隆盛が過ぎた後も品位を失わない。地面の下に眠る歴史的遺産が現代人の精神性を支えているかのようだ。

「花城先生、伊都国はなんで博多《はかた》じゃなくて、ここにできたんでしょうね？」

当時の大国だったそうだが、それほど広い土地だとは思えなかった。ただ、風の抜けの好さと、山の懐に抱かれる安心感は抜群にあった。

「博多湾に面していることと、糸島市の入江の方が水深が深かったからじゃないかな？　当時の博多は湿地帯だったはずよ。それにその頃の国は人口が多くないから、そんなに広い領土は必要じゃなかった。大事なのは水路になる河川が発達していることと、要害の地であること。伊都国は東西を海、南北を山で護《まも》られているもの。風水で言うところの抱護《ほうご》があるのよ。そんなに条件がいい所なんて限られているから」

糸島市は掘ればどこからでも古墳が出てくると言われる「古墳の銀座」だ。卑弥呼《ひみこ》の墓かもしれないと言われる平原《ひらばる》古墳が有名だ。

　平原古墳の前に立った新垣は、小ぢんまりとした丘のスケールに拍子抜けした。あの邪馬台国の女王と言われる卑弥呼の古墳にしては、小さすぎる気がした。可愛らしくて品のある佇《たたず》まいは、卑弥呼の孫の古墳といった風情だ。

「これが卑弥呼の墓なんですか？」

「他の古墳と比べ物にならないほど副葬品が豪華なのよ。まさに一国分の宝物が納められていたの」

　泉が副葬品の内行花文鏡の資料を開いて見せた。

「これが三種の神器の八咫《やた》の鏡の原型とも言われるものよ。ひいお祖父さんは、この模様の鏡が沖縄にもあることを発見したんじゃないかなあ……」

「それだ。まさに海神の秘宝だ！」

　新垣が指をパチンと鳴らしたときだ。スマホのニュースアプリに速報が入った。

国宝盗難。
【讀賣《よみうり》通信】-2019/9/5
四日、福岡県宗像市にある宗像大社の神宝館から
国宝が盗まれているのがわかった。内行花文鏡か。

その画面を見た泉は、忿怒《ふんぬ》の炎に包まれた。

「エロかロリの仕業だ！　またやりやがったなーっ！」

第五章　銅鏡と貝輪

噂をすれば影だ。糸島市にいた泉の携帯電話が鳴った。画面表示を見ると「凶悪エロ」とある。宗像大社の神宝館から内行花文鏡を盗んだのは汀ではなかったのか、と泉は首を傾げた。

早速、泉の電話口に汀の金切り声が響いた。

『処女のくせに手癖が悪いわよ！』

「エロに手癖が悪いなんて言われたくない！」

思えば、泉の好きだった相手は汀に盗《と》られた。ある日憧れの野球部の先輩が「男」になって現れた。泉が告白しようとした矢先の出来事だった。だから汀に泥棒呼ばわりされる筋合いはない。

『悪いようにはしないから、銅鏡をお寄越しなさい』

「エロはいつもそうやって上前を撥《は》ねてきたじゃない。クリスマスのプレゼントとか。お人形とか。ケーキとか。消しゴムとか」

子供の頃から汀は自分が一番じゃないと気が済まないタチだった。漣オバァから貰った三体の人形は全部汀のものになった。ドールハウスも、キッチンの玩具も、ビーズパレットも、いつの間にか汀のものになっていた。

泉は仕方なく汀が見向きもしなさそうな、ブルドーザーのミニカーや飛行機の玩具で遊ぶことにした。ゴホウラガイを集め出したのも、汀が興味を持たなそうだったからだ。一方、澪は食べ物を汀に奪われることが多かった。そこで汀対策として全ての食べ物に練乳をかけることで自衛した。泉と澪が真っ当な女子道から外れてしまったのは、強欲な汀のせいなのだ。

『あたしが使った方が物も喜ぶからよ。さあ。銅鏡をお寄越しなさい。お礼にバーキンの〈ヒマラヤ〉をあげるわ』

それは幻のバーキンと呼ばれるヒマラヤホワイト色のバーキンで、ナイル河流域に住む希少種のワニ・ニロティカスの革を使っているため、年に一つか二つしか生産されないと言われている。バッグの留め金具にはダイヤモンドが装飾されており、世界中のセレブの垂涎の的となっていた。ヒマラヤは中古品でも二千万円以上の値をつける。それを汀はおねだりにおねだりを重ねて、去年の誕生日に香港の大富豪から貰った。汀にとってヒマラヤは、女の値打ちそのものだった。

これで落ちない女はこの世にひとりも存在しない、とでも言うように汀は鼻息を荒らげた。

「私、ケブラー製のバッグ以外、興味ないから」

泉にとってバッグは実用性が重要だ。防刃性、耐火性、防水性、防弾性を兼ね備えたケブラー繊維なら大切な資料や収集品を守ってくれる。

泉の鰾膠《にべ》も無い反応に汀のプライドは打ち砕かれた。

『あなた女じゃないわーっ！』

「女はみんなあんたみたいな物欲女王蜂じゃないの！」

汀は得体の知れない存在に接したかのように、慎重に探りを入れる。バーキンのヒマラヤは男にとってのフェラーリ812スーパーファストに相当する。汀の考えだと、ヒマラヤは女性に投身自殺を思い止まらせるだけの力があるはずだった。否《いな》、汀は投身中ですら欲しいと思う。もし汀が投身中に「バーキンのヒマラヤをあげる」と囁かれたら、地面に激突する瞬間に、前回り受け身を取り、全身骨折と引き換えにしてでも生き延びようとするだろう。

『そんなだからあなたは未《いま》だに処女なのよ。もう一度お考えなさい。バーキンのヒマラヤよ！ヒ・マ・ラ・ヤ！』

「ヒマラヤって言えば、モンベルの寝袋が欲しいかな？」

『あなた処女じゃないわ。童貞よ……』

実利主義の泉は、汀と相容《あいい》れない。女を武器にしない泉は汀の大敵でもある。汀にしてみれば泉は、リングに上がらずに、場外から椅子を投げてくる卑怯者《ひきょうもの》にしか見えなかった。しかし誰がその女のリングを設営したのかは、謎である。

そしてサバサバした性格の泉は、女性からの共感を得やすかった。生まれながらにして人類の半分を敵に回しているような汀は、常に自分の不利を気取《けど》られないようにしている。だからなのか、泉を挑発する時には、ムキになるきらいがあった。

『童貞は寝袋でシコっているのがお似合いだわ』

泉は自分の言葉が、いちいち汀に致命的なダメージを与えていることを知らない。

「こっちは、あんたみたいに毎週生理があるわけじゃないの。排卵過剰症でそろそろ閉経するんじゃないの？」

汀は『んまーっ！』と言って憤死した。泉の電話口から汀の周囲の音が聞こえる。パトカーのサイレンだった。察するに汀は現在、宗像大社の神宝館の前にいるのだろう。非常線の張られた神宝館の前で途方に暮れている汀の姿が思い浮かんだ。

いくら欲に駆られたからとはいえ、考古学については門外漢の姉妹が、宗像大社を目指したのは、泉にとって予想外の出来事だった。これも曽祖父の血ゆえなのだろうか。

汀が逆上しているということは、青銅鏡を盗んだ犯人はロリで決定だ。

万事休す、と泉は溜息を吐いた。

「内行花文鏡を盗んだのは私じゃない。ロリよ。黄金の勾玉だってロリが最初に盗んだでしょ？」

レディーシャークも鈍《なま》ったもんだ、と泉は自嘲するしかなかった。

泉が内行花文鏡を後回しにしたのには理由がある。もし盗むなら、足がつかないように工作する必要があった。内行花文鏡は宗像大社を代表する国宝だ。盗まれたと知られたら大騒ぎになるのは目に見えていた。

泉はそうならないように、複製品と掏《す》り替《か》えるのが一番だと思っていた。ただし内行花文鏡そっくりの複製品を作るには時間がかかる。中国の複製業者に発注しても完成するまでに一ヶ月はかかると言われた。発注はしたが、受け取れるのは早くても来月だった。それまでの間、迂闊には神宝館に潜り込めない。

複製品といっても、専門家が鑑定しない限り、まず見抜けないほど精巧なものだ。中国の複製業者はデジタルデータを駆使して、寸分違《たが》わず同じものを作る技術がある。素材、重量、錆《さび》の付き方、欠け、罅《ひび》まで完全に再現する。これらの複製品に、泉たち考古学者は振り回されてきた。考古学者は、電子顕微鏡や放射性炭素年代測定法の最新技術で対抗するが、放射性炭素C14の半減期は五千七百三十年である。数万年前の化石には有効だが、内行花文鏡が製造されてからの一千六百年程度では誤差の範囲内だ。もし泉がこれをやられたら、複製品だと見抜ける自信はなかった。

泉は盗むなら掏り替えしかないと考えていた。複製品だとバレるまでの間に、相続人は決まっているはずだった。相続後に、本物をまた神宝館に戻せばよい。

「ロリは後先考えなかったのかしら？」

そう呟いた泉は、あるところに電話をかけた。

泉の予想通り、内行花文鏡を盗んだのは澪だった。正確には、青銅鏡に詳しい五十嵐が昨夜、神宝館に侵入した。澪のおっちょこちょいな性格だと、警備員に見つかる可能性があったし、監視カメラの前で歌い出すかもしれなかった。

澪は職業柄、カメラを見ると条件反射で微笑む癖がある。それが駅構内の防犯カメラや、路上の監視カメラでも同じである。いつだったか、高速道路でオービスが光った瞬間、助手席で居眠りしていた澪が目覚め、咄嗟に決めポーズの横Vサインをしたことがあった。運転中だった五十嵐は、澪の底知れぬ芸能人魂を見た気がしたものだ。

澪は、この時スピード違反で免停を食らった五十嵐のことよりも、オービスの写真写りのことを気にしていた。どんなときでも愛想よく、が信条の澪に、不法侵入で泥棒なんて無理な相談だった。

昨夜五十嵐は、単独で宗像大社の神宝館に押し入った。事前の調査では、国宝を扱っているとは思えないほどゆるゆるな警備だった。入場券売り場に嘱託《しょくたく》と思《おぼ》しき初老の男がいるだけで、入場者も五十嵐ひとりだった。入り口に展示されている金の指輪だけは頑丈そうなガラスケースに入れられていたが、その他の展示物は、特殊な工具無しでも簡単に割れそうな安手のガラスケースに収められていた。

国宝ともなると、容易に換金できるものではない。市場に出した瞬間に盗品だとバレてしまう。そのことが警備を緩くさせているのだろう。昼間の下見でも、警報器も赤外線センサーも見当たらなかった。五十嵐は拍子抜けするくらい易々と内行花文鏡を盗み出したのだった。

澪と五十嵐は長閑な田園地帯を走る鹿児島本線の車窓を眺めていた。これから福岡空港に行き、ＬＣＣで那覇に飛ぶ。福岡滞在中はコンビニのおにぎりを一日一個と切り詰めてきた。しかし澪がお腹に抱える、内行花文鏡を包んだ風呂敷の重みは、空腹を紛らわせるのに十分だった。

「ついにお宝をゲットですぅ」

「澪ちゃん開けちゃダメだよ」

風呂敷の隙間から覗く内行花文鏡は、マンホールの蓋のように見えた。もし不審に思われたら「ご当地マンホール蓋収集家」と強弁するつもりだ。それくらい青銅鏡とマンホールの蓋はよく似ていた。

乗客もまばらな車内で二人はヒソヒソ声で喋っている。

「映画の製作資金を調達できれば、大河原監督も喜びますぅ」

「それどころじゃないよ。オレたちがスポンサーになるんだから、キャスティング権も持つ。澪ちゃんの天敵のゆかりんが、主演男優の瀬戸内《せとうち》ジョーとのバーターでキャスティングされそうだったんだ」

「ゆかりんは嫌いですぅ！」

ゆかりんは大手芸能事務所に所属するロリ系アイドルで、澪とキャラクターが被っている。澪が天然だとするなら、ゆかりんは養殖で、自分のキャラクターを徹底的に作り込んでいた。かつて澪が頭角を現し始めたとき、そのことを脅威に感じたゆかりんは、澪を蹴落とそうとあらゆる嫌がらせをした。

楽屋で衣装に細工をするのは序の口で、澪が歌う時にテンポを遅くした譜面をバンドに渡すわ、トークのときに食い気味に割って入るわ、制作スタッフの悪口を澪が言ったと本人に吹き込むわ、澪の個人情報をネットに書き込むわ、とあらゆるサゲ行為をした。澪が自爆した後も、ネット上で澪になりすまして澪擁護の書き込みを敢えて続け、炎上ができるだけ長引くようにもした。

ゆかりんは澪が芸能界から消えた後、着実にステップアップを図り、女優へと転身していた。当然ゆかりんは、大河原監督の次回作で自分こそが国際派女優の称号を得ようと、なりふり構わず澪を邪魔してくるものと思われた。

「ゆかりんと共演なんてお断りですぅ！」

「当然、大河原監督には、こちらの要望を聞いてもらう。こっちは製作費を全額出すんだから」

「ゆかりんの役を北崎倫子さんに演《や》ってもらいたいですぅ」

「それいいね！　澪ちゃんの格が上がる」

二人で北叟笑《ほくそ》んだときだった。澪の携帯電話が鳴った。「エロキチ」と表示された画面に、澪は勝ち誇るかのような笑みを浮かべた。

汀にしては珍しく焦った様子が窺えた。

『ロリ、バーキンのヒマラヤをあげるから、銅鏡をお寄越しなさい』

「ターガヒーガプッ！」

（誰がやるかよ！）

　ここにもヒマラヤに屈しない女がいて、汀は自らの現世観をぶち壊されたような衝撃を受けた。銀座の女ならヒマラヤの「ヒ」の音を聞いただけで、しどけなく凭れかかるというのに、この妹たちは何だ、と汀はお冠である。汀にとって女の人生の価値観は、高級か低級かしかない。

　澪はちょっと足りないところがあるから、エルメスすら知らないのかもしれない、と思った汀は、猫なで声で澪のご機嫌を取ろうとする。

『じゃあ、澪ちゃんは何が欲しいのかしら？』

「澪は武道館をいっぱいにしたいんですぅ！」

『ブドウパン？　そんなの幾らでも買ってあげるわよ！』

「武道館は法人しか予約できないんですぅ」

『そんなパン、どこにあったかしら……？』

「エロがお宝を横取りしようとしたって無駄なんですぅ」

『だったら、整形の費用を出してあげるわ。おっぱいをDカップにしたくなぁい？』

「澪はこれでも元グラビアアイドルなんですぅ。Eカップありまぁす！」

自分のDカップに満足していた汀はカチンときた。

『さっさと鏡をお寄越し。さもないと、その瞼を一重に縫い付けてやるわよ！』

和の艶っぽさを誇る汀の生存可能領域は、極めて狭かった。もし汀が銀座を離れたら、その有り余る色気を活かせる場所が日本にはない。せいぜいヤクザの姐か情婦《イロ》、もしくは女囚の牢《ろう》名主《なぬし》の類と勘違いされてしまうだろう。色気は陰の気を帯びるから、闇の世界の匂いが漂うのだ。その中で銀座のママはギリギリ世間との折り合いのつくポジションだった。汀は〇か百かの瀬戸際で生きている女である。

だから澪のように日本人男性全般に好かれるロリ系は、汀の天敵でもある。色気は皆無だが、その無邪気さは陽の気に満ちている。澪は現在、地下アイドルで冷や飯を食っているが、ロリを清純派と変換できれば、国民的女優の地位を手に入れることだって可能だ。一方で、一見人生の成功者に見える汀は「夜」に特化した女で、絶対に陽《ひ》のあたるところには出られないことを、自身が一番よくわかっている。

澪は、無意識のうちに汀のコンプレックスを突くのが上手だ。

「澪の主演映画の試写会にはちゃんと招待してあげますぅ」

『んまーっ！　どいつもこいつも！』

汀の絶叫がうるさいので、澪は一方的に電話を切って、汀の番号を着信拒否に設定した。

「今まで澪をバカにしてきた罰ですぅ！」

鼻息の荒さとは裏腹に、お腹の虫が静かにグーと鳴った。

博多駅から地下鉄に乗り継いだ澪と五十嵐は、一番安い航空便を探した。

「なんか空港が騒がしいですぅ」

普段から混雑している福岡空港だが、空港スタッフが走り回っている様子が異様だった。

「韓流スターでも来るんじゃないかな？」

「澪はユン・ゴボムのファンですぅ。どこにいるかな？　どこかな？」

澪はキョロキョロと辺りを見回す。手荷物検査場を前にして五十嵐は足を止めた。「持ち込み荷物は七キログラムまで」の表示に五十嵐は一瞬不安になった。内行花文鏡の重量は確か八キログラムくらいだったような気がする。受託手荷物だとＬＣＣは別料金だ。

「一キロオーバーくらい何とかなるさ……」

五十嵐が手荷物検査場のゲートを潜《くぐ》った瞬間のことだ。待ち構えていた警察官が五十嵐を取り囲むではないか。

手荷物のX線画像を見た空港保安要員の男が声をあげる。

「間違いない。青銅鏡です！」

「い、いや。これは、違うんです」

「なんですかぁ。澪は何も悪いことはしてませーん」

福岡空港に張り込んでいた刑事が五十嵐と澪に手錠をかけた。

「五十嵐史彦《ふみひこ》と花城澪だな。宗像大社神宝館への不法侵入と国宝の窃盗の疑いで逮捕する」

いくらおバカな澪でも、この早手回しはおかしいと気づいた。

「処女にハメられましたぁ！」

澪の絶叫に空港内の客が全員振り返った。真っ昼間に若い女が公共の場で「処女！」と叫ぶなんてそうあることじゃない。

五十嵐と澪はそのまま福岡空港警察署へ連行されて行った。

＊

山口県下関市

九州と関門《かんもん》海峡を挟んだ下関市は、緩やかな坂道が続く町だった。足元に常に山を感じるからだろうか、住宅地にいても自然の中にいる感が強い。平野の福岡県とは目と鼻の先なのに、心理的に遠く感じるのは、坂道が負荷をかけているからだろう。しかし自然と一体になる感じは、平地よりも断然強かった。宗像市や糸島市が歴史を感じさせる風土なら、下関市は山が人を抱く風土だった。

翌日、土井《どい》ヶ浜《はま》遺跡・人類学ミュージアムに移動した泉と新垣は、熱心にゴホウラガイの展示物に見入っていた。巨大なゴホウラガイを切断したオブジェが印象的な博物館だ。

平日ということもあるだろうが、こういう地方の博物館は閑散としている。見学者が来ると学芸員が、待ってましたとばかりにガイドを申し込んでくるものだった。立派な施設なのに、館内には泉と新垣しかいなかった。

　館内の展示物を見学しているふりをしながら、泉はふと独り言を呟いた。

「ロリ、相続人争いから脱落——」

　昨日泉が電話したのは福岡県警だ。あの考えなしの妹は、内行花文鏡をそのまま空路で沖縄へ運ぼうとするはずだ。だから福岡空港に非常線を張っていれば必ず現れると睨んだ。報道を聞く分には、複製品と掏り替えることなく、展示ケースのガラスを割ってただ盗むだけという稚拙な犯行だった。今時中学生でもやらない方法だ。

　澪には悪いが、二週間ほど警察でこってり絞られてもらう。その間、泉は汀だけを警戒すればよい。幸い汀はゴホウラガイには気づいていなさそうだ。バーキンのヒマラヤには過剰反応するくせに、古代のブランド品には興味がないらしい。ゴホウラガイのブレスレットは、古墳時代の豪族たちを熱狂させたアイテムだというのに。

　新垣は、泉が鼻歌を歌いながら展示品に見入っているのを、不思議に思った。

「花城先生、ゴホウラガイがお宝だとしても、こんなにたくさんあるんじゃ、どれが海神の秘宝かわからないんじゃないんですか？」

　展示されているゴホウラガイは、経年劣化で乳白色の輝きが失われ、動物の骨の一部のようにも見えた。

「弥生時代の遺跡から見つかった腕輪ってあんまり綺麗じゃないですね」

「貝の成分の炭酸カルシウムは水溶性だから、骨と同じで千年単位の時間では溶けちゃうのよ」

「花城先生は、どの腕輪がお宝なのか目星はついているんですか？」

「私は特別なゴホウラガイだと思っているの。人に使うものじゃなくて、神に捧げるようなものだったんじゃないかって」

「例えば、どんなのですか？」

「極めて大きなゴホウラガイよ。高さ三十センチ、幅二十センチ。もしそんな大きなゴホウラガイが獲れたら、昔の人はどうしたと思う？」

「そりゃあお供え物ですよ。あ、そうか！」

　新垣は合点がいったようにポンと手を叩いた。

「そう。切断せずに貝そのものを納めた。神の腕に合うように。だからひいお祖父さんは『海神の秘宝』と名付けたんじゃないかな？」

「お見事です。レディーシャークは陸の上でも冴えてますね。でもなんで、今度は下関市に来たんですか？」

「私が狙っているのは、弥生時代や古墳時代のお宝じゃない。ひいお祖父さんは戦中に海神の秘宝を沖縄で見つけた。博物館に展示されている貝は遺跡から発掘されたものだもの。時代が違いすぎる」

　泉は人気《ひとけ》のない博物館に足音を響かせながら歩いた。

「私は海神の秘宝は『河村《かわむら》コレクション』の中にあるんじゃないかと思っているの」

「河村コレクション？」

「河村良介《りょうすけ》という下関市出身の実業家で、世界的な貝の蒐集《しゅうしゅう》家のコレクションよ。貝の研究者なら誰でも知っている有名人。河村氏が貝を蒐集し始めたのは昭和五年頃からだと言われている。ひいお祖父さんがお宝を探していた昭和二十年頃と活動時期が重なるのよ」

泉の推理はこうだ。河村良介は特に南洋の貝に明るかった。コレクションには沖縄の貝も数多く含まれている。曽祖父の石嶺賢治が特大のゴホウラガイを見つけたと河村が知ったら、目にしてみたいと思ったことだろう。または戦況が悪化しているのを危惧《きぐ》した賢治が、文化財保護のため、河村に接触を試みたかもしれない。全ては推測だが、河村コレクションは極めて貴重な貝を、良好な状態で保存している日本屈指の蒐集品だ。

「その一部がこの土井ヶ浜遺跡・人類学ミュージアムに所蔵されているの。今日は下見よ。ただし――」

泉は新垣の悲鳴を予測して、言葉を区切った。

「十万点の収蔵品なの」

「ひえええええ！」

「だから忍び込んで一夜のうちに盗むなんて無理よ。全部見るのに一週間はかかるもの」

「ゴホウラガイだけに絞り込めるじゃないですか」

「それだけでも数千点はあるんじゃないかな？」

「何回かに分けて忍び込みますか？」

「そんなことしている場合じゃない。先週、研究者として下関市教育委員会に申請したの。堂々と正面から入らせてもらうために」

「そして盗むんですね――」

新垣はゴクリと唾《つば》を飲んだ。もしかしたらこの密談が誰かに聞かれているんじゃないかと周囲を見回した。平日の博物館は、職員の姿しか見えないほどひっそりしていた。彼らの話を聞いているのは、遺跡の発掘現場を再現した展示物の白骨群だけだった。

「でも花城先生、待ってください。正体を明かしたら、先生がコレクションを盗んだってのがバレるじゃないですか。妹さんみたいにすぐに捕まっちゃいますよ」

「この私が、ロリみたいにバカなことするわけないでしょ！」

「中国の複製業者って貝なんか作ってたかなあ……」

「涼は沖縄のオバァの家で私のお宝を見たでしょ？」

新垣は泉が何を言いたいのか理解できない。確か衣装ケースの中には、子供の頃に集めたゴホウラガイのコレクションがあったはずだ。

泉は勝ち誇るように新垣に耳打ちした。

「私、特大のゴホウラガイを持っているの。それと掏り替えればすぐにはわからない」

泉は高校生の時にスキューバダイビングのライセンスを取得した。それまでは足のつく範囲でしか獲れなかったゴホウラガイが、一気に水深三十メートルの海底で獲れるようになったのだ。一般的に貝類は、深い場所ほど大きくなるものだった。

「さすがレディーシャーク！　参りましたあー」

「と言っても、三十センチ級じゃないけどね。それに今はまだ、そんな大きなものが河村コレクションの中にあるかどうかもわからない。現物を確認しないうちに侵入するのは無謀ってものよ」

館内に響き渡る声を遮るように、泉のスマホがメールの着信を告げた。

「なになに？　『USMC; INFORMAL NOTE, To Dr. Hanashiro, We have an inquiry about your job.』アメリカ海兵隊、非公式文書。貴殿の仕事に関して問い合わせしたい、か。天下のアメリカ軍が何の用かしら？」

「どうせまた断るんでしょ？」

盗む気満々で鼻息を荒らげた新垣は、メールに水を差されて興醒《きょうざ》めな顔をした。

「受けるよ。三万ドルの仕事だもの」

実は、泉たちの活動資金は年内いっぱいで底をつきそうなのだった。お宝探しは予想外の出費を招いていた。今月だけでも東京、沖縄、福岡、山口を三日にあげず移動している。その度にクルーザーも動かすから、燃料費がバカにならない。金蔓《かねづる》だった阿拉丁のジャッキー・マーを失って、泉は急速に資金難に陥ってしまっていた。

泉が順風満帆に見えるのは、単に弱みを見せないだけで、実は挫折《ざせつ》も多い。今年一番のショックは、出願していたナショナルジオグラフィック誌の「エマージング・エクスプローラー」の支援から漏れたことだ。クジ運が悪かったと諦めようとしたが、他の日本人考古学者が選ばれたと知り、なんとも言えない気持ちになった。

エマージング・エクスプローラーの支援金は一万ドルと多くはないが、発表の場がナショナルジオグラフィック誌というのは大きい。世界百八十の国、三十六ヶ国語で八百四十万部が購読されている雑誌で発表するのは、学会で百回顕彰されるのに等しい影響がある。水中考古学を世間に広く認知させたい泉には、ギャラよりもそちらが魅力的な仕事だった。

泉は時間のあるときはいつでも、何かのプロジェクトに出願していた。文科省、文化庁、海外の財団、ドバイのデベロッパー、シンガポールの海洋研究所など、金になりそうなところには片っ端から自分のプロフィールと企画書を送っている。その中のひとつにアメリカ軍もあった。

「五億円の前に、来月のご飯のことを考えなきゃ」

「女性ってそういうところがありますよね」

「河村コレクションは逃げないよ」

万が一、汀がゴホウラガイの存在に気づいたとしても、河村コレクションを一般人が簡単に見学することはできない。泉たちはまた沖縄に舞い戻ることになった。

*

東京　銀座

クラブ汀は、開店前の準備に余念がない。

汀は日曜日に手帳のハートマーク五つ分をこなしたせいで、宗像入りが遅れてしまった。せめて三つにしとけばよかった、と後悔しているのではない。一件につき、二時間かけたことを悔やんでいた。これからは一件につき一時間で終わらせることにする。そう考えた汀はふと気づいた。

「一回一時間だったら十件入れられるわね。うふふ」

因《ちな》みに、ハートマークが何を意味するのかは、依然として謎である。

「那月さん、あれ頂戴《ちょうだい》」

汀は、チーママの那月にスペシャルドリンクを出すよう指示した。湯のみ茶碗の中には、沖縄の特産品であるウミヘビのイラブーの粉末に湯を注いだものが入っている。所謂強壮剤の一種で、中国では媚薬《びやく》としても有名である。イラブー湯《とう》を一気に飲み干した汀は、レース前の競走馬のように興奮するのだった。今にも耳から鼻から、蒸気を噴き出しそうだ。

「汀ママ、末妹の澪さんが逮捕されたそうです」

隼人がそっと汀に耳打ちした。

「ユーシッタイ」

（ざまあみなさい）

昨日のターガヒーガプッへの返礼は、ウチナーグチでさせてもらう。

「そのせいでしばらくは神宝館に近づけませんよ」

「相続人候補が一人減ったんだから、万事順調よ」

「次妹の泉さんは考古学者でしたよね？　動きが気になりますね」

「それも対処するわ。あたしを誰だと思ってるの？」

汀は指をパチンと鳴らした。現れたのはクラブ汀のナンバーツーの鷹宮小百合だ。

隼人は小百合のコーディネートにギョッとした。所謂、銀座の女のドレス姿ではなく、膝丈ちょうどのふんわりスカートにアクセントのベルトリボンと、胸元を隠した白のブラウスの組み合わせだったからだ。小百合は夜会巻きにしていた髪を下ろし、黒髪セミロングに戻していた。隼人は一体どこのお嬢様が現れたのかと思った。

何を隠そう、鷹宮小百合は都内でも屈指の深窓の令嬢だった。高級輸入車販売会社『鷹宮モータース』がリーマンショックで倒産したとき、汀は鷹宮の父に売掛金一千万円を請求しなかった。鷹宮社長が脳卒中で倒れたからである。むしろ鷹宮家の窮乏を心配した汀は、残された子供たちに学費を援助しようとする。ところが、当時スイスのボーディングスクールに通っていた小百合は中退し、父の名誉のために借金返済を申し出た。それがクラブ汀へ勤めるきっかけとなった。

本物の育ちの良さを持つ小百合は、女性にありがちな、人を妬《ねた》んだり、悪口を言ったり、相手によって態度を変えたりすることがない。彼女の美点は、他人の幸福を一緒に喜んであげられることにある。「理想の娘」を体現する小百合は、あっという間に、クラブ汀のナンバーツーに上り詰めた。あと三十年早く生まれていたら皇太子妃にしたかった、と宮内庁幹部を唸らせた正真正銘のお嬢様である。

「小百合ちゃん、よろしくね」

「はい汀ママ。お任せください」

小百合は汀から書類の入った封筒を受け取った。

汀はまた指を鳴らす。次に現れたのはナンバーワンの江刺若奈だ。シンプルな草木染めのフレンチリネンのワンピースを纏った彼女こそ、クラブ汀の最終兵器である。

若奈が不動のナンバーワンの座を恣《ほしいまま》にしているのは、決して絶世の美女だからというわけではない。セクシーな女なら銀座に山ほどいるが、若奈は郊外の団地にでもいそうな生活感を漂わせている。

一代で財を成した男たちは温かい家庭を渇望する傾向がある。汀は下町の給食センターで栄養士をしていた若奈を三顧の礼で迎えた。

それは若奈の考案した献立が、食育に敏感な保護者たちに好評を博していたからである。煮付け、焼き魚、巻繊汁《けんちんじる》、和《あ》え物など一見地味な献立は、現代の洋食偏重の家庭では滅多に見られなくなっている。子供たちから給食が美味しいという話を聞いた保護者たちが「自分たちにも食べさせろ」と給食センターに殺到するほどの人気だった。

汀はその話をニュースで知り、成功者の男たちでも決して手に入れることができなかった「家庭的な女」像を店で提供したらどうだろう、と考えた。そして汀の目論見通り「家庭的な女作戦」は大成功を収めた。昼間、丁々発止《ちょうちょうはっし》で切った張ったの仕事をしている男たちは、癒《いや》しを求めて若奈に会いに来るのだった。

ボブヘアの若奈は、実年齢より十歳上に見えるように腐心している。もちろん老けたように見せるのではなく、落ち着いた口調で話すように心がけているのだ。

家庭的と所帯臭さは全然違う。爪は短く、ネイルもクリア一色だけ。化粧はほぼスッピンだが、基礎化粧品代とエステ代だけに毎月二十万円かけている。男たちの理想の中に存在する「家庭的な女」になるために、若奈は見えない重武装で臨んでいた。

汀は若奈にも書類の入った封筒を渡した。

「若奈ちゃん、頼んだわよ」

「はい汀ママ。ご安心ください」

小百合と若奈は旅行用のキャリーバッグを引いて、そのまま店を出て行った。

「那月さん、しばらく主力の二人がいないけど、お店のことを頼んだわよ」

「はい汀ママ。どうかご心配なく」

こんなこともあろうかと、那月は着物からドレスに着替えてきていた。チーママから現場に復帰して店を支える気構えの表れだ。そんな那月の勘の良さに汀は感心することしきりである。

「さすが那月さん、わかっているわね」

「汀ママとは長いお付き合いですから」

汀は銀座の女の絆《きずな》を見たような気がして感無量だ。

汀は店の経営が最優先で、お宝探しだけに注力しているわけにはいかなかった。今日は大口の客が来ることになっている。汀にバーキンのヒマラヤをプレゼントした香港の大富豪からの紹介で、中国人民解放軍東部戦区の幹部たちの接待が待っていた。彼らは軍人兼、中国企業の経営者でもある。中国経済の失速のせいで自活を余儀なくされている人民解放軍は、あらゆる物品を輸出することで軍を維持しているという。

店の外で待機していたボーイのナオヤから連絡が入った。

『リムジンが二台到着しました』

汀が営業用スマイルで開店の合図を出した。

「欢迎来到银座」

（銀座へようこそ）

東部戦区の幹部たちは軍人らしからぬ柔和な顔つきだった。このクラスになると親の代から共産党員で、子息の彼らは海外への留学経験があるエリートだ。

入ってきた人民解放軍の幹部たちが一斉に感嘆の声をあげた。

「这就是传说中的银座俱乐部吗！」

（これが噂の銀座のクラブですか！）

一方、育ちの悪い汀だって負けていない。金のためなら中国語だってマスターする。

「实在不好意思，只是太小了让您见笑」

（狭いだけでお恥ずかしいんですけど）

「不会，看这里的环境就知道，不比上海的夜总会差」

（いや、調度品を見ればわかりますよ。上海のナイトクラブに勝るとも劣らない）

「赵先生的军职是？」

（趙先生のご階級は？）

「我是大校」

（大佐です）

汀は着物を着ていなければ、中国人と間違われるほど流暢《りゅうちょう》な中国語を操る。一度聞いた言葉を完璧に覚えられるからこそできる芸当だった。汀は金目になるならアラビア語も喋るし、ヒンディー語にも対応する。日替わりで、キリスト教からイスラム教、仏教、道教、ヒンドゥー教、ブードゥー教にだって改宗する。お金を払ってもらえるならエクソシストにだってなる。

今週入ってきたばかりの藤原伶奈《ふじわられな》は、いきなり中国人の「係」になってパニックだ。

「伶奈ちゃん、趙大佐は三十年前に早稲田《わせだ》大学に留学されていたから、日本語がご堪能《たんのう》なのよ」

「よかった。私どうしたらいいのかわからなくなっちゃいました」

「趙大佐、どうぞこの藤原伶奈を可愛がってくださいね」

上海にも外灘《ワイタン》のバー・ルージュのような高級ナイトクラブはあるが、汀の勝負どころは豪華さじゃない。日本らしい繊細なサービスは心の機微に訴えかける。後でふと振り返った時に胸がジンと温かくなるような、初恋のニュアンスを心がけている。だから押せ押せ一辺倒のサービスしかない中国から銀座に来ると、男たちは思春期の甘酸っぱさを思い出すのだった。

趙大佐は、本国では決して見せないシャイな一面を覗かせた。

「私は時々立場を忘れて、人里離れて暮らしたいと思ったりします」

「借問《しゃもん》す、家は何処《いずこ》にありやと、雲を穿《うが》ち、翠微《すいび》に入る、ですね？」

「驚きました。許宣平《きょせんへい》の詩をご存知なんですか！」

「私、漢詩が好きなんです。中国語はわからないんですけど、掛け軸の漢字は大好きです」

ナオヤが伶奈を担当にしたのは、東大教養学部の現役学生だからだ。伶奈は中国語を話せないが、中国古典文学の知識は中国人以上にある。

伶奈が色紙に達筆な行書で揮毫《きごう》していく。彼女は有力書道団体の展覧会で入選するほどの腕前だった。

負薪朝出売
沽酒日西帰
借問家何処
穿雲入翠微

まるで即興芸術を見ているかのように、趙大佐は目を丸くした。こんな流麗な文字を書く女性は、現代中国ではお目にかかれなくなって久しい。

筆を措《お》いた伶奈は、色紙の天地を向け直して、趙大佐に丁重に差し出した。

「藤原伶奈です。趙大佐、今後ともどうぞよろしくお願いいたします」

趙大佐は高級中学の頃、詩で恋文を書いたことを思い出して、胸をキュンとさせた。こんな気持ちになったのは何十年ぶりだろうか。過ぎ去りし青春の甘酸っぱい記憶が蘇り、目元を思春期の少年に戻した。

こうしてまた一人、世の善良な男性が蟻《あり》地獄へと落ちていくのだった――。

*

沖縄県北中城村《きたなかぐすくそん》　在沖米海兵隊基地司令部

陸地にさざ波を感じる場所があるとすれば、米軍基地内がそれだろう。見渡す限り平らに刈り取られた芝生は、まるで海のように波打っている。

泉は今日、先日車窓から借景のように眺めた基地の内側から、外の景色を眺めている。支配階級の視座とは、こういうものなのかと背筋が冷たくなった。もし泉が米軍人の立場だったら、せせこましく密集した町の様子を「スラム」と呼んだかもしれなかった。まるで縮尺の違う地図を同時に見せられているような気分だった。

こんな時、泉は自分がどちら側の立場になればいいのかわからなくなる。普段はノンポリの中立を気取っていて、その方がスマートな態度だと信じている。左右双方からの意見はどちらも過激で、衝突が避けられないからだ。だから泉の心情は「敢えて衝突する必要がない」とも換言できた。

しかし少なくとも、基地内にいる今は「衝突の原因ははっきりしている」と素朴に思えた。泉は、もしかしたら自分は借景に慣れすぎて、感覚が麻痺しているのかもしれないと思った。

そんな複雑な思いを抱えながら、今回は海兵隊と仕事することを選んでしまった。食うため、と自分に言い聞かせつつ、同時に軽い罪悪感があることも否めない。もしかしたら漣オバァもこんな気持ちだったのかもしれない、と泉は初めて思った。

海兵隊司令部は、職員が制服さえ着ていなければ、アメリカの田舎町にある学校のように素っ気ない造りだった。外壁にペパーミントグリーンやオレンジ色の塗装を好むところなど、まさしくアメリカの学校だ。

現れた男の銀の楓《かえで》の階級章から、相手は中佐だと泉は瞬時に理解した。

「ハジメマシテ。ワタシワ、まいく・れいのるずデス」

泉はソファーに座って大袈裟《おおげさ》に脚を組んだ。

〝I don't mind if you speak to me in English, sir.〟

（英語で話してくださっても大丈夫よ）

「そうだった。ドクター・ハナシロはアメリカの大学を卒業されていたな」

泉はアッシュブロンドで背の高いレイノルズ中佐の風貌に、不思議な郷愁のようなものを感じた。

「マイク・レイノルズ中佐……。どこかでお会いしたような気がしますね」

「沖縄に赴任するのは三度目だから、ウチナー顔になったのかもしれん」

笑い合った二人は、早速ビジネスの話に入った。なんでも、泉のクルーザーを使って、海中調査をしてほしいのだそうだ。

話を聞いた泉は不可解な思いに捉われた。

「海兵隊でもできそうな話だと思うんだけど、なぜ民間人の私に？」

「沖縄県民の感情を考慮して、今回は外部委託することになった」

泉は内心腑《ふ》に落ちるところがあった。対立する両者には阿吽《あうん》の呼吸で空気を読める文化が醸成されている。はっきり言ってしまえば、辺野古《へのこ》の埋め立てによる反米感情の激化を恐れているのだ。

「中佐の胸中をお察しいたします。民間人なら演習に見えないということですね？　つまり演習海域で米軍が問題を起こした――」

泉は何かきな臭い匂いを感じて心が揺れた。もしかしたら海兵隊は、民間人に責任をなすりつけて、トンズラする腹づもりなのかもしれない。

「ドクター・ハナシロに回収してほしいのは、これだ」

レイノルズ中佐が手袋を嵌めて取り出したのは、ペットボトルほどの大きさの弾丸だった。

泉が触ろうと手を伸ばすのに、レイノルズ中佐は手を引っ込めて触らせないようにした。

「それは戦車の徹甲弾ですか？」

「徹甲弾の一種だ。正確には劣化ウラン弾と言う――」

泉は一気に血の気が引いていった。

徹甲弾は運動エネルギーで装甲を貫通させるのが目的の兵器だ。そのために弾頭は重くて硬いほど威力がある。通常は比重の大きいタングステンやステンレスが使われる。しかしもっと威力を高めたければ、比重が大きければ大きいほど良い。その考えからウランが採用された。ただし通常のウラン２３５だと危険なのと、高額すぎるのとで、消耗品の弾丸には不向きだ。そこで、役に立たなくなったウランなら、弾頭に転用できると考えられた。劣化ウラン弾は、原子力発電所で生じる使用済み核燃料から製造される。

「お断りいたします！」

泉は、馬鹿にされたもんだ、と一蹴《いっしゅう》した。いくら兵器は門外漢の泉でも、アトミック・ソルジャーの話を知らないわけじゃない。放射線の影響がよくわからなかった第二次世界大戦後、核実験場でアメリカ兵が被曝《ひばく》した。その訴訟は悲惨だった。アメリカ国防総省の意向を受けた連邦裁判所は、被曝兵士たちの訴えをことごとく棄却《ききゃく》した。核兵器と兵士たちの白血病に因果関係はない、と断定したのである。

劣化ウラン弾にも同様の危険性が指摘されている。だが、減損したウランは核分裂を起こさないから安全だ、という立場をアメリカ政府は貫いている。

「核物理学上、劣化ウラン弾は安全だ」

「だったら今それを煎《せん》じて飲んでみて。安全なんでしょ？」

レイノルズ中佐は二の句が継げず、唇を噛んだまま沈黙する。彼がようやく口にすることができたのは報奨金の値上げだった。

「特別に五万ドルを支払おう」

「私の命の対価がたったの五万ドル？」

「もう少し考慮してやってもいい」

「やなこった。中佐が潜って回収すればいいでしょ。沖縄の海は綺麗よ。一体そのどこにウランを撒き散らしたというの？」

泉はテーブルの上に置かれた資料に目を通した。そこには調査海域の仔細な海図が記されていた。正確には北緯二六度二〇分五六・九秒、東経一二六度五二分二二・四秒を中心とする海域。通称、久米島射爆撃場である。

「久米島沖じゃない！」

「我々は現在、その海域での演習を控えている」

泉はしばし沈黙した。米軍の手先になって海洋汚染隠蔽《いんぺい》の片棒を担ぐか、それとも毅然《きぜん》と断り窮乏生活を甘んじて受け入れるか。泉は自分の選択肢を賽《さい》の目にして、ままよと振った。

「口止め料を入れて七万ドルなら」

"Fine, we'll deal with it."
（よかろう。とにかくやってくれ）

基地を出た泉は新垣に、仕事を受けたことを告げた。意識が、さっきまでいた大陸的な風景から、島縮尺の景色の中に戻ってくるのを感じた。

調査の内容を聞いた新垣は、運転席でひっくり返りそうになった。

「花城先生、正気ですか！　劣化ウラン弾なんて、被曝するかもしれないんですよ！」

「涼、いいから黙って聞いて！」

「僕は絶対に反対です。アメリカ軍の代わりに被曝しろなんてワジワジー（ムカムカ）します」

「こっちにも考えがあるのよ……」

「天下のレディーシャークも地に堕《お》ちたもんだ。武器の回収のどこが歴史ロマンなんですか！」

新垣の激昂《げきこう》に泉の方が気圧《けお》された。普段はおとなしい新垣の、こんな姿を初めて見た気がする。そういえば新垣の出身地は久米島だった、と思い出した。

「僕のオジィは、演習場の水域が漁業禁止になったせいで海人をやめたんですよ。僅《わず》かな補償金だけ充てがわれて」

魚が獲れなくなったとオジィが嘆いていたのを幼心に覚えている新垣は、泉の話に、口の中に雑巾《ぞうきん》の絞り水を入れられたような嫌悪感を顕《あらわ》にした。米軍はオジィを追い出したばかりか、漁場を放射性物質で汚していたのだ。

「涼、私怨を持ち込まないで」

新垣が、泉の痛いところを突いてきた。

「花城先生は組織に属するのが嫌で京都大学の教授の話を断ったくせに、米軍の手先には喜んでなるんですね！」

それで泉はぐうの音も出なくなった。

「とにかく僕は、この仕事だけはやりませんから！」

新垣はコンビニの駐車場に車を停めて、出て行ってしまった。

あまりの出来事に泉は動揺した。ちゃんと話をすれば、新垣だって納得できたはずなのに、途中でキレられてしまったら、泉が全面的に悪いことになってしまうではないか。

「もう！　あのガージュー（頑固者）！」

車を捨てた新垣は、近所の公園で泡盛をラッパ飲みしていた。泉への尊敬は今も変わらないが、米軍の手先になるのは御免だった。願わくば断って欲しい。そう思いつつまた泡盛を呷《あお》った。新垣は今、体の中に生じた煤《すす》けた感情を酒で清めたい気分なのだ。

「花城先生を見損ないました……」

涙目になった新垣は、体が萎《しぼ》むほど大きな溜息を吐いた。その時だ。新垣の背後からガイドブックを抱えた女が声をかけてきた。

「あの。ご休憩中のところを失礼致します。この近くに美味しいエッグベネディクトのお店があると聞いたのですが、道に迷ってしまいました。確かローズ……」

風鈴のような涼しげな声に新垣が顔を上げると、透き通るような雰囲気を纏う美女がいた。色白で、清楚《せいそ》な装いは、見るからにお嬢様である。

新垣はしゃっくりで声を裏返した。

「ひっ、あ、ロ、ローズテラスですか？　そこはここから随分離れていますよ」

「まあ、そうなんですね。沖縄旅行は初めてなので、困っていました。ご面倒をおかけいたしますが、案内していただけませんか？」

彼女の額につく汗が、冷えた清涼飲料水のペットボトルを彷彿とさせた。いかにも育ちの良さそうな所作に、新垣の酔いも吹っ飛んでしまった。

助手席でナビをすることになった新垣は、頬を紅潮させていた。どこにでもあるレンタカーなのに、車内に花の香りが満ちていた。

ハンドルを握る女が爽《さわ》やかな笑顔を新垣に向けた。

「鷹宮小百合と申します。どうぞよろしく――」

＊

福岡県福岡市　福岡空港警察署

澪は、五十嵐とは別々に取り調べを受けていた。調べれば調べるほど供述が頓珍漢《とんちんかん》なので、勾留が長引いていた。なんでも、妖精が現れて骨壺に黄金の勾玉を入れてプレゼントしてくれたけど、それは海神の秘宝ではなかったので、神宝館に押し入った、とか。

「貴様《きさん》、警察をナメとんのか！」

　刑事が机を叩いて脅した。澪は小動物のように小さくなり震えている。

「本当なんですぅ。オバァの相続が終わったら返すつもりだったんですぅ」

「黄金の勾玉も盗んだもんなんやろ。どこん博物館から盗んだんや？」

「あれは妖精さんからのプレゼントなんですぅ」

「そん妖精しゃんとやらは盗品ば送りつくんのが趣味なんか！」

「盗品じゃないですぅ。いつもはエッチなものが多いんですぅ」

「ほう？　じゃあ今までどげんもんば貰《もろ》うてきたか言うてみぃ」

　澪は半べそになりながら、これまで貰ってきたプレゼントを挙げた。

「えっとー。低用量ピルとー、鼻フックとー、穴空きランジェリーとー、人用の首輪とー、ペニバンとー……」

「ん？　ペニバンって何や？」

　若手刑事がスマホで検索した画面を先輩刑事に見せた。それはレズプレイでタチ役が穿《は》く擬似ペニス付きのガーターベルトだった。露骨なアダルトグッズの画像を見た刑事たちは、ブッと飲みかけの茶を噴き出した。

「きさん、風俗嬢やったんか？」

「違いますぅ。澪はアイドルですぅ」

「こげんいやらしかオモチャば使うなんてどげなアイドルなんや！」

「澪は使ったことありませーん。勝手に送りつけられてくるんですぅ」

「ははーん、わかったぞ。きさん、歌舞伎町で働いとーんやろ？」

「ピンポーン！　なんでわかったんですかー？」

「やっぱり風俗嬢や！」

「違いますぅ！」

取調室に別の刑事がメモを持って入ってきた。

「きさん、一度警視庁のソタイ五課で薬物検査ば受けたことがありようげな？」

「それは濡れ衣だったんですぅ。澪はただ骨壺を預かっただけなんですぅ」

「また骨壺か！　きさん、どんだけ人骨が好きなんか？」

刑事のひとりが「こいつラリってるんやなかか？」と同僚に耳打ちする。澪は早速、薬物検査にかけられることになってしまった。検尿用カップを携えたプロレスラー体型の女性刑事が、澪をトイレに連れて行く。

「一度やったことがあるなら、わかるわよね？」

「澪は麻薬なんてやってないですぅ」

トイレの個室のドアを閉めようとしたら、女性刑事が扉を足で押さえた。検体を誤魔化さないように目の前でやれと言う。

「こんなんじゃオシッコなんか出ないですぅ……」

「じゃあ手伝ってあげるわよ」

女性刑事が靴の爪先で澪の下腹部を押した。澪は、オシッコの代わりに涙が出てきた。

一方、五十嵐の取り調べも難航していた。所持していたパスポートの記録が怪しかったせいだ。オーストラリアの入管で［SEX OFFENDER］とタイプされていた。

「おまえ、いい歳して何やってんだ。あ？」

無精髭《ぶしょうひげ》の伸びた五十嵐の取り調べは苛烈を極めた。

「それは誤解なんです！」

「いかにも性犯罪者が言いそうな台詞だな。あ？」

刑事がデスクライトを持ち上げて、そのまま床に投げ落とした。床には他にも茶碗やコーヒーカップの欠片が飛び散っていることから、五十嵐はずっとこんな扱いを受けているものと思われた。

福岡県警は全国的にも凶悪犯から恐れられる組織だ。暴力団犯罪の多さから、警視庁にもいないマシンガンの弾痕鑑定の技士がいたり、ロケット砲に対処する機動隊員がいたり、手榴弾の解析に関しては自衛隊よりも経験豊富だったりする。さらに、あまりにも荒っぽい取り調べから、人権団体にマークされてもいた。

取調室に新人と思しき刑事がおずおずと入ってきた。

「先輩ヤバいですよ。弁護士がやってきました」

「どうせ人権派の国選弁護人やろ。こうやって追い返すったい！」

無差別級の柔道体型のベテラン刑事が、反動をつけてパイプ椅子を壁に叩きつける。椅子はVの字に折れ曲がった。

「違います。東京の弁護士事務所からやってきた凄腕っぽい人です」

「ちっ。しょんなか！」

ノイローゼ寸前まで追い詰められていた五十嵐は、ホッと息を吐いた。

面会室で待っていたのは、三つ揃いのスーツを着た壮年の弁護士と、事務所スタッフと思しき女だった。弁護士の男はテレビでもよく見る顔だ。

「とにかく否認してください。『弁護士を呼べ』で押し切れます」

「なぜオレなんかにあなたのような偉い先生が……？」

「とある方からの依頼です。現在保釈請求中なので、もう少ししたら出られます」

弁護士が席を立つ。続いて、風呂敷包を抱えて壁の側で待機していた女が椅子に座った。

「差し入れ屋に手を回して、納品しておいたものです。こちらは澪さんの分。急いでいたから大したものは入れられなくてお恥ずかしいのですが」

重箱には、茶系の料理がギチギチに詰まっていた。ゴボウ巻き、鰯《いわし》の梅干し煮、ほうれん草の胡麻《ごま》和え、筑前《ちくぜん》煮、ヒジキの煮物など彩《いろどり》は決してよくないが、五十嵐の好物ばかりだ。差し入れられたおにぎりを頬張った五十嵐は、懐かしい豚味噌の具にほろっと涙を零した。

「あなたはなぜオレにこんなことを……」

化粧っ気のない女だが、却って表情に優しさが滲《にじ》み出ている、と五十嵐は感じた。フレンチリネンで揃えた生成りのコーディネートも素朴で好ましい。

「私、五十嵐さんが離婚されていると先生からお話を聞いて、居ても立ってもいられなかったんです。私も離婚して給食センターで働いていたことがあったものですから」

「道理で、美味しいはずだ」

「嬉しいです。美味しいって言葉を久しぶりに言ってもらいました」

「死んだ母さんの味を思い出したよ。生きてたら泣くだろうな。息子が逮捕されたなんて……」

　五十嵐は号泣しないように、必死で天井を見上げ震えていた。

「私には五十嵐さんがいい人だってわかります」

「どうして？」

「私の料理を美味しいって言ってくれる人は、いい人に決まっているじゃないですか」

　五十嵐はガツガツと重箱の料理を頬張った。練乳漬けの料理ばかり食べさせられていた五十嵐は、久しぶりに日本に帰ってきたような郷愁を覚えた。

「明日また差し入れを持ってきますね」

　女が立ち上がろうとした瞬間、五十嵐が面会室のアクリル板に両手をつけて前のめりになる。

「あの、お名前は？」

　女は柔らかな口調でゆっくりと応えた。

「江刺若奈と申します」

＊

東京　銀座

　クラブ汀の看板が灯《あか》りを落とした頃、チャットアプリの新グループ名『銀座くノ一』が着信を告げた。

『新垣涼と接触しました』　午前０：02
『泉の次の目的地は？』　既読
『山口県下関市にある土井ヶ浜遺跡・人類学ミュージアムです』　午前０：04
『何を探しているかわかったかしら？』　既読
『河村コレクションにあるゴホウラガイだそうです』　午前０：06
『さすが小百合ちゃん。仕事が早いわね』　既読
『新垣がシャワーから出てきそうなので、いったん終了します』　午前０：09

　汀は即座に隼人に耳打ちした。
　次の着信は江刺若奈からの報告だ。

『本日、五十嵐史彦と接見しました』　午前０：15
『どんな感じだった？』　既読
『割とチョロいです』　午前０：17
『若奈ちゃんったら悪い子ね。笑』　既読
『五十嵐とつきあった方がいいですか？』　午前０：18
『半同棲でいつでも逃げられるくらいがいいかしらね』　既読

　汀はしてやったりと高笑いした。

妹たちにはそれぞれ片腕となる男がいる。新垣涼と五十嵐史彦の資料を一瞥した汀は、カピバラとヤギみたいな男たちだと思った。そこで汀は凄腕の刺客を放った。草食系の男にセクシー系の女を充てがうのは危険だ。彼らは即座に、自分に関係ない女と忌避するだろう。しかし彼らには弱点もある。文系のオタク気質の男は「お嬢様系」に弱い。そして離婚経験のある男は「家庭的な女」に惹《ひ》かれる。

即ち、鷹宮小百合と江刺若奈は、彼らの警戒心を突破する「くノ一」なのだ。泉も澪も、汀の動きを警戒しているだろうが、新垣と五十嵐を籠絡《ろうらく》すれば情報なんて筒抜けになる。この世で男女の心の綾を扱わせれば、銀座のママの右に出る者は存在しない。

閉店したクラブのカウンターで汀はドライマティーニを一気飲みした。

「まったく。このあたしを差し置いて相続しようなんて、百年早いわ」

隣に座っていた隼人が早速河村コレクションの情報に辿り着き、表示されたタブレット端末を汀に見せた。

「汀ママ、これですね」

サイトには、ケバケバしい模様をした貝殻の標本画像が並べられていた。

「貝がお宝だなんて想像もしてなかったわ」

「十分ありえます。古代の装飾品ですから」

「なんかヤらしい形してるわね。このビラビラなんてまるで、おマン……」

「汀ママ！　妄想しすぎです。古代の人はこの貝を縦に切って、ブレスレットにしたんです」

「ふーん。じゃあ、これを盗みましょう。さて、来週の予定は、と」

汀が再び手帳を開いた。次の日曜日にはハートマークが九つ入っている。汀は一日の記録を更新するつもりらしい。一体、何の記録更新なのか、ここでは述べない。

「那月さん、お代わりをいただけるかしら？　今夜は気分がいいわ」

「気分がいい日のお代わりと言えば、これですね」

那月が間髪《かんぱつ》いれずにスコッチのダブルを差し出す。

「さすが那月さん。わかっているわ。おーほほほほほ」

上機嫌の汀は頼まれてもいないのに、イナバウアー飲みでグラスを呷った。

そのカウンターの下で、那月が密《ひそ》かにスマホの画面上で指を動かしているとも知らず――。

『海神の秘宝についての新情報。
山口県下関市、土井ヶ浜遺跡・人類学ミュージアム
所蔵の河村コレクション。ゴホウラガイが有力』

しばらくして那月のチャットアプリの吹き出しに「既読」の文字が灯《とも》った。

第六章　暗躍する男

山口県　下関市

下関市教育委員会から河村コレクションの閲覧許可を得た泉は、土井ヶ浜遺跡・人類学ミュージアムに向かっていた。元々荷物が少なく身軽な泉だが、これほど頻繁に移動を繰り返していると、どこが自分の現住所なのかわからなくなってくる。活動の拠点は東京だが、自宅のマンションにはもう一ヶ月近く戻っていない。自宅にある乾燥に強い観葉植物のユッカも、そろそろ枯れ始める頃だろう。

赤信号で停まっている時、泉がバックミラーで自分の顔を見たら、おでこにニキビができていた。

「野菜不足ね。ちゃんと自炊しなきゃ」

来年には三十歳になるのだから、そろそろ体のケアを考えた方がいい。別に無縁仏コースに後悔はないが、動ける体は保っておきたかった。

「涼、あんたの作るパクチーのサラダが食べたい。特製ドレッシングのやつ」

新垣の作るドレッシングはナンプラーとレモン汁とゴマ油のバランスが絶妙で、ボウル一杯分のパクチーをペロリと食べられた。

「あ……。はい……。わかりました……」

運転席の新垣はさっきからひっきりなしに鳴る、チャットアプリの着信音を気にしてばかりいる。

どういう風の吹き回しか知らないが、新垣の機嫌が直っていた。むしろ機嫌が良すぎて気持ち悪いくらいだ。浮かれているというのは、こういう状態を指すのだろう。いつも心ここに在らず、という感じで、同じことを二回言わないとちゃんと聞いているのかどうかも怪しかった。

「涼、車を職員用の駐車場に停めて」

新垣は生返事で来館者用の駐車場にハンドルを切ろうとする。

「ねえ、聞いてる？　車を職員用の駐車場に停めてって言ったの！」

「あ、はい。わかりました」

新垣はジャケットの内ポケットに入れたスマホの着信音を聞くたびにニヤつく。きっと彼女でもできたのだろう、と泉は思った。それは一向に構わないが、新垣の行動パターンを知る限り、飲み屋でナンパしたとは思えない。ましてや道端で出会ったなんて考えられないことだ。新垣は泉が指摘しない限り寝癖を直そうともしないし、同じポロシャツを三日続けて着るような男なのだ。新垣は素直でいいヤツなのだが、女性から第一印象で好感を得られるタイプではない。

「涼、恋もいいけど、自分が研究者だってことを忘れないでね」

「花城先生、すみません。一言だけ返信させてください」

新垣は鼻の下を伸ばしながらスマホにメッセージを打ち込んだ。

『土井ヶ浜遺跡・人類学ミュージアムなう！』既読

博物館に颯爽《さっそう》と乗り込む泉とは対照的に、新垣はモタモタとスマホを見ながら追いかけてくる。

「すみません。下関市教育委員会から許可を頂いた水中考古学者の花城です。河村コレクションの閲覧をお願いいたします」

泉は十万点の収蔵品を、片っ端から見ていくなんて悠長なことは考えていない。そのために研究者として特別利用申請を出したのだ。殺風景な作業室に通された泉たちは、ずしりと重い五冊分の河村コレクションの目録に怯《ひる》みそうになる。

泉は新垣に指示を出す。

「いいこと涼、ゴホウラガイの産地は沖縄県よ。間違えないでね」

目録は素人目には断片情報の羅列にしか映らない。しかし研究者ならこれらを地図の座標のように読める。新垣はこういう根気のいる作業が得意だった。眼鏡をかけた新垣は目録の行を指で追っていく。泉はまだ二ページ目だというのに、新垣はもう十ページ分を読み終えていた。

番号　E162
分類　G
学名　Tricornis latissimus
下目　Littorinimorpha

科　Strombidae
属　Sinustrombus
種　Sinustrombus latissimus
備考　色落ち殻蓋なし
産地　沖縄県
個数　1

「花城先生ありました！」

「すぐに申請して！」

収蔵庫へ繋がる廊下は、さらに殺伐としていた。木箱や油圧式ハンドリフトが無造作に置かれた廊下を通り「立入禁止」の扉の前で止まった。

「電気を点けるので、そこでお待ちください」

学芸員が先に収蔵庫に入っていった。

「花城先生、なんかワクワクしますね」

「しっ。今日はあくまでも下見だって言ったでしょ」

また新垣のスマホのチャットアプリが着信を告げた。泉はこの音が煩わしくてならない。

「涼、仕事のときにはスマホをマナーモードにしておいて」

「すみません。ちょっと一行だけ打たせてください。それで終わりにします」

『河村コレクション、収蔵庫なう！』既読

泉は別に新垣が誰と付き合っていようが気にしないが、疎外感のようなものを覚えた。

「ところで涼、米軍の調査のことなんだけど……」

「あ、いいんです。花城先生が決めたことなら」

新垣の気もそぞろな返事に、泉はイラッとした。蟠《わだかま》りを感じていた自分がまるでバカみたいではないか。何か一言言い返してやろう、と思った瞬間、ようやく収蔵庫の電気が点いた。

泉は博物館の収蔵庫に来るたびに、蚕棚《かいこだな》に似ていると思う。ツンとする埃の匂いが時の流れを感じさせる。ここはある種の物の墓場だ。

「河村コレクション。Ｅの棚、Ｅの棚。あった。１６０から１７０の引き出し。結構上にあるのね」

「はいはい。僕が取りますよ」

新垣は泉の背後から手を伸ばして、易々と引き出しに指をかける。新垣の男の匂いに包まれた泉は少し戸惑いを覚えた。

「やった。河村コレクションのお目見えですよ！」

泉たちの目の前に、日本最大級の貝のコレクションが開示された。

ちょうどその頃、グループ名『銀座くノ一』のチャットもリレーを繰り返していた。

『新垣は河村コレクションに接触しました』　午後1：50
『ゴホウラガイを手に入れるつもりかしら？』　既読
『多分下見だと思われます』　午後1：55
『もし手に入れたらわかってるわよね、小百合ちゃん？』　既読

『お任せください。宿は西長門《にしながと》リゾートの和室を予約しています』　午後1:58
『まあ、小百合ちゃんったらお盛んね。笑』　既読
『一応、真剣な交際をしています。笑』　午後2:00
　汐留にある汀のマンションにやってきた隼人が、不審な領収書の束を抱えている。

「汀ママ、なんですかこれ？　『花城商会　銀座くノ一様』宛の領収書が大量に届いていますけど」

「ああ、いいのよ隼人。経費で落としておいてちょうだい」

「総額百八十万円ですよ！」

「あら、みんな倹約しているのね。派手に使っていいって言ったのに」

　隼人が不審な領収書を一枚ずつ汀に見せる。

「ロディスポット、レッセ・パッセ、ジル スチュアート。衣装代として二十五万円。なんですかこれ？」

「お嬢様ファッションの定番ブランドよ。さすが小百合ちゃん、わかってるわね」

「アウアー バイキンフォーク。お洋服代として。三十五万円。なんですかこれ？」

「オレゴン州発の自然派ブランドよ。ナチュラル志向って意外とお高いのよ」

「百名伽藍《ひゃくながらん》の宿泊費、五日分で五十万円。これは？」

「小百合ちゃんはお嬢様って設定なの！　ビジネスホテルだと貧乏臭いでしょ！」

「高円寺《こうえんじ》のアパートの入居費用と家具代七十万円。これは？」

「若奈ちゃんは家庭派なの！　自宅の六本木ヒルズなんかに誘ったら、ドン引きされるでし

よ！」

「汀ママ！　こんなことしていると、またオーナーからお叱りを受けますよ！」

「ポルシェビルさえ手に入れられれば、オーナーのお小言なんか怖くないもーんだ。うふふ」

汀はそう言って、気付けの強壮剤を一本飲み干した。汀の作戦は、泉を鵜飼《うかい》の鵜として使うことである。泉がゴホウラガイを手に入れても、必ず新垣経由で小百合の手に渡るように仕込んである。わざわざ汀が下関くんだりまで出かけるまでもない。

「頭はこうやって使うものよ」

汀は、衣紋《えもん》掛けに掛けられた新作の着物を前にして上機嫌である。注文から三年がかりで手に入れた大島紬の総絣だ。通常の絣は縦糸四本のうち二本、横糸四本のうち二本を交差させ、Ｔ字状の模様を作るが、総絣は地糸を含めた四本全ての糸を交差させて模様を作るので、桁違いに手間がかかった。熟練の職人でも逃げ出すと言われる超絶技巧だ。その代わり総絣は階調表現ができる。同じ模様でも総絣の方が十六倍緻密だった。大島紬の工房総出で拵えた大作着物のお値段は五百七十万円である。

汀はうっとりとした眼差しで、ガンメタリック色の輝きを放つ大島紬に指を這わせて、特有のシャリ感を楽しんでいた。


同時刻、土井ヶ浜遺跡・人類学ミュージアムの収蔵庫では、スチール製の引き出しの中身を取り出した新垣がニンマリと笑っていた。格子状に小分けされた木箱の中身は貝の標本だ。それらは写真で見るものとは比べ物にならないほど、工芸的な輝きを放っていた。貝の形、模様、色、全てが自然が生み出したものだとは信じられないほど芸術的だ。河村良介がなぜ貝に魅せられたのか、わかるような気がした。

「分類G。トリコーニス　ラティシムス。標準和名ゴホウラ――」

泉は標本箱の様子に違和感を覚えた。

「ねえ、なんでここだけ空白なの？」

遅れて新垣の指が「タマキビダエ下目」の段で止まった。そこには「産地沖縄県」と印字された紙だけが残されていた。

「ゴホウラガイは、ない……です、ね」

泉は再び嫌な予感に包まれた。

「また盗まれたのよ！　エロなの？　ロリなの？」

〽夢を叶えること、OH YEAH!
自分を信じること BELIEVE ME!
きっと明日は輝く未来 SHINY DAYS!
NEVER CRY! NEVER CRY!

保釈された澪は、今日も歌舞伎町のライブハウスで歌を歌っていた。前代未聞の前科一犯地下アイドルである。しかし地下アイドルにクリーンなイメージはさほど求められていないから、澪の犯罪歴は致命傷とまでは言えなかった。むしろファンの数を増やすきっかけになっていた。

「バツイチ」とは普通、離婚歴のことを指すが、澪の場合は「罰一」の犯罪歴である。

「澪ちゃーん。ドンマイ！」

「次もお騒がせ頼むよー」

「裁判楽しみにしているね」

これらが果たして声援と言えるのかどうか謎だが、まばらな拍手しかもらえなかった以前と比べて、明らかに熱が感じられる。

「罰一の澪でーす！」

お気楽な挨拶が常識の地殻を揺るがす。注目を浴びるためなら、体を売るのも厭《いと》わないのが地下アイドルなのだから、犯罪歴など毛色の変わった人間くらいのレベルだった。

ステージの袖にいる五十嵐は、さっきからスマホのチャットアプリに夢中で、澪なんて見ちゃいなかった。

『昨日のキンピラゴボウ、美味しかったよ』　既読

『おばあちゃんの料理みたいでしょう？』　午後5：20

『今日の晩御飯は何？』　既読

『昆布の佃煮《つくだに》と風呂吹き大根です』　午後5：25

『そりゃたまらんね』　既読

『史彦さんのお仕事が終わるまで待ってます』　午後5：30

五十嵐はスマホの画面を見てデレーッと笑った。保釈中とはいえ、毎日が弾むように楽しかった。毎晩高円寺にある江刺若奈のアパートに行くのが日課になっていた。無論、澪には仕事

の打ち合わせと称して誤魔化している。若奈の質素で堅実な暮らしぶりは、五十嵐が失った平凡な生活そのものだった。ホームセンターで揃えた合板の家具、きちんと整理整頓された百均の雑貨、手縫いのエプロンなど、どれも五十嵐の目には微笑ましく映った。

その代わり、食器だけは上質なものを使っている。益子《ましこ》焼の茶碗、若狭《わかさ》塗の箸、信楽《しがらき》焼の湯飲みなど、骨董通りで集めた中古品だと若奈は言うが、センスがいい。

その上、若奈の料理は素朴な献立なのに、手が込んでいた。水餃子《すいぎょうざ》くらいしか用意できないと謝られた直後に、小麦粉を捏《こ》ね始めるではないか。まな板の上で麺棒を転がしながら皮を広げる手際の良さに五十嵐は驚嘆した。モチモチした食感のそれは、五十嵐がこれまで食べたどんな水餃子よりも美味しかった。若奈の家庭力は専業主婦十人力だ。

「早く仕事終わんないかなぁ」

五十嵐の腹の虫はさっきから鳴りっぱなしだ。比べるまでもない。練乳漬けのソーメンチャンプルーと、元栄養士が作るキンピラゴボウだったら、どっちを食べたいと思うか、だ。

五十嵐は江刺若奈と真剣な交際をしたいと考えている。彼が失った温かな家庭が再び手に入りそうな気がしていた。もしかしたらそれで芸能マネージャーの道を断念することになるかもしれないが、抗う気にはなれない。五十嵐はこの成り行きを漫然と受け入れていた。

ステージ後の澪のチェキには、五十人の長蛇の列だ。お宝強奪アイドルとの握手をネタにしようと、全国からにわかファンが集まっていた。

「澪さん、マジ根性あるんスね」

「人前でオシッコしたら、もう何も怖いものなんてないですぅ。はいチェキー」

「澪さんから勇気をもらいました」

「ありがとー。はいチェキー」

もはや地下アイドルらしからぬ人気に、澪もご機嫌だった。

スキップしながら楽屋に戻ってきた澪は、テーブルの上に「花城澪様へ」と宛名の付いた差し入れが置いてあるのを見つけた。

「また骨ですかぁ――？」

澪は反射的に後退りする。差し入れはいつものように可愛らしくラッピングされていたが、骨壺のときと似ている。澪は恐る恐る箱を持ち上げてみた。ズシリと重かった。それはやはり骨壺のようでもある。

「ガクブルですぅ。怖いですぅ」

しかしホールケーキなのでは、という可能性も捨てきれない微妙な重さだった。澪は巾着袋のように口を窄《すぼ》ませたラッピングの隙間から、中を覗いてみた。

「桐箱のようなものが入っていますぅ」

骨壺である疑いは薄れたので、澪は安心してリボンを解いた。中にはメッセージカードが入っていた。

『これはあなたが探している海神の秘宝です』

「バチクァーイ（やったー）！　また妖精さんが現れましたぁ！」

脱脂綿の緩衝材が敷き詰められた桐箱の中には、大型のゴホウラガイが入っていた。澪はすぐに五十嵐を呼び出した。

「五十嵐さーん。五十嵐さーん。海神の秘宝が見つかりましたー」

その声に慌ててステージ袖から駆けつけた五十嵐が、目を丸くする。

「ゴホウラガイ！　そうか。貝輪の原料か！　澪ちゃん、これはありえる話だよ」

それにしても見事なゴホウラガイだ。通常は高さ十五センチもあれば大型とされるのに、これは優に高さ二十センチはある。水深三十メートル以上の海底でしか獲れないだろう。古代の潜水技術を鑑みると、非常に価値の高い貝とされたであろうことは想像に難くない。

「これで映画を作れますぅ！」

「すぐに沖縄に行こう！」

と言った途端、五十嵐は躊躇いを覚えた。今夜、若奈の家で用意されている夕食のことが脳裏を過《よぎ》ったのだった。

「澪ちゃん、やっぱり明日でもいいかな？」

「なんでー？　まだ最終便に間に合いますぅ」

「いや、今夜も打ち合わせがあるんだよ……」

「だったら、澪だけでも先に沖縄に行きますぅ」

「澪ちゃん、ホントごめん。明日の午前中の便にしよう。な？」

澪は不承不承頷いたが、本心では傷ついていた。ただ、自分でも何が理由なのか今はわからない。

「五十嵐さん、帰りは何時ですか？　ご飯を作っておきますぅ」

「いや、ご飯は要らない。会食の打ち合わせだから」

「昨日も一昨日も会食でした。外食ばかりだと体に良くないですぅ」

五十嵐は目を合わせずに「そうだね」と呟いた。今夜の澪の献立は、五十嵐が好きな昆布の佃煮の練乳漬けと風呂吹き大根の練乳餡《あん》掛け、だったのに——。

*

東京　銀座

今夜のクラブ汀は、藤原伶奈が入店以来初めての同伴出勤となった記念日だ。もちろん相手は趙大佐である。趙大佐は日本のメンズファッションを颯爽と着こなし、十歳は若返って見えた。

身持ちの固そうな伶奈は愛想笑いが苦手な女だった。しかし打ち解けると本音を隠さない。東大の中の東大と呼ばれる教養学部の国際関係論コースは、全学部の成績上位者十数人のみが専攻できる。一、二年時の成績が平均八十五点以上ないと志願する者すらいない。伶奈は、その最難関コースへ平均九十八点で首席突破した本物の才媛だった。

「趙大佐、ミントグリーンのジャケットがお似合いですわ。伶奈ちゃんが選んであげたの？」

初同伴出勤の伶奈を激励するように汀が迎え入れた。

「日本がこんなに楽しい国だとは思わなかったよ」

趙大佐は伶奈の明晰《めいせき》な頭脳に舌を巻いた。二人は東アジアの地政学における中国の採るべき政策とは何かを侃々諤々と語り合った。伶奈は、中国がランドパワーから、シーパワーにシフトしていく現在の政策は危険だと説いた。歴史上二つのパワーを両立させた国は存在しないからだ。ランドパワーの衰退は、中国の分裂を招きかねないというのが伶奈の持論だ。

　東部戦区は海洋進出の要《かなめ》だ。趙大佐はシーパワーこそ共産党百年の大計だと信じている。伶奈と意見が衝突したものの、実は中国人は率直に意見をぶつけ合うのが好きである。空気を読んで持論を曲げたりする輩《やから》は、同胞でも信用できない人物とみなされた。逆に外国人でも、主張が一貫していれば民族を超えて友情を結ぶ。まして男女なら、燃えるような恋に陥ってしまうこともある。もちろん伶奈は、その辺はちゃんと汀から手ほどきを受けていた。

　隼人がカウンターを二本の指で叩いて「すぐに来て！」と符丁を汀に送った。『銀座くノ一』の若奈からの緊急連絡だ。

『大変です。ゴホウラガイは澪さんの手に渡ったようです』　午後８：04

『どういうことかしら？』　既読

『さっき五十嵐から聞き出しました』　午後８：07

『下関の博物館に所蔵されているんじゃなかったの？』　既読

『鷹宮に確認してみてください』　午後８：09

汀は狐に抓まれたような気分で、小百合にメッセージを送った。

『泉は河村コレクションに接触したんじゃなかったの？』　既読

『ゴホウラガイは既に盗難されていたようです』　午後８：15

『それは確かなの？』　既読

『はい。新垣はすっかり落ち込んでいます』　午後8：18
汀はますます頭を混乱させた。若奈の定時報告では、澪と五十嵐が下関市を訪れた様子はない。だから盗んだのは第三者だと推定できる。妹の泉は鵜飼の鵜として最適な人物だ。もし仮に泉よりも先にゴホウラガイを盗める人物がいたとして、何が目的なのかわからない。仮にゴホウラガイが海神の秘宝だとしても、相続人は血縁の孫娘三人からと決まっているのだ。
『若奈ちゃん、ゴホウラガイを手に入れてちょうだい』　既読
『やってみます』　午後8：30
チャットを終えた汀は不可解だという表情で佇んでいた。そんな汀にさり気なくガルバニーナブルーの炭酸水が渡される。
「汀ママ、顔色が悪いですよ」
「那月さんありがとう。ちょっと目眩がしただけ」
汀はまだ状況を上手く整理できていない様子で、頭を抱え込んでしまった。

*

山口県下関市

下関市の民宿に素泊まりした泉は、一人でボウル山盛りのパクチーサラダを頬張っていた。
新垣は飲みに行くと言って出たまま戻ってこない。それはそれで構わないのだが、何かがおか

しいと感じていた。

「なぜ私の先回りをしてお宝が盗まれていくの？」

　さすがに三度続けば疑いたくもなる。最初の黄金の勾玉は僅差《きんさ》で澪の手に渡った。次に狙いをつけていたのは内行花文鏡だが、それも複製品に掏り替える前に盗まれてしまった。それらが海神の秘宝でなかったから良かったようなものの、今回のゴホウラガイの件も不可解だ。そもそも海神の秘宝が何なのか具体的に示されていない。ゴホウラガイ説はあくまでも泉の推理のひとつだ。それがまるで泉の思考を読んだかのように、寸前で奪われてしまった。盗む動機のある人物は汀と澪だけだ。

　三本目の缶ビールを飲み干そうとした瞬間、泉の頭にあることが閃いた。

——情報が漏れている。

　やるとすればエロだ、と泉は確信した。那覇の弁護士事務所で泉は汀と接触していた。もし何かを仕込むとしたら、あの時しかない。

　泉は突然自分のトートバッグをひっくり返した。もしかしたら汀が盗聴器を仕掛けているかもしれない、と思ったからだ。そう考えるとパソコンだって怪しい。キーロガーソフトをインストールされたら、メールが筒抜けになる。キーロガーはタイプしたアルファベットから文章や暗証番号を解析するソフトだ。プロバイダのサーバはセキュリティで守られているが、個人のパソコンのキーボードにセキュリティはない。このソフトは打鍵情報を相手に送信する。

　キーロガーにはソフト型とハード型がある。ハード型はＵＳＢ端子やＰＳ／２端子に偽装してパッと見ただけでは見分けがつかない。泉はフィールドワーク中心なので、こういう端子類をたくさん持ち歩いていた。もし、那覇の弁護士事務所で取っ組み合いをしている時に汀がハード型のキーロガーを紛れ込ませたとしたら、情報がダダ漏れなのも納得がいく。正直、泉はどれが自分のものなのか確信が持てなかった。

「端子類は全部捨てなきゃ」

次にソフト型のキーロガーの場合だ。インストールされてしまったら簡単には検出できない。

泉はノートパソコンのハードディスクの中を調べることにした。

「全ファイルを検索。――ゴホウラガイについて述べている文書は八つ、二十三ヶ所か。じゃあ一ヶ月以内に作成したファイルの中からゴホウラガイに言及したものは――。ファイルはひとつ、一ヶ所。動画の名前。ああ、貝輪づくりを実演したときの動画だ。そういえば涼がタブレットで撮ってたんだった。それをクラウドで同期して共有したのか……」

泉は胡座《あぐら》をかいてしばし考え込んだ。動画の作成者は新垣だから、キーロガーが仕込まれているとしたら新垣のタブレットということになる。どうやって汀が新垣のタブレットを見つけたというのだろう。考えるとだんだんややこしくなってきた。

「念のためにセキュリティソフトを購入しておこうっと」

次に泉はスマホからの情報漏れを疑った。

もし汀が泉のスマホのＡ‐ＧＰＳを受信しているとしたら、現在下関市にいることはバレてしまう。泉は設定からスマホのＡ‐ＧＰＳを無効にした。それでも念には念を入れておかないといけないと思う。明日スマホを解約して新しい機種に買い換えよう。

「あー。ワジワジー（イライラ）する！　もうっ。何なのよ！」

ムシャクシャして髪を掻き毟ったら、爪でおでこのニキビを引っ掻いてしまった。血が滲んだ額を鏡で見た泉はやりきれなくなり、畳の上で体をゴロゴロ転がした。

＊

東京　銀座

午前零時を回った銀座は、まだ半分しか眠らない。銀座で働いている人間が羽を伸ばす時間が未明まで続く。

タクシーの行列をすり抜けて日比谷《ひびや》方面に向かっているのは那月だ。周囲を十分警戒しながら、待ち合わせの帝国ホテルのロビーに入った。深夜とはいえ、ちらほらと宿泊客の姿が見えるロビーに、お仲間のホステスたちの目がないとは言えない。那月は目立たないように洋服に着替えていた。

背の高い紳士の背中を見つけた那月は、駆け寄って抱きついた。

「先生、会いたかったわ」

「打ち上げが長引いてしまってね。こんな時間になってしまったよ」

「この私が待たされるなんて、銀座の女失格ね」

「そんなこと言うなよ、那月……」

渋いロマンスグレーの紳士が困ったような顔で那月の頭を撫《な》でた。すると那月は猫の瞳のようにガラッと表情を変えて、紳士に耳打ちする。

「ゴホウラガイの動きは油断できません」

「汀が手下を使って三女に渡したはずだが？」

紳士はやれやれ、とでも言うように大きく溜息を吐いた。

「僕は泥棒や『あしながおじさん』は本職じゃないんだけどなあ……」

「私が手を打ちますからご心配なく」

「那月はいい子だね」

紳士はそう言って那月の顎を指でクイと持ち上げて熱いキスを交わした。那月は紳士の頭を両手で抱えて、ぶら下がるように紳士の口を吸った。


高円寺にあるアパートの若奈の１ＬＤＫの部屋では、新婚気分の二人がイチャイチャ乳繰り合っていた。小ざっぱりとした室内は、女の一人暮らしにしては少々寂しいくらいだが、丁寧な暮らしぶりが表れていた。自家製の石鹸《せっけん》は洗濯と台所用を兼ねている。手作りの重曹とクエン酸だけの浴室洗浄剤、グリル周り用のセスキ炭酸ソーダのスプレーなど、オーガニックへのこだわりが窺える。

洗い物をしている若奈の後ろから五十嵐が抱きついてきた。

「もう、史彦さんったら。邪魔よ、邪魔」

「いいだろ若奈……」

狭いキッチンに二人立つと身動きが取れなくなる。振動で背後にある食器棚のガラス扉が開き、五十嵐の頭をコツンと叩いた。若奈はじゃれ合いながらも、どうやってゴホウラガイを手に入れようか必死に頭を回転させていた。

若奈は南部鉄器の鉄瓶でお茶を淹《い》れつつ、それとなく五十嵐に探りを入れてみた。

「ところで史彦さん、私、そのお宝っていうのを見てみたいわ」

「明日、沖縄の弁護士事務所に持っていくんだ」

「見たいわ。ねえ、澪さんに持って来させてよ」

「この時間だとあいつは寝てるからなぁ……」

「じゃあ、一緒に見に行くってのはどう?」

「どうしてそんなに貝にこだわるのさ」

若奈は内心苛立っていた。この朴念仁《ぼくねんじん》のために六本木の高級マンションから安手のアパートに引っ越して、男が喜びそうな内助の功的女を演じてやっているのに、この男は「俺に惚れた女」扱いをし始めたではないか。はっきり言って若奈は、自分より稼ぎの少ない男に尽くす気はない。女に家庭的でいて欲しいなら、金の心配をさせないくらい外で稼いでから言え、と思っている。クラブ汀ナンバーワンホステスの若奈は、月に四百万円稼ぐのだ。年収二百万円もない五十嵐が手に入れられるような女じゃない。

若奈は噛み砕くかのように、ゆっくりと言葉を区切った。

「史彦さんの、出世の幕開けを、この目で、見届けたいの」

落ち着いたトーンの若奈の声色は、ベテラン女性アナウンサーの朗読のように五十嵐の心に沁《し》み入った。若奈はもうひと押し、と畳み掛ける。
「それが、私たちの、幸せの、始まりだから——」
五十嵐はその言葉でコロリと落ちた。
「よっしゃ。見に行くか！」
興奮した五十嵐は卓袱台《ちゃぶだい》を叩いて立ち上がった。若奈はすぐさまグループ名『銀座くの一』にメッセージを打ち込んだ。
『ゴホウラガイを強奪しに向かいます』　既読
『さすが若奈ちゃん。頼りになるわ』　午前1：11
『銀座の女のプライドにかけて、意地でも手に入れますから！』　既読
『ははーん。さては別れたいんでしょ？　笑』　午前1：14
『ご明察。あいつウザいんですよ。笑』　既読
若奈は離婚した元旦那が五十嵐のようなタイプだったことを延々と書き込みたかったが、時間がなかった。タクシーに乗った若奈と五十嵐は、澪の住む練馬《ねりま》のアパートに向かった。
澪は日中のライブで疲れ果てて眠っていた。食卓の上にはラップをかけられた料理が並んでいる。練乳さえかけられていなければ、普通に食べられるのに、澪はそれが五十嵐の好みだと信じて疑わなかった。
「しーっ。澪ちゃんは寝てるみたいだ」
「アイドルのお仕事って大変なんですね」

優しげな口調の若奈だったが、正直ドン引きするような部屋だった。洗濯するものなのか、洗濯後のものなのかわからない衣類の山がキッチンの上まで積もり、一部はシンクの中に垂れて水を吸っている。片付けられない女の汚部屋はテレビで視たことがあるが、実際に現物に接してみると、画面からは伝わらない臭いがすごかった。目を瞑って部屋に入ったなら、鶏舎の中と錯覚しただろう。それほど動物的な臭いが籠っている。床に散らかる雑誌を取り上げたら、数匹のゴキブリがカサコソ逃げて行くのが目に入った。気分が悪くなった若奈はトイレを借りることにした。

「ひいいっ！　悪魔の茶色い輪っかがあああっ！」

便器を見た瞬間あまりの汚さに、若奈の意識のヒューズがポンと飛んだ。この人たちは貧乏神に取り憑《つ》かれている、と本気で鳥肌が立った。これは一ヶ月やそこらでつく汚れではない。年季物の汚れだ。それはまるで、犬の腐乱死体のようなインパクトがあった。

「若奈、ゴホウラガイ見たくないの？」

「はーい。すぐに行きまーす」

若奈は口だけで深呼吸してから自己暗示をかけた。

「私は女優……。私は女優……」

部屋に戻ると、五十嵐が自慢げにゴホウラガイを掲げていた。

「まあ、なんて綺麗な貝なの！」

途端、若奈が鷹《たか》の目になる。これをなんとかして盗み出し、汀の許《もと》に届ける方法はないだろうか。

若奈は床に置かれた桐箱に目をつけた。
「脱脂綿じゃダメよ。こういうのは布で包まないと割れちゃうわ。ちょっと貸して」
「そういうものなの？」
「だって史彦さんの人生がかかっている大切なお宝なのよ。タオルを借りるわね」
そう言って若奈は浴室に行き、丁度似たような大きさの物を探して掏り替えた。あとは桐箱の蓋をガムテープで厳重に留めれば、沖縄に着くまで気づかれない。若奈は小さく唇を動かして「やった」と呟いた。すぐさま再びトイレに向かい、チャットアプリに入力した。
『汀ママ、ゴホウラガイを手に入れました』　既読
『さすが若奈ちゃんね。那月さんを高円寺に向かわせたわ』　午前2：28
『なぜチーママが？』　既読
『私の顔色が悪いから、代わりに受け取ってくるって申し出てくれたの』　午前2：30
『チーママの気遣いは、いつも勉強になります』　既読
あとは逃げるだけだ。これでもう貧乏神と付き合うこともない。だが、若奈が玄関に向いた瞬間、五十嵐が壁ドンしてくるではないか。もうこんな三文芝居に付き合うのも最後だ、と若奈は腹を括った。
「いいだろ、若奈？」
「澪さんが起きちゃうかも……」
若奈は電気のスイッチを消し、目をカッと見開いたまま五十嵐のヤニ臭い舌を受け入れた。

　翌日、目を真っ赤に腫らした那月が、汀の部屋の玄関で土下座していた。

「汀ママ、本当に申し訳ございません……」

「ちゃんとタクシー会社に連絡したの？」

「はい。朝からずっと折り返しを待っています」

「領収書を見せて。タクシーの車両番号があるはずよ」

　那月はまた上半身に反動をつけて土下座する。昨夜、若奈からゴホウラガイを受け取った那月は、それをタクシーの中に置き忘れてしまったのだという。

「お財布も一緒に忘れてしまいました……」

「那月さんらしくもない。一体どうしちゃったの？」

「汀ママに早く届けたい一心で。本当に不注意でした。う、ううう……」

　汀は、女の涙に弱い変な女だ。義理人情を重んじるあまり、男よりも筋を通すようなところが汀にはある。しっかり者の那月がこんなケアレスミスをするなんて、初めてのことだった。そこが人間的で可愛いと思う。そういえば汀は、ホステスやボーイたちを励ますことはあっても、感情的になって叱り飛ばしたりしたことはない。

　頭を抱えた汀は、本心ではへたり込みたいのを気丈に堪《こら》えている。こうなったのは、那月の厚意に甘えた自分のせいだと感じていた。気分が優れなかったのは事実だが、大事な用件を人任せにしてしまった自分の非の方が大きいと思う。隼人だってそう言うだろう。

「仕方ないわね……。タクシー会社からの連絡を待ちましょう」

「このケジメはきちんと取らせていただきます。どうかご容赦を。ううう。ううう」

那月はドアが閉まる瞬間まで深々とお辞儀をしていた。やっと素に戻れた汀は「ポルシェビル……」と呟いた後、糸が切れた操り人形のようにグニャッと床に崩れ落ちてしまった。

その一部始終をダイニングで盗み聞きしていた隼人が、帳簿を洗い始めた。この十年間の那月の領収書の提出記録だ。そしてナオヤに密かに電話を入れた。

「那月さんに、お花の手配をお願いしてくれないか？　白の胡蝶蘭の二十本立ち。送り主名は『有限会社　花城商会』で。高槻《たかつき》社長の会社の創業記念日なんだ。汀ママはお疲れだからちょっと休ませる」

電話を切った隼人は、両腕を頭の後ろに回して、静かに目を閉じた。

＊

山口県下関市

泉はまだ下関市に滞在していた。今ここで懸念を払拭《ふっしょく》しておかないと、敵に先手を打たれ続けるだろう。午前中に新しいスマホとパソコンを購入した泉は、再び土井ヶ浜遺跡・人類学ミュージアムに向かっていた。

新垣は民宿にちらっと顔を見せただけで、またどこかに行ってしまった。行き先を聞くのは野暮というものだ。明け方まで飲んでいたというのに、髭は剃《そ》られ、汗臭い匂いもしなかった。こういう時の男は風俗帰りと相場が決まっている。下関市は港町だから、そういうお店もたくさんあるのだろう。

　助手の下半身事情などどうでもいい、と泉は思っている。そういうお店に行ったとしても、悟られないように振る舞ってくれればよい。ただしその気配を匂わせたら、素直に気持ち悪いと思う。

「あのリビドーを研究に回してくれないかな」

　どっちみち今日は新垣と一緒である必要はなかった。泉はハンドルを握りながら、あらゆる可能性を考えていた。汀が盗聴していた場合の対処は済ませた。次は澪だ。宗像大社の神宝館に押し入った手口から考えると、今回のことはらしくないと思う。たとえ収蔵庫に入れたとしても、ゴホウラガイのあるＥの棚をいきなり開けられるとは思えない。分類法の素人なら上から順番に棚を開けていくしかないはずだった。今、泉が考えているのは第三者の可能性だ。ただしその場合、動機がよくわからない。

「第三者が遺産目当てっていうのは、おかしいのよね……」

　土井ヶ浜遺跡・人類学ミュージアムに着いた泉は、事務室を訪ねた。

「すみません。昨日収蔵庫を利用した花城ですけど、申請書に不備があったのを思い出したので、訂正させていただけないでしょうか？」

　嘱託と思しき覇気のない事務員の女が、パソコンの画面を開いた。

「どうしました？」

「実は来週には東京のマンションを引き払って、沖縄に拠点を移すことをすっかり忘れてしまってたんです。提出した申請書には、今住んでいる東京の住所の方を記入してしまいました。

もし、連絡がつかなくなったら、そちら様にご迷惑をおかけしてしまうと思いまして――」

女性事務員は「それはご丁寧に」とお辞儀をして、訂正を受け入れた。

「いいですか？　言いますよ？　沖縄県豊見城《とみぐすく》市保栄茂《ビン》――。はい『ビン』です。保栄茂のひゃ……。いえ『ビン』の字が違います」

入力に手こずっている事務員に、泉は追い討ちをかけるように急き立てる。

「違います。保栄茂です。ビールのビ。おしまいのン。ビ、ン、で漢字は保・栄・茂です。違う違う。それは宅急便の『便』じゃないですか。保栄茂です。それはビール瓶の『瓶』。あーっもうっ！　ちょっと借りてもいいですか？」

泉は手伝うふりをして、モニター画面を横から覗き込んだ。見たいのは泉の前に来た来館者の記録だ。泉はキーボードで「保栄茂」と入力しながら、カーソルを上にあげる。そこには前回の来館者の名前が表示されていた。

申請者　　山階航
勤務先　　京都大学
住所　　京都府京都市左京区吉田本町
閲覧申請資料　　河村コレクション

その名前を見た瞬間、泉はショックで息が止まってしまった。知っているも何も、日本の水中考古学の権威だ。そして泉は先月、山階研究室からの招聘を断った。

山階教授は貝の研究者でもなければ、地上の遺跡の研究者でもない。その彼が泉よりも先に河村コレクションに接触した。ゴホウラガイを盗んだ犯人は彼で間違いない、と泉は確信した。

泉は胸の動悸を抑えながら、フラフラと事務室を後にした。

「一体、どういうことなの？」

*

東京　汐留

ゴホウラガイを紛失した汀は、あの後起き上がれなくなってしまった。両腕を胸元で交差させて畳の上で寝ている姿は、ツタンカーメンのようだ。顔面蒼白《そうはく》の汀には、出勤なんてとても無理そうだった。汀は「ポルシェビル……。ポルシェビル……」と譫言を繰り返している。

汀を介抱している隼人が、そろそろ頃合いかと腕時計をチラッと見た。帳簿を調べた限りでは、那月の精算の記録は完璧だった。社用の飲食代はもちろん、花代、キッチンタオル代の百数十円まできっちり領収書を切って精算していた。那月は税理士さん思いの優等生である。そんな彼女がタクシーの領収書を失くすなんてありえない。

そこで隼人は那月に想定外の出費をさせてみることにした。白の胡蝶蘭の二十本立ちは、銀座で買うと三十万円近くする。名誉挽回で汀への点数稼ぎをしておきたい那月は断らないはずだ。果たして那月は、どうするのだろうか？

汀の額にジェルシートを貼ってあげた隼人は、あるところに電話をかけた。

「もしもし、銀座花壇ですか？　いつもお世話になっております。花城商会の神田です。今日お花を注文する際にお代を持たせるのを忘れてしまいました。はい。白の胡蝶蘭の二十本立ちです。え？　支払いは済んでいる？　失礼致しました。現金でしたか？　ああ、クレジットカードですか。お手数をおかけ致しました。今後ともよろしくお願い致します。では――」

電話を切った隼人は、案の定だと目を鋭く光らせた。

「財布はタクシーの中に忘れてしまったんじゃなかったのかな、那月さん？」

*

帝国ホテルのスタンダードツインの一室には、窓辺に両手をついて後ろから挿入されている那月と山階がいた。

「先生、誰かに見られちゃう」

「こうしないと感じないんだろ？」

「いやん。恥ずかしいわ」

山階は那月の片脚を持ち上げて、その体をぐいと窓ガラスに押し付けた。途端、那月は獣のような絶頂の声をあげた。その口を塞ぐように山階は那月の顔を振り向かせて唇を重ねた。結露した窓には女体の形が残っていた。

午後の情交は、体液で絨毯《じゅうたん》にシミを作るほど燃え狂った。山階が那月の足元のシミを指摘したら、那月は結合したまま、股の前から手を回して山階の睾丸《こうがん》をキュッと握った。

「ひどいわ先生」

その刺激で山階は今日三度目の絶頂に達した。

一戦を終えて股間にティッシュを押し込んだ那月が、ルームサービスのシャンパンを山階に勧めた。

「学部長当選おめでとう！」

「那月の新しい店に乾杯！」

二人は全裸のまま窓辺の椅子に座った。

山階航は財前那月と八年前から不倫関係だ。学会の打ち上げで銀座を訪れた山階の「係」が那月だった。

山階は京都に妻子がいるが、仮面夫婦を二十年近く続けているらしい。山階は研究室の学生だった当時の教授の娘と政略結婚したのだった。その後は専任講師、准教授、教授と破格の速さで出世の階段を上り、ついに学部長の地位を得るに至った。

那月はそんな山階を陰ながら応援してきた。那月は銀座の女にしては珍しく、男を選ぶ基準が金じゃなかった。那月の男選びの基準は知的な雰囲気だった。普段エロスの匂いを感じさせない男が性に溺《おぼ》れていく姿を見るのが、何よりの悦《よろこ》びだった。

那月は、萎れた山階の陰茎の先っぽにつくティッシュのカスを、指で引っ張った。

「いてて。那月は本当に底なしだな」

「こんな私に誰がしたの？」

那月は山階の股間に顔をうずめて、四回戦を促した。

一方の那月のホステス人生は出世魚のようである。高校卒業後すぐに、千歳烏山《ちとせからすやま》のキャバクラに勤めた後、歌舞伎町、六本木と順調に引き抜かれ続けてきた。その間ずっとナンバーワンの地位を恣にしてきた。その称号を引っさげて二十二歳の時にいざ銀座へとやってきた。その時のスカウトマンが、現クラブ汀のオーナーである。だが彼女の出世コースもここまでだった。当初は那月がママになるという話だったはずだが、実際は同い年の汀がママの地位に就いた。

那月は悔しくてオーナーに食ってかかったが、相手にしてもらえなかった。汀は既にワインバーで経営の実績があったし、銀座の若いホステスたちから慕われてもいた。それでも那月は粘りに粘って、もし売り上げが二億円を切るようなことがあったら、汀をクビにして、那月をママにするという約束を取り付けることに成功した。

しかしクラブ汀は、契約の二倍の売り上げを叩き出す人気店に成長してしまった。汀の豪快で情に厚い性格は、たちまち大企業の社長たちを虜《とりこ》にし、その上に外国人富裕層という新規客まで開拓してしまった。

このままだと那月は永遠のチーママに甘んじる他ない。そんな折、那月は汀が新たな店をオープンさせようと動いていることを知った。なんでもポルシェビルを丸ごと借りて、路面店に進出しようとしているという。

そんなことをされたら、那月が店を持つなんて夢のまた夢である。なんとしても汀の鼻っ柱をへし折る方法がないものかと毎日考えていた那月は、汀から相続の話を聞かされた。汀の祖母の遺言で、海神の秘宝を探し出した者が相続人になるという。

那月は、汀を相続人にしないために徹底的に邪魔する覚悟だ。

那月は騎乗位で腰を上下しながら考えた。

「お店の看板を変えなくちゃね。『クラブ那月』に。ふふふ」

一方、山階航もまた悩みを抱えていた。出世のためなら恋人を捨て、政略結婚までしてきたお蔭で、山階は学部長にまで上り詰めた。次に狙うのはもちろん総長である。しかし京都大学の総長ともなると、研究における目覚ましい成果が必要になる。日本の水中考古学の草分け的存在の山階の経歴は、数年前までは完璧だった。花城泉が『海のタイムカプセル』を上梓《じょうし》して世界を驚かせるまでは――。

メディアと企業スポンサーとネットを駆使して縦横無尽に活動する泉の研究スタイルは、日本の大学のそれと比べると何もかも異次元だった。当初は異端児として泉のことを排斥しようとする動きも学界内にあったが、アメリカ仕込みの論文の質と量は無視できるレベルではなかった。

泉は日本の学会を通さず、英語で書いて直にアメリカの学会で発表する。水中考古学の最先端研究はアメリカのテキサスＡ＆Ｍ大学で行なわれている。そこを首席で卒業し、アメリカの学会で何度も表彰されている泉にケチをつけることなど不可能だった。現に山階研究室の学生たちは、一年遅れで泉の論文が日本語に翻訳されたものを読んでいる。

次に山階が考えたのは、泉を特定教授として京都大学に招聘することだった。泉を側に置いておけば、動きは手に取るようにわかるし、論文の共同執筆者として山階の名を上位に据えることもできる。しかし泉は、山階のメール送信三十分後に辞退してきた。

泉をこのまま野放しにすることは、山階の研究人生の脅威だ。総長の座はおろか、泉によって水中考古学の歴史すら書き換えられてしまう恐れがあった。

山階の研究の最終目標はトカラギャップにある。そこには数千隻の船が沈んでいるものと予想された。

しかし調査には深海潜水艇が必要だった。日本で使える深海潜水艇にはＪＡＭＳＴＥＣ（海洋研究開発機構）が持つ「しんかい六五〇〇」があるが、利用は生命科学分野と地質調査、そして地震研究に限られている。沈没船の調査は公益性の観点から優先度が低かった。

もし研究室で深海潜水艇を借りるとなると、一億円以上の予算がかかる。国立大学法人運営費交付金で下りてくる一研究室あたりの予算は、年間百万円程度である。それでも京都大学は恵まれている方だ。地方の国公立大学だと五十万円ほどしかない。日本では基礎研究において途上国レベルの予算しか貰えないのが現実である。深海潜水艇を借りるなんて妄想レベルの発想だった。

そんな折、阿拉丁のジャッキー・マーが泉のスポンサーになったという噂が学界を賑わせた。個人で深海潜水艇を購入し、トカラギャップを調査するという。

しかしジャッキー・マーの資産は中国当局により凍結された。これで泉の野望も水泡に帰したかと思いきや、なんとトライトンの日本代理店からの納品はキャンセルされていないというではないか。泉は個人資産でトライトンを購入する意欲を見せているという。祖母の遺産相続をあてにしているらしい。

山階は琉球大学の知人の伝手で、泉の動きを探った。助手の新垣という男は琉球大学の学生だったそうだ。彼の学生時代の仲間たちから聞く分には、孫娘の三姉妹のうち海神の秘宝を探し出した者が、正式な相続人として全財産を譲り受けるという——。

山階は那月を転がして屈曲位で腰を打ち付けた。

二人は獣の目つきで見つめ合う。

「運命とは奇妙なものだな。まさか那月の天敵が私の天敵の姉だなんて」

「そう。神様は私たちを見放さなかったのよ」

「絶対に渡さない。トカラギャップは私の夢なんだ」

「絶対に渡さないわ。銀座でお店を開くのが私の夢なのよ」

山階と那月は同時に吼《ほ》えた。ムッとする獣臭が部屋の中に立ち込めていた。

那月と山階は利害が一致している。那月の天敵の汀を相続人から脱落させれば、路面店進出の野望は潰える。そして山階の天敵の泉に遺産が渡らなければ、深海潜水艇は購入できない。

山階は汀の動きの報告を逐次那月から受けていた。山内正一の祖父の骨壺に黄金の勾玉が入っていると聞いた山階は、汀よりも先に山内長介の遺骨を盗み、澪に届けた。そして河村コレクションのゴホウラガイを泉よりも先に手に入れ、これも澪に届けた。二人は結果的に澪に与《くみ》していることになる。

*

沖縄県那覇市

那覇は、冷夏の東京の日差しが全部沖縄に移動したかのような炎天だった。まるで全天がライブハウスのような蟬の鳴き声だ。優に一千万匹はいると思われた。オオシマゼミのアラームが全島で鳴り響く沖縄は、何かの危機に陥っているのではないか。まるでＳＦ映画で、主人公が敵の要塞から脱出するときに鳴る警報のようである。

「ねえ、五十嵐さん、昨日家に誰か来ましたかー？」

「い、いや、誰も来てないよ」

「朝起きたら、部屋でなんか変な匂いがしましたー」

五十嵐は澪の嗅覚の鋭さにしどろもどろの弁明をするしかなかった。

「ラジオ局のディレクターにキャバクラに連れて行って貰ったから、隣に座った子の匂いがついたんじゃないかな」

「キャバ嬢の使う香水とは違う気がしますぅ。匂いと言っても香水の匂いじゃないんですぅ」

五十嵐は、若奈がどんな香水を使っていたのか思い出せない。若奈は料理の味付けがおかしくなるから、強い香りのする化粧品は使わないと言っていた気がする。

「なんで、そこまでわかるんだ？」

「クリニークの制汗剤を使っている人じゃないかなー」

「クリニークの制汗剤は無臭って言われてるけど、実は無臭じゃなくて、無臭っぽい香りがつけられているんですぅ」

おまえは犬か、と突っ込むのを五十嵐は我慢した。これ以上誤魔化すと、昨夜の秘め事を全部明かさなければならなくなる。部屋に若奈を連れ込んだことに、さすがに罪悪感があった。

「映画が完成したら、もっと広い部屋に引っ越そうな」

「澪は今のアパートでも十分幸せですぅ」

汗だくになりながら、弁護士事務所に辿り着いた澪と五十嵐は、自信満々に、ガムテープでぐるぐる巻きになった桐箱をテーブルの上に置いた。

「今度こそ、海神の秘宝を手に入れましたー」

弁護士は眉ひとつ動かさずに、淡々とガムテープを剝がす。桐箱の蓋を開けると、タオルで包まれた物体が入っていた。五十嵐と澪はこれで決まりだ、と目を輝かせた。いよいよタオルが剝がされる。

「これが海神の秘宝ですか？」

現れたのは、使いかけのシャンプーボトルだった。

「そんなバカな！」

あまりの衝撃に五十嵐は膝から崩れ落ちてしまった。ゴホウラガイを触ったのは五十嵐と澪、そして若奈しかいない。

――まさか、彼女が？

五十嵐はすぐにスマホのチャットアプリを開いた。すると若奈のアカウントが削除されているではないか。念のために電話すると、これも契約解除されていた。若奈は五十嵐の前から、忽然《こつぜん》と姿を消してしまった。五十嵐にはこの数週間の出来事全てが幻のようで、まるで自分がこの世に存在していないかのように思えた。

＊

東京　銀座

昼間の並木通りは、まだ目覚める時間にしては早かった。夜の顔を知らない人の目には、ここは銀座の外れか、新橋《しんばし》の一部に映るだろう。肌寒い夏空の下を歩いているのは泉だ。

山階航が何を考えているのか、泉にはわからない。だが、明らかに泉を妨害する意図を感じる。情報漏れは一部正しかった。山階航が、何らかの方法で泉の情報を得ているのは確実だった。

「私が損すれば、得するのはエロかロリなのよね……」

そこで泉は不本意ながら、汀に会うことにした。電話口で罵倒《ばとう》されるかと思いきや、汀は素直に申し出を受け入れてくれた。普通なら「処女野郎！」とか「処女ビッチ」とか意味不明の罵倒をするはずなのに、気持ち悪いくらい落ち着いた口調だった。

「エロはなんか変だったなあ……」

今回の件で汀がゴホウラガイを得ていたなら、山階航は、汀の手下ということだ。京都大学の教授なら学会の打ち上げで銀座を訪れることくらいあるだろう。そこで山階航は汀の色気にやられた。そう考えれば筋が通る。相変わらず、お見事という他ない。

ゴホウラガイを手に入れた汀は、速やかに弁護士事務所を訪れ、鑑定を受けた後、正式な相続人となるだろう。悔しいが泉にはもう打つ手はない。今知りたいのは、山階航と汀との繋がりだ。二人は共犯なのに、なぜ黄金の勾玉のときは澪が持っていたのか、ということだ。

「東京にこんなところがあるのね」

並木通りには見渡す限り飲み屋の看板が犇めいていた。新橋駅の銀座口から出た泉は、男の匂いのする街だと感じた。

「ポルシェビルから四軒目って言ってたっけ。あった。ポルシェショールームだ」

銀座の高級クラブのほとんどは、中箱と呼ばれ、雑居ビルの中に店を構えている。外から店内の様子は窺い知れない。泉は危うく通り過ぎてしまうところだった。

「ビルの二階か。あった。クラブ汀——」

泉はお化け屋敷にでも入る気分で意を決した。

扉を開けた瞬間、猛烈なカサブランカの香りが顔面にぶつかってきた。次にベーゼンドルフアーのグランドピアノが目に飛び込む。店にはヨーロッパの宮殿のような内装が施されていた。

「これが銀座のクラブなんだ！」

泉は海外旅行で初めて訪れる国のような感覚で、好奇心たっぷりに店内を見回した。

「いらっしゃい。処女の泉さん」

豪華な大島紬の総絣を着た汀は、なぜか若干窶《やつ》れた様子である。

「エロ！　どんな悪どいことすれば、こんな店がやれるの？」

「まあ、いろいろと……ね」

オープン前で二人っきりの空間にしては、少し居心地が悪い。

汀は人払いをしていた。腹心の隼人といえども遠慮してもらった。今日の汀は、泉と二人っきりで話がしたかった。

「泉、何か飲む？」

「シマー（泡盛）ある？」

汀はゴホウラガイを紛失してから、気分が優れない。それは寸前でお宝を逃した悔しさからだけではなかった。汀は遅まきながら、陰謀の匂いを察知した。一方で、那月の動きに注意しろ、と隼人から進言されたのを今ひとつ受け入れられない自分がいた。那月が海神の秘宝を奪って、何の得になるのかわからないのだ。

泉がグラスの泡盛をロックで飲み干した。汀は泉が何か言いたくて、間合いを探っているのを感じた。

「その表情は、あたしがゴホウラガイを持っているんじゃないかって顔ね？」

「エロの手元に渡ったんじゃなかったの？」

「行方不明よ。ロリにでも渡ったんじゃないかしら？」

「またロリ⁉ おかしい。なぜロリが次から次へとお宝を？」

「内通者がいるのよ。あたしの情報は漏れているわ」

「それは私のセリフよ！」

二人はお互いに目を見合わせて、無言で探りを入れ合った。お互いに姉妹ならではの阿吽の呼吸がある。二人の人生の軌跡は逆方向で全く反りが合わないが、お互いに認めるべきところはある。汀は泉のことを努力家だと思っているし、泉は汀のことを天才肌だと感じている。澪のことはどうでもいい。

「ねえ、啀《いが》み合うのはヤメにしない？」

「一時休戦ってことかしら？」

「淑女協定って言おうよ」

汀はカウンターの奥で、レモンピール入りのドライマティーニを作っている。

「淑女協定なら、そっちが先にカードをお切りなさい。電話をかけてきたのはあなたでしょう？」

泉はトートバッグから資料の束を取り出してカウンターに置いた。

「山階航。京都大学大学院教授。専門は水中考古学。この人に見覚えはある？」

「馴染みの客よ。『係』は財前那月。うちのチーママが恋人。いいえ、不倫相手ね」

これで点と点が繋がった。汀はドライマティーニを掲げ、泉に乾杯を促した。

「ロリを蹴落とすまでは、抜け駆けはなしよ？」

二人はグラスを鳴らして意地悪そうに微笑んだ。


翌週、牧港補給地区が返還されるというニュースが、世間を騒がせることになるとも知らず――。

第七章　純白の平和と黒いアイドル

返還合意。跡地利用に課題も。
【琉球新聞】-2019/10/1
政府は一日、米海兵隊牧港補給地区・通称キャンプ・キンザー（浦添市）が返還されると発表した。具体的な跡地利用については今後自治体と協議を進める。

早朝の牧港補給地区返還の報道は、花城三姉妹にとって青天の霹靂《へきれき》だった。ニュースアプリで第一報を読んだ泉は、フェイクニュースなのでは、と一瞬目を泳がせた。沖縄県民にとって国道58号線沿いに広がる長大なフェンスは原風景のひとつとなっている。もしフェンスがなかったら、と想像したことすらない。それはちょうど、東京の人に都心に皇居がなかったら、と問いかけるのに似ている。

泉はニュースアプリの記事を三度読んで、ようやく自分たちの身に関わる、重大な情報だということがわかった。今まで基地が返還されるという話を何度も聞いてきたが、当事者の地主の身内として耳にするのは初めてのことだ。

　子供の頃に見た天久開放地は、那覇新都心へと変貌を遂げた。北谷のハンビー飛行場跡地は小洒落たアメリカンビレッジへと生まれ変わった。基地が返還されるのと新しい街ができるのとはセットで記憶されている。当事者でなければ、牧港補給地区も天久やハンビー飛行場の跡地の時と同様に、泉は新しい街への夢想をしたに違いない。しかし今回は相続が絡んでいる。軍用地がどのようになるのか、当事者として不穏な空気を感じた泉は、返還に至る過程を調べだした。

　しばらくして、共闘することになった汀から電話がかかってきた。

『処女、すぐにニュースをご覧なさい！』

「エロは遅い。二時間前に読んだよ」

『漣オバァの土地はどうなるのかしら？』

「今、軍転特措法《ぐんてんとくそほう》のことを調べているところよ」

『グンテントクソホーって何かしら？』

「エロ、うちに来なよ」

　四谷《よつや》にある泉のマンションは、立地優先で選んだものだ。自炊をしない泉は、近所に手頃な値段の飯屋がある四谷三丁目界隈を気に入っていた。荒木町《あらきちょう》と三栄町《さんえいちょう》と新宿御苑《ぎょえん》は徒歩圏内だ。女一人でふらりと飲みに出かけても周囲の目を気にしないで済むのがいい。ここは自由業《フリーランス》に優しい街だった。

　泉の部屋はファミリータイプの３ＬＤＫだが、引戸を取っ払ってスタジオルームとして使っている。どうせ出入りする男はいないし、湯上がりのバスローブのままウロウロするのだから、その方が使いやすかった。しかし他人が見たら、溢れる資料の山と床を埋め尽くす蒐集品に、ここは倉庫かと思うことだろう。

訪れた汀は、泉の部屋を見るなり、

「まるで兵馬俑《へいばよう》だわ！」

と絶句した。昔から泉のことを色気のない妹だと思ってきたが、熟成が進んでいたようだ。汀は天井からテグスで吊《つ》るされたプラモデルを指で弾いた。

「これは宇宙船かしら？」

「代理店から貰った、トライトン深海潜水艇の模型よ。カッコいいでしょ？」

「ガラクタばっかりで目眩がするわ。何この棒切れ？」

「琉球王国時代の進貢船の隔壁の一部よ。これから防水剤の成分を調べるところ」

泉は作業机にしている、ダイニングテーブルの上のファイルの束を、腕で押し退《の》けた。

「コーヒーぐらいしかないけど、どうぞ」

テキサスＡ＆Ｍ大学の校章が入ったマグカップに注がれたインスタントコーヒーは、汀の趣味ではなかったが、泉に女らしさを期待するのは間違いである。

「ところでグンテントクソホーって何なのかしら？」

「簡単に言うと、軍用地主の権利を守る法律よ」

これまで返還された軍用地では、地主たちが不利益を被ることがあった。軍転特措法は、地代収入が途切れたり、再開発で不利益を被ったりすることがないように地主たちを守る議員立法だ。これに依ると地代は返還後も引き続き政府から支払われることになっている。泉がそのことを述べると、汀はやっと安堵の息を吐いた。

「じゃあ、漣オバァの土地を相続したら、返還されても、地代は支払われるということね」

「問題は、牧港補給地区のどの部分が返還されるか、ということね。明日国交省所管の都市再生機構に行こうと思っている。どうやらあそこが、個々の地主組合との折衝の場らしいのよね。私、そういうの得意だから任せておいて」

「さすが処女は頭がキレるわね」

「地主の権利が守られるって言っても、意外と複雑なのよ。返還されたら、はい再開発ってわけにはいかないみたい。市町村と政府と県が絡んでいるから、今のところどう転がるかわからない」

「あたしはてっきり、おもろまちのようなものができるんだと思っていたわ」

「あそこは再開発までに二十年かかったのよ。那覇市の財政が厳しかったせいで、当初の計画通りにはいかなかった。那覇市役所は真っ先に移転するはずだったのに、結局できたのはタワーマンションだった」

　汀はおもろまちのランドマークになっているツインタワーマンションを思い浮かべて「ああ、あれ……」と呟いた。

「問題は、二十年前の沖縄はバブル崩壊後で不景気だったけど、今はもっと不景気だってことよ。アメリカと中国の貿易戦争のせいで、全世界的に経済が縮小しているもの。基地返還で浮かれるような経済状態じゃない」

「処女はこの話をどう思っているの？」

泉は、このニュースは大局的にアメリカの太平洋戦略の変更だと感じている。多くの人は米軍基地を日本防衛のためだと勘違いしている。だが、沖縄の米軍は朝鮮半島有事と台湾有事に備えて駐留している。冷戦が終わりソビエトの核の脅威が喫緊の課題でなくなった現在、沖縄の米軍基地の意味は大きく変わった。もし朝鮮半島から米軍を引き上げるようなことになれば、アメリカの最重要拠点は台湾へと移る。万が一、米軍が本格的に台湾駐留を進めようとするなら、相対的に沖縄の基地の重要度は薄れることになるだろう。その一環で牧港補給地区の返還があるのだとしたら、腑に落ちる。

「アメリカは中国への牽制《けんせい》を隠さないことにしたんでしょう……」

局所的には、沖縄の地政学的地位の低下となる。それが沖縄のメリットになる場合と、そうでない場合がある。前者は再開発による地域活性化、そして後者は政府にとって沖縄が日本の単なる一地方となることだ。

「基地返還で沖縄は平和になるかもしれないけど、一方で世話する理由のない地域になるってことよね」

そんなことを沖縄で発言したら大炎上するだろう。だが沖縄は必ずしも貧しい県とは言えない。人口減の日本において、沖縄よりも貧しい県は両手で数えても余るのが現実だ。将来、維持できなくなる県が発生するかもしれない中で、沖縄県にはその心配がない。泉は全国を旅しているからわかる。日本は人口も経済も縮小していて、県庁所在地ですら閑散としている県がある。それを見聞したら、沖縄が貧しいなんて口が裂けても言えなかった。

「処女にしては歯切れが悪いわね。誰も聞いちゃいないわよ」

「私、認知バイアスがかかっているかもしれない……」

「処女はこう言いたいんでしょ？『沖縄は基地の見返りに余りある優遇措置を受けてきた』って」

「言いたくない。エロが私の口を借りて言いたいだけ！」

「失礼ね。あたしはそんなこと思っちゃいないわよ！」

お互いに、それが自分が嫌なタイプのウチナーンチュだと気づいて、押し黙った。沖縄には、本音を言うと正義で叩きのめされる文化があるのだ。この場合の「正義」とは人類誕生以前から普遍的に存在している物理学的正義で、疑われることなく存在するもの、という性質のものだ。誰がこんなルールを発明したのか謎だが、位相を変えて認知される多様性が全否定される。沖縄ではある種の「天動説」が罷《まか》り通っていた。もちろん「地動説」が理に適っていることを知った上で、「天動説」が唱えられているからタチが悪い。ウチナーンチュ同士で、誰がよりウチナーンチュとしてのアイデンティティが強いか争っているようなものだ。

「やめよう。淑女協定中だよ！」

泉も汀もなぜ自分が苛立っているのかわからない。お互いに基地に関して一家言あるタイプではない。むしろ無関心を装ってきた。その理由のひとつが今わかった。この問題はアイデンティティのリトマス試験紙にされるから嫌なのだ。天動説を唱えて殿堂入りウチナーンチュになる代わりに、知的活動は抑圧される。逆に前述の主語を「地動説」に入れ替えると、広い視野を獲得する代わりに、迫害の対象になる。

「何か嫌な予感がするのよね……」

泉は自分たちが、動力を失った小舟が荒れ狂う波間を彷徨《さまよ》っているようなものだと感じていた。

政府の対抗措置。県政への圧力か。
【琉球新聞】-2019/10/9
政府は九日、軍転特措法を見直すことを表明した。地代の補償を今後三年間のみとし、以後は支払われない。辺野古移設へ反対する県政への対抗措置とみられる。

どうして嫌な予感ほど当たるのだろう。泉は文字を読んで、心臓がキュッと握り潰されるような感覚を初めて味わった。何か見えない悪意が背中に負ぶさってくるような恐怖を覚えた。

泉は返還後の土地がどうなるのかという経緯を調べた。

軍転特措法は、これまで地主の不利益にならないように改正を重ねてきた。再開発計画が立ち上がると、都市計画の青写真が描かれる。道路になる土地、公園になる土地、住宅地になる土地、商業地になる土地、学校になる土地、と普通の街であっても、不平等が起きる。商業施設が建つ土地は、以後地代が値上がりすることは確実な一方で、道路にされた土地には何も建てられない。

むしろ基地だった時の方が、毎年地代収入が得られるので美地《びち》だったと地主はボヤく。基地だった時には、一律同じ地代だったのに、再開発後には評価がバラけてしまう。不動産屋にとって軍用地は第一級の美地である。よく基地のある街の電柱に「軍用地求ム」という広告が貼られているのは、恒常的に地代を生み出す金の卵だからだ。

だから都市計画は地主との話し合いで進められる。地主にとって今後の資産価値がかかっているから難航する。区画整理案を立てるだけで五年以上かかることもあった。そしていざ再開発となっても予断を許さない。自治体の財政力によっては初期の計画通りにいかなくなる。また過剰インフラによって、維持できなくなるケースも生じた。例えば市民体育館などが赤字に陥る。

結局、出来上がった街はどこか非人間的な匂いのする人工都市になった。歩道を整備したとしても、似たような百メートル四方の区画が続くのが心理的障壁となって、歩くことを躊躇わせる。街の界隈性など皆無の無味乾燥とした直線の歩道は、陸上競技のトラックのようだ。外観は立派な商業施設でも、部屋着で出かけてフラッと立ち寄るのが憚られる。結果、中にいるのは観光客だけだったりする。

返還の跡地利用はワンパターンだ。大抵が、北谷のアメリカンビレッジか、那覇のおもろまちそっくりになった。新しい街ができるたびにかつての返還地が廃《すた》れ、同じ人がそのまま移動する。まるでイナゴの群れが新しい畑にやってくるようなものだ。それは沖縄がショッピングモールで消費するだけの経済だからだ。

工業団地もうまくいかない。沖縄は水資源に乏しく、工業用水を大量に必要とする重工業やハイテク産業に向かない。一時期ＩＴに望みをかけたが、定着したのは安い人件費と通信費の補助に釣られたコールセンターだけだった。残るはフィンテックとＡＩだが、国力の全てを注いだシンガポールと競合することになる。第一、世界の高度人材は給料の安い日本に見向きもしない。

基地返還と跡地利用は一見夢のような話だが、現実は必ずしも薔薇《ばら》色とは言えなかった。特に国力の衰えた現代日本では、重荷になりかねない。

将来は地権者の一人となる予定の汀は、お冠だった。営業前のクラブ汀に立ち寄った泉にイライラをぶつけた。

「ちょっと、地代が払われないってどういうことなのかしら‼」

「政府は最近強硬策を執るようになったからなあ……」

泉はカウンターに突っ伏した。

「じゃあ、あたしが海友《うみとも》不動産の会長に売るわよ！　高級リゾートホテルにしてもらうわ！」

「開発業者もリスクを冒してまで買いたがらないよ。もし買った土地が農地にしか利用できなかったら、どうするの？」

「んまーっ！　あたしのポルシェビルはどうなるの？」

「嗚呼《ああ》、トライトンが遠のいていく……」

汀はふと閃いた。だったらいっそ返還されなければいいのではないか、と。

「あたしは基地が維持されることを支持するわ。処女、あんた頭いいんだから、何か方法をお考えなさい」

「欲望に忠実なお姉さまですこと」

テレビを点けると、ちょうど牧港補給地区のゲート前からの中継をしていた。暴力的な文字で『沖縄に平和を！』と書かれた横断幕が掲げられているのが映った。どこが平和的なのか違和感を覚える、いつもメディアが伝える沖縄の光景だった。

　テレビを視た汀がボソッと呟いた。

「やーね。あたしあの人たち嫌いなのよ。なぜかしら？」

「ダサいからじゃない？」

「そう、センスが悪いのよね。お洋服も安っぽいのを着ているし。見て。あのおばさんたちのウエストゴム入りストレッチパンツ。ダサいわ。ダサすぎるわ。あんなの穿くくらいなら、あたしは伊《い》賀《が》組《くみ》紐《ひも》の帯締めで首吊って死ぬわ。あの人たち絶対紙オムツ型の生理用品を使っているわね」

　泉はおつまみに出された数の子チーズを食べながら呟いた。これがお酒と合う。

「私もなんか苦手なのよ。なんでだと思う？」

「バカだからじゃない？」

「理念はわかるけど、感情的なんだよね。対話の前提条件を満たしてないって感じ？　一方的な要求だけ叫んで勝手に怒っている。一体何と戦っているんだろう？」

「日米の暗黒面と戦っているのよ」

「あの人たちが暗黒面に堕ちているのに？　ほら見なよ。あの憎悪剝き出しの顔」

「どっかであんなの見たことあるわね」

「グレタさんじゃない？」

　汀は手を伸ばしていたおつまみの器を、ひっくり返してしまった。

「言うわね。だったらあたしも言わせてもらうわよ。やり方が暴力的なのよ」

「貧乏くさいのも入れといて。実際に貧乏かどうか別として。精神が貧困」

二人は言い得て妙だと頷きあった。するとこれまで感じていたモヤモヤが一気に噴き出した。

泉と汀は、二十年前に普天間基地で同じような光景を見た。彼らはチューリップハットにサングラス姿で、フェンスにカミソリ入りのリボンを巻いていた。あのとき漣オバァが唾棄するように吐いた台詞を今でも鮮明に覚えている。

『五十年間フェンスに張り付いて、毎日毎日毎日毎日、カミソリ入りのリボンを巻き続けていたら、そのうち何者かになるんじゃないかねぇ？』

あれから二十年の歳月が流れた。テレビに映る人たちはやはりチューリップハットにサングラス姿のままだった。まさか本当に二十年間、フェンスに張り付いていたとでもいうのか。見た感じは同じ人たちだが、よもや歳を取らないとでもいうのか。そして残りの三十年をフェンスに張り付いて過ごすつもりなのか。

記憶力のいい汀が漣オバァの言葉を思い出して、こう皮肉った。

「少なくとも二十年程度じゃ何者にもならないことは、はっきりしたわね」

「なんかヤンキーと同じカテゴリーに入りそう。私、ヤンキーが苦手な理由が今わかった。ダサくて、バカで、貧乏で、暴力的だからだよ」

「あら？　ヤンキーの方がまだマシだと思うわ。一途《いちず》で、子だくさんで反少子化に貢献していて、家族想いで、高望みしないもの。足るを知るから、絶対に外堀《そとぼり》通りの内側まで入って来ないわ。錦糸町《きんしちょう》が絶対防衛線で守ってくれているから」

「エロの言う通り。全国のヤンキーの皆さん、失礼しました！」

泉は大げさにカウンターに額をつけて謝った。

泉はデモが嫌いなわけじゃない。手続きさえ踏めば、正しい活動だと思っている。その証拠に、最近報道された香港の民衆デモの映像には心を打たれた。同じく民主主義を求めているのに、香港の若者たちの方が純粋に感じられるのはどうしてだろう？　同胞である沖縄人のデモより、異国の香港人を応援したくなるのは何故なのか。答えは出ている気がする。

「処女の知り合いにあんなのいる？」

「友達の友達の友達にもいないよ」

「そうなのよね。あたしも顔が広いけど、琉舞一門の親戚筋を探してもいないのよ。一体どこから湧いてくるのかしら？」

「もしいたら折伏《しゃくぶく》する。もっと自分の人生と向き合えって」

「なんか別の問題を抱えている人たちに見えるのよね……」

「孤独なんじゃない？　少なくともリア充はあんな所に行かないもの。リア充は今頃仲間たちとビーチパーティーしていると思うよ？」

テレビ画面には「生中継」とテロップが出ていたが、これが三十年前の映像と言われても信じただろう。街並みや流行が変わっても、彼らだけは時代に逆らって同じファッションのままだ。同じ言葉のままだ。同じ手法のままだ。それが強烈な違和感の原因だった。もし現代渋谷の街角インタビューで、ヤマンバメイクでルーズソックスを履いた女子高生が現れて「今日は暑くてチョベリバー」と喋ったら、みんな目が点になるのと同じだ。

汀は両手を組んでおどけてみせた。

「でも皆さん、ウチナーンチュの心を代弁されていてご立派よね？」

泉は口に含んでいたドライマティーニをプーッと噴き出した。こういう悪口大会は姉妹だからこそできるものだ。この前喧嘩寸前になったアイデンティティの問題と何も衝突しない。むしろ共生できている。別に不思議なことではない。日本人《ナイチャー》だって天皇制と国民主権が衝突しないではないか。どちらか一方を推し進めて葛藤している本土の人を見たことがない。人間は相反する概念を共生させることができる。だから平和活動家の行動には違和感がある、と自信をもって言えた。むしろこう言える。

――あなたたちとは表現方法が違うのだ。

テレビではリポーターがこんなことを言った。

『彼らは牧港補給地区の跡地を自然公園にしろと主張しています。乱開発の進む基地の跡地利用の試金石になるのではないでしょうか。以上、キャンプ・キンザー正面ゲート前からお伝えしました』

その言葉を聞いた瞬間、汀と泉はテレビに向かって同時に怒鳴った。

「あのバカども！　余計なことしやがって‼」

*

沖縄県浦添市　牧港補給地区正面ゲート前

炎天下の基地前は、平和活動家たちの暑苦しさと相まって、ベタついたシロップのように粘着質な空気だった。世の中にはスマートなデモとダサいデモがある。彼らに最新の服を着せ、最新の知識を与え、品位を保てるだけの収入と礼儀作法を授ければ、かなり違った印象になるであろう。

報道を見た泉と汀は、居ても立ってもいられず沖縄に向かった。

ゲート前の対向車線で車を停めた泉は及び腰になっていた。

「う。近づきがたい……」

泉たちにとって彼らはこれまで、車で通り過ぎる光景のひとつだった。時速六十キロメートルの時に偶然目の端に入る人たちで、背格好なんて気にしたことはない。実際にこうやって至近距離でまじまじと見ていると、却って自分たちが悪趣味なんじゃないかと思えてくる。彼らが掲げているプラカードをきちんと読んだのも初めてだった。そこには、

『沖縄に平和を』『NO 基地！』『米軍は沖縄から出て行け！』

などと書かれていた。読む前から予想していた通りだ。

「なんか気が滅入るなあ。エロはホントに接触する気？」

「もちろんよ。ポルシェビルの邪魔をする奴は、徹底的に排除するわよ！」

「エロは平和活動家への接触。私は行政手続きで対処する。それでいいよね？」

犬猿の仲だった姉妹が、生まれて初めて連携プレーをすることになった。そこはお互いに信頼がある。泉は汀の陰湿な手口を知っていたし、汀は泉の仕掛ける頭脳戦に一目置いていた。

今回の作戦は、お互いの長所を活かして連携する通称Aクイックだ。

「リーダーが誰か見極めてくるわ！」

汀は嫌悪感剝き出しの態度で車から降りようとした。

「エロ、そんなやり方じゃダメだよ。こういうのはソフトにやらないと」

「じゃあ、処女にお手本を見せてもらいましょうか」

姉妹初めての連携プレーが、まさかこんなことだとは思ってもいなかった。

横断幕を中心に集った平和活動家はざっと四十人というところだろうか。彼らの多くが七十代以上の高齢者で、若い活動家でも四十代後半と思われた。

泉は、もし彼らが牧港補給地区の地主だったら、主張に筋があると考える。地代収入を捨ててでも、平和を願うというなら、それは高邁《こうまい》な精神と言える。もし関係なかったら、怪しい教義で他人を折伏する新興宗教の手口と同じだ。

泉の考える平和にはグラデーションがある。非武装無抵抗の純白の平和から、同盟による抑止、徴兵制による軍備、独自武装化とグレーの濃度が上がっていく。永世中立は一番濃いグレーだ。国民皆兵とは、敵に領土を奪われるくらいなら、自らの手でインフラを破壊し、支配する価値のない状態にしてやるという意味だからだ。それは美女が、レイプされるくらいなら整形してブスになってやる、という覚悟と同じものだ。

泉は気怠い溜息を吐いた。

「純白な平和は純白な人間にしか言えない台詞なのよ」

少なくとも泉は自分にはその資格がないとわかっている。花城三姉妹は、これまで無自覚であれ地代収入によって恩恵を受けてきた。そして今は自覚的に利用しようとしている。これだけでも十分黒い。でも心の片隅に「戦争は嫌い」という想いはある。その複雑な葛藤を抱えながら生きるのが、人生というものだ。

　泉はマスクをしたオバァに声をかけた。

「あの、失礼ですが、地主の方でいらっしゃいますか？」

「あんたマスコミの人ねぇ？」

　泉は、瞬間的に理解した。ウチナーンチュなら本音と建前を自動的に使い分ける。メディア向けの意見は、いかにも新聞の見出しに使えそうな優等生的発言で隙がない。沖縄で普通に暮らしていれば、方言と同じレベルで習得するプロトコルだ。

　もし泉がマスコミの人間です、と言ったなら、こういう返答が予想される。

『沖縄にこれ以上基地はいらないさぁ。いつまで沖縄に負担をかけるつもりねぇ』

　こう言えば良心的な本土の人間は、罪悪感に苛《さいな》まれると知った上での返事だ。同時にこれ以上議論はしないと拒否している。そこが問題だとなぜ気づかないのか不思議だ。あたかも神から遣わされた平和の使者気取りの自分を省みることはないのだろうか。デモのカウンターパートは「戦争」ではない。日本政府にしろ、アメリカ軍にしろ、相手もまた複雑な想いを抱えた人間なのだ。

　泉は持参していたペットボトルのサンピン茶をオバァに差し出した。

「マスコミじゃないです。お暑い中お疲れ様です」

　オバァは脇目も振らず冷たいサンピン茶をラッパ飲みして、こう言った。

「ハッサ（もう）！　本当は夕方にやってほしかったさぁ！」

「なぜこんなカンカン照りの中で？」

「カメラ映りさぁ。もうすぐ取材の人たちが来るってよー」

「おつきあいですか？」

「退職教員の会さぁ。このあとカラオケに行くのが楽しみだからよー」

「カラオケにだけ参加すればいいじゃない？」

「一応、こんなして集まらんとよー。一番大きな模合《もあい》だからよー」

　模合とは頼母子講《たのもしこう》の一種で、沖縄では相互扶助の精神からごく普通に催されている。十人の模合だと毎月子が一万円程度出し合い、その月の親が十万円受け取る、という仕組みだ。一般的に一人で複数の模合を掛け持ちしていて、大きな組だと数十人規模になる。その分動く額も大きくなった。

「今月は私が親でよー。まとまったお金が入るから、北海道にでも行こうかと思ってるよー」

「オバァ、いいはずー。小樽《おたる》の海鮮丼は絶品だよ。『一真《いっしん》』ってお店に行って。最高だから」

「じゃあ、あんたこの紙に店の名前書いといて」

「オバァのお名前は？」

「屋比久麻紀《やびくまき》。昔は中学の社会科の先生をやってたさぁ」

　泉は打ち解けた雰囲気になったのを機に、本題に入った。

「リーダーの方はどちらにいますか？」

「あそこにいるサングラスの安富祖《あふそ》さんよー。教育長までやった人でよー。一応お世話になった義理もあるからよー。私は先月出なかったから、埋め合わせしとかんとハッサ、デージ（逆らったら大変）」

　デモの皆勤賞とは言えないオバァは、肩を小さく竦めた。

　車に戻った泉は汀に、リーダーはあいつだと指差した。

「一番後ろにいる、黄色のかりゆしウェアでサングラスの男。名前は安富祖善栄《ぜんえい》。元沖縄県教育委員会の教育長だってさ」

「あとは任せてちょうだい」

　ここからは汀のターンだ。「銀ねず色地に水芭蕉《みずばしょう》」の訪問着を着て、日傘を差して車を降りた。基地とデモ隊の物々しい光景に舞い降りた着物美人に、喧騒が静まった。

「あの。元教育長の安富祖さんでいらっしゃいますか？　私、軍用地主の一人の花城汀と申します。是非、一度お話をさせていただけないでしょうか？　返還後のことを考えると不安で、不安で……」

　ハンカチでそっと涙を拭く汀に、安富祖は生唾をゴクリと飲み込んだ。明らかに汀の周りだけ、高原の涼やかな空気が漂っているではないか。

「儂《わし》でよければ、ご相談に乗りますよ」

「どうぞ皆さんで銀座においでください。ささやかなおもてなししかできませんが……」

　汀は安富祖のかりゆしウェアのポケットに、クラブ汀の名刺を差し込んだ。安富祖の取り巻きの男たちがデレーッと鼻の下を伸ばしていた。

　一方、泉はゲートまで車を進めて、門兵に許可証を見せた。

「海兵隊から海洋調査を依頼された水中考古学者の花城泉です。調査の準備のために基地への立ち入りの許可を得ています」

スムーズにゲートが開き、デモ隊を横目に見ながら泉は車を基地の中に走らせた。

「自然公園にするですって？　ターガヒーガプッ（そうはさせるか）」

泉がアクセルを踏んで加速すると、青々とした芝生が飛ぶように背後に流れていった。

泉はノッチの下にある海神の墓にやってきた。ここは幼い頃に見た景色と何も変わらない。変わったのは、宝物集めが好きだった少女が、水中考古学者になったことだけだ。大人になった泉の視点で海神の墓を見ると、牧歌的な風景よりも、背後にある政治的問題の方が生々しく感じられた。もう泉は少女の頃のように、素朴な視点で基地の風景を見られない。

ノッチを見上げた泉は、樹冠から聞こえる鳥の囀《さえず》りを後ろ暗い気持ちで聞いた。

「私はどんどん濃いグレーになっていくなあ……」

誰かに見られるのも嫌だったが、ノッチに見られていることが一番辛かった。泉はトートバッグから軍手とスコップを取り出した。

「お願いだからあっち向いてて――」

泉はノッチに背を向けて地面にしゃがんだ。

基地返還予定地から歴史的発見か。

【琉球新聞】-2019/10/18

浦添市教育委員会は、牧港補給地区から旧石器時代と貝塚時代を繋ぐ大規模な集落の痕跡が見つかったと発表した。読谷村《よみたんそん》の渡具知木綿原《もめんばる》遺跡を凌ぐ規模と見られる。

スマホのニュースアプリで記事を読んだ汀は、泉からの絶妙なトスに舌を巻いた。

泉は基地の返還の手続きを調べ上げていた。返還される基地内には先《ま》ず考古学的調査が入る。海神の墓はまさに考古学的調査対象となり得る。もしそこから歴史的遺物が発見されれば、本格調査となり、最低でも五年、場合によっては十年の調査が行なわれる。泉はできるだけ長く調査期間を引き延ばすことで、跡地計画を白紙化させようとした。

泉は海神の墓に赴き、先史時代の土器の欠片が見つかったと報告した。

沖縄の考古学には空白期間がある。旧石器時代の一万八千年前と、七千年前の貝塚時代の間の一万一千年以上のブランクがそれだ。もしこの二つの間を繋ぐミッシングリンクが見つかったとなれば、琉球史のみならず、日本の考古学にも影響を与える歴史的発見になる。

「さすが処女ね。やることが壮大だわ」

姉妹連携によるAクイックの成否はアタッカーの汀にかかっている。やおら汀もエンジンの回転数を上げた。

「カレンちゃーん！　恵ちゃーん！　小百合ちゃーん！　若奈ちゃーん！」

汀はクラブ汀・四天王を召喚した。四人は月間総売り上げ、三千万円の猛者《もさ》どもだ。

「いいこと？　今夜お見えになるお客様は、元教育長と元校長たちよ。お相手の仕方は分かっているわね？」

「ドスケベ相手ってことですね？」

櫻井カレンが冷たい眼差しで答えた。高級官僚や政治家を相手にするカレンは、彼らのセクハラには慣れていた。それ以上にひどいのが教育関係者だ。世の中の女は全員自分に抱かれたいと信じ込んでいる。どれくらい気持ち悪いかというと、誕生日に青カビの生えた使用済みコンドームを、送ってくるような不気味さだった。

「ダメよ、カレンちゃん。羽目を外したい殿方っておっしゃい」

「私たちの相手にしては雑魚《ざこ》すぎやしませんか？」

「恵ちゃん、初心を忘れちゃいけないわ。小さなことからコツコツと。ね？」

「汀ママはどこまでお望みですか？」

「再起不能よ、小百合ちゃん」

「一家離散もありですか？」

「若奈ちゃんは意地悪ね。せいぜい晩節を穢《けが》す程度にしておきましょう」

「はーい！」

四人が雛鳥《ひなどり》のように口を揃えて返事した。

次はボーイたちによるアシストだ。

「ナオヤ、ヒロ、カズさん、マサト、頼んだわよ」

最新のフルサイズミラーレス一眼と望遠レンズを抱えたボーイたちが、行儀よくお辞儀する。

「汀ママの頼みとあらば、俺たち命懸けますよ」

そう言いながらボーイたちはニヤニヤしていた。汀の好みで集めた人間はみんな、大人げなーいことが大好きな性分である。

安冨祖たち一行がクラブ汀を訪れた。一歩足を踏み入れた瞬間、全員金玉が縮んでしまった。彼らはこれまで県庁の幹部を相手にする久茂地のクラブを訪れたことはあっても、銀座の高級クラブは初めてだ。一目でわかる高級木材を使った重厚感のある内装、美術館の展示物クラスの調度品、そして磨き上げられたホステスたちの美貌に、これまで築いてきた己の人生観が砕けていくような衝撃を覚えた。

「安冨祖様方、ようこそ銀座へ。どうぞ奥のソファーへお掛けください」

異次元の雰囲気に圧倒された安冨祖たちは、気の利いた言葉も思い浮かばず「うん」と頷くだけだった。

「まずは再会を祝して乾杯しましょう。小百合さん、シャルツホーフベルガー・リースリング・トロッケンベーレンアウスレーゼを一本お願いね」

「はいママ」

噂に聞く一本七十万円の白ワインが景気良く注がれた。日頃、基地前でシュプレヒコールを上げている安冨祖たちは、魂を抜かれたようにポカンと惚《ほう》けている。そこを上手くもてなすのがホステスたちの役目だ。

カレンが胸の谷間を強調するドレスで、さりげなく胸元を男の肘に押し当てた。

「櫻井カレンです。校長だった方とお話しするのは緊張します。私、あまり頭良くなかったから」

「女は愛嬌《あいきょう》。学がある女は気位が高くてならんどー」

「高校生の時にそう言ってもらいたかったですぅ」

カレンは男の視線が胸元に釘付けになっているのを見定めた。おっぱいは盛ってナンボが信条のカレンが必勝パターンに持ち込んだ。カレンが周りを見回すと、恵も小百合も若奈もそれぞれ自分の得意なフィールドに引き摺り込んでいた。寡黙な男には軽妙洒脱なお喋りで、饒《じょう》舌《ぜっ》な男には聞き上手になり、セクハラ野郎には、微笑みと押さえ込みで対処する。まるでサメが小魚をいたぶっているような光景だ。これだから元教師は、とカレンは相手のあまりの弱さが哀れになってきた。

汀は最初の三十分で勝負はついたと確信して、泉に悪ふざけのメッセージを送った。

『ただいま絶賛解体中。詳しくはお店で』

しばらくして汀のスマホに「既読」の文字が灯った。

翌週、牧港補給地区の前を車で通りかかった泉は、ポツンと立っているオバァの姿を見つけた。往来の激しい国道58号線で、オバァは迷子のように見えた。

「あの？　屋比久麻紀さんですよね？」

プラカードを日除けにしたオバァは今にも泣きそうな顔をしていた。

「みんなはどうしたんですか？」

「あれなんかよー。裏切られたよー」

なんでも安富祖とその取り巻きたちは、平和活動どころではなくなったそうだ。安富祖は家を追い出され、残りは離婚騒ぎになっているという。リーダーを失ったデモ隊は、厳しい出欠ノルマもなくなり、自然消滅してしまったのだそうだ。それで泉は、汀がハニートラップを仕掛けたのだと理解した。

泉の想像通り、汀は安冨祖たちがホステスをホテルに連れ込む様子を写真に撮らせた。それを沖縄の妻子やマスコミ、旧職場の部下たち、婦人連合会の許に送りつけた。面子《メンツ》を潰された安冨祖たちは、這う這うの体で逃げて行った。噂ではもう沖縄にいないのではないかという。

「さすがエロ。やることがえげつない……」

汀を敵に回すと手強いが、味方にしても尚恐ろしい。つい最近まであんなに正論を掲げて居《い》丈高《たけだか》だった連中が、ものの見事に消え去ってしまった。

彼らは沖縄の総意を代弁しているかのように振る舞っていた。確かに泉の意見の一部も彼らと重なるが、全部ではない。泉は自分がグレーの人間だと自覚している。成長するにつれグレーの濃度が上がっていくのを止められない。だから純白の正義を真正面から受け入れられなかった。それができるのは未就学児くらいだ。

「純白な平和は、純白な人間しか口にしちゃいけないのに……」

これが彼らの危うさだ。正論に安住しすぎて自らを省みることがない。白さを誇る分、少しでも汚れたら身内から切り捨てられる怖さを知らなすぎたのだ。

「自分の家庭が平和じゃないのに、何が沖縄の平和ねー」

オバァは癇癪《かんしゃく》を起こして、プラカードを地面に叩きつけた。ボール紙に書かれた『平和な沖縄を返せ』の文字がくしゃくしゃに丸まって、国道を走るトラックのタイヤに踏み潰されていった。

＊

東京　銀座

昼下がりのクラブ汀には、底意地の悪い姉妹の弾むような声が響いていた。

「カンパーイ！」

ピンクのドンペリで祝杯をあげた姉妹は、笑いが止まらない。

「処女、やるわね！」

「エロ、お見事でした！」

二人はお互いに食えない女だと思いながら、束の間の同盟を楽しんでいる。これはほんの前座に過ぎない。淑女協定の本来の目的は、対澪戦にある。これまで澪は無自覚とはいえ、那月と山階の支援を受けながら、相続人争いをリードしてきた。澪の背後にいる悪意ある不倫カップルに鉄槌《てっつい》を食らわせないと、腹の虫が治まらない。

今日は新たな作戦、通称Bクイックの打ち合わせだ。汀は那月に一泡吹かせてやりたかった。

「さて、うちの悪い猫ちゃんをどうしてくれましょうか？」

「こっちの狼も、群れから追い出してやる」

泉は山階と今後一切関わり合いたくない。尊敬する研究者だったからこそ失望も大きい。幸い、那月と山階には、こちらが情報漏れに気づいたと思われていない。今度は同じ手で嵌め返してやる。

泉は澪のツイッターを開いた。澪は今朝、こう呟いていた。

MIWOON @underground555
『来週は初の台湾ツアーだよん。ライブは台北《タイペイ》市羅斯福路《ルオスーフールー》のライブハウス黒房で26日から3日間。
老虎堂のタピオカ黒糖ミルクが飲みたーい☆
台灣的朋友們很期待（台湾のみんなお楽しみに）』
２０１９年10月21日10：20

日本の地下アイドル文化はアジア諸国にも伝播《でんぱ》しているらしい。特に澪は罰一という話題性もあって、人気が急上昇していた。日本のテレビにはコンプライアンス上出られないが、海外なら別である。ここまで来ると澪はほぼメジャーになったと言える。歌手もやる声優と同じニュアンスだ。即ちテレビには出ないレアなアイドル、と意味が変わっていた。

「これ使えるんじゃないかな？」

泉はスマホの画面を汀に見せた。勘のいい汀は、泉が何を企《たくら》んでいるのかすぐにピンと来た。

「台湾に誘《おび》き出すのね？」

「私が良さげな品を見繕うから、エロは派手に騒いでくれる？」

「了解。あたしとしたことが迂闊だったわ。自分で教えていたなんて」

「そっちのチーママはどうする？」

「それはあたしに任せてちょうだい」

「クビにするの？」

「いいえ。いたたまれない気持ちで働き続けてもらうわ。その方が面白いもの」

「イーンケーン。エロのそういうところ大好きだよ」

二人は目を見合わせて笑いを噛み殺した。


泉は閉店の頃合いを見計らって、汀にメッセージを送った。


『台北・故宮博物院所蔵の西周圓渦《えんか》夔《き》龍《りゅう》紋《もん》鼎《てい》。

鼎は古代中国で王の祭祀権の象徴として用いられた。

夔龍は神話に出てくる一本足の龍。海神の秘宝に相応しいので、山階航ならすぐに理解すると思われる。

画像を添付する』　午前0：05

泉からのメッセージを受信した汀は一芝居打った。閉店後のクラブ汀でいつものように一息吐くふりをしながら、那月に餌を撒いた。

「隼人、隼人。小百合ちゃんから連絡が入ったけど、読めない漢字があるわ。これ何て読むのかしら？」

もちろん隼人はこの小芝居の筋書きを知っている。

「これは『エンカキリュウモンテイ』ですね。古代中国の三本脚の器ですよ。鼎談《ていだん》って三人の会談を意味しますよね？　その由来がこの鼎《かなえ》ですよ」

「さすが隼人は博識ね！　ほら那月さん、こういうの知ってた？」

那月は添付された画像をしげしげと眺めた。緑青に染まった鼎が那月の目には、シチュー鍋に脚がついているように映った。

「これがエンカキリュウモンテイ……ですか？」

「おーほほほほ。まさしく海神の秘宝に相応しいわ。那月さんもそう思うでしょ？」

汀は懐に挿《さ》していた沈香木《じんこうぼく》の扇子を開き、機嫌良さそうに首元を扇《あお》いだ。それはブルネイの王族から貰った一枚六十万円相当の高級品だった。

「この青銅器をいただくわ。隼人、明日の台北行きのチケットを予約してちょうだい！」

「汀ママ、明日は海友不動産の創業八十周年パーティーですよ」

「んもー。すぐにでも台北に行きたいのに。さて、次の日曜日の予定は……と」

汀はいつものように手帳を開いた。やはり日曜日はハートマークで埋め尽くされていた。その中にひとつだけ海賊旗のような髑髏《どくろ》マークが入っている。隼人が初めて見る記号だ。

「それ、なんですか？」

「んーふふふふ」

汀は意味深な笑いで煙《けむ》に巻いた。汀の私生活は謎に包まれていて、腹心の隼人にすらわからない。そこも彼女の魅力なのだ。

汀は那月がさりげなく差し出したドライマティーニを口に含んだ。

「台北だったら日帰りもできるわよね？」

「汀ママ、盗むなら深夜ですよ」

「んもー。まるで泥棒にでもなった気分よ」

「泥棒なんですけど……」

汀と隼人が掛け合いをしているのを尻目に、那月は密かに山階にメッセージを送った。

『海神の秘宝についての新情報。
台北・故宮博物院所蔵の西周圓渦夔龍紋鼎。
澪が今月26日から台北でライブをするので、
接触は容易かと思われる』　既読

＊

台湾　台北市中正区羅斯福路

亜熱帯の都は夜も気温をぐんぐんあげていた。路上で爆竹が鳴り響くのは日常の光景だ。通行人はにわか雨にでも遭遇したように、無関心に爆発音の側を通り過ぎていく。爆竹の乾いた音が涼感の一種とでも言わんばかりの涼しい顔だった。

ルーズベルトロードと呼ばれる幹線には、学生相手の安い屋台や、雑貨屋が犇めき合っている。その一角にライブハウス「黒房」があった。

普段は十数人しか客のいない店だが、今日は地上の階段まで客の列が延びている。その数はざっと百人はいるだろう。階段壁面に貼られたポスターは全て澪のものだった。ただしキャッチフレーズは「黒愛豆《ヘイアイドゥ》」となっている。中国語で犯罪アイドルという意味だった。

台湾では絶対にあり得ないジャンルに、客の好奇心が駆り立てられての大入りと思われた。フライヤーには「打破旅行禁令，最後登陸台灣！（渡航禁止を破ってついに台湾上陸！）」と煽《あお》り文句が書かれていた。

「大家哈囉～（みんなハロ～）！」

ステージではご機嫌な澪がスポットライトを浴びていた。こんなに大勢の客を前にした単独ライブは、日本でもなかった。それが今日は全て澪を観るために来た客だ。日本の地下アイドルの市場は中年男性客がメインだが、なぜか台湾では女性客も多い。それも澪がご機嫌な理由のひとつだった。

実は、犯罪という禁忌を纏った澪は、台湾人女性の目にはＡＶ女優と同じような存在に映っている。普通の台湾人女性なら一生街を歩けなくなるところなのに、澪の天真爛漫《てんしんらんまん》さはどうだ、と感心しているのだ。

客の中に山階航も紛れている。若者たちの中でちょっと場違いな居心地の悪さを感じていた。

那月から連絡を受けた山階は、すぐに台湾に飛んだ。

「まさか西周圓渦夔龍紋鼎が海神の秘宝だったとはな。あり得る話だ……」

台北の故宮博物院は正真正銘の中国の秘宝群で、エルミタージュや大英博物館と並び世界三大博物館に数えられる。その所蔵品は膨大で、館内に展示されている品は、全体の一パーセントに過ぎないとも言われている。

　これまで山階が盗んできたお宝の収蔵場所は、日本の地方都市の博物館だったので、セキュリティが甘かった。しかし故宮博物院ともなると、単独での潜入は不可能だと思われた。

　そこで山階は台湾の黒社会と呼ばれるマフィアと接触し、サポート体制を敷いてもらうことにした。その対価だけでも、大学教授の小遣いで到底賄《まかな》えるものではなかった。山階は那月から三千万円を借り入れることで金を工面した。

「そろそろ別れ時だと思っていたのに、借りを作ってしまったな……」

　将来の総長選にスキャンダルはご法度《はっと》だ。山階は身辺整理を始めようと思っていた矢先に、足を引っ掛けられたような気分だった。銀座の女は日陰の身に甘んじるのが筋というものだ。栄《は》えある未来の山階の隣に那月の席はなかった。

　金を貸し渋る那月の耳元で、山階はこう囁いたのだった。

「妻と別れる。俺と一緒にならないか？」

　不意打ちを食らった那月は、少女のようにぼうっと惚けてしまった。山階に貸した三千万円は将来のお店の開業資金である。銀座の並木通りに店を出すとなると、三千万円でも心細いくらいだ。せいぜい歌舞伎町の区役所通りで、二十五坪程度のクラブをやれるかどうかの金額だ。

「心配ないわ。私は京大総長の妻になるんだから」

紙袋を手に取った那月は、足早に自宅を出た。袋にはタオルに包んでガムテープで留めたゴホウラガイが入っている。澪と五十嵐が不在のうちに、これを戻さなければならなかった。今のところ、何が海神の秘宝なのかはっきりしていない。汀と泉の相続を阻止するために、那月は澪が相続人になる確率を少しでも上げなければならなかった。

　那月は電車を乗り継いで、練馬にある澪のアパートを訪れた。怪しまれないように生活感のある格好をしてきたが、立ち止まっては何度も背後を振り返ってしまう。那月は自分の心臓の鼓動が工事現場のようにけたたましく耳に響くのを感じた。

　澪のアパートは築四十年の昭和感漂う安普請《やすぶしん》だった。

「二〇四号室。芸能プロダクション・アズール／花城＆五十嵐。ここだわ」

鍵もない郵便受けに、那月は却って心配になったほどだ。那月は紙袋ごとゴホウラガイを郵便受けに押し込んだ。

「ふう。これでおしまい……」

那月はさっさと現場を離れたくて、急ぎ足で駅に向かった。

〽夢を叶えること、OH YEAH!
自分を信じること BELIEVE ME!
きっと明日は輝く未来　SHINY DAYS!
NEVER CRY! NEVER CRY!

台北での二日目のライブは佳境を迎えていた。持ち歌が少ない澪は、同じ曲を繰り返し歌って四度目のアンコールに応えた。これだけ熱狂させられるのは、台湾のアイドル歌手でも超大物クラスしかいない。

「すごいよ澪ちゃん。台湾のスターだよ！」

「五十嵐さん、澪は嬉しいですぅ」

「支配人が興奮していたよ。ライブハウス始まって以来の盛況なんだってさ。今日の入りは二百人だよ。こんなの見たことないって」

「次は安室《あむろ》奈美恵《なみえ》さんと同じ台北アリーナでやりたいですぅ」

控え室に連なる通路は、警備員が必要なほどファンで埋め尽くされていた。

「澪ちゃん、次はSPを雇おうな。これじゃあまともに歩けないや」

「そういうの憧れますぅ」

ギャラが支払われるというのに、澪はいつものようにチェキで細かく稼いでいた。

「多謝。多謝。好拍立得！」

（どーもどーもー。はいチェキー！）

台湾のファンは日本の変態チックなファンと違い、シャイで礼儀正しかった。アイドルと握手するだけでも考えられないサービスなのに、顔をぴったり寄せて一緒に写真を撮ってくれると興奮していた。

人波を押し分けて、やっと控え室に辿り着いた澪は、入り口を塞ぐような巨大な木箱に脚をぶつけた。木箱の上にはいつものようにメッセージカードが添えられていた。

『これはあなたがお探しの海神の秘宝です』

「台湾にも妖精さんが現れたー」

　これまでもらったプレゼントの中でも最大級の大きさだ。試しに押してみてもビクともしない。骨ではないだろうが、いくら何でも重すぎた。釘で厳重に打ち付けられた木箱は、中身を覗き見ることさえできない。

「澪ちゃん、これはさすがに怪しすぎるよ」

　五十嵐は木箱から澪を引き離そうとした。その時だ。銃を構えた台湾の警官隊が、大挙して控え室に押し入ってくるではないか。

「舉起手來！」

（手を挙げろ！）

　十数人の警官に囲まれた澪と五十嵐は、壁に胸を押し付けられながら手を挙げた。

「澪は何もしてないですぅ！」

「オレたちは無実だ！」

　日本の黒愛豆がまた罪を犯したと聞いて、客が一斉にスマホで動画を撮り始めた。狭いビル内に警官の怒声と客の囃《はや》し声が入り混じる。

　日本語を話せる警官が五十嵐に尋ねた。

「昨日、故宮博物院から鼎が盗まれた。お前たちの仕業か？」

「ち、違います！　今控え室に来たら、木箱があったんです」

　警官は落ち着いた口調で男の写真を見せる。それは山階航だった。

「この男を知っているか？　こいつが昨夜、台湾マフィアと共に故宮博物院に侵入した」

「全然。こんな人知りません」

台北警察は泉から、故宮博物院の鼎が盗まれる可能性があると一報を受けていた。念のために警戒していたところ、不審な大型トラックとフォークリフトが、故宮博物院の倉庫から出てくる様子が監視カメラに記録されていた。警報装置の電気系統を遮断した手口から、国際犯罪組織が関与しているものと思われた。

「署で詳しく話を聞きたい。任意同行を願います」

澪は念願通り、ファンのいる通路から警官隊に囲まれて外に連れ出されることになった。

*

東京　銀座

汀は店に飾る今日のお花を生けていた。鼻歌を歌いながら豪快にハサミを入れていく。しばらくして色無地の着物を着た那月が店に入った。

「汀ママ、そういうのは私の仕事だって言ったのに……」

「いいのよ那月さん、気にしないでちょうだい」

突然、汀はカサブランカの首をハサミで切り落とすではないか。ボトリと床に転がった大輪の花に那月は身を竦ませる。

「汀ママ、どうかしましたか？」

「何でもないわ。あのお花は首が曲がっていて、気に入らなかったのよ。お花はチョキンと切れるから楽よね？」

　汀の口調がいつもと違うのを感じつつ、那月は愛想笑いを浮かべた。

「そうそう那月さん、嬉しい話と残念な話があるのよ。どっちから聞きたい？」

　汀がカウンター席に那月を促す。今日は汀がカウンターの中に入ってドライマティーニを作ってくれた。

「汀ママ、嬉しい話って何ですか？」

「ほらこの前、あなたがタクシーの中にゴホウラガイを忘れたことがあったじゃない？　今朝、タクシー会社から見つかったって連絡が入ったのよ」

「えっ――？」

　那月は反射的に声を裏返した。

　汀が事務室から紙袋を持ってくる。那月はその柄に見覚えがあった。

「ほら、これよ」

　汀はガムテープで巻かれたタオルをカウンターの上でゆっくりと開いていく。中から現れたのは乳白色の輝きを放つ大きなゴホウラガイだ。

　実は、汀はナオヤを使って那月を尾行させていたのだ。那月がゴホウラガイを所持する理由はない。必ず澪の許に届けようとするはずだと確信していた。元一流ホテルマンだったナオヤは、遠目でも人の動きを読むことができる。那月が警戒する範囲よりも遥《はる》か遠方から追跡していた。そして那月が郵便受けにゴホウラガイを入れた後、速やかにナオヤが回収した。

「タクシー会社の方がトランクの中を調べるのを忘れていたんですって。それで発見が遅くなったってお詫びがきたのよ。とんだうっかり屋さんだと思わない？」

那月はカウンターに置かれたゴホウラガイを見て、オシッコをちびりそうなほど肝を潰している。

「そ、そうですか……。それで、ざ、残念な話って何ですか……？」

「それがね、那月さんのお財布はどうやっても見つからなかったんですって。ごめんなさいね」

那月の口元からカタカタと歯の鳴る音が漏れている。

「い、いいえ。と、とんでもないです……」

汀は菩薩のような微笑みで那月の手をそっと握った。

「これからもよろしくね、那月さん――」

＊

台湾　宜蘭《イーラン》県宜蘭市烏石《ウーシー》漁港

故宮博物院から西周圓渦夔龍紋鼎を盗んだ山階は、警察の捜査が予想以上に早いことに焦っていた。黒社会の手引きがなければ、今頃宿泊先のホテルで捕まっていたことだろう。台湾のテレビの報道で自分の顔写真を見た山階は、腰が抜けるほどの衝撃を受けた。たった二十四時間で容疑者まで特定するなんて、警察はどんな魔法を使ったというのだろう。

　山階は宜蘭市の漁港に車を乗り捨てた。

「変だ。どんどん追っ手が迫ってくる」

　台北市内はどこも危険だった。黒社会が匿《かくま》ってくれても、せいぜい一ケ月が限度だ。普通《プートン》話《ファー》も台湾語も挨拶レベルの山階には、台湾中が敵に思えた。基隆港や台湾桃園《タオユエン》空港では既に警察が待ち構えているはずだ。高雄《カオシュン》だって危なかった。山階はいち早く日本に高飛びするには、漁船をチャーターするのが確実だと閃いた。そこで台湾東部の宜蘭市を目指したのだった。

　早速、漁民と交渉しようと筆談用のペンと手帳を取り出した山階の背後から、声がかかった。

「山階先生、ご無沙汰しております――」

　日本語の呼びかけに驚いて振り返った山階は、薄い頬を強張《こわば》らせた。そこには見覚えのある女が立っているではないか。

「花城泉！　どうしてここに？」

　泉は潮風に髪を靡かせて、じっと山階を見据えている。

「山階先生、私たちは海に生きる人間だってことをお忘れですか？」

　水中考古学を学んだ者は、海のスイートスポットとデススポットの両方を知っている。水深の浅い東シナ海は交易のルートに適している。水中考古学者が狙うのはこのスイートスポットだ。一方で黒潮の流れが速い海域は、二十世紀になってエンジンが発明されるまで船でも渡れない難所《デススポット》だった。それがこの西与那国水道だ。

この海域の交易が最も活発だったのは、第二次世界大戦後の数年間である。沖縄の密貿易商人たちが台湾と与那国島をピストン輸送で結んだ。台湾と与那国島間の距離は僅か百十キロメートルしかない。晴れた日には与那国島から台湾島の中央山脈が見える。そして夜には街の灯《あか》りが水平線上に灯る。それがこの宜蘭市だ。歴史的に宜蘭の漁民たちは与那国島への航路を知っている。与那国島まで渡れれば、そこから石垣島、そして関西への航空便が運航していた。

山階航は泉の頭の回転の速さに笑えてきた。

「そういえばレディーシャークは沖縄人だったな。私としたことが失念していたよ」

泉は一歩一歩山階との距離を縮めていく。

「山階先生、なぜ私を憎むんですか？」

「それはお前が目障りだからだ！」

突然、山階が泉に襲いかかった。泉の手首を摑むと、ぐいと引っ張って平手打ちを食らわせた。その反動で、泉のペンダントチェーンが千切れてしまった。放物線を描いて飛んでいったペンダントトップが金属音を立てながら、コンクリートの地面を転がっていく。足元で止まったペンダントトップを見た山階が顔色を失った。

「これは富本銭《ふほんせん》？　私の二十年前の研究テーマだ！」

錆びた硬貨を拾い上げようとした山階に、泉が飛びかかった。

「やめて。それは私のお守りなのよ！」

その言葉に、二人ともフラッシュバックのように記憶を蘇らせた。二十年前、沖縄の読谷村沖で水中調査をしていた山階は、渡具知ビーチで知り合った地元の少女のことを思い出した。そして泉もまた、痩せ型の青年からお宝をもらった瞬間の映像が頭を駆け巡った。

「まさか、あの時の子がレディーシャーク？」

「あの青年は、山階先生だったんですね！」

二人は二十年前に沖縄で出会っていた。その出会いがきっかけで泉は水中考古学者の道を志した。泉はアメリカ留学の時、語学で何度も挫《くじ》けそうになった。そんな時、このお守りを握りしめると星明かりほどの仄《ほの》かな勇気が貰えた。水中考古学者になれば、いつかあの青年に巡り会える日が来るかもしれない、という思いが泉の希望だった。青年は泉の初恋の人だった。

「私、先生のようになりたくて水中考古学者になったんですよ……」

山階は膝から崩れ落ちていった。まさか天敵を生み出したのは過去の自分だったなんて、何の因果だと笑わずにはいられない。

「僕が君を目覚めさせたというのか……」

烏石漁港にパトカーのサイレン音が近づいてきた。通報したのは泉だ。

観念した山階は富本銭を泉に返した。

「君の勝ちだ。レディーシャーク」

山階は颯爽とパトカーに向かって歩き出した。烏石漁港に吹き付ける強風が声を遮る。

「山階先生。私——」

山階は一度、泉の方を振り返って優しい目つきで笑った。それは二十年前に見た、心優しい青年のものと同じだった。

幼い日の泉が現れて、耳元でこう呟いた。

――宝物みーつけた。

第八章　海神島の正体

沖縄県　那覇市久茂地

首里《しゅり》織の着物に身を包んだ汀が、颯爽と弁護士事務所のあるオフィスビルに現れた。立冬も過ぎたというのに、沖縄にはまだ蒸し暑さが残っていた。東京と沖縄を頻繁に往復していると、季節が行ったり来たりする感じがした。季節感を大事にする着物好きの汀には、殊に差が感じられた。

「東京では袷の季節なのに、ここでは単衣《ひとえ》のお着物なのね」

花倉《はなくら》織と呼ばれる同系色で織られた市松模様は、王妃や王女にしか着ることを許されなかった特別な技法だ。横糸を浮き織りすることで立体感が得られ、光の入る方向によって市松模様が浮き出る織り方だ。これが汀の勝負着物である。

「隼人はロビーで待ってなさい。あたしがケリをつけてくるわ」

汀は今日で相続人争いに終止符を打つ決意だった。

「ついにポルシェビルがあたしのものに――」

そう思うと感無量だった。この数ヶ月、くだらない姉妹喧嘩のせいで、銀座のママらしからぬ取り乱しぶりを見せてしまったものだった。酒と女を駆使して山内正一を籠絡したこともあった。銀座くノ一を結成して、妹たちの許に間者を送り込んだこともあった。チーママの那月の裏切りにも遭った。泉と淑女協定を結び、ともに邪魔者を一掃したこともあった。そして昨日は、オーナーから無駄遣いを咎《とが》めるお小言も受けた。

汀が海神の秘宝を得るために投じた経費は、実に八百万円にも上る。いくら、年間四億円の売り上げを出す人気店だとしても度が過ぎたようだ。オーナーは汀の年俸から経費を天引きすると言ってお冠だ。

普段なら食ってかかる汀だが、あっさり条件を受け入れた。どうせ店を辞めて路面店に進出するのだから、八百万円くらい手切れ金として払っておけ、という目論見だ。なにせ汀は、地代収入年間五億円を相続する軍用地主になるのだから。

澪の動きを封じた今、淑女協定は目的を果たした。台北警察に勾留されている澪は金輪際《こんりんざい》、相続人争いに加わってくることはないだろう。澪を援助していた山階航はもういない。共謀者の那月はこのまま飼い殺しにする。弱みを握られた那月はこれまで以上に働いてくれることだろう。

若奈から聞いたところでは、なんでも那月は山階に三千万円貢いだという。きっと店の開店資金を充てたのだろう。すっからかんになった那月はどこにも行く当てがない。那月は銀座の女にしては脆《もろ》いところがある。男に貢がせてナンボの商売で、貢ぐなんてありえない。そう思うと那月が哀れでもある。

「那月さんも悪い男に引っかかったものね……」

路面店進出の暁《あかつき》には、汀は那月を今よりも高待遇で迎えるつもりだった。それが銀座の女の絆というものだ。

汀は仕事に関しては義理人情に厚いが、こと血縁関係となると反応が子供っぽい。特に妹たちに対しては、ナメクジが粘液を垂らしながら背中を這いずるような悍《おぞ》ましさを覚えさえする。あの見事な連携プレーを見せた汀と泉の黄金コンビは、自然消滅した。束の間とはいえ、頼りになる相棒だった。泉が汀の妹でなければ、親友になれたことだろう。妹であるのが惜しまれる。

後は、誰が海神の秘宝に迫れるかだ。汀のライバルは泉唯《ただ》ひとりに絞られた。

「処女、残念だったわね。あたしの方が役者が一枚上なのよ。うふふ」

汀は風呂敷に包んだゴホウラガイを胸に抱えて颯爽とエレベーターに乗った。

弁護士事務所の応接室に通された汀は、高鳴る胸を抑えきれず、何度も深呼吸した。

「先生、海神の秘宝をお持ちいたしましたわ」

茶道具の入った風呂敷を開くような優雅な所作で、汀はゴホウラガイを取り出してみせた。乳白色の輝きを放つゴホウラガイに弁護士の男も目を見張った。これは十万点の河村コレクションの中でも、一、二を争う美しい貝である。これまで貝に興味がなかった汀でも、魅入られてしまうほどの魔性があった。

しかし弁護士は一呼吸置いて、

「これは海神の秘宝とは認められません！」

とあっさりと否定するではないか。

さっきまで余裕綽々だった汀が血相を変えた。

「そ、そんなバカな！　先生、これが海神の秘宝でなかったら、何がお宝だというのかしら？」

弁護士が賢治の残した手帳を開いて見せた。

「ここに、海神の秘宝は海神島にある、とあります。この貝がどの島にあったのか、はっきりと示していただけなければ、海神の秘宝とは認められません」

「お、沖ノ島よ！」

「違います。石嶺賢治氏は生涯に亘《わた》って、沖ノ島を訪れたことはありませんでした」

「あ、粟国島《あぐにじま》だったかしら？」

「当職は、そういうカマかけには引っかかりません。どうぞお引き取りを」

「じゃあ先生は、曽祖父がどの島に渡ったのかご存知ということですね？」

弁護士は静かに目で頷いた。

彼もまた、情報不足の依頼に手を焼いたひとりだ。故石嶺賢治の生涯を辿るために数年がかりで独自に調査していた。賢治の出生地、学校、職場、研究ノート、海神の墓、そして戦時下の行動に至るまで徹底的に調べ上げた。その上で考えられる可能性を絞り込んだ。その結果、海神島を訪れないことには、海神の秘宝に迫れないことがわかった。相続人の候補者である三姉妹が、どんなお宝を持ってきたとしても、海神島の所在を明らかにしないことには、秘宝と認定できない。

「しゃ、写真があったわ」

汀はスマホの画像フォルダを開いた。澳門《マカオ》のカジノ王と旧正月を祝う画像、ロシア大使公邸でのレセプションの画像、アラブの王族が飼っているホワイトタイガーに跨《またが》る画像、インドのマハラジャの宮殿でカタックダンスを舞う画像、シャンパンタワーに歓喜する汀の誕生パーティーの画像など、浮かれポンチの日々が次々とスワイプされていく。汀の指があるモノクロの画像で止まった。それは曽祖父の賢治が生前に残した写真である。

——海神島にて。

汀はその画像を凝視した。この何の変哲もない岩だらけの島の画像から、海神島を特定することは不可能に思われた。

「先生はこの島がどこかご存知なのかしら？」

「はい。石嶺賢治氏が訪れた可能性が非常に高い場所は把握しております」

汀は一瞬、弁護士を籠絡しようかとも考えた。だが失敗した場合、敵に塩を送ることになりかねない。泉はその間隙《かんげき》を縫うように出し抜いてくるはずだった。

もし泉と同時に海神島を特定できた場合、汀の心証が悪くなることは避けたかった。半分こにして二億五千万円ずつなんて冗談じゃない。こちらはきっちり五億円いただきたいのだから。ここは一度引き下がって、再度作戦を練るのが吉だ。

汀は漣オバァの入院する中部病院にお見舞いに向かうことにした。隼人が運転するレンタカーの車窓を次々と基地の風景が流れていく。普天間基地、キャンプ・フォスター、そして嘉手納基地。人が住む街並みなんて、途切れ途切れにしか目に入らなかった。汀は幼い頃から沖縄の風景はこんなものだと思ってきたが、改めて基地を意識してみると途方もない光景だと打ちのめされた。もし、汀の身に軍用地の相続問題が降りかからなければ、一生抱かなかった感慨かもしれない。米軍基地問題が沖縄の世論を揺るがしていることは理解できるが、はっきり言って自分の人生には関係ないと汀は思っていた。

「あたしに何ができるっていうのよ」

「汀ママ、今何て言いました？」

「なんでもないわ、隼人……」

汀は車窓を途切れなく流れてゆくフェンスを見ながら、苛立ちまぎれに呟いた。汀は政治とは距離を置いておきたいタイプだ。右か左、どちらかに傾きすぎると人生がおかしくなると思っている。実際、クラブ汀はイデオロギーとは無縁の世界だからこそ、大繁盛を収めてきた。自民党の幹事長も客だが、中国共産党の幹部も客である。上客と分かれば宗教にも配慮する。ハラルの食事を出すために、キッチンを二つ入れた。ヒンドゥー教徒にも、シーク教徒にも、その文化を最大限に尊重する。ここまで寛容精神に富んでいる汀だが、基地問題だけは心理的に受け入れられなかった。

「あんなダサい格好するくらいなら、女を辞めるわよ」

メディアで報道されるあの様式と言動が気に食わない。試しに新聞の日付を伏せて「これはいつの記事？」と沖縄県民に尋ねたら、一人として正解者はいないと断言できる。記事の内容も鋳型にはめたように半世紀前から同じだ。新しさを伝えるメディアが古い表現形式のまま時を止めている。それで今を感じろ、というのは無理な相談だ。

そのメディアの雰囲気を汀はこう断じる。

「まるで下手クソな伝統芸能みたいなのよね」

「はい？　なんですか、汀ママ？」

「ただの独り言よ。気にしないでちょうだい」

琉舞や日舞、三味線を習ってきた汀は、伝統芸能の真髄を会得している。伝統芸能は古い踊りであるように見えて新しい。きっちり型を守ることは大切だ。だが人間が舞う以上、その型から溢れ出る個性がある。それが「今」という瞬間だ。「今」を再現することは不可能だ。だからこそ人は舞台の上にある「今」を観たいと思う。このことを踏まえた上で前述の「伝統芸能」と「メディア」を入れ替えてみればいい。それがわからないようならメディアに携わる資格はない。型があるからこそ、型から横溢《おういつ》する個性が必要だ。そのためには自己研鑽《けんさん》するしかない。

伝統芸能なら、舞台で型通りにしか踊れない演舞者は、観客の厳しい目に晒《さら》される。それはちびっこの舞いであっても容赦はない。果たしてメディアは読者や視聴者の厳しい目を意識しているのだろうか、と汀は思う。

「下手クソなニュースを見せられて、本質を感じ取れだなんて、とんでもない話だわ」

つまり汀の感じている違和感とは、平和活動家の旧態依然とした様式と、それを追認するメディアの共謀に対してのものだ。両者が一体となって身内同士で情報を消費している。そのサイクルの小ささは同人活動的ですらある。取り扱うテーマと規模がチグハグで、汀の入る余地がない。まるで田舎の公民館で催された芝居を、全国紙の一面で大々的に報じているようなものだった。

汀はこれ以上基地の風景を見たくなくて、吸盤のついたサンシェードを窓に貼り付けた。

漣オバァが入院する中部病院の特別室は、病室内の広さが寒々しく思えるほどだった。遺産が貰えないとわかった親戚たちは寄り付きもしなくなっていた。それはお見舞いの品がないことからもわかる。

花を生けた汀は、昏睡状態のままの漣オバァの手を握った。

「こういう時だけお見舞いに来るのを許してちょうだいね……」

汀は干からびたような顔で眠る漣オバァを見て、一筋の涙を流した。

本当はもっと漣オバァの人生について聞いておくべきだった、と今更ながらに後悔する。汀にとって漣オバァは太陽と同じで、毎日毎日当たり前のように自分を照らし続けてくれる存在だった。漣オバァは汀のことを誰よりも理解してくれたが、果たして汀は漣オバァのことをどれだけわかっていたのだろう。

「そうそう。イリガンを返しにきたのよ。ほら見て、漣オバァ」

汀はバーキンから一房のイリガンを取り出した。イリガンとは琉球髪を結う時の付け毛のことだ。ウチナーカラジは途中まで日本髪と同じ結い方である。違うのは髷《まげ》の部分だ。この時に付け毛をして長さを足す。付け毛を縦に束ねれば、芸者の島田《しまだ》髷に、九十度傾けて広げれば花魁《おいらん》の横兵庫《よこひょうご》に、そして頭頂部に巻きつければ、ウチナーカラジになる。

汀は子供の頃からセミロングで、ちょっと癖毛が入っているのがコンプレックスだった。それを案じた漣オバァが自分の髪を切って、イリガンにしてくれた。房を結わえた片方を蠟《ろう》で固めたそれは、汀の宝物だった。漣オバァの髪を足して舞台に立つ汀は、妖艶な色香を放ったものだった。

　その時以来、漣オバァの髪はショートのパーマ姿になった。漆のように黒々とした髪は漣オバァの象徴だったのに。

「あたし、今だからわかるわ。髪を切った時の漣オバァの気持ちが……」

　イリガンとなって二十年の時を経ても色褪せない黒髪は、漣オバァの自慢だったことだろう。それを孫娘のために切り落とすなんて、汀にはできそうもない。幼かった汀は無邪気に喜んだだけだった。今なら血相を変えて止めるだろう。

　枕元にそっと添えたイリガンは、心なしか漣オバァの表情を若返らせてくれた。

「漣オバァには何も孝行してこなかったわね。バチ当たりな孫娘でごめんなさいね……」

　側にいた隼人が見てはいけないと退室しようとする。

「いいのよ隼人。二人っきりだと帰れなくなっちゃいそうだから、そこにいて」

　汀は泣き崩れないように必死に表情を保っている。もし孫娘たちの中で一番孝行してきたと自負していたならば、こんなにも心が乱れなかったかもしれない。いっそこの場で不孝者と叱り飛ばされた方が、ずっと気持ちが楽だった。

「漣オバァの願いは何だったのかしら？　教えてちょうだい……」

　汀は漣オバァの口元に耳を寄せる。聞こえるのはか細い呼吸の音だけだった。もう、漣オバァは目覚めないかもしれない。そんな考えが脳裏を過った汀は、声を立てずに泣いた。

「汀ママ、こういう時は心の声を聞くんですよ。お祖母様が何と仰《おっしゃ》っているかわかるでしょう」

隼人の進言に、汀は漣オバァの心の声に耳を澄ます。すると、こんな声が聞こえた。

「……え？　『遺産を相続して、ポルシェビルを乗っ取りなさい』？　聞いた隼人？」

「よくもまあ、自分に都合のいいように聞き取りますね」

隼人は貰い泣きしかけて損した、と鼻息を飛ばした。

＊

東京　銀座

東京に戻った汀は、隼人と海神島の特定作業に入ることにした。

クラブ汀のカウンターには、隼人が持ってきた日本各地のあらゆる島の写真が並べられた。

その数はざっと数百枚にも及んだ。

汀は曽祖父の残した写真とそれぞれの島の写真を見比べる。

「この島は似てるんじゃないかしら？」

「鹿児島県の甑島《こしきしま》ですね。海岸線の形がちょっと違うように思います」

隼人は甑島をリストから外した。

「この島の崖の形が似ていると思うわ」

「伊是名島《いぜなじま》の海ギタラですね。ひいお祖父さんの写真の岩は、海中に水没してないですね」

「この島の海岸線の岩の感じが似てるわね」

「座間味島《ざまみじま》ですね。ゴホウラガイの産地です。候補に入れておきましょう。後はひいお祖父さんが座間味島を訪れたという証拠が欲しいですね。一か八か弁護士にカマをかけてみましょうか？」

「無駄よ。その手はもう使ったもの」

汀は決定的な証拠を摑まない限り、おいそれと動けないと感じていた。水中考古学者の泉はこれ以上の確度で動いてくるはずだ。汀は何としても先に海神島に上陸し、賢治のお宝を探し当てないと相続人になれないと焦っていた。

「島の形なんてどれもこれも同じに見えるわ……」

汀は溜息を吐いて作業を中断した。もうすぐ開店時間だ。


今夜も政財界の要人たちが店に集い、時を忘れての饗宴《きょうえん》が催されていた。

趙大佐と同伴出勤の伶奈は、銀座の女らしく艶っぽさを漂わせるようになっていた。

「趙大佐、そんなに頻繁にお越しになるんだったら、いっそ日本に永住すればよろしいのに」

「私は投資ビザを持っています。日本の生活雑貨は中国で人気がありますからね」

伶奈に入れ込んでいる趙大佐は、どんどん若返っている。しかつめらしい人民解放軍の軍人だった最初の頃の顔が思い出せないほど人相が変わっていた。

「私は伶奈さんと結婚したいのですが、上海にいる妻のことを思うと、それもできなくて、非常に心苦しいです」

「そう真面目にお考えなさらずに。私どもは弁えております。ね？　伶奈ちゃん？」

伶奈はすぐに返事ができず、苦笑いで誤魔化した。これはいけない、と汀は思う。男を惚れさせるのが銀座の女の矜持であって、恋に溺れるなんてプロ失格である。伶奈には趙大佐以外にも「係」がある。特定の殿方だけに執心していては、「係」が回らない。銀座のクラブは婚活の場ではないことを、しっかり教えておいたはずなのに、この有様だった。

　しかしお説教しても通じないのが男女の心の綾だ。こういう時にうってつけの人材がいた。

「那月さん。伶奈ちゃんのことをよろしくね」

「はい汀ママ」

　心なしか一回り小さくなった那月がカウンターから出てきた。那月は脂っ気のない表情をしている。彼女の波瀾《はらん》万丈の人生経験が、伶奈を正しい銀座の女道へ戻してくれるはずだ。恋に破れ、財産を失った那月は欲がすっかり抜け落ちていた。汀はいつか、そんな那月にタロットカードを持たせようかと考えている。人生に迷うホステスたちを占いで優しく導いてくれることだろう。

　伶奈には気の毒だが、今夜は汀の監視付きで「係」についてもらうことにした。伶奈と趙大佐の雰囲気が親密になりかけたところで、汀が割って入る。

「趙大佐、聞いてくださる？　実はあたし、祖母の土地の相続問題を抱えているんですのよ。税金のことを考えると憂鬱で……」

「中国ではそういう問題は起きません。土地は国家のものですから。相続税も贈与税もかかりません」

「中国はいい国ですわね。日本は一億総下流に向かっているんですのよ」

「日本は恐ろしい国だ。金持ちを貧乏にして誰が得するというのだ」

「金持ちを貧乏にすれば、貧乏人は溜飲《りゅういん》が下がるんでしょうね。でも貧乏人はもっと貧乏になるようなシステムなんですの。日本はこのまま発展途上国になるのが目標なんだと思いますわ」

　趙大佐は伶奈に「そうなのか？」と目配せした。伶奈はまだこれが汀の話芸だとは知らない。汀の話術は蛇足では飽き足らず、蛇の頭を三つにし、羽をつけ、尻尾《しっぽ》を二本生やし、口から怪光線を吐くキングギドラになるまで誇張するのがいつものパターンだ。もはや蛇の原形は、ない。だが話があまりにも面白いので、酒の場を大いに盛り上げる。

「祖母の遺言で、誰が相続人になるかは、まだ決まっていないんです。なんでも海神の秘宝を探し出せた人を相続人にするんだとか。今時珍しい話だと思いません？」

「中国の民話の中に出てきそうな話ですね」

「それが、曽祖父が昔、海神島という島に行ったとか申しまして。ええ、与太話だと思ってます。竜宮城じゃあるまいし。その海神島っていうのが、どこにあるのか想像もつかなくて、今困っているんですの」

　会話の端々で繰り返しどっと沸いていた趙大佐が、グラスを掲げたまま固まった。汀は機嫌を損ねるようなことを言ってしまったのかと冷や冷やする。お酒の好みは合っている。タバコの銘柄も合っている。伶奈にも話を回しているし、趙大佐が気に入らない客がいるわけでもない。

「趙大佐？　どうかなさいましたか？」

「ママ、今何と言った？」

「我是说过海神岛」

（海神島と言いました）

汀は念のために中国語で言い直した。趙大佐は自分を納得させるように小さく頷いた。

「海神島は中国にある――」

汀は咄嗟に着物の懐からスマホを取り出して、賢治の写真を見せる。趙大佐は繰り返し頷いて、画面を指で叩いた。それは趙大佐が何度も見たことのある馴染みの島だった。

「ママ、これは海神島の写真で間違いない。明代からの我が国の領土だ」

場の雰囲気を察した隼人が、すぐにタブレット端末を持ってきた。そして海神島がどこにあるのか聞きながら地図アプリを開いて、徐々に拡大していく。

それは沖縄本島から遥か南西の海上にあった。

「海しか見えないわよ。隼人、もっと拡大して！」

趙大佐の指は、洋上の一点をピタリと差したまま動かない。隼人が拡大していくと、地図上に小さな三つの島が現れた。

「海神岛是中国的领土」

（海神島は中国の領土だ）

汀はテーブルの下で握り拳《こぶし》のガッツポーズを取った。

＊

東京　上野公園内　国立科学博物館

博物館の資料室に籠った泉は、河村コレクションの目録を総ざらいしていた。河村コレクションの一部は、東京の国立科学博物館にも寄贈されている。泉が気になっているのは、ゴホウラガイの大きさだった。下関市の博物館にあったものは最大でも二十センチ級で、貝輪を作るには十分だが、神に納めるほど貴重というわけではない。

ゴホウラガイの大きさは寿命と関係する。貝類は特別長寿な生物で、シャコガイなどは数百年生きるといわれている。もし三十センチ級のゴホウラガイが存在したら、百年以上生きていたことになる。

全ての目録を読み終えた泉は、机に突っ伏した。

「ダメだ。河村良介は貝の大きさには注目していない」

十万点にも上る河村コレクションは、日本最大級の貝のコレクションではあるものの、種類に重きを置いていて、貝の希少価値に迫るものではなかった。いい線だと思っていたが、当てが外れてしまったようだ。

推定と結論が違うことは、研究者にはよくあることだから、それほどショックではない。ただの研究だったら、だ。しかし今回は相続が絡んでいる。海神の秘宝が何なのかわからなければ、相続人になれないから、切羽詰まっているのだ。

「考え方を根本的に変えなきゃ……」

これまで泉は、お宝を探し出すことに注力していた。そのために日本各地を転々と移動する羽目になった。黄金の勾玉やゴホウラガイがお宝であると仮定して、少々振り回されてしまったきらいがある。恐らくゴホウラガイは汀の許に渡ったものと思われるが、弁護士に見せても、否認される可能性が高い。

泉はタブレット端末内のフォルダから賢治の写真の画像を開いた。色褪せたモノクロの画像を拡大していく。何か手がかりになるものが写っているかもしれないと思ったからだ。

「地層はチャートか。琉球石灰岩ではこの地層は出ない。もっとゴツゴツしているもの」

チャートが海岸線に見られる場所は、日本全国にある。沖縄に絞り込んでも伊是名島、伊平《いへ》屋島《やじま》、渡嘉敷島《とかしきじま》……。軽く二十島は海岸線にチャートがある。

次に注目したのが写真に写る植生だ。亜熱帯地方ならアダンが海岸線に生えているはずだ。しかし写真がモノクロなのと退色が著しいのとで、イマイチ確信が持てない。

「せめて色がついていたら、花でわかりそうなんだけどなあ……」

写真の中の賢治が泉にこう言っているような気がした。

『どうしたレディーシャーク。君の実力はこんなものか』

普段ならここで発奮するところだが、今回はそんな気分になれない。山階航との「別れ」が想像以上に応《こた》えていた。相続問題さえなければ、山階と争うこともなかった。もしかしたら良い縁だと懐かしめたかもしれない。複雑に絡まり合った運命の糸に泉は翻弄《ほんろう》されていた。

こうやって煩悶《はんもん》している間にも、汀は着々と次の手を打っていることだろう。それも泉を焦らせる一因だった。

「当然、淑女協定はなくなったよな……」

今や泉と汀が共闘する理由はない。汀の陰湿な手口を目の当たりにしたからこそ、恐怖が弥《いや》増《ま》す。汀には有能な手下たちがいる。汀ひとりでも難儀なのに、束になって来られたら勝てる気がしなかった。

泉には、失恋の痛手を負った新垣しかいない。なんでも深窓の令嬢と付き合っていたが、彼女の父親から大反対されたのだそうだ。大学教授ならいざ知らず、フリーランスの水中考古学者の助手では、大切な娘を嫁にやれないと言われたらしい。すっかり塞ぎ込んだ新垣に泉はかける言葉もない。水中考古学者に世俗の価値観を求められても困る。

「私は私のやり方で迫るしかないか……」

泉は河村コレクションの目録の束を、よいしょっと抱え上げた。泉は知っている。こういう地道な作業の積み重ねが、突然の閃きに変わることがあることを。神様は簡単には知恵を授けてくれない。砂を嚙むような日々を過ごした者だけを導いてくださる。

*

沖縄県浦添市　牧港補給地区内

泉は新垣とともに海神の墓を訪れた。聳《そそ》り立つノッチの岩が、小さき者を懐に抱くように、日陰を与えてくれた。

殺風景な米軍基地内とは思えないほど、ノッチは自然に囲まれている。ノッチを回り込む風や、樹の冠から聞こえる鳥の囀りを聞いていると、このノッチの周辺だけで世代交代する生態系ができあがっているようにさえ感じられた。

「花城先生、ここは不思議な場所ですね。心が洗われるようだ」

涙声の新垣はまだ傷心が癒えていない様子だ。

「大学に戻れば？　大学院は休学中なんでしょう？」

「大学には戻りません。嗤い者になるのは嫌です」

「じゃあ就職活動をしたら？　世間並みの幸せが欲しいんでしょう？」

日本社会は学位取得者に冷たい。アメリカならPhDを三つ取得したら高度人材として働くのが普通なのに、日本だと色眼鏡で見られる。それは軍でも同様だ。アメリカ軍の将校は学位を持つのが普通で、ないと出世に関わる。だから軍籍に就きながら大学院で学ぶ。一方で日本の自衛隊は幹部級でも学士止まりだ。まして学位を三つ取るために大学院に通うなんて考えられない。この教育の差が国力の差となって、アメリカ一強状態を作り上げている。日本は必ずしも教育に熱心な国とは言えなくなっていた。

「花城先生、僕はモノになるでしょうか？」

「私は占い師じゃない。モノになりたい、と思った人からモノになるのよ。モノになるまで五十年かかってもいいって覚悟がないなら、来年もないよ。もし私がレディーシャークだから、側にいれば得をするかもなんて思っているなら大間違いだよ。私はメンターじゃないんだから」

泉は、自分でも冷たい言い方だとわかっていた。しかし無傷の研究者になりたいなんて虫が良すぎる。一歩前進するのに挫折を三十回味わうのが、研究者だからだ。

新垣は報道で、ここが発掘調査の対象となることを知っていた。

「あれはレディーシャークの仕掛けた頭脳戦ですよね。琉球先史時代のミッシングリンクを突くとは、考えましたね」

「平和ヒステリーたちに引っ掻き回されるのを防ぐためよ。ここを自然公園なんかにさせない」

あれから米軍も返還話を控えるようになっていた。その変わり身の早さも気になる。県民の反米感情を抑えるのに、基地返還話は切り札のはずだ。それが大規模な考古学的調査の話が立ち上がった瞬間に、政府との交渉の場に出てこなくなった。まるで普天間基地返還のときのようだ。

「普天間基地返還は代替施設との交換が条件だったはず。牧港補給地区に代替施設の話はない。だとしたら何の条件が合わないんだろう……」

泉は付近を散策しながら思考を巡らせた。米軍は気まぐれにカードを出したり、引っ込めたりはしない。引っ込めたのには理由があるはずだった。

このノッチの下で佇んでいると、七十五年前の賢治の姿が見えるような気がした。当時は一面のサトウキビ畑だった。曽祖父の賢治は何を思い、何を未来に託したのだろう。

泉は研究者の端くれとして、賢治の挑戦を真っ向から受けて立つ。それが自らの血脈への恩返しになると信じて。

水平線の向こうから、こちら側へ流れてくる雲を見つめた泉は小さく頷いた。

――大きい爺ちゃんが残した謎は、私が必ず解いてみせるよ。

まずは現場の検証からだ。ここにある数少ない証拠を集め、科学的に迫る。空想で飛躍するのは、科学の裏付けができてからだ。

泉は足元の土をずっと見つめたままでいる。何か既視感のようなものを覚える。

「花城先生、何か気になることがありましたか？」

「ちょっと待って。何か思い出しそうなの」

泉は二十年前にもここで同じことを感じたような気がした。小学校三年生の時だっただろうか。漣オバァと一緒に三姉妹で海神の墓を訪れた時のことだ。辺りには青々とした芝が生い茂るのに、ノッチ一帯だけ赤土が剝き出しになっているのを奇妙に思った気がする。

突如、泉は閃いた。

「米軍は発掘調査が不都合なんだ！」

「花城先生、何て言いましたか？」

「涼、フェーズ1の土壌調査したいんだけど、琉球大学の研究室を使える？」

「はい。農学部の院生に同級生がいます」

泉はすぐにサンプル採取用のガラス容器をトートバッグから取り出して、足元の土を掬《すく》った。

それからさらに何かを閃いたように「宝箱」と呟いた。

「涼、このサンプルを農学部の友達に渡して。琉球大学で涼を降ろすからすぐに検査を」

「花城先生はどうするんですか？」

「私はオバァの家に行く。確か、あったはずよ」

泉は説明するのが面倒臭くて、瞬く間に車に飛び乗った。慌てて新垣が続く。

確かあの日、泉は何かを見つけたはずだった。アクセルを踏むと猛烈な勢いで記憶が巻き戻されていくような気がした。

新垣は、一点を見つめて車を運転する泉の様子に狼狽する。

「花城先生、何があったんですか？」

「涼、私たち、とんでもない発見をしたかもしれない」

オープンカーの風切り音が泉の声を切り刻む。エンジンの唸り声とともに泉たちは牧港補給地区を後にした。


漣オバァの自宅は、家主不在のために湿気が籠っていた。漣オバァが羽振りのいい時には、ひっきりなしに親族が訪ねてきたのに、金を引き出せないとわかると、引き潮のように去っていった。

泉が電気を点けても薄暗さを感じた。壁や天井から生気が抜けているのがわかる。

昨日、中部病院にお見舞いに行った時、花瓶の花が新しくなっているのに気づいた。センスの良い生け方から、すぐに汀が来たのだとわかった。漣オバァの病室には現在、二つの花が飾られている。ひとつは華道の家元ばりの妖しい色気を漂わせた大作生け花、もうひとつは一輪挿しのガーベラだ。

泉は押入れから衣装ケースを取り出した。

「キャンディーの缶に入れた気がするんだよな」

漣オバァは人が大切にしているものを無下にはしなかった。泉が路上でガラクタを集めてきても、それを捨てたりしない。むしろ、気がつくと箱に仕舞われていたり、飾り棚に並べられていたりしたものだ。

「あった。これだ」

泉は幼い頃に拾ったある物を、トングを使って慎重に摘み、ジップロックに入れた。

三日後、新垣が二重に真空パックされた金属を泉に返した。ゴム手袋を嵌めた新垣の様子から、結果が予測できたが、念のために聞いておくことにした。

「で、どうだった？」

「花城先生の予想通りでした。あの付近の土はダイオキシンに汚染されています」

泉はやっぱりと頷く。新垣に渡したのは、泉が子供の頃に海神の墓で拾ったジャムの蓋のような金属だ。確か泉が手に取った瞬間、米兵が銃口を向けたのだった。それを汀の機転で回避した。

ジャムの蓋だと思った金属は、ドラム缶の栓である。その栓を泉は宝箱に入れて保管していた。まさか幼き日の蒐集癖が、ここで役立つとは思ってもみなかった。

「この蓋からは高濃度のダイオキシンが検出されました。土壌にあったのと同じものでした」

「嫌な予感がしたのよ」

虫の知らせというものだろうか。泉は米軍の隠蔽体質に気づいてしまった。久米島沖に劣化ウラン弾を撒き散らしたことを隠そうとしているように、これまでもずっと不都合なことを隠蔽してきたに違いない。それが牧港補給地区でもあった。

「ダイオキシンなんて何に使ったんでしょうか。青酸カリ以上の猛毒ですよ」

ダイオキシンは、工場地帯や産業廃棄物焼却施設などで発生する不分解性の化学物質だ。通常は大気中や、工業廃水として水域に排出され、土壌にも残る。一般的に工場で排出されるダイオキシンはごく微量で、急性中毒を起こすほどのものではない。

「この栓には環境基準の一万倍のダイオキシン、一〇マイクログラムが付着していました。同級生はダイオキシンの塊そのものだと言っていました。土壌も環境基準の一千倍の濃度だそうです。急性中毒を起こしかねない曝露量です」

泉は頭を抱えたまま壁に凭れかかった。

「戦争で使ったのよ。そして余ったものを基地内で『保管』していた」

海神の墓の周辺はかつてダイオキシンの貯蔵庫だったのだ。それが芝が生えない真相だ。ノッチ一帯はダイオキシンで汚染されている。二十年前に米兵が監視していたのは、泉たちが民間人だったからではない。ダイオキシン汚染地帯に立ち入ろうとしたからだ。あの時米兵が「ノー。サワルナ！」と泉に銃口を向けたのにも合点がいく。

国内各地でダイオキシンの被害が徐々に明らかになっていった頃、米軍も基地内に保管するのは危険だと判断した。そしてどこかに移動させた。人間への被害が起きない場所へ。

戦争と聞いて新垣は泉に食ってかかるような口調になる。

「戦争って沖縄戦ですか？　それとも朝鮮戦争ですか？」

「ベトナム戦争よ。枯葉剤として撒いたものよ」

新垣は反射的にゴム手袋を外して放り投げた。

*

沖縄県南風原町《はえばるちょう》　沖縄県公文書館

急遽湧いた土壌汚染問題に、泉は相続どころではなくなったと感じた。もし海神の墓が返還されたら、大問題になるだろう。汚染された土地なんて無価値だ。

「物証だけじゃ足りない。もっと決定的な証拠を押さえなきゃ」

泉は牧港補給地区のダイオキシン汚染の確たる証拠を得るために、公文書館を訪れていた。これはただの土壌汚染ではない。枯葉剤がいつまで保管されていたのか、そしてどこに移動させたのか、この二つを同時に示さなければ、米軍はのらりくらりと躱《かわ》すだろう。そうさせないためにも、アメリカ軍が正規に記した公文書が必要だった。

ここには琉球政府時代の公文書がマイクロフィルムで収められている。赤瓦のデザインが印象的な公文書館は、市役所のように立派な建物だ。しかし来館者が泉と新垣だけというのが、不気味だった。こんなものを作るくらいなら、資料を全部デジタルアーカイブにしてネット閲覧可能にして欲しかった。

「今時マイクロフィルムか。アナクロだなあ」

当時は画期的な保存法だっただろうが、セルロースは数十年で経年劣化するので、万能な保存法とは言えない。そのフィルムをスコープで拡大して読むので、操作には習熟が必要だった。結局、紙で保存する方が一番状態が長持ちする。古文書は五百年前のものでもなんとか読めるからだ。

「涼、どの辺の資料だと思う？」

「うーん。勘で言うと『陸軍参謀記録群作戦計画担当資料』でしょうかね」

新垣は正解のないフィールドワークは苦手だが、答えがはっきりしている資料探しは得意だ。その才能は泉も認めるところである。

「あった。これだ」

持ち出したマイクロフィルムのリールは映画の上映会のフィルムのようだ。三十五ミリフィルムに一本あたり五百枚の文書が収められている。世界がデジタルに移行する半世紀前には、これが最もコンパクトな資料の収蔵方法だった。

十本入りの箱にはこう記されていた。

RG319 Chief of Staff for Operations and Plans, INTL RELA DOC 73

マイクロフィルムは、リーダーと呼ばれる装置の画面に拡大投影される。一見それは、昔のブラウン管のパソコンモニターに酷似していた。

「このダイヤルがページ送りと巻き戻しね。このつまみが上下スキャン。面倒臭いなあ。涼、私が翻訳するから、あなたはページを送ってくれない？　見つけたらストップって言うからさ」

泉はリーダーの前で頬杖をつきながら、送られていくマイクロフィルムを眺めた。まさかアメリカ軍も、二〇一九年にこうやって全文書を閲覧する日本人研究者が現れるとは思ってもいなかっただろう。マイクロフィルムの資料は実に五千ページにも上った。

朝一番、開館と同時に入った泉は、午後四時半過ぎまで一時も休まずに、次々と流れていくマイクロフィルムを読み続けた。瞬きひとつでページが送られてしまうから、おちおち休んでもいられない。いい加減、泉の瞼の筋肉が痙攣《けいれん》してきた。だが、こちとら資料読みのプロの自負がある。何千ページあろうが、目的の情報を見つけるまでは、絶対に退かない。潜れば百発百中といわれるレディーシャークの真髄は、陸での調査にあるのだから。

しかし初日の閲覧はボウズに終わった。

最初の三日間こそ同じ服を着ないように気を配ったが、一週間を過ぎると格好なんてどうでも良くなってきた。新垣は無精髭を生やし、泉は目の下の隈《くま》をコンシーラーで隠すことをやめた。輪ゴムで髪を一本に結わえた泉は猫背で公文書館に入った。

まるでホームレス予備軍のようなナリになった二人は、公文書館の職員たちからヒソヒソ噂されるまでになっていた。二人はどうやら、タダで涼みに来ている貧乏カップルと思われている。

公文書館に通い始めること十日にして、ついに潮目が変わった。

職員たちが閉館の準備を始めた時だ。泉が声をあげた。

「ベトナム戦争。作戦。枯葉剤。あった。ストップ！」

フィルムを送り続ける新垣は半分瞑想《めいそう》状態に陥っていた。

「涼、ちょっと戻して。あった。なになに？　枯葉剤が牧港補給地区に保管されたのは一九七〇年。沖縄返還前じゃない。その後、エリア42に移動した――。エリア42ってどこ？」

貸切状態の館内に、無情にも閉館の音楽が流れてきた。泉は恨めしそうに天井のスピーカーを見つめた。

「あとちょっとだったのに！　涼、明日も朝から籠るよ」

「えーっ。僕は腱鞘炎《けんしょうえん》で手首が痛いです」

「私は目が痛いよ。失明しそうなくらいだから、あんたが運転して」

お互いに足取りも覚束《おぼつか》ないまま、ふらふらと公文書館を後にした。

十一日目、再び公文書館に潜り込んだ泉は、目薬片手にマイクロフィルムに読み耽《ふけ》った。

「エリア42の『エリア』とは？　米軍が設定した沖縄の地図のことね。ふむふむ。随分細かく分けてあるじゃない。そうかＡＤＩＺと関係があるんだ」

「ＡＤＩＺってなんですか？」

「防空識別圏よ。復帰前の沖縄には米軍が独自に設定した防空識別圏があるの。それを細かく分割しているのが、このエリアなのよ」

「随分勝手なことしてくれますね」

「ここは米軍様のお膝元だもの。私たちはそのお零れで生きているの」

「そういう皮肉はやめてください」

「あった。エリア分割の基準だ。エリア42は東シナ海にある。おかしいな。この辺には島なんてなかったはずだけど……」

「花城先生、エリア42に関する資料は別のリールにありそうです。お持ちしますか？」

「さすが涼、筋がいいじゃない」

「なんとなく法則性がわかってきました。結構体系的にできていますね。僕は別の資料を当たります。リーダー二台で行きましょう。なんかムズムズするものがあるんです」

新垣が新しいリールをセットして、フィルムを送り始めた。

「エリア42に関する発掘及び追跡調査？　なにを発掘したんだろう？」

泉は読み耽っているうちにだんだん背筋が寒くなってきた。

「収集品リスト？　水筒、靴、石油缶、櫛、時計、ベルト？　何これ？　いつの時代の話？」

次に現れたのは、人名のリストだ。それらは全て、日本人の名前のようだった。

Yoshiko Kinjo
Masa Ohama
Kame Tamashiro
Hideko Yonemori
Fumitada Sunagawa

「何これ？　［Victims］犠牲者？　一体何人いるの？　七十人以上いるじゃない！」

資料によると、米軍はエリア42の発掘調査で大量の遺骨を確認したとあった。恐らく、ダイオキシンを移管する新たな場所の地質を事前調査した時のものだ。一体エリア42には何があったというのだ。

次のページには［Survivors］（生還者）と書かれたリストがあった。

Toshiko Hanaki
Kazuo Miyara
Yoneko Miyamoto
Kenji Ishimine
Yasuhide Uchima

目を滑らせていた泉が、違和感を覚えて、目をパチクリとさせた。さっき重大な情報が通り過ぎて行った気がする。そこで、リストを最初から洗い直すことにした。まず犠牲者からもう一度だ。続いて生還者のリストを読み直した。しばらくしてダイヤルを回す泉の指が止まった。そこには見覚えのある名前があった。
——Kenji Ishimine
「ケンジ・イシミネ。石嶺賢治！　大きい爺ちゃんの名前だ！　なぜこんなところに名前が？」
泉は反射的に椅子から立ち上がった。その瞬間、脳天から踵《かかと》まで貫くように電流が走った。

「海神島を見つけた！」

同時に隣のリーダーで作業していた新垣がエリア42を特定した。

「花城先生、場所がわかりました！」

そこは北緯二五度四四分、東経一二三度二八分にある島だ。

＊

台湾　台北地方検察署

警察に身柄を拘束された澪と五十嵐は、検察に送致され容疑者扱いの取り調べを受けた。台湾では検察が捜査することになっている。日本の警察庁に問い合わせたところ、澪と五十嵐が福岡県で国宝の青銅鏡を盗んだことがわかったからだ。西周圓渦夔龍紋鼎も青銅製の国宝である。とても無関係とは思えない。

台北地方検察署も荒っぽい取り調べで有名だった。

澪は五十嵐と別室で検察官たちに取り囲まれていた。

「台湾の財産を盗むなんて太《ふて》えヤツだ！」

「澪は無実なんですぅ！」

「山階航は、お前にいつも贈り物をしていたと供述しているぞ！」

「あれは妖精さんからのプレゼントなんですぅ」

「嗯（うん）？　妖精さんって日本語はわからんな……」

後ろにいた若手検察官が先輩検察官にそっと耳打ちした。

「那不是粉絲嗎？」

（ファンのことじゃないんですかね？）

澪の不思議な日本語は、日本に留学経験のある検察官たちにも意味がわからなかった。

「じゃあ、妖精さんとやらから、今まで何を貰ってきたか言ってみろ！」

澪はベソをかきながら、これまで貰ったプレゼントを挙げていった。

「えーっと……。月経カップとー、付け乳首とー、使い捨てビデとー、バイブレーターとー、貞操帯とー、浣腸器とー、クスコとー……」

「庫斯科是什麼？」

（クスコって何だ？）

若手検察官がスマホで検索した画面を先輩検察官に見せた。それは膣鏡《ちつきょう》と呼ばれるアヒルの嘴《くちばし》のような形をした医療用具である。医師はこれで膣口を開いて診察する。また別の使い方をする人もいる。強面でも性的には保守的な台湾人検察官たちは、その画像を見て耳を真っ赤にして俯《うつむ》いた。

突然、女性検察官が慌てた様子で取調室に入ってきた。

「不好了。她已經與日本警察進行了藥物測試！」

（大変です。彼女は日本の警察で薬物検査を受けたことがあるそうです！）

「おまえ薬中《ヤクチュウ》だったのか？」

「違いますぅ。あれは濡れ衣だったんですぅ！」

澪は急遽、薬物検査を受けることになった。元女子レスリング台湾代表の検察官が、検尿用カップを携え、澪をトイレに突き飛ばした。

「你知道怎麼做？」

（やり方はわかるわよね？）

トイレの個室のドアを閉めようとしたら、女性検察官が背中で扉を押さえた。検体を誤魔化さないように目の前でやれと言う。

「無理無理無理。人前でオシッコなんか出ないですぅ……」

「那麼我會幇你的」

（じゃあ手伝ってあげるわよ）

女性検察官が靴の爪先で澪の下腹部を押した。澪は、オシッコの代わりに涙が出てきた。


別室では五十嵐もまた同様の扱いを受けていた。

「山階航は、お前たちに協力していたと供述しているぞ！」

消し炭みたいにしょんぼりと俯いている五十嵐は、否認する気力も失せかけていた。まるで四十日周期で、同じ過去が繰り返されるみたいな生活に、何が現実なのかわからなくなってきていた。

「違います。オレたちは山階航という人と会ったこともありません……」

山階航は潔く全てを供述した。名誉欲も性欲も尽き果てて、むしろスッキリしたかのような面持ちだった。その一方で支離滅裂な供述をする五十嵐と澪は、台北地検の心証を悪くした。

取調室に別の検察官が入ってきた。

「他已被澳大利亞拒絕入境」

（こいつはオーストラリアから入国を拒否されているぞ）

「什麼？　他是性罪犯嗎？」

（なに？　こいつは性犯罪者なのか？）

『嗚呼、まただ……』

黒歴史がほじくり返されて、五十嵐は机に突っ伏した。こんなことならグラビアの編集者なんてやらなければよかった、と激しく後悔した。

日本語の達者なベテラン検察官が五十嵐の頭を持ち上げた。

「ははーん。さてはおまえ、ＡＶ女優のスカウトマンだな？　台湾にスカウトしにきたんだろうが、生憎台湾はポルノ厳禁だ！」

「違います。オレはＡＶの制作なんてやってません！　そのトラブルは青年マンガ誌のグラビア担当だった時のものです」

「どんなグラビアだ？」

「水着です」

「なんで青年マンガ誌に水着の女の子のグラビアが必要なんだ？」

「そういう文化なんです」

「エロ本のグラビアじゃないのか？」

「マンガ雑誌だったら、母親に見られても恥ずかしくないので」

「じゃあ、おまえが担当したグラビアアイドルの名前を言ってみろ」

濡れ衣を着せられそうになった五十嵐は、必死で当時のことを思い出した。

「下総《しもうさ》このみ、中谷《なかたに》千夏《ちか》、九重《ここのえ》リカ、クリスティ西田《にしだ》、佐伯《さえき》瑠美《るみ》……」

「知ってるぞ。そいつらは全員ＡＶ女優じゃねえか！」

「ほう。グラビアで釣ってＡＶに落とすという手口なんだな？」

「グラビアアイドルから落ちぶれて、ＡＶ女優になっただけなんです！」

「そんなことするわけないじゃないですか！」

「日本じゃ親公認でＡＶ女優になるんだろうが、台湾の娘がＡＶなんかに出たら、親兄弟が自殺するんだぞ！」

「日本でもそんなことありません」

「いや、日本は道徳のない国だ。俺は知っている。ＡＶ女優はハリウッドセレブ並みの扱いをされている」

「誰のことですか？」

「蒼井《あおい》そらだ‼　こっちでは異様な人気だぞ！」

「中華圏の人たちが勝手に持て囃しているだけですってばー」

取調室に若い検察官が入ってきて、先輩検察官に耳打ちした。

「何？　宮良《ゴンリィアン》大人が身元引受人になるだと？　……仕方ない」

急に態度を変えた検察官たちの様子に五十嵐はキョトンとする。どうやら解放してくれるらしい。

地検のロビーには、上質な芭蕉の糸で織られた開襟シャツを着た老紳士がいた。

「五十嵐さーん！」

三十分前に釈放された澪が泣きべそで五十嵐にしがみついた。澪も相当な扱いを受けていて、立っているのもやっとだった。

身元引受人になってくれたのは、在台県人会の重鎮の宮良《みやら》和男《かずお》という男だ。戦後台湾に渡り、大規模果樹園の経営と缶詰の輸出で財を成した大立者《おおだてもの》だった。

好々爺然とした面持ちの宮良が五十嵐の前に進み出る。取り巻きと思しき数人の男たちはみんな立派な身なりだった。

「初めまして。儂は在台県人の宮良和男と申します。沖縄県人が逮捕されたと聞いて、居ても立ってもいられなくなりました。台湾にいる間の、お二人の安全を保証いたします」

「五十嵐さんすごいニュースがあるんだよー。宮良のオジィが澪をラミゴガールズに紹介してくれたんですぅ」

ラミゴガールズとは、台湾プロ野球の人気球団ラミゴモンキーズのチアガールのことである。ラミゴガールズはただの応援団ではない。可愛らしい容姿と派手なパフォーマンスから、絶大な人気を誇る。ラミゴガールズはプロ野球界の枠組みを超えた台湾のトップアイドルで、日本にも多くのファンがいる。

「宮良のオジィが、澪をラミゴモンキーズの始球式に推薦してくれたんですぅ」

「台湾人は心が優しくてね。澪さんが拘束されたのに心を痛めていました。連日地検の前で解放を求めて抗議をしてくれてたんですよ」

トップニュースで報じられた澪は、台湾で一番旬な日本人になっていた。事件に巻き込まれた悲劇性もあって、同情を以《もっ》て受け入れられた。台湾人からのせめてものお詫びのしるしとして、ラミゴガールズへの一日入団が許可され、始球式に起用されることになった。

「ラミゴガールズに入るなんてすごいことだよ！」

五十嵐は芸能に携わる者の端くれとして、ラミゴガールズを知らないわけじゃない。ラミゴガールズ出身と謳えば、日本でも注目されること間違いなしだ。

「それでね、五十嵐さん。澪は明日、桃園國際棒球場で投げることになりました！」

*

台湾桃園市　桃園國際棒球場

翌日、一万五千人の観客が沸き返るなか、マウンドにラミゴガールズの衣装を着た澪が登った。

台湾をお騒がせ中の日本人地下アイドルの登場に、スタンドの熱気は最高潮に達した。もはや試合よりも澪の始球式がメインイベントだ。

ヘソ出しホットパンツのラミゴガールズの衣装は、お色気と健康美の絶妙なバランスを保っている。

『日本的黒愛豆，花城澪！』

興奮気味の場内アナウンスに、球場を揺るがすほどの声援が澪へ浴びせられた。澪は本当に台北アリーナ級の施設を満員にしてしまった。夢が叶った澪はご機嫌でスキップしている。

「台灣的朋友們哈囉～」

（台湾のみなさんハロー）

ふわふわした澪の雰囲気は台湾人の好みでもある。日本で不遇の身に甘んじていた澪にとって、満員のスタンドは夢のような光景だった。

「行くぞー！」

腕をブンブン振り回して、今から投げるぞ、という仕草をする。選手たちもベンチ前に総出で澪に拍手を送る。キャッチャーが「ポーンと投げちゃって」とミットを上向きに振って合図を送った。しかし澪は首を横に振った。

「本気で行くぞーっ！」

やおら両腕を振りかぶった澪は、渾身《こんしん》の一球を投げたではないか。腰の入った重いストレートは球速百三十三キロメートルにも達した。ミットに吸い込まれたボールが、スパーンと小気味好い音を響かせる。女子のものとは思えない豪速球に、スタンドは一転静まり返った。

しばらくして、ありえない光景を目撃した球場全体がどよめき出した。

何を隠そう、澪はスポーツ万能である。しかしそれだと男受けが良くないので、わざとトロいふりをしていた。女性アイドルに運動神経なんて要らない。禁欲的なアスリートに見られるくらいなら、ボンクラのふりをしていた方がマシだと思っていた。だけどたまに発散したくなることもある。それがまさに今日だ。台北地検にまで容疑者扱いされ、また検尿された澪はイライラしていた。

「あれー？　マグレですぅ」

咄嗟に猫を被って、招き猫のポーズでジャンプした。その愛くるしい仕草を見たスタンドの観客たちは笑顔で、どっと沸いた。

　こうして澪は台湾に確かな地歩を築いたのだった。

　県人会の人たちと夕食を摂ることになった澪と五十嵐は、台湾料理のご馳走を前に涎《よだれ》が止まらない。菜脯蛋《ツァイプータン》、蔭鼓蚵仔《イングークウアズー》、佛跳牆《フォーティアオチィアン》、牛肉麺《ニューロウミィエン》など、中国料理よりも優しい味つけが特徴だ。それは福建《ふっけん》料理を基に発達した沖縄料理と似ていた。

五十嵐がバッグを弄る澪の手を摑んだ。

「澪ちゃん、練乳はダメ！」

「えー。味が締まらなくなりますぅ」

「日本に帰ったら、いくらでも練乳を使っていいから」

五十嵐が見るに、県人会の人たちは台湾社会の上流階級である。元沖縄県人の移民たちの子孫で三世までいて、育ちの良さが顔に出ている。彼らの庇護があるから今は平穏無事でいられるのだ。

「宮良のオジィはなんで台湾に渡ったんですかぁ？」

澪はビールを注ぎながら話を聞いた。

「儂の家族は八重山出身で、戦前両親は台湾と石垣島を行き来していたんじゃ。台湾にも石垣島にも家があったんじゃよ。戦争が激化したとき、石垣島のほうは引き払おうかという話になってね。こっちの方が住みやすいし、商売も上手く行ってたから、沖縄に戻ろうとは思わなかったんじゃ」

「国籍はどうしたんですか？」

「台湾と日本の二重国籍じゃ。日本は台湾と国交がないから国籍離脱は不可能だと言われて、そのまま台湾籍を取ったんじゃ。逆に台湾人も沖縄にたくさん渡ったよ。国籍なんて紙切れの上の話じゃよ」

台湾では歴史的に沖縄のことを大琉球、台湾のことを小琉球と呼び、沖縄を日本と区別している。例えば台湾で国際式典が開かれると、賓客の日本人席と琉球人席は区別して用意されるほど、沖縄に近しい感情を持っている。

「ふーん。澪も台湾籍を取ろうかなー」

すっかり台湾に魅入られた澪は、このまま移住してもいいと思い始めた。すかさず五十嵐が現実に引き戻す。

「澪ちゃん、映画。映画。映画」

「そうだった。まずはお宝をゲットしなきゃ。でももう面倒臭いですぅ」

「お宝って何かをお探しなのかい？」

「実は、澪の大きい爺ちゃんが戦時中に海神の宝を見つけたらしいんですぅ。そのお宝を発見した人が祖母の軍用地を相続することになるんで、澪は必死になって探しているんですぅ。ほら、これが大きい爺ちゃんの写真ですぅ」

澪は何気なくスマホに入っているモノクロの画像を見せた。

「裏には大きい爺ちゃんの書いた字があるんですぅ」

他愛《たわい》のない世間話に付き合っていたはずの宮良が画像を見た瞬間、持っていたグラスを落とした。床に砕け散るガラスの音に店内が静まり返る。

「宮良のオジィ、どうしたんですかぁ？　顔色が悪いですよ？」

宮良の目は虚空を見つめたまま動かない。もしや息まで止まっているのでは、と澪は心配になった。

宮良は震えるような声で言った。

「お嬢さん、その写真をもう一度見せてくれないかね？」

すると、再びスマホの画像を見た宮良は、今度は目を爛々《らんらん》と輝かせるではないか。宮良は画面をピンチして画像の賢治の顔を拡大していく。

「宮良のオジィ、この人を知ってるんですかぁ？」

「貧乏ゆすりをしていたおじさんじゃ……」

「え？　何？　オジィ何て言ったの？」

宮良は一度大きく深呼吸して言い直した。それは宮良が幼かった頃、疎開船に乗り合わせた時に知り合った男だった。

「石嶺賢治さんじゃ。この人は儂の命の恩人なんじゃ」

その言葉に五十嵐の顔色が変わった。

「石嶺賢治氏を知っているんですか？」

「知ってるも何も。この写真は儂が撮ったんじゃ。海神島でね」

宮良は懐かしそうに当時のことを振り返った。宮良が、少年だった頃に祖母と母親と共に疎開船に乗った日のことを思い出す。手荷物しか持ち込めないぎゅうぎゅう詰めの甲板に、当時の最新式のカメラを携えた男がいたのをはっきりと覚えている。彼は先行する船をずっと見つめて苛立ったように貧乏ゆすりをしていた。

「その海神島はどこにあるんですか？」

「海神島は台湾領じゃよ。儂が断言する」

「台湾にある離島って澎湖《ポンフー》ですか？」

五十嵐の問いに対し、宮良はしっかりとした口調でこう言った。

「台湾ではそこを釣魚臺列嶼《ディアオユータイリィエユー》と呼ぶ。そして日本では魚釣島《うおつりじま》と呼ぶ」

「それってまさか……？」

五十嵐は海神島の正体に気づいてしまった。

海神島とは、尖閣《せんかく》諸島のことである。

第九章　見捨てられた疎開船

昭和二十（一九四五）年七月二日　西表島船浮《ふなうき》港沖

疎開船となった第一千早丸、第五千早丸は、西表島の船浮港に停泊した後、台湾を目指していた。総勢二百二十人余りの最後の疎開者たちである。東シナ海の制海権と制空権は連合国に奪われており、敵の潜水艦の攻撃にいつ遭うともわからない決死の出航だった。

戦況の悪化とは裏腹に、澄み渡るほどの快晴だった。視界は良好で、水平線の彼方まで遮るものは波頭ひとつない。それが疎開船の乗員たちには悪意にすら感じられた。敵の目からの逃げ場もなくなるからだ。

石嶺賢治は第五千早丸の甲板から、先行する第一千早丸の船影を見つめていた。賢治は自分の影が手前に伸びていくのを訝しんだ。

「変だ。針路が北に寄りすぎているぞ」

順当に台湾へ向かうなら針路は西で、影は右側に落ちるはずだ。賢治は歩哨《ほしょう》についている日本兵を問いただした。

「この船は与那国島を経由するんじゃなかったのですか？」

日本兵は面倒臭そうに説明した。

「与那国の祖納《そない》港も久部良《くぶら》港も小さすぎて、五〇トン級の船を停泊させられない。八重山守備隊の命令で、この船は魚釣島を迂回《うかい》して基隆港を目指すことになっているのだ」

「尖閣迂回航路？　これのどこがまともな作戦なんだ！」

日本兵は咄嗟に銃底で賢治の顎を打ちのめした。

「貴様、軍部の命令に逆らうつもりか！」

甲板に倒れる賢治を見た女、子供が身を竦めた。その時、誰もがこう思い始めていた。

――石垣島に残っていた方が安全だったのではないか。

我先に飛びつくように乗った疎開船が、実は敵の目を掻い潜る大博打《おおばくち》だったとは、知る由もなかった。賢治が振り返ると、西表島の島影はとっくに水平線の彼方に消えていた。

翌七月三日は、夏の雲がプカプカと空に漂う牧歌的な光景が広がっていた。第五千早丸に乗り込んだ島民たちは日差しを避けようと、各々クバ笠や防空頭巾で顔を覆ったり、一張羅《いっちょうら》の着物を日除けに張ったりして、静かに過ごしていた。聞こえてくるのは機関室からのエンジン音だけで、お喋りすると不安が衝いて出そうだから口を噤《つぐ》んでいた。

賢治はエンジン音と合わせるように、しきりに貧乏ゆすりをしていた。

「おじさんなんでワジワジー（イライラ）してるの？」

賢治の様子が気になった少年が声をかける。

「大切な荷物を向こうの船に置いてきたからさ」

「お金とか？」

「沖縄県民の宝だ」

少年に説明するのが面倒臭くなった賢治は、写真を撮ってやろうとカメラを向けた。少年は気をつけの姿勢のまま、敬礼をする。親族の男が出征する時に、写真館で撮った記念写真のポーズを真似たのだろう。

「坊やの名前は？」

「宮良和男であります！」

同乗している日本兵も少年の口調に笑みを浮かべた。その時だった。

「何か聞こえたぞ」

賢治が辺りを見回しても、まだ誰も気づいていない。賢治は目を閉じて耳に意識を集中した。船のエンジン音、舳先《へさき》で砕ける波の音、吹き付ける風の音がゴロゴロと響いている。賢治の耳はその中から微《かす》かな音を拾った。

「プロペラ音だ。敵の爆撃機だ！」

賢治が言い終わる前に、上空から唸るような音が響いてきた。突如、上空に小さな太陽が現れたかのような閃光《せんこう》に、賢治は目を眩ませた。銀色の翼を傾けながら現れたのは、アメリカ陸軍の哨戒爆撃機B-24である。

「敵機襲来！」

さっきまで押し黙っていた島民たちが、恐怖の坩堝《るつぼ》に落とされたように一気に騒ぎ出す。B-24は悠然と疎開船の上を旋回しながら、機首を第一千早丸に向けてきた。

「あの船には沖縄の宝が！」

賢治が咄嗟に甲板から身を乗り出して、第一千早丸の船影を見つめた。B-24は獲物を狙う鷹のように、上空から悠然と襲いかかってきた。機首から放たれた機銃の弾痕が、波飛沫《なみしぶき》を立てて第一千早丸に接近する。弾痕は勢いよく船体を横切るように通過していった。機銃を避けようと舵を切った第一千早丸が、波間に船底の一部が見えそうなほど傾いている。賢治は荷物が無事か気が気じゃなかった。

まるで鷹が、野を駆ける逃げ場のない兎《うさぎ》を弄《もてあそ》ぶかのような光景だった。B-24はわざと一発で仕留めず、海面に銃弾を浴びせ、弾が迫ってくる恐怖を第一千早丸の乗員に与えようとしているとしか思えなかった。

「第一千早丸から離れろ！」

第五千早丸はすぐに舵を切って船隊を解いた。疎開船には反撃する武器はない。せいぜい日本兵が持つ機関銃くらいのものだ。所詮、徴用された貨物船ごときが爆撃機相手に敵《かな》うはずもなかった。

「次はこっちに向かってくるぞ！」

B-24が第五千早丸に機首を向けた。

賢治たちが危ないと身を竦めるよりも早く、機銃を撃ってきた。一発の弾が三人を貫通し、甲板まで到達するほどの威力だ。弾丸というよりも、まるで雷で貫かれたような閃光である。それを数十発まとめて食らい、操舵室の窓枠にまでノコギリの刃のような痕が残った。

たちまち第五千早丸から火の手が上がる。すぐさま同乗していた日本兵が機関銃で反撃するものの、石を投げて追い払うのにも等しい貧相な火力だった。

「やめろ。民間人が乗っているんだぞ！」

賢治は上空を掠めるB‐24に向かって怒鳴った。第五千早丸はパニック状態だ。反射的に海に飛び込む者、子供を抱えて躊躇っている間に後ろから突き落とされた者、火を消そうと麻袋を叩きつける者、落ち着けと怒鳴る日本兵、船の舵を切りすぎたせいで、バランスを失い反対側に流れ落ちていく者――。すぐ側で起きている阿鼻叫喚《あびきょうかん》に賢治は慄《おのの》いた。

機銃を浴びて即死した女の体の下から、赤子の泣き声が聞こえる。賢治が手繰り寄せて赤子を抱き抱えた瞬間、赤子の頭が吹っ飛ぶ。B‐24が去り際に機尾の銃座からも機銃を放っていったのだ。眼鏡のレンズに血飛沫を浴びた賢治は、自分が撃たれたかのように絶叫した。

「アギジャビヨー！」

（うわあああっ！）

B‐24は悠々と上空で旋回し、今度は爆弾槽《そう》を開く。腹の中から迫り出してきたのは、十二連装のロケット投射器だ。第五千早丸に向けてティニー・ティム・ロケット弾が一斉に射出された。点火されたロケット弾は、放射状に飛び散りながら、洋上にいる第五千早丸を目がけ加速していく。一発で軍艦を沈めるほどの威力を持つと言われるティニー・ティムを、装甲のない貨物船が食らったら、木《こ》っ端《ば》微《み》塵《じん》だ。

「みんな逃げろ！」

賢治の目はその光景をスローモーションのように捉えた。三発のティニー・ティムが船の手前の海上で爆発した。四発は第五千早丸を飛び越え背後で水柱をあげた。もう四発が左舷の海面に落ちて壁のような高波を生んだ。

　そして賢治は最後の一発の軌跡に、時が止まったような戦慄《せんりつ》を覚えた。水蒸気の雲を纏った弾頭が、大気を切り裂きながら、ゆっくりとこちらに突進してくるではないか。直感的に、自分の真下にある燃料タンクに当たるとわかった。

　賢治は躊躇わずに船尾に向かって駆け出した。一歩一歩がこんなにもどかしいと思ったのは初めてだ。二歩進んで振り返ると、ロケット弾は着弾寸前だった。賢治は身を投げるように船尾に向かって跳んだ。その瞬間、衝撃波が後頭部を撫でるのを感じた。

「爆発したぞ！」

　ロケット弾は第五千早丸の燃料タンクで爆発した。爆風と共に船体は真っ二つに折れ、船内にいた島民の体がバラバラに飛び散っていく。腕や足や頭が降り注ぐなか、炎から逃れるように、生き延びた島民たちが船の前後に割れた。火災の勢いは凄まじく、船首にも船尾にも火が迫っていた。もはや第五千早丸は自らの船体を保つ力すらなくなり、への字に折れ曲がっている。

　賢治の側で和男が祖母の亡骸《なきがら》に縋《すが》っていた。賢治はベルトを外して、和男を自分の体に括り付けた。

「和男、おじさんと一緒に海に飛び込むぞ！」

　和男が返事をする前に、賢治は海へ跳んだ。と同時に第五千早丸が大爆発の火柱をあげた。賢治は海面に広がる炎を見上げながら、息を継ぐタイミングを見計らった。重油についた炎は海面をオレンジ色に照らしている。賢治は、海中で和男の口を手で塞ぎながら、沈んでいく第五千早丸の最期を見届けた。

燃えながら砕けていく船体、荷物、そして息絶えた島民たちが、海面の炎に照らされながら賢治の側を掠めるように沈んでいく。賢治の脳裏に、あと三分息を止めていられるだろうかという考えが過った。今、慌てて海面に顔を出せば炎を吸い込んでしまう。苦しくても火が消えてからでないと浮上できない。抱えた和男はぐったりと賢治に体を預けている。

『まだ火が消えない。早く消えろ。早く消えろ……』

こんな時慌てると心拍数が早くなり、酸素の消費量が増す。瞑想するような静かな気持ちにならないと三分間は長すぎた。賢治は半眼になり、内観状態で自己と向き合った。浦添の海神の墓を囲むサトウキビ畑の葉が、緑色の波になって揺れているイメージが浮かんだ。次に、先に台湾に疎開した娘の漣が人形を抱えてにっこり笑っている姿が浮かぶ。賢治はそれらを抱き締めるように慈《いつく》しんだ。すると死の恐怖より、生きてもう一度会いたいという気持ちが上回っていくのがわかった。

見上げると海面の炎が消えた。今がチャンスだ。賢治は和男の鳩尾《みぞおち》に膝蹴りでショックを与えた。

――フジョウスル。

賢治が、意識を取り戻した和男に親指を立てて合図を送る。事態を把握した和男が敬礼で反応した。二人は炎の消えた海面に向かってゆっくりと浮上していった。

「ぷは。なんてことだ！」

賢治は漂流物の木片を見つけて、和男に摑まらせた。見れば漂う残骸の合間に生存者も見える。各々が必死になって仲間たちに救助を求めていた。

「第一千早丸はどこだ？」

　賢治たちが海中に潜っている間に、第一千早丸も再び攻撃を受けた様子だ。機関部から黒い煙を上げている状況からすると、エンジンをやられたのだろう。しかし巧みに操舵して生存者救助に向かおうとしていた。賢治はありったけの力で声をあげた。

「おーい！　ここだー！　助けてくれー！」

　幸い、第一千早丸は爆発を免れていた。上空にはすでにＢ-24の機影はなく、不審船を轟沈《ごうちん》したものと判断したのか尖閣空域を離れていた。

　第一千早丸の甲板は、救助された島民たちで、横になることもできないほど混雑していた。負傷した婦人を止血しようと着物を破る者、爆発に巻き込まれて全身を火傷《やけど》した者、恐怖で母親の名を叫ぶ子供たちの泣き声が船を揺さぶる。機関部に被弾した第一千早丸は必ずしも安全とは言えなかった。

「エンジンが止まった。誰か、機関士はいないか？」

　船長が片っ端から声をかけていく。黒潮の激流に捕まった第一千早丸は漂流を始めていた。このまま流されると連合国艦隊が包囲している海域に辿り着いてしまう。なんとかエンジンを修理して、黒潮に逆らわなければ、第一千早丸は三度《みたび》攻撃を受けてしまうだろう。

　快晴の青空とカンカン照りの太陽は、第一千早丸の惨状を無関心に眺めているようだった。日照りの甲板に晒された島民たちが、喉の渇きを訴える。

「誰か。水を、水をくれ……」

　ブリキの水筒を逆さにした賢治が、最後の一雫《ひとしずく》を負傷者の口に垂らした。

「これで最後です……」

水を欲するのは負傷者だけではない。子供が泣き止まないのを苦にした母親が、海水を汲み上げて飲ませた。

「フラー（バカ）。海水なんか飲ませたら、ますます喉が渇くぞ！」

「だってしょうがないじゃない！」

「アンマー（お母さん）。喉がヒリヒリするよー」

備蓄の食糧はあったが、乾パンは喉を渇かしそうだから誰も手をつけなかった。賢治は極限状態に陥って初めて知った。人間は餓死する苦しさよりも、喉が渇く方が何十倍も辛いのだ、と。

漂流から一晩が過ぎていた。水平線が仄かに明るくなってきた未明、機関室に籠っていた第五千早丸から救助された金城《きんじょう》機関長が、賢治に手伝いを求めてきた。

「燃料管が被弾しているだけだ。母材を塞ぐ金属はあるか？」

「どんな金属がいいですか？」

「銀ロウ溶接がいい。長くて真っ直ぐな銀の棒だ」

賢治はすぐに閃いて、お宝を入れた木箱に向かう。木箱の上には負傷者が三人凭れかかっていた。木箱を開ける前に賢治は目を瞑って祈った。

「ご先祖様、助けてくれ……」

賢治は桐箱に収めていた銀の簪《かんざし》を取り出した。それは賢治の祖父が王宮に勤めていたときの形見とされるものだった。士族の男性に許された銀の簪は、頭の部分には花形の彫金が施されていた。

第一千早丸は尖閣諸島から外れ、大正島《たいしょうじま》付近を漂流しているものと思われた。黒潮の流れは想像以上に速かった。このままのスピードで流されると、二十四時間後には久米島沖合へと至る。そこは連合国艦隊一五〇〇隻が集う敵地のド真ん中だ。

午前七時、今日も暑くなりそうな予感がしたその時だ。第一千早丸が鼓動を復活させた。

「エンジンが直ったぞ。バンザーイ！」

第一千早丸に必要なのは、燃料よりも真水だ。丸一日水がないだけで負傷者の容体が急変するほどだった。昨日、水を欲して泣いていた赤子は、今朝はぐったりしている。

船長は一番近い水場のある島を目指すことにした。そこにはカツオを貯蔵する小屋と、最低限の生活を送れる道具があるはずだった。

「魚釣島に避難する！」

こうして第一千早丸は尖閣諸島最大の島、魚釣島へと向かうことになった。

魚釣島は石垣島の漁民たちの中継基地として使われていた。当時は冷凍技術がないため、獲ったカツオを速やかに処理しなければ腐ってしまった。しかしそれだと頻繁に漁場と石垣島を往復することになる。魚釣島は漁場からほど近く水場もあることから、カツオの一時貯蔵基地としてうってつけだった。

賢治は、水平線の彼方に頭を覗かせる標高三百六十二メートルの奈良原《ならはら》岳の山頂を見た瞬間、命が繋がった、とギリギリ保っていた緊張の糸を緩めた。今一番欲しいのは喉を潤す水だ。

魚釣島の北側には円弧形の平地がある。百人を超える負傷者にはそれだけでも僥倖だった。

これでやっと全身を横たえることができるからだ。

「島に誰かいるぞ！」

甲板から島を見ると、岩場から誰かがこちらに向けて旗を振っている。魚釣島には人が住んでいたのだ。第一千早丸の島民たちは、これで助かったと安堵の息を吐いた。

魚釣島には小型船が接岸できる港があった。第一千早丸が魚釣島に着くのを見届けた男が、上陸した賢治に嬉しそうに駆け寄ってきて言った。

「助かった。礼を言うぞ！」

「こちらこそ。あなたはなぜここに？」

「俺たちは遭難したんだ。そっちこそ、救援に来てくれたんだろう？」

「私たちも遭難したんだが……」

無精髭の男たちの話を聞けば、彼らもまた尖閣沖で遭難したのだという。彼らは軍属で、ある任務に就いていたが、船が嵐に見舞われたのだそうだ。

「助けに来てくれたんじゃなかったのか……」

男たちは心底がっかりした表情で浜に膝をついた。彼らは毎日、魚釣島の浜辺を散策するのを日課にしていたそうだ。浜辺には漂流物が漂い、毎日何らかの収穫があるという。ほとんどは船の残骸や浮き輪などだが、稀《まれ》に缶詰の入った木箱なども漂着するのだそうだ。

賢治は初めて上陸する魚釣島に荘厳な雰囲気を感じていた。島の規模に似つかわしくない、切り立つ高峻な山が畏怖を感じさせる。

「湧水を見つけたぞ」

久しぶりの水に歓喜した島民たちは、岩肌を伝う清涼な水に直接口をつけて啜った。その光景はさながら水場に集う野生動物のようである。喉の渇きを潤すと、自分たちが空腹なことにやっと気づいた。幸い船内には非常食の乾パンがある。

次に島民たちは負傷者の傷の手当てに使う水を汲むことにした。止血はしたものの、開いた傷口を塞ぐ方法がない。患部を水で洗ってやることくらいしかできないが、このまま腐らせるよりはマシだった。

「クバの葉がある。それで小屋を作ろう」

クバはヤシ科の高木で、沖縄の暮らしに欠かせない植物だ。特に防水力のある葉は、笠にしたり、扇にしたり、編んで籠にしたりできる万能植物である。さっそく女たちがクバの葉を巧みに編み込み、水汲みを作った。

「嗚呼、生き返る……。神は我らをお見捨てにはならなかった」

魚釣島で思う存分手足を伸ばした島民たちは、口々に神の慈悲へ感謝した。魚釣島は一時的な補給のための停泊地だ。水を補給したらすぐに出発するものと皆が信じていた。幸い、第一千早丸のエンジンは死んでない。

島にあるカツオ貯蔵施設も、使える状態だった。その小屋の中で、第一千早丸の船長は機関長とずっと相談していた。

「機関長、無線は使えるか？　救難信号を出せ」

「船長、危険です。アメリカ軍が傍受しています」

「船の残りの燃料では台湾まで保たない。島に備蓄の燃料はあるか？」

「船長、今はカツオ漁の最盛期ではありません。燃料の備蓄なんてありませんよ」

「八重山守備隊からの救援を待とう。連絡がなければすぐに気づくはずだ」

しかし八重山守備隊は、疎開船が危険な尖閣航路を突破したことを褒め称える賞詞を出していた。

賞詞

水軍隊　　隊長　陸軍少尉　長川小太郎

昭和二十年春沖縄作戦近迫シ敵機及敵潜水艦ノ跳梁《ちょうりょう》愈々《いよいよ》激シク先島《さきしま》群島―台湾間ノ航行遮断セラレ軍民需物資ノ補給杜絶《とぜつ》スルヤ兵団ハ長川少尉ヲ長トスル水軍隊ヲ編成シ沈没又ハ座礁セル船舶ヲ引上ゲ之ヲ改修シテ輸送路ノ打開ヲ企図セリ
水軍隊ハ隊長以下協力一致昼夜兼行シテ船舶ノ引上ニ或ハ改修ニ勉メ敵機、敵潜ノ来襲時期及航路等ヲ具《つぶさ》ニ検討シテ尖閣列島附近ヲ迂回スル航路ヲ創案シ、第一、第三、第五千早丸ノ三隻ノ発動機船ヲ指揮シ以テ此ノ危険海面ノ突破ヲ敢行セリ
而《しこう》シテ敵機ニ遭遇スルコト数度ニ及ブモ隊長ノ果敢ナル陣頭指揮ト

卓越セル航法並ニ隊員ノ鉄石ノ団結ト敢闘精神トニヨリ巧ニ之ヲ回避シ以テ此ノ重大任務ヲ完遂シ当兵団ノ作戦ニ大ナル貢献ヲナセリ
然リ而シテ此ノ水軍隊ノ行動ハ同一任務ヲ有スル他部隊ニ刺激ヲ與《あた》エ台湾―石垣―宮古《みやこ》島間ノ活発ナル運航トナリ軍ノ戦力増強ニ寄與《きよ》スルコト至大ナルニ至リ其ノ武功真ニ抜群ナリ
仍《よっ》テ茲《ここ》ニ賞詞ヲ與フ

　　昭和二十年七月三十日
　　独立混成第四五旅団長　陸軍少将　宮　崎　武　之

　大戦末期、自棄のやんぱちになった帝国陸軍は、疎開船が出航するや否や、作戦は成功したと自らを褒め称えた。この賞詞のせいで島民たちは遭難したと思われず、軍功の材料にされてしまった。そんなこととも露知らず、賢治たちはのんびりと救援を待つことにした。幸い水は豊富にある。食糧の備蓄は一週間ならギリギリ保ちそうだと見通した。

　水を確保した島民は、次に食料を確保することにした。魚釣島は生態系が豊かで、食べられそうなものが豊富にあった。

「ミズナを見つけたよ」

「長命草もあったさー」

「海鳥の卵もあるねー」

それぞれが収穫した成果を自慢するように見せ合う。男たちは島に生息する大トカゲやヘビを捕まえてきた。これが栄養満点で美味しかった。島民たちは数日間は、天国のような暮らしを満喫していた。

しかし一週間も過ぎるようになると、次第に問題が露呈するようになった。

今朝、傷が深かった長浜《ながはま》マサが死んだ。彼女は昨日まで、自分は絶対に生きて台湾に行く、と気丈に振る舞っていたのに。

「埋葬しよう。お気の毒に……」

賢治は浜辺の一角に彼女を埋葬した。重傷者は彼女だけではなかった。このまま治療をしなければ、彼女に続く者が次々と現れるだろう不安を隠しきれない。

和男が泣きっ面で賢治の許を訪れた。

「カメオバァも死んだよ……。チャースガ（どうしよう）」

「和男、泣くな。みんな泣きたいのを我慢しているんだ」

和男は気丈に涙を堪えて、震える手で敬礼した。

ついに船長は救援を呼びに行く決断をした。立案は同乗した日本兵によるものだ。

「軍人数名で石垣島に向かう。幸い燃料はまだある。軍に救助に来てもらうしかない！」

残された島民は、それが一番良い方法だと納得した。この際、台湾行きを諦めて石垣島に戻る方がずっと良いと思われた。

島民たちは期待を籠めて魚釣島を発つ船影を見送った。それが第一千早丸の最後の姿になるとも知らずに――。

数日後、第一千早丸の救命ボートが這う這うの体で戻ってきた。出航して間もなく、エンジンが故障し、船を放棄することになってしまったという。

「船を失ったのか……」

賢治たちは初めて、ここで死ぬかもしれない、という不安を抱き始めた。

十日が過ぎると食料に事欠くようになった。出し合っていた米も乾パンも底をつき、魚釣島の生態系だけを頼りに生きていかざるを得なくなってしまった。魚釣島に生存者百数十名を生かすだけの糧《かて》があるかどうかギリギリの線だ。

動けなくなる人の数も日増しに跳ね上がった。負傷者は患部に蛆《うじ》が湧き、腐臭を放つようになった。

「誰かこの蛆を取ってくれ……」

和男が半狂乱になりながら、男の脇腹に湧いた蛆を摘む。見たこともない大きな蛆虫で、お椀《わん》がすぐに一杯になった。

「誰か腕を切り落としておくれ……」

被弾して皮一枚でぶら下がった腕を包帯で無理に繋ぎ止めていたが、彼女の前腕は完全に腐っていた。賢治がナイフで患部を切り落としたら、女は痛みを訴えるどころか、心底楽になったという表情で眠りについた。賢治たちの生活は、朝から晩まで漂着物を探すことに費やされた。海流のせいだろうか、魚釣島には面白いように毎日、何かの漂着物が流れ着く。食べられそうなものもあれば、役に立ちそうな瓦礫《がれき》もある。ないのは生活必需品、特に薬だった。

二人目を埋葬した時、このままではキリがないと賢治は判断した。

「もうこれ以上墓は作れない。どこか遺体を置いてこられそうな場所を探そう」

「食料になるのに勿体《もったい》ない」

そう呟いたのは日本兵だ。日本兵たちは横柄な態度で島民たちを恫喝して威張り散らしてばかりだ。賢治たちは日本兵に忖度する気分はとうに失せていた。制海権も制空権も失い、敗戦濃厚だというのに、尖閣迂回航路などという狂気に満ちた作戦を執り、その上石垣島への救助要請作戦では第一千早丸を失い、尊い命を食料だと宣《のたま》う。こいつらに少しでも人としての感情があったなら、決してそんなことは言えないはずだ。

「貴様！　なんだ、その反抗的な目は！」

日本兵が軍刀を抜いて賢治の鼻先に突きつけた。賢治は黙って引き下がるしかなかった。

「和男、墓になりそうな谷を探すぞ。そこに死体を置いてくるしかない」

和男はもう敬礼で返事するのをやめた。

魚釣島はそのほとんどが山で占められている。奈良原岳は、南側に切り立った崖、北側になだらかな斜面を擁した山である。賢治と和男は、集団墓地になりそうな南側の崖を尾根伝いに登った。

「おじさん、この谷ならお墓になるんじゃないかな？」

賢治が見ると、五十メートルはありそうな深い谷である。あまり山に深く入り過ぎるのも良くないので、賢治はここで手を打とうかと周囲を見渡した。すると馴染みのある物体が賢治の目に飛び込んできた。

「ノッチだ！　いや、陸《アギ》ギタラか？」

　山腹から海岸線を見下ろした賢治は、肝を潰した。浦添の畑の中にあるノッチと同じようなものが、浜から聳《そび》え立つように正面にあるではないか。

「伊是名島の陸ギタラとそっくりだ……」

　琉球の歴史を鑑みるに、奇岩は信仰と結びつくことが多い。例えば伊是名島の陸ギタラを望むアハラ御嶽は、天孫降臨の聖地とされる。浦添のノッチに、そのような信仰から海神の墓が祀られたのなら、魚釣島の奇岩も信仰の場だった可能性がある。

「ここは墓場には向かない。聖地そのものだ」

　賢治は和男に説明するのが面倒臭くて、すぐに崖を下り始めた。経験上、このような場には尊い神が祀られている。頭上から聞こえてくる和男の声を無視して、賢治は崖下に辿り着いた。

「やはりだ。洞窟がある」

　上からではわからなかったが、谷底には想像以上の空間が開けている。その奥に洞窟があった。賢治は残りの燃料が少なくなったライターを点けて、洞窟に入っていく。

「まさか……？」

　賢治の瞳孔が極限まで開いた。同時に賢治は息を止める。小さなライターの炎でもはっきりと視認できた。洞窟の奥には、原始の神が祀られた石塚があるではないか。

「海神様――」

　カメラを持ってこなかったのが悔やまれる。これは琉球史どころか、日本の先史時代、いや東アジアの歴史観をも覆す大発見だ。賢治はすぐに、ここを穢してはならないと悟った。正式な学術調査が入るまで誰も足を踏み入れさせてはならない。特に魚釣島にいる日本兵にこれを知られたりしたら、略奪されてしまうだろう。戦争が終わるまで、誰にも気づかれてはならない。

和男のいる崖の頂上に戻った賢治は、抑えきれない鼻息だけを鳴らしながら、口を真一文字に結んだ。

「おじさん、どうだった？　ここはお墓になりそうだった？」

賢治は目を爛々と輝かせたまま、首を横に振った。それから急いで浜辺に戻った賢治はカメラを手にし、和男を引き連れ、山腹から見下ろした奇岩を探した。

「和男、このカメラでおじさんを撮ってくれないか？」

「いいよ。使い方を教えて」

賢治は最後の一枚のフィルムで、奇岩の前で写真を撮った。それが七十四年後、曽孫たちの相続争いの元となるとも知らず。

「おじさん、こちらを見て。いきますよー。はい！」

——海神島にて。

これが賢治の写る最後の写真となった。

遭難から一ヶ月、ついに健常者にも死者が出始めた。過度の栄養失調による餓死だ。この島で葬った死者は十人になろうとしていた。動ける者は指で数えるほどしかおらず、残りは立つ体力さえなくなっていた。誰もがここで死ぬものと覚悟するまでになっていた。

「おじさん、足が凸凹《でこぼこ》になっちゃったよ」

和男が浮腫《むく》んだ脛《すね》を指で押すと、皮膚が押し返さなくなっていた。

「脚気《かっけ》だ。ビタミンB不足だ」

飢餓の症状は子供の方が早く表れる。和男の症状は遅れて必ず大人たちにも表れるはずだ。今判断しなければ来週には、動ける大人たちも倒れていく。今生存している百二十人も間もなく餓死する。目玉にハエがたかっているのに、瞬きする力もないほど衰弱している者もいた。

ここで朽ち果ててはならない、と賢治は意を決した。

「サバニ（舟）を作ろう。それで石垣島まで行く決死隊を募る」

幸いなことに魚釣島には、カツオ漁の漁民たちが使う最低限の工具があった。毎日浜辺に漂着する木材を寄せ集めれば、海人が使うサバニ程度の舟は作れそうだった。

遭難した島民の中に大工だった男がいることも奏功した。男たちは難破船の船材を寄せ集め、錆びついたノコギリで板を揃えた。女たちは持っていた荷物から着物を差し出し、帆を縫った。

普段ならこんな突飛な考えなど一笑に付すところだ。だが餓死が確実に迫っている極限状態になると、それが希望になったりもする。

製造開始から十日目、ついに全長五メートル、幅二メートルのサバニが完成した。

「これを形見に持っていてくれ」

決死隊が爪と髪を女たちに渡す。石垣島までの航路は百五十五キロメートル。宮古島―石垣島間よりも遠い。

賢治は決死隊に志願した。そして仲間たちにこう言った。

「久松《ひさまつ》五勇士だって、宮古島から石垣島まで手漕《てこ》ぎのサバニで渡ったんだから、俺たちもきっと大丈夫だ」

体力に自信のある男たちで結成された決死隊は、伝説の久松五勇士に自らを擬《なぞら》えた。

久松五勇士とは、一九〇五年、帆船乗りの青年・奥浜牛《おくはまうし》が、ロシアのバルチック艦隊が宮古島沖を北上するのに遭遇したことに端を発する。当時無線設備のある石垣島へ打電するために漁師五人を募り、彼らが宮古島から十五時間かけて舟を漕ぎ、八重山郵便局から打電したという逸話だ。

「そうだ。久松五勇士はやってのけた」

九人はお互いを鼓舞するように見つめ合う。

「和男、おじさんは絶対に石垣島まで行ってみせるからな」

賢治の目は異様に輝いていた。和男にはそれが一種の狂気のようにも映った。

「おじさんはなんでそこまで自信があるの？」

「私には海神様のことをみんなに報《しら》せる義務があるんだ」

和男は賢治が何を言っているのか判ぜぬまま、生返事をした。

「カリユシ（吉《よ》き旅）でな！」

生存者が見送るなか、一艘《そう》のサバニが魚釣島を出航した。残された島民は同様の光景をかつて見ている。このサバニよりも何百倍も大きかった第一千早丸でさえ、石垣島に届かなかった。それを人力で漕ぐサバニでできるだろうか。不安を挙げればきりがない。ただひとつ、わかっているのは、彼らが遭難したら第一千早丸の乗組員のように、救命ボートで戻って来られないということだ。

　継《つ》ぎ接《は》ぎの着物で作った帆を張ったサバニは一路、石垣島を目指した。航路は黒潮に逆らうことになるので、まずそれが最初の難関だった。櫂《かい》を漕げども漕げども一向に前に進む気配がない。かといって漕ぐのをやめたら潮に流されて北上してしまう。

　魚釣島を出発して五時間。振り返った賢治はようやく奈良原岳の山頂が水平線に沈みそうになるのを確認した。これからは舟に打ち付けたコンパスだけが頼りだ。

「敵機襲来！」

　頭上からB‐24のプロペラ音が響いてくる。当然予想された事態だ。B‐24は貨物船を容赦なく狙うのが任務だ。それが小型の舟であれ、補給船となり得るものは全て沈める。

　賢治が咄嗟に閃いた。

「転覆ハーリーの要領だ！」

　沖縄の海神祭では、爬竜《はりゅう》船と呼ばれる装飾されたサバニを沖合で転覆させる競技がある。転覆した舟を回復させ、再びゴールを目指すという趣向で、祭りの花形種目だ。

　賢治の意図を理解した仲間は、わざと舟底を上にするようにサバニを転覆させた。B‐24からは無人の漂流船のように見えるだろう。賢治たちは立ち泳ぎしながら、舟の中にある酸素で息継ぎをする。

「石嶺さん、考えたもんだな」

「しっ。こちらを怪しんで旋回している」

　プロペラ音が遠ざかると、サバニを復元させ、海水を掻き出しながら再び舟を漕ぐ。この転覆と復元を三度繰り返しながら、石垣島を目指した。

出発から二日目、ついに水平線上に石垣島最高峰・於茂登《おもと》岳の山頂が見えた。

「石垣島だ。やっと見えたか……」

賢治たちはカラカラに干上がった目を僅かな涙で潤した。これで魚釣島に残された仲間たちも助かる。石垣港から出発して実に四十三日が経っていた。

サバニは石垣島の底地《すくじ》湾に到着した。奇《く》しくもそこは、航海安全の神である底地御嶽のお膝元でもあった。

賢治は浜に隣接する底地御嶽に航海の無事を報告した。

「神様、我等を救ってくださってありがとうございました」

賢治は御嶽に深々と頭を垂れた。国も軍も信用できない情勢で、唯一心を寄せられるのは神だけだった。

「神様、私は海神島の宝を必ず後世に残します。どうか、お見守りください」

賢治はもし念というものがあるのなら、この御嶽に志を残しておきたいと思った。難しい言葉は要らない。単純に伝わりやすい思いだけを残すことにした。それが、

――できる。

という肯定的なメッセージだ。いつか誰かが拾ってくれることを信じて、賢治は御嶽に念を預けることにした。

「これでみんな助かる。和男、おじさんはやってのけたぞ！」

快哉を叫んだ九人は陸路、八重山守備隊のある八重山農学校を目指した。

　いくら石垣島が小さな島とはいえ、底地湾から四箇《しか》と呼ばれる町の中心部まで二十二キロメートルある。獣道のような街道は人通りもなく、男の足でも七時間はかかった。満身創痍《そうい》に鞭《むち》打ちながら、一刻も早く救援を要請したくて、賢治は休むことを躊躇いながら辿り着いた。

　しかし石垣島で待っていたのは、賢治への冷たい眼差しだった。八重山守備隊は、疎開船に不審な荷物を載せた賢治に対して逮捕状を突き付けた。

「石嶺賢治だな。貴様をスパイ容疑で逮捕する」

「スパイ？　バカな。なぜ私がスパイなんですか？」

「貴様は大日本帝国の宝を台湾に持ち出そうとした」

「違う。あれは戦争の被害から宝を守ろうとしたんです」

「軍の許可証がない物の持ち出しは、密輸とみなす」

「私は仲間たちを救うために戻ってきたんです。魚釣島に残された仲間たちを助けてください！」

「第一千早丸と第五千早丸は尖閣迂回航路を突破したと報告を受けているが？」

　八重山守備隊は、賞詞を受けて発奮し、ここ石垣島で敵を撃滅すると意気込んでいたのだった。

「嘘です。第五千早丸は沈み、第一千早丸は洋上に放棄しました。生存者が魚釣島で救助を待っています！　私たちが証人です。どうか救助隊を出してください。お願いします」

　正反対の事実を聞かされた日本兵たちは、反応が鈍い。

「お願いします。魚釣島では百人以上の島民が飢えているんです」

サバニに同乗していた日本兵が、八重山農学校に遅れて駆けつけた。

「その人の言っていることは真実だ。私も魚釣島から脱出してきたのだ」

その証言で、やっと八重山守備隊は疎開船が遭難した事実を受け入れた。

「救助の船を出そう。遭難者は救出されるだろう。しかし貴様は別だ！」

無情にも賢治の腕に手錠がかけられる。賢治はこの後、拷問に近い尋問を受けることになった。

尋問室で机に突っ伏した賢治の首が持ち上げられる。賢治の額は内出血で紫色に変色していた。

「貴様、木箱の中身の宝が何なのか言わんか！」

「あれは……まだ登録されていない……沖縄の宝なんです……」

「それを連合国に渡そうとしたな！」

「そんな……。滅相もない……」

賢治の意識は、栄養失調と空腹と絶望で、砂粒のように小さくなっていった。決して久松五勇士のように、英雄視されたかったわけではない。勇気を讃えられたかったわけではない。命の恩人と感謝されたかったわけでもない。ただ、あまりの仕打ちに悲しくなってきた。こんなことなら魚釣島で、海神様の懐で餓死した方がよかったとさえ思う。賢治は力なくまた机の上に頽《くずお》れた。

「また気絶したぞ。水をかけろ」

賢治が意識を取り戻した瞬間、ラジオが正午を告げた。八月十五日の正午である。

賢治はそこで初めて天皇の声を聞いた。

朕《ちん》深ク世界ノ大勢ト帝國ノ現状トニ鑑ミ非常ノ措置ヲ以テ時局ヲ収拾セムト欲シ茲《ここ》ニ忠良ナル爾《なんじ》臣民ニ告ク

朕ハ帝國政府ヲシテ米英支蘇四國ニ対シ其ノ共同宣言ヲ受諾スル旨通告セシメタリ

抑ヽ《そもそも》帝國臣民ノ康寧ヲ圖《はか》リ萬邦共榮ノ樂ヲ偕《とも》ニスルハ皇祖皇宗ノ遺範ニシテ朕ノ拳々措《お》カサル所曩《さき》ニ米英二國ニ宣戰セル所以モ亦實ニ帝國ノ自存ト東亞ノ安定トヲ庶幾《しょき》スルニ出テ他國ノ主權ヲ排シ領土ヲ侵スカ如キハ固《もと》ヨリ朕カ志ニアラス

朕ハ時運ノ趨《おもむ》ク所堪ヘ難キヲ堪ヘ忍ヒ難キヲ忍ヒ以テ万世ノ為ニ太平ヲ開カムト欲ス

八重山農学校にいた軍人たちが、ラジオの前に一斉に平伏《ひれふ》した。椅子に座っていた賢治も突き飛ばされ、土下座を強要するように頭を踏みつけられた。

軍人たちは嗚咽《おえつ》を漏らしながら玉音放送に聴き入っていた。

「日本は負けた……」

賢治は日本が負けたという事実よりも、尋問が終わったことを意識の遠いところで受け入れた。それよりも、あの疎開船はそもそも何だったのだ。石垣島で血みどろの地上戦が繰り広げられることはなかった。軍部はその可能性が高いことを知っていながら、わざわざ危険な尖閣迂回航路を立案し、実行した。石垣島に残っていれば全員助かった命ではないか。賢治は海で死んだ島民たち、魚釣島で死んだ仲間たちのことを考えると、気がおかしくなりそうだった。

『この国は狂っている……』

戦後の賢治は、呆けたように譫言を繰り返すようになった。プライドをズタズタにされ、売国奴呼ばわりされ、変人と噂されるようになった。そのことに傷ついた賢治は、ますます心を閉ざしていった。

これが『尖閣列島戦時遭難事件』の全貌である――。

*

令和元（二〇一九）年十二月　東京　銀座

並木通りはクリスマスセールのイルミネーションに彩られていた。歩道のライトアートがステンドグラスのような幾何学模様を映し出す。銀座が成熟した大人の香りを漂わせるのがこの時期だ。

通りを歩く女たちがミンクのコートを羽織り、ジミーチュウや、フェレッティの高級ロングブーツで街を闊歩している。新宿や六本木の女たちと比べて、一桁違う装いなのは明らかだった。

もちろんお洒落好きの汀だって負けていない。今日の装いは、豪華なロシアンセーブルのストールと、着物は賤機《しずはた》織の熨斗目《のしめ》訪問着である。これでキリッと引き締まった気持ちを表していた。

海神島の正体を突き止めた汀は、出勤前に気つけのニンニク注射を一本射ってもらった。これがよく効く。汀の人格のほぼ全てを占める物欲が急上昇していた。

「ポルシェビル！　ポルシェビル！　ポルシェビル！」

一歩進むたびにポルシェビルの名前が口を衝く。その意欲と比例して店の売り上げも急上昇だった。別に狙っているわけじゃないが、今年度の売り上げは十二月で昨年度のそれを超えていた。やはり目の前に大金を手に入れるチャンスがあったからこそだろう。

「ひいお祖父様の遺言を受け継ぐのは、花城一族で一番孝養心に厚いこのあたしよ！」

汀は今しがた、ポルシェビルの所有者に保証金の渡りをつけてきた。年度内に必ず五億円支払う、と。

お供した隼人は頭を抱えながら汀の後を追う。

「汀ママ、気が早すぎますってば」

「何言っているの隼人。海神島は尖閣諸島だってわかったのよ。これで遺産はあたしのものじゃない」

「だからそこが一番厄介なんですってば！　尖閣なんて絶対に上陸できませんよ」

「なぜ？　日本の島なのに誰に忖度しているのかしら？」

「中国です。日中の外交問題に発展します。中国も尖閣の領有権を主張していますから」

「日本が日本人を渡航禁止にするなら、中国に頼めばいいじゃない？」

「誰に？　あ――！」

隼人は嫌な予感がしてきた。

「ダメです。絶対にダメですよ！」

普段から人の話を聞かない汀だが、ますます受け付けなくなっていた。

「ほら隼人、耳を澄ますと、ひいお祖父様の心の声が聞こえるのよ。『汀よ、ポルシェビルを乗っ取るのだ』って」

「空耳です！　幻聴です！　聞き間違いです！」

「そうかしら？　本当に聞こえるのよ？」

汀が隼人の目をじっと見ながら、シッと唇に指を当てた。すると隼人の耳に嗄《しゃが》れた老人の声が聞こえるではないか。

『汀よ、ポルシェビルを乗っ取るのじゃあああ！』

「うわ。本当に聞こえた！」

腰を抜かした隼人に、汀は小悪魔のような微笑みを返した。

「ただの腹話術よ。隼人は早とちりね。あら、語呂がいいわね。うふふ」

汀は今日も絶好調である。

クラブ汀には、趙大佐が伶奈と同伴出勤で訪れていた。趙大佐は一泊二日の日本滞在中にも拘《かかわ》らず、合間を縫うように伶奈との逢瀬に勤《いそ》しんでいた。クラブ汀への滞在予定は午後七時から八時までだ。その後すぐに最終便で上海に戻ることになっている。

「赵大校，感谢您百忙之中越来」

（趙大佐、ご多忙中にお越しくださいましてありがとうございます）

　汀は趙大佐を使って尖閣上陸を試みるつもりだ。

「赵大校，我想去看看钓鱼岛」

（あたし魚釣島に行きたいわ）

「我说不能就不能」

（できないと言ったらできない）

「なぜ？　趙大佐は誰に遠慮しているのかしら？」

「日本と中国が戦争になったらどうするんだ？」

「んもー。考えすぎですわ。あたしがチャチャッと上陸するから、趙大佐は沖で釣りでもなさっていたらよろしいのよ」

　汀は上品な口調ながらブルドーザーのように押していく。

「汀ママは釣魚島《ディアオユーダオ》はどの国の領土だとお思いか？」

「もちろん中国領に決まってますわ」

　その発言に趙大佐も目を丸くした。

「あなたは随分、大胆な意見をお持ちですね。本当に日本人ですか？」

「あたしは感情ではなく、客観的な事実でお話ししただけですわ」

汀は付箋を貼った古い書物を開いた。それは神田の古書店で買ってきた清代中国の冊封使《さくほうし》・徐葆光《じょほうこう》が記した『中山傳信録《ちゅうざんでんしんろく》』である。

「あたしは何の根拠もなく中国領だって言っているわけじゃありませんの。この古文書には当時の中国人が琉球に航海するときの海図が載っております。これが清国が尖閣を認識していたことを示す書物です。当時の海図は上が南で、下が北なので天地を逆にしてご覧ください」

冊封使が琉球を訪れるためには、海図が要る。その『針路圖《ず》』が『中山傳信録』に描かれている。

福州を出た船は、島を目印に航海する。同図に記された島名は順番に、東沙、彭湖、雞籠山、花瓶嶼、彭佳山、釣魚臺、黄尾嶼、赤尾嶼、姑米山、馬歯山。この中の雞籠山は台湾のことであり、姑米山は久米島、馬歯山は現在の慶良間《けらま》諸島の座間味島のことである。

「ほらこの釣魚臺が釣魚島です。中国人は十八世紀初めには釣魚島を認識していたという証拠です」

その絵図を見た趙大佐の表情が和らいだ。一方で隼人の顔色は青褪めていた。

「汀ママ、いつの間にこんな資料を……」

「あたしだって、やるときゃやるわよ」

隼人は熱烈な愛国者というわけではないが、日本の領土とされる島を外国にくれてやるほど寛大でもない。

「でも、これだけじゃ清国が領有していたとは言えないんじゃ？」

「じゃあ、この図をご覧なさい。当時琉球領とされていた『琉球三十六島圖』よ。由那姑呢

（与那国島）や巴梯呂麻（波照間島《はてるまじま》）は含まれるのに、釣魚臺は描かれてないわ。当時の王府が尖閣を領土に含めていなかった証拠じゃない」

「描き洩《も》らしたのでは？」

「徐葆光は那覇の天使館《てんしかん》で、王府の役人たちから話を聞いた上で記したのよ。もし尖閣が琉球領だったら、指摘したはずよ。実際、訪れてもいない八重山の小さな島まで描いているのに変じゃない？」

趙大佐は上機嫌で頷いた。この文献こそ、中国が尖閣諸島の領有を主張する根拠だ。十八世紀の日本にこの精度に匹敵する文献は存在しない。しかし、これが必ずしも中国の領有を記しているとはいえない、というのが日本側の反論だ。だが、琉球側が認識すらしていなかったのに、日本領とするのは論理的におかしいというのが中国の言い分だ。

「だから趙大佐は日本の顔色を窺わずに、正々堂々と釣魚島に行く権利がありますのよ」

「但是……」

（しかし……）

もうひと押し、と汀が北叟笑んだ。

「趙大佐、あたしを尖閣に連れてって！」

趙大佐は最後に残った理性でブレーキを踏んだ。

「絶対にダメだ！」

*

台湾　中天電視スタジオ内

台湾で一躍人気を博した澪に、テレビへの出演依頼が殺到していた。澪の持ち味の捨て身のトークは、パブリックイメージを気にする台湾の芸能人には決して見られない特徴だった。

今日はラジオ三本とテレビ五本の過密スケジュールだ。台湾はチャンネル数が百以上あり、日本のテレビ局のように地上波在京キー局が独占している状況とは異なる。台湾では一パーセントの視聴率を取れれば大人気番組と言われる。だから今話題の澪に、次から次へとテレビ局から出演依頼がきた。

中天電視の人気番組『小明星大跟班《スーパーフォロワーズ》』に出演した澪は、ぶっちゃけトークを炸裂《さくれつ》させていた。

名物司会者の呉宗憲《ウーゾンシェン》が澪の生い立ちについて話を振った。

「首先（最初に）、澪さんのファーストキスはいつでしたか？」

通訳を挟んで澪が嬉々《きき》として喋る。

「幼稚園のとき、知らないおじさんがいきなり口を舐めてきましたー」

一瞬、沈黙があり、共演者たちが「今のＯＫだよね？」と確かめ合うように目配せした。

「哈哈哈《ハハハ》。澪さんは面白いですね。プロフィールによると、サンタクロースと会ったことがあるんだって？」

「小学校一年生の時、クリスマスイブの日に会いましたー」

「哈哈哈。やっぱり煙突から入ってきたの？」

「学校帰りに、道端でコートを着たおじさんが突然現れましたー」

「然後呢（それで）？」

「コートの下は素っ裸でびっくりしましたー」

「啊（え）？　その人はサンタじゃなくて、見せ見せおじさんなのでは？」

スタジオの袖で見守っていた五十嵐は、思わず顔を覆った。澪にバラエティ番組への出演依頼が来た時から、嫌な予感がしていたのだ。

「那個（ええっと）。次の質問です。初めてのデートはどこでしたか？」

「小学校二年生の時に、車のトランクの中でしたー」

「哈哈哈。可愛いね。隠れんぼしたんだ」

「誘拐されましたー」

「啊（え）？　大丈夫ですか？　それって、犯罪……」

「猿轡《さるぐつわ》を嵌められて、ペド野郎にビデオを撮られそうになりましたー」

番組のディレクターは放送中断か、続行かの瀬戸際に立たされていた。一パーセントの視聴率を獲るのに四苦八苦する業界で、テロップで流れている番組のツイッターがバズり始めた。直感的に十パーセントの視聴率の時と反応が似ていると見込んだ。日本のテレビでの影響力に換算すると、視聴率八十パーセントに相当する社会騒乱級の数値だ。

ディレクターは両手を左右に繰り返し広げて「延ばせ」と呉宗憲にサインを送った。こうなったら放送事故も覚悟の上だ。

「澪さんの好きなタイプの男性は？」

「死んだ人がいいですぅ」

「為什麼（ど、どうしてかな）？」

「だって生きている男の人は、みんな澪にイタズラするからですぅ」

スタジオに不穏な空気が漂い始めた。司会者は必死になって軌道修正をかけていく。

「哈哈哈。澪さんは可愛いから、みんなが放って置けないんだよね。学校での思い出はありますか？」

「校長先生が、澪のリコーダーを舐めているのを見ましたー」

「不会吧（ありえねー）！　遠目だったから、舐めているように見えたんだよね？」

五十嵐が「シーッ！」と唇に人差し指を当ててスタジオの澪に合図を送っているのを無視して、本人はあっけらかんと話し続けた。

「校長先生は息が臭かったんで、リコーダーからウンコの臭いがして、すぐにわかりましたー」

さすが日本の芸能界は闇が深い、と百戦錬磨の呉宗憲もタジタジである。

「活説回來（ところで）澪さんの特技は何ですか？」

「薬物検査を何度も受けたので、人前でもオシッコできるようになりましたー」

このままだと番組が潰れてしまう、と判断した呉宗憲はトークを打ち切ることにした。

「然後（それでは）、『小大鑑定團！』のコーナーです」

「えー。もっと喋りたいですぅ」

澪のぶっちゃけトークは、台湾の放送コードにも合わなかったようだ。

出演を早めに終わらされた澪は、次のラジオ出演まで時間を潰すことにした。

澪は在台県人の若者たちから、中山《ジョンシャン》区行天宮《シンティエンコン》に別名占い横丁と呼ばれるエリアがあると聞いた。ここに凄腕の占い師がいるという。噂によると、日本の有名タレントがプライベートで訪れた時、彼女の死期をはっきりと告げたのだという。そして予言通り、彼女はその日付に自宅マンションで非業の死を遂げた。

屋台で買った雞爪《ジージュウア》をボリボリ貪《むさぼ》りながら、澪は占い師の許を訪ねた。その占い師は日本語が少し解《わか》るという。

地下鉄の構内のような陰気臭い空間に、数十もの占いの店が軒を連ねる。そこが占い横丁だ。澪はこういう風景を沖縄で見慣れていた。再開発前の那覇の農連《のうれん》市場やガーブ川水上店舗に似たアジアンカオスな空間だ。

「あのー。占って欲しいんですけどー」

切れかけた蛍光灯が点滅する一角に、噂の占い師がいた。

「おまえ日本人カ？　ようこそ台湾デス」

男の日本語はちょっと変だが、意味は辛《かろ》うじてわかった。それよりも見た目がどうにも怪しい。Tシャツの裾を捲り上げて太鼓腹を露出した中年のおっさんである。

「何が占うカ？　おまえ一千元出スベキ」

「えっとー。澪はー、台湾で言う釣魚臺列嶼に行きたいんですけどー、どうしたら行けますかぁ？」

「それ占う簡単ヨ。おまえブラジャ出スベキ」

「えー！　ブラジャーを脱ぐんですかぁ？」

「台湾人ブラジャに霊魂ある考エル。ブラジャ未来教エル」

　ここで逃げ出すのが普通の女だ。だが澪は無防備なので、言われるがままにブラジャーを差し出した。でもちょっと怖いのでブラウスの襟元をしっかり握った。

　占い師は澪のブラジャーに鼻を押し付け、くんかくんか匂いを嗅《か》いだ。完全に変態の所業だが、澪はまだ信じている。こう見えても彼は、アジアの芸能人が挙って押しかけてくるほどの有名人なのだ。

　占い師が天啓を受けたようだ。

「ブラジャ言いマス。おまえ相続喧嘩シテル。二人の姉、必ず強イ」

「そうなんですぅ。澪は勝てるんでしょうかぁ？」

「色情狂の姉、必ずおまえ騙すデス」

「エロは澪のことを貧乏だと思ってますぅ」

「学習狂の姉、必ずおまえ潰すデス」

「処女は澪のことを足りない子だと思ってますぅ」

「この両人、必ず相続喧嘩で勝つデス」

「どっちが強いんですかー？」

「どっちも強イ。色情狂と学習狂、最近合従連衡《がっしょうれんこう》シタ」

「えーっ？　あの二人が徒党を組むなんてありえないですぅ」

「現在、色情狂、中国人味方につけて優勢デス」

「エロに弱点はありますかー？」

「色情狂。コレ金持ち。コレ人材持ち。コレ衣装持ち。強運の持ち主デス」

「じゃあ、処女に弱点はありますかー？」

「学習狂。コレ聡明。コレ活発。コレ豪胆。コレ鮫婦人。不屈の闘志あるデス」

「だったら澪の強みは何ですかー？」

「没有」

（ない）

　占い師は反射的に中国語で答えた。

　それを聞いた澪は、台湾でブラジャーまで差し出して自分は何をやってるんだろう、と悲しくなってきた。

「おまえの妖精、もうイナイ。おまえ必ず孤立シタ。妖精捕マタ」

「妖精さんがいなくなったら澪はどうすればいいんですかー？」

「新しい妖精呼ブ。強い妖精で色情狂と学習狂と戦うデス」

「じゃあ強い妖精さんを澪につけてくださーい」

「もしおまえ霊魂浄化スル。新しい妖精来ル。必ず願い叶うデス。おまえまた一千元出スベキ」

澪は更に一千元を支払ってお祓《はら》いを受けることにした。すると占い師はバケツに入った水を澪の頭からぶっかけるではないか。下水のような臭いに澪は悲鳴をあげた。

「何するんですかー」

「私、おまえの曽祖父の守護霊憑ケタ。おまえ必ず相続喧嘩、勝つデス」

占い師は水をかぶった澪のブラウスをニヤニヤと眺めている。うっすらとおっぱいが透けて見えるのを楽しんでいるとしか思えない。

「それで、澪は釣魚臺列嶼にはいつ行けますかぁ？」

「それ大丈夫ヨ。おまえ来月、守護霊に導かれて必ずそこにイル」

「ヴァチクァイヤッサー！」

（やったあ！）

澪は胸元を隠すのを忘れて万歳した。男は濡れたブラウス越しに出っ張る澪の乳首に、汚い歯を見せて笑った。

＊

沖縄県石垣市川平《かびら》　底地湾　午前零時

満天の星を縫うようにオリオン座が縦の三連星を昇らせる頃、クルーザーの甲板で出航準備に勤しむ泉と新垣がいた。二人はお互いの顔もよく見えない暗闇の中で作業している。

「花城先生、なんでこんな夜中に？」

「夜中じゃないと見つかっちゃうでしょ」

「どこに行こうって言うんですか」

「尖閣諸島よ」

「アギジャビ……」

「しっ。大声を出さないで！」

泉はあてずっぽうに伸ばした手で新垣の口を塞いだ。この底地湾は沖縄一との呼び声が高い景勝地である。島の絵葉書といえば大体この湾の写真が使われる。

「出航前にお参りしなくちゃね」

泉はビーチの奥にある御嶽を詣でることにした。ここがかつて、賢治たちが九死に一生を得て辿り着いた湾だとも知らず。

泉は原生林が覆う御嶽のイビ石の前で拝礼した。

「大きい爺ちゃん、きっと私が海神の秘宝を見つけてみせるよ」

精神を集中した泉のうなじを、霊気のような風が吹き抜けていった。

――できる。

まるで泉の側で誰かが囁いたかのような声がした。だが泉は、怖さよりも、温《ぬく》もりと自己肯定感に満たされた。

これからとんでもないことをやってのけようというのに、不思議と心に安らぎを覚えていた。

泉の尖閣上陸計画はざっとこうだ。午前零時に石垣島の底地湾を発ち、約三時間半後に魚釣島に到着する。イタリア製クルーザー「クランキ」に積んだボルボ・ペンタ五百二十馬力のエンジンは三十ノットまで出せる。夜間でもＧＰＳ航法装置を使えば、誤差数メートルの精度で魚釣島に辿り着く。

　エンジンを始動した泉は一か八かの賭けに出る。

「涼、ライフベストは常時着用していて。ＰＬＢも使い方はわかるよね？」

「はい。この前トカラ沖で使いましたから。でも、尖閣なんかに勝手に行っていいんですか？」

「いいわけないでしょ！　だからこうやって密航するんじゃない」

　いくら泉が大胆不敵な水中考古学者とはいえ、普段ならば政治的係争地に潜ることはしない。ましてや尖閣なんて中国海警局に拿捕《だほ》されかねない危険水域だ。

「なぜ底地湾から？」

「石垣港には第十一管区海上保安庁の海上保安部がある。マークされたら面倒でしょ？」

　ゆっくりと湾内を徐行していたクルーザーが、外海に向かって駆け出す。途端、船体が前後に揺れ出した。石垣島の裏側から出航すれば、尖閣への最短距離となる上にレーダーの死角があった。

　新垣は、海上保安庁の目さえ掻い潜ろうとする泉の行動力に怖気づいてきた。

「花城先生は尖閣のことをどう思っているんですか？」

「あの島はただの海上標識よ。日本領でも中国領でもない」

「それには日本人の僕としては異論があります。そんな意見は中国に付け込まれるだけです」

　泉はクルーザーのスロットルを最大に上げた。ＧＰＳ航法装置によれば魚釣島まで一直線のコースだ。船内は声を遮るほどのエンジン音に包まれた。泉と新垣の上体を跳ね上げながら、クルーザーは飛ばしていく。

　新垣の領有の認識は単純明快だった。

「魚釣島に最初に住んだ古賀辰四郎《たつしろう》は日本人だから日本領です」

「第一発見者は十五世紀の明国人よ。因みに『釣魚台嶼』という名前は明国人がつけたの。日本語の『魚釣島』は、その名前を日本語読みにひっくり返しただけ。歴史上、魚釣島は日本独自の呼び方は存在しなかった」

「でも明国人は発見しただけで、住んではいないんでしょう？」

「仮に先住民の国籍が大事だと言うなら、日本という国の境自体が危うくなるのよ」

「なぜですか？　最初に住んだもん勝ちじゃないんですか？　尖閣は日本領で間違いないです」

「だったら小笠原《おがさわら》諸島は英国領よ。一八二五年に那覇港から英国の捕鯨船サプライ号が小笠原発見のために旅立ったもの。小笠原に最初に住んだのはイギリス人だった。そして小笠原の第一発見者は十六世紀のスペイン人だった。日本は第一発見者でも先住民でもないのに、小笠原を領有している。この事実をどう考えるの？」

「小笠原はイギリスが領有を主張しているわけじゃないです」

「じゃあ、イギリスが小笠原の領有を主張したら、小笠原はイギリス領になるのよね？」

「いいえ。それは無理です。小笠原は日本領ですから」

「最初に住んだもん勝ちじゃなかったの？」

新垣は矛盾を突かれて絶句した。

泉は押し黙っている新垣に畳み掛けていく。

「小笠原だけじゃない。沖《おき》ノ鳥島《とりしま》はスペイン領よ。大航海時代にスペイン人が発見したもの。南鳥島《みなみとりしま》はアメリカ領よ。南北大東島《だいとうじま》はオランダ領よ。今更日本が尖閣のために、これらの島を手放せると思う？」

新垣はぐうの音も出ない。

「第一発見者と先住民の論理でいけば、尖閣の領有に矛盾が生じる。だから国際法成立の十九世紀を基準に現状を変更しないことにしたのよ。その当時実効支配していた国のものという考えが一般的になったの。でも法的根拠は曖昧《あいまい》よ。だから世界中の国がむやみに触らないようにしているの。戦争の元になるから」

泉は、近代国家成立が、国境を生み出したと考えている。前近代は国の辺縁が曖昧で、隣国と共有する部分があったはずだ。そこはマージナルとでもいうべき模糊《もこ》とした世界だった。魚釣島は航海中の水の補給島として日中が共同で利用していた。どちらかが領有するとなると、維持費がかかりすぎるからだ。僅か数十人程度しか住めない島に、恒常的に物資を補給しなければならない。そんな面倒臭いことをするくらいなら、共に利用した方が効率的だった。

十九世紀に世界中に拡がった近代国家が、領海や領空という概念を生み出した。更に領海の外側に排他的経済水域を設け、空や海にまで支配権が及んだ。まるで貨幣に対して利息という概念を生み出したように、実体のないものが争いのテーマに移行した。

「僕は小学校の時に社会の先生からこう教わりました。尖閣沖には天然資源が埋蔵されているって。それがわかった途端、中国が領有を主張しだしたって」

「その前から主張している。ただ中華民国が大陸での歴史が短かったから、一貫した主張に見えないだけよ。天然資源は戦後になって出てきた話で、日中には領土問題がずっと存在していた」

「じゃあ中国が尖閣を領有していたのを、日本が分捕ったってことなんですか？」

泉は魚釣島への旅の道連れに、新垣の感情論につきあってやることにした。

「領有を掲げると、人間は身体性のない概念と戦うことになるのよ。その概念は時代によって絶えず変化する。そんな危ない考えのために、戦争なんかできると思う？」

「じゃあ花城先生は領有についてどう考えるんですか。是非お聞かせください」

泉は何も考えなしに喋っているわけではない。

「世界は領土と領空と領海を再定義する必要がある。このままだと人工衛星の軌道権なんてものまで発生しかねない。領有を線で区切るんじゃなくて、公有という方法で緩衝地帯を作るべきよ。国際法のなかった頃の昔の人は、皮膚感覚的に納得できる方法で公有していたんだから、無理なことじゃない」

一方的に否定され続けてきた新垣は拗《す》ね始めてはいたが、泉のこの考えは素直に受け入れられた。国家の辺縁部を公有すれば、世界で起きている紛争のほとんどは解決できるのではないかと思った。

「それはいい考えです！」

突然、船舶無線が鳴った。

『不審船に告ぐ。こちらは第十一管区海上保安部の巡視船「かびら」だ。貴船は魚釣島の接続水域に差し掛かっている。所属を明らかにし、停船せよ。繰り返す。所属を明らかにし、停船せよ』

「ウソ？　尖閣領海警備専従部隊が出てくるなんて！」

あと一時間で魚釣島というところで、海上保安庁に見つかってしまった。そうならないように、警備の網の目を掻い潜ったはずだった。泉は逃げようかとも考えた。くにがみ型巡視船の速力はせいぜい二十五ノットだ。こちらのクルーザーの方が速いが、巡視船にはヘリが搭載されている。万事休す、と泉は操舵室のパネルを叩いた。

「発見が早いですね。与那国島のレーダーサイトに引っかかったんですかね？」

「違う。与那国島のレーダーは中国大陸のある西側を向いている。私たちはそれを避けるために南東からきたんだもの」

「偵察衛星から見てたんでしょうか？」

泉は夜空を見上げる。この無数の星に人工衛星が交じっているのは疑いない事実だ。もし偵察衛星ならゆっくりとした流れ星のような動きをするはずだ。

「光学衛星は夜間使えない。レーダー衛星は動く物体をリアルタイムで追いかけられない。別の方法で追跡してたのよ」

もう一度無線が警告を発した。ここで抵抗したら拿捕される。泉は船のエンジンを停止した。

騒音が止んだ夜の東シナ海は、詩人に詠ませたいほど静謐《せいひつ》で荘厳な空間だった。海面が星夜を反射して、まるで宇宙の真ん中にいるような浮遊感がある。泉は黒のベルベットにビジューを鏤めたような星空をしばし眺めた。

「私は世俗に塗れ過ぎかもね……」

感性豊かな人間なら、和歌のひとつでも詠めただろうに、泉には気の利いた言葉が出てこない。それが残念でならなかった。自分は最近スレてるな、と自嘲した。

背後から追いかけてくる巡視船かびらが、クルーザーに投光器を向けた。闇夜に丸く切り取られた泉は孤独な気持ちになった。

『こちらはアメリカ船籍、レッドウルフ号。本船は久米島に向かう途中、針路を誤った。こちらに逃亡の意志はない』

無線で答える間にも巡視船かびらの巨体が迫り来る。全長百メートル近い巡視船には、中小国の巡洋艦級の武装が施されている。とても敵う相手ではない。

甲板に出た泉は、一体どうやって自分たちを見つけたのか、その絡繰《からくり》を考えていた。もしレーダーで見つけたければ、魚釣島にレーダーサイトを設置しなければならない。だがそんなことをしたら、中国が黙っちゃいないだろう。

甲板で貧乏ゆすりをしながら考えていた泉は、ある可能性に気づいた。

「涼、尖閣にはどんなことをしても近づけないよ……」

「花城先生、何がわかったんですか？」

巡視船かびらがクルーザーに接舷する。泉は親指を下に向けた。

「真下に海上自衛隊の潜水艦がいるのよ。潜水艦のソナーマンがクルーザーのエンジン音を聞いていた……」

泉にとって尖閣は近くて遠い島だった。

そんなある日、尖閣諸島を巡る各国を揺るがすニュースが飛び込んできた。

中国国産ステルス戦闘機墜落。

【讀賣通信】-2020/1/8

新華社通信は８日、中国人民解放軍の最新鋭ステルス戦闘機Ｊ-20が尖閣諸島、魚釣島沖に墜落したと発表した。中国国防部は日米両政府に対し強く自制を求めるとしている。

第十章　海底の決闘

沖縄県うるま市　キャンプ・コートニー　第三海兵遠征軍司令部

金武《きん》湾に面したキャンプ・コートニーは、長大な滑走路を擁する嘉手納基地や、オスプレイが配備された普天間基地と比べると地味な施設だ。ここには配備される航空機や艦船はない。しかしここはアメリカ軍の世界戦略の要であり、頭脳だ。アメリカ本国以外で唯一、海外に前方展開する海兵隊の司令部がある。長崎県の佐世保《させぼ》港に駐留する第七艦隊揚陸部隊と、沖縄の遠征軍が一体となることで、アジアから中東にかけて迅速に派兵することができる。

中国の国産ステルス戦闘機Ｊ‐20が尖閣沖に墜落したという一報は、在沖米軍全てを叩き起こした。目には見えないピリピリとした雰囲気が、金網越しに外へ伝わるほどである。

当然、中国人民解放軍はＪ‐20の機体回収を試みるだろう。しかし尖閣沖は日本の領海の接続水域である。排他的経済水域には航行の自由があるが、接続水域に武装した艦船が航行することは禁じられている。日本からすると、勝手に侵入して好き勝手やられては主権の侵害だ。

同時にアメリカ軍は、中国のステルス戦闘機を独自に回収したいと企んでいた。Ｊ‐20は謎の多い機体だ。その巨体から戦闘機というより爆撃機に近いと推測されている。ステルス性を重んじているのに、機首にカナードがあり、エンジン後方にベントラルフィンも付いている。これらはレーダーの反射を最小限に留めるべきステルス機には異物となるものだ。当然、中国人民解放軍もこれらがステルス性を阻害することを知っているはずだ。ステルス性を損ねてまでも付けた理由は、コンピューター制御のアビオニクスが未熟なためだろう。

一般的にステルス機は空力性能が悪い。特有の直線的で平板な形のまま飛ばすと不安定で、人力では制御できない。それを補うのがコンピューターだ。常に失速の危機にある機体を、コンピューター制御でなんとか安定させている、というのが実情だった。

J‐20も当初、アメリカ空軍のF‐22や、ロシア空軍のSu‐57をベンチマークにして開発されたはずだ。しかし完成した機体は、旧世代機によく見られる特徴を持っていた。

アメリカ軍は、その謎に包まれた機体を何としてでも回収し、中国のステルス技術の習熟度を確かめたかった。とはいえ、中国と一戦を交えるのは避けたいというのが本音だ。今のところ、中国海軍も日米の様子を窺って静かにしていた。

作戦会議に出ていた海兵隊のレイノルズ中佐は、できるだけ中国を刺激しない方法で機体を回収できないものかと腐心していた。

会議室に若い将校が入ってきた。

「レイノルズ中佐、防衛省統合幕僚監部から太平洋軍司令部へのメッセージです。アメリカ軍は前方に出ないようにと要請してきています。日本の接続水域内での行動は、自衛隊主導のもとで行なうように、とのことです」

「海上自衛隊に何ができるというのだ？」

「潜水艦救難艦ちはやを出動させるそうです。既に尖閣接続水域にP-1哨戒機を投入しています」

「中国の動きは？」

「中国海警局の哨戒船十隻が尖閣接続水域に迫っています」

「人民解放軍投入までの時間稼ぎというところか……」

レイノルズ中佐は広げた海図の前で腕を組んだ。もしJ-20を日米両国で引き揚げようとしたなら、中国人民解放軍は死に物狂いで邪魔するだろう。戦争にならないようにお互いに自重しているとはいえ、偶発的なぶつかり合いが起きないとは言えない。応戦する場合、どの程度で矛を収めるかも今のうちに想定しておかなければならなかった。

　会議室に別の将校が現れた。

「レイノルズ中佐、水中考古学者のドクター・ハナシロが面会を求めています」

「私の部屋へ通せ」

　J-20墜落の一報を受けて、泉と新垣はキャンプ・コートニーを訪れていた。殺風景な待合室で欠伸《あくび》を噛み殺す泉に、新垣がひそひそ声で話しかける。

「花城先生、いくらなんでもアメリカ軍と交渉するなんて無謀ですよ……」

「なんで？　向こうだって中国との衝突を避けたいはずでしょ？　全軍投入なんかされたら日本だって困るもの。戦闘機一機墜落したせいで戦争勃発なんて誰も望んじゃいないよ」

「でも……」

　落ち着き払う泉の真意を新垣は測りかねていた。いくら大胆不敵なレディーシャークといえども、今回は日米中の三大国が絡んでいる中での行動だ。万が一、その動きが戦争の引き金になったら、と思うと新垣は足が震えてきた。

「花城先生はこんな時によく平然としていられますね？　アメリカ軍の手先になったり、一体何を考えているんですか？」

「私がアメリカ軍の手先になるふりをしたのは、自由に海に潜りたいからよ。アルビン深海潜水艇を使わせてもらうのが条件だったのよ」

「え？　久米島沖で劣化ウラン弾を回収するんじゃなかったんですか？」

「誰があんな危ないものを拾ったりするもんですか。私が狙っているのはトカラギャップだって知ってるでしょ？」

泉は万が一相続争いに負けてトライトン深海潜水艇を得られなかった場合、アメリカ軍のアルビン級有人深海潜水艇を使ってトカラギャップに潜ろうと企んでいた。アルビン級はアメリカ海軍が持つ唯一の有人深海潜水艇で、トライトン三三〇〇を遥かに凌ぐ最大深度六千五百メートルの潜航が可能だ。

「アルビン級の性能ならトカラギャップ一千四百メートル程度の深さは、チョチョイのチョイよ」

新垣はズルッとベンチから滑り落ちた。最初からそれが目的だと言ってくれれば、喧嘩などせずに済んだのに。

「なんで先に言わないんですか！」

「あんたが早合点して、私の言い分を最後まで聞かなかったんでしょ！　アメリカ軍が民間人の私を利用しようとするなら、私もアメリカ軍を利用するだけよ。後ろめたいのはお互い様でしょ？」

「まるで狐と狸の化かし合いだ……」

「失礼ね。この場合、研究熱心な狸って言おうよ」

「それで今度は尖閣ですか……」

さっき伝言を頼んだ将校が泉たちの許を訪れた。

「中佐がお会いになるそうです。こちらへどうぞ」

泉は廊下を歩きながら窓の外の風景に目をやった。平時なら田舎のゴルフ場のように長閑な風景だが、有事だとさすがに緊張感が漂う。やはりここは戦争のために造られた基地なのだ、と痛感した。

レイノルズ中佐と泉は大げさなハグで再会の挨拶をした。

「お久しぶりです中佐」

「なんだか君が来そうな予感がしていたのだ」

「中佐のお力になりたくて、居ても立ってもいられなくなったんです」

レイノルズ中佐は、泉に目論見があるのをとっくに看破していた。

「私たちはお互いに利用し合う関係だ。単刀直入に聞こう。何が目的だ？」

レイノルズ中佐は、アルビン級有人深海潜水艇の使用許可を求めてきた泉を疑っていた。久米島射爆撃場の最大深度は二百メートルしかないのに、深海潜水艇を使おうとする意図がわからなかった。そこで泉の論文を取り寄せて調べてみると、泉がトカラギャップに興味を持っていることが判明した。

レイノルズ中佐は泉の論文を引き出しから取り出して、ポンとテーブルの上に投げた。

「我々から七万ドルの報酬を得ながら、アメリカ軍の装備を研究調査に使おうとは、考えたものだ。今度は何を企んでいるのだ？」

泉は取り繕おうともせず、ズバリ言ってのけた。

「J-20を見つける代わりに、魚釣島への上陸を認めてほしいんです」

「我々の弱みにつけ込むとは実に大胆な女性だ」

「アメリカ軍にも、メリットのある話だと思います」

「君を尖閣に送り届けて、我々に何のメリットがあると言うのだ？」

泉は公文書館でコピーしたアメリカ軍の資料と土壌調査の検査結果の束を、さっきレイノルズ中佐が置いた泉の論文の上にポンと載せた。

「私を尖閣に行かせないと、これを沖縄県庁にリークします。キャンプ・キンザーの土壌がダイオキシンに汚染されているという証拠です。これを表に出せば、辺野古を含めて全ての返還話がひっくり返るでしょう」

レイノルズ中佐は、キャンプ・キンザーの土壌はダイオキシンに汚染されているという認識を持っていた。だが今回、返還話が宙ぶらりんになったのは、敷地内から大規模な遺跡が発見されたからだ。あの一帯を調査されたら、米軍のイメージが悪くなる。基地返還はあくまでも、米軍側の沖縄県への深い理解の証としておきたかった。

「そこまで突き止めたか……」

「ね？　私って有能でしょ？」

泉が茶目っ気たっぷりにウインクした。

「尖閣が今どんなことになっているのか、わかっているのか？　中国と戦争になるかもしれないっていうのに」

「お気の毒ですが、アメリカ軍はJ‐20を発見できません。なぜなら尖閣海域には強い黒潮の流れがあって、水没地点の予想すら困難だからです」

泉の言う通り、尖閣沖は海流が激しく、機体は流されていると想定されていた。磁気探査をしようにも、先ずは水没予想地点を絞り込まなければならない。その範囲は墜落地点から半径五十キロメートルの円内とされている。サルベージ船を使うには広すぎる範囲だった。

「さすが水中考古学者だ。確かに我々はまだ水没地点の特定ができていない」

「尖閣沖の海流は複雑で、深海ほど流れが速いのです。特に今の季節は上下のうねりもあります」

「それでもドクター・ハナシロならできると？」

「はい。私には海洋調査のデータがあります」

泉が持ってきたファイルは尖閣沖の水温と海流を詳細に記したデータだ。なぜか沈没船は海底のある特定の箇所に集まる傾向がある。世界中の海を潜っているうちに泉が発見したことだ。海上のどこで沈没したかは問題ではなく、海流の吹き溜まりのような場所に流れ着くのではないかと閃いた。沈没船は海流の滝のような力で一箇所に集められている。

尖閣を海上標識とした航路は、十五世紀には確立していた。琉球も明国も魚釣島の奈良原岳が見えたら、航路の中間地点と認識した。しかしこの辺りは潮の流れが速く、警戒すべき海域でもあった。不思議なことに、尖閣沖のどこで遭難した船も、漂流物は魚釣島に流れ着く。これと同様のことが海底でも起きているに違いない。

泉は公文書館でコピーしたアメリカ軍の資料を捲った。

「この資料をご覧ください。魚釣島で収集された遺物とされるものです。缶詰、瓶類のみならず、大量の陶器や漆盆の欠片が記載されています。詳しくは述べられていませんが、これらは明代、清代に交易で用いられたものだと思われます。数百年間、こんなにたくさんの漂着物があるにも拘らず、船体はないことに注目してください」

「つまりどういうことだ？」

「軽いものは魚釣島へと流れ着きますが、重いものは海底の滝壺に飲み込まれるということです」

側で話を聞いていた新垣が呟いた。

「そうか。トカラギャップ！」

「J-20の機体は、海底の吹き溜まりにあります！」

泉はノートパソコンを開き、黒潮の三次元シミュレーション映像を見せた。二次元だと平面的な蛇行しか見せなかった黒潮のうねりが、滝のように落ちていく立体的な動きに変わった。

「戦後、ここにカツオの一大漁場がありました。カツオが尖閣沖に集まるのは、この海流の動きと関係しています」

泉の仮説では、尖閣沖にある黒潮の滝が海底に向けて落ちていくと、海底に溜まっていた植物プランクトンの死骸が巻き上げられる。それを餌に動物プランクトンが繁殖し、その動物プランクトンを食べにカツオが集まる、という構図だ。

「ドクター・ハナシロ、その吹き溜まりはどこにあるのだ？」

泉はノートパソコンの天板を閉じた。

〝Consultation is over. Am I hired?〟

（専門家の助言は終わり。で、雇う？）

レイノルズ中佐はさっきよりも話に興味が湧いてきていた。泉の提案はそれほど悪いものじゃない。

「しかし日本の民間人を軍事作戦に使うのは……」

「アメリカ軍が日本の接続水域で中国軍機の捜索をする方が、よっぽど不都合なんじゃないかな？」

「我々も非常にセンシティブな問題だと認識している」

「ポイントは、中国海軍も機体がどこに落ちたのかわからないということです。だから、こちらの動きから推測しようとするでしょう」

レイノルズ中佐はピンと来た。

「陽動作戦か？」

泉は尖閣の海図をテーブルに広げた。赤ペンでバツ印をつけた場所が陽動ポイントだ。

「はい。アメリカ軍は佐世保港に停泊している輸送揚陸艦サン・アントニオで陽動します。海上自衛隊のちはやを側につければ、間違いなく中国海軍はそこが水没地点だと思うでしょう。

中国海軍をそちらに引きつけているうちに、私は別動隊として水没地点に潜ります」

泉が青ペンで丸印をつけた場所が水没予想地点だ。バツ印と丸印の距離は、艦船のレーダーの範囲を超えて五十キロメートルもある。

「別動隊がアメリカ海軍の船だと、怪しまれるぞ?」

「シンガポールにあるウルトラディープ・ソリューションズ社の、潜水支援船ヴァン・ゴッホをチャーターしてください。護衛は要りません」

「しかしヴァン・ゴッホに武装はないぞ」

「民間船なら中国海軍も武力行使まではしないでしょう。ましてやオランダ籍の船を騒動に巻き込みたくはないはずです」

泉の発案に、レイノルズ中佐は気圧される一方だ。

「海軍も海兵隊も援護はできないぞ。どうやってJ-20を発見するつもりだ?」

「私が飽和潜水で潜ります!」

〝Saturation diving...〟

(飽和潜水……)

飽和潜水とは、深海の水圧に体を順応させて潜る技術のことだ。一般的なスキューバダイビングだと深度四十メートルが限界である。それが飽和潜水なら七百メートル以上可能である。

人間の体は大深度になるほど水圧の影響を受ける。それは呼吸ガスの中にある窒素が生体組織に溶けていくからである。生体組織に溶ける窒素の量は常に一定であり、これ以上窒素が溶け込めない状態を飽和という。予《あらかじ》め生体内の窒素を加圧して飽和させることで、潜水時間を飛躍的に長くすることができるのが飽和潜水だ。例えばナイトロックス（酸素富化空気）のボンベを使った潜水で水深二百メートルまで潜れても、数分間しか滞在できない。しかし飽和潜水なら呼吸ガスが供給され続ける限り作業できる。

　泉の提案は、Ｊ‐20の機体そのものは中国に返すというものだ。これで中国の面子は保たれる。しかしアメリカは別のものをいただく。

「アメリカ軍がほしいのは機体そのものではなく、ミッション・コンピューターのはず。それさえあれば、機体の特性がわかるでしょ？」

　現代の戦闘機は電子装備でできている。半導体の塊であるＡＥＳＡレーダー、フライバイワイヤで制御する動翼、ミサイルなどは、すべてミッション・コンピューターに統合される。パイロットは機体を操縦しているというより、これからどういう動きをするのかコンピューターに入力している、と言っていい。

「確かに、ミッション・コンピューターさえあれば、Ｊ‐20の機体は要らない」

　アメリカ軍は中国のエンジン開発にさほど興味がない。国産ジェットエンジンと言われている渦扇《ウーシャン》‐15は、ロシアから輸入したＡＬ‐31を無断でリバースエンジニアリングしたものだとも言われている。ロシアはそのことを知って、輸出型の性能を下げている。原型のロシア製自体に耐久性がないものを中国向けにスペックダウンし、さらにそれを中国が劣化コピーしたせいで、渦扇‐15は数百飛行時間の寿命しかないと言われている。アメリカ製のエンジンの寿命が一万飛行時間以上あるのに比べたら、雲泥の差である。

　ＡＥＳＡレーダーも同様だ。半導体の電力消費量とレーダー性能は比例する。非力なエンジンから発電できる量は、八〇キロワット前後とみられる。同じステルス戦闘機であるＦ‐35の発電能力四〇〇キロワットの五分の一程度と推測された。

「コックピットにあるミッション・コンピューターの大きさは、両手で持てるほどでしかない。ＲＯＶ（遠隔操作型無人潜水機）のロボットアームを使うより、飽和潜水した人間の方が繊細な動きができる」

レイノルズ中佐は、軍人ばりの泉の作戦計画に、反論の余地がなかった。陽動といい、飽和潜水といい、ミッション・コンピューター奪取といい、実に手際の良い作戦だ。

泉がテーブルの上に手をつき、再び身を乗り出す。

〝Am I hired?〟

（雇うの？）

〝Fine, we'll deal with it.〟

（よかろう。とにかくやってくれ）

＊

那覇軍港　午前9：00

シンガポールからやってきた潜水支援船ヴァン・ゴッホは、目にも鮮やかな真紅の船体を誇る。まるで洋上の首里城とでも言うべきド派手な色使いである。艦橋に瘤《こぶ》のようなヘリパッドを、艦尾に巨大なクレーンを備えている。ヴァン・ゴッホは本来海底油田の掘削支援を目的に開発された。これまで海底油田を掘るためには、プラットホームを組んだ移動式の艀《はしけ》が用いられてきたが、常設した後は潜水支援装置が無駄になることから、船と潜水支援装置を合体させることにした。それがヴァン・ゴッホだ。

　那覇軍港に現れたヴァン・ゴッホの威容に泉と新垣が息を飲んだ。

「花城先生、本当にやるんですか……？」

「尖閣上陸の渡りを付けたんですもの。この方法以外、他にあったと思う？」

「花城先生は何を焦っているんですか？」

　新垣に言われて泉は、この焦燥感はどこから来るのだろう、とふと考えた。これまでの経験から、泉がお宝に迫るたびに姉と妹もほぼ同時に動いている。泉はアメリカ軍の公文書から海神島が尖閣であると突き止めた。だからと言って汀と澪がこの事実を知らないはずと甘く見るのは危険だ。特に汀は独自の手段を使って、海神島がどこにあるのかに迫っていることだろう。

　新垣は泉の表情から、焦りの源は姉妹に関することだと察した。泉は姉妹のことになると、普段見せない殺気を纏うのだった。

「花城先生、大丈夫ですって。お姉さんも妹さんもまだ気づいちゃいませんよ」

「涼、あの二人は侮《あなど》れないのよ。あいつらはいつだって一足先に、私の手柄を掠め取っていくんだから」

　新垣は、汀と澪の恐ろしさをイマイチ理解していない。三姉妹はその容姿も性格も全く他人と言っていいほどに異なっているが、動物的な勘の良さは共通していて、狼にも匹敵する。澪だって曲者《くせもの》だ。トロいふりをして、いつも美味しいところを掻っ攫《さら》っていくのが常套《じょうとう》手段だ。

ヴァン・ゴッホに乗船した泉と新垣は、甲板から那覇軍港を眺めた。那覇軍港は那覇港の対岸一帯を占める施設だ。むしろ那覇軍港の一部を民間利用しているのが那覇港と言っていい。

ここも返還合意されているのに、一向に返還が進まない施設の代表格だ。昭和四十九年に日米で那覇軍港の返還が合意されているから、実に半世紀近くも現状維持されたままなのである。泉たちが基地返還話を冷ややかな眼差しで見ているのは、こういう事象を経験しているからだ。

漣オバァが若かった頃「那覇軍港、返還されるってよ」と何十回と聞かされたという。泉も幼い頃、空港への道すがら車窓から目にする那覇軍港について「返還されるってよ」と聞かされた。

ふと泉は二十一年前の漣オバァとの会話を思い出した。

『たぶん私が生きているうちはダメだろうねぇ』

あの時は喩え話の類として聞いたが、本当に漣オバァの言う通りになってしまった。

那覇軍港は今でも現役の軍港として存在している。泉には、沖縄だけが昭和のまま時を止めているように感じられた。自分たちは着実に歳をとっていくというのに。

ヴァン・ゴッホの船長から船内のあらましの説明を受けた泉は、加圧室に案内された。

飽和潜水を簡単に言えば、体内の窒素をヘリウムに置き換えることである。医学的には未だ完全な技術とは言えず、加圧中に深刻な健康障害を発生させる可能性がある。

加圧室の前でシンガポール人の医師が、重大な健康障害が出る見込みを口頭と書面の両方で泉に示した。医師が次々とチェックシートにレ点をつけていく。

「あなたはこれまで飽和潜水をしたことがありますか？」

「いいえ。そこまで深い海に潜ったことはありません」

「ダイバー生命を縮めることになるのを理解していますか？」

飽和潜水は一生に何度もできる手段ではない。ヘリウム自体は無毒だが、酸素欠乏症にならないように混合ガスの比率を常に監視しておかなければならない。また高圧環境は肉体に負荷をかけることになるから、五感に違和感が生じる。通常、飽和潜水するダイバーは潜水時間証明書の提示を義務付けられていて、一定時間に達すると、潜ることができなくなる。

医師がもう一度、同じ質問を泉に投げた。

「二度とダイビングができない体になるかもしれないのですよ？」

「はい。太く短く生きる予定なので、特に気にしません」

それを聞いた新垣は、飽和潜水の危険性に今さらながら背筋を凍らせた。

「花城先生、潜れなくなってもいいんですか？」

「涼、水中考古学者はアスリートと同じなの。一生第一線で活躍できるアスリートはいない。私だって現場に居られるのは四十歳までだってわかっているよ。それが三十五歳になったからって、何だって言うの？」

「なぜそこまでして尖閣に行きたいんですか？」

「ひとりの研究者として興味があるの。ひいお祖父さんは『魚釣島』と言わず、『海神島』と言った。その理由がきっとあるはずよ」

加圧室は巨大なタンク状になっている。この中にトイレや寝室など最低限の生活ができるスペースがあり、食事は隣接する小さな加圧室から出し入れされる。

「待ってください。僕も入ります！」

「涼は船上でサポートして。会ったばかりのシンガポール人に命を預けるなんてできないもの」

金庫を彷彿とさせる分厚い円形の扉が開いた。これから二十四時間かけて泉の体を二十気圧、水深二百メートルまで順応させる。

加圧室は潜水艦の内部のようだ。四畳半ほどの狭い室内にソファーや二段ベッドやトイレがパズルのように配置され、自由に歩き回ることができない。外との連絡手段はマイクだけだ。

「ロック確認。いつでもどうぞ」

「花城先生、どうかご無事で……」

扉の上にある警告灯が『加圧中』に切り替わった。

泉の体に最初に訪れた変調は声変わりだ。呼吸ガスをヘリウムに変えると起きる現象だ。

「あ。あ。マイクテスト、マイクテスト。変な声になっちゃった。涼、聞こえる？」

『花城先生、カメラでモニターしています。お体の具合はどうですか？』

「声以外問題なしよ。船は出港したの？」

『はい。さっき那覇軍港を出ました。尖閣海域には明日の朝に到着する予定です』

「じゃあ、私は寝る。トイレの映像は見ないでね」

泉は軽口を叩けるほどに元気だ。しかし加圧中に体調不良を起こす場合もあるから、つきっきりで誰かがモニターしている必要がある。

加圧室内の泉は、これと言ってすることのない退屈な時間を過ごしていた。ネットも繋がるし、テレビだって視られる。閉所恐怖症の人には耐えられないだろうが、船乗りの泉には慣れた環境だった。この間にも、泉の体内に溶けている窒素をヘリウムで飽和状態にしていく。

「寝る」と言った泉は、寝台車ほどの二段ベッドに体を擲《なげう》った。目を閉じた泉は、写真で見た若かりし日の賢治の姿を思い浮かべた。

『大きい爺ちゃんは、なぜ海神島と言ったんだろう……』

賢治は地方によくいる郷土史研究家の枠を超えていた。賢治の生きていた戦前、戦中、戦後は琉球史という体系的な学問が存在しなかった時代だ。当時あったのは郷土史で、民俗学と歴史学が明確に分けられていなかった。琉球史が学問の体をなしたのは復帰後のことである。昭和二十年に先史時代の謎に迫ろうとしていたことから、賢治の頭の中には現代人と同じ時代区分があったとしか思えない。

「もしかしてお宝って――」

泉が呟いた瞬間、ダイバーズウォッチのガラスに罅が入る音がした。百メートルまで潜れる十気圧防水だったのに。泉の体に変調はないものの、高圧環境の影響が着実にその身の回りに出始めていた。

泉はマイクで外と連絡を取った。

「涼、予備の腕時計はある？」

『食事と一緒に僕のジンＵ２を入れときます。一応水深二千メートルの耐圧仕様です』

「助手のくせに、私よりもいいもの持ってるのね」

『男のロマンってやつですよ。いざというとき役に立つもんでしょう?』

潜水支援船ヴァン・ゴッホは一路尖閣沖を目指していく。

＊

尖閣接続水域内

『加圧終了』

泉はブザーの音を聞いた。ダイバーの肉体が深海の水圧で損傷を受けるのを防ぐため、加圧は目標の深度よりもやや高めに設定される。加圧室の圧力は二十二気圧に到達していた。

『花城先生、調子はどうですか?』

「なんか口の中が粘っこいかな」

うまく言えないが、空気がドロドロする感じがした。地上の一気圧の時に比べて、空気に異物感を覚える。人間の五感は一気圧を標準にしているので、逆に気圧の低い航空機内では味覚が鈍くなる。そのため機内食は地上よりも濃く味付けしてある。

『ヴァン・ゴッホは目標の位置に停泊しました』

「アメリカ軍は?」

『作戦通り、海上自衛隊と共に五十キロメートル先で中国海警局と睨み合っています』

「こちらの動きを気取られないようにして」

『中国が接続水域に入らないように、海上自衛隊のP‐1哨戒機が上空を旋回中です』

泉は加圧室からSDCと呼ばれる水中昇降装置に移動した。飽和潜水の準備をしたダイバーは一気圧の外に出ることができない。深海と同じ気圧まで加圧されたカプセルに入り、船上クレーンで目的の深度まで下ろされる。

飽和潜水は潜水服も特殊だ。通常のウェットスーツだと低体温症になるので、ドライスーツで保温機能のあるものを着る。その気密性は宇宙服とほぼ同じレベルだった。

「SDCに入った。ロック確認。電源オン。センサー異常なし。照明器異常なし。環境計測制御装置、正常。ヘリウム混合ガス圧力正常」

泉がカプセルの小さな窓に親指を押し付けた。

"All Systems Are Go!"

（発進準備よし！）

昇降カプセルの小さな窓の外の景色がボヤけて見える。まるで度の合わない眼鏡をかけているようだった。泉は窓一枚で別世界へ隔てられている。ヴァン・ゴッホの艦尾にある巨大なクレーンがカプセルを吊るした。

『花城先生、通信は常にオンにしておいてくださいよ』

「お喋りしながら潜るのって趣味じゃないなー」

カプセルが海面に接触した。ここから一気に海底へと向かう。

『戦況を知らせるためです』

「レディーシャーク、潜水する！」

泉の視界から急速に光が失われていく。東シナ海の透明度の高い海水が、深い眠りの色に染まっていった。

泉のダイビング人生で、こんなに深く潜ったことはない。カプセルの照明器がなければ、宇宙空間と錯覚するほど何も見えない。深海は竜宮城とはほど遠い、命の気配が薄い世界だった。

「すごい。私が知っている海とは全然違う……」

泉は未知の世界を探査する気分で、深海の景色を眺めた。現在の深度は百メートル。スキューバダイビングでは体験したことのない水深に達していた。海に慣れている泉でも、恐怖を覚える深さだった。

カプセルが急にブランコのように揺れた。コンソールパネルにヘルメットをぶつけた泉が頭上を見上げる。カプセルが深海の海流に接触したのだ。

「涼、ワイヤーを緩めるように言って。絶対に巻き取っちゃダメよ！」

『花城先生、引き摺り込まれています』

「黒潮の滝に捕まったのよ。逆らったらヴァン・ゴッホごと飲み込まれちゃう！」

『作戦を中止します！』

海上ではヴァン・ゴッホが転覆しそうなほど傾いてパニックになっていた。

「Carry on!　Carry on!（作戦続行！　作戦続行！）　黒潮の滝を利用しないと目的地に行けなくなる」

『水没地点は真下じゃないんですか？』

「涼、トカラの渦を思い出して！」

いつか悪石島沖でクルーザーが渦に捕まった時のことだ。渦に対抗すると船体がバラバラになってしまうと泉が言った。その時海中では、猛烈な勢いで海流が滝のように下降していたのだ。

事態を飲み込んだ新垣が、クレーンの操縦席にいたオペレーターを押しのけて、ウインチを解放した。途端、泉を乗せたカプセルが海流に乗った。

「涼、ワイヤーの長さは？」

『三千メートルあります』

「十分よ。足りなくなったらヴァン・ゴッホで追いかけてきて！」

落下しながら流されていく泉は、両腕を胸の上で交差させた。まるで宇宙船の大気圏再突入のような振動に、カプセルの電子装置が警報を鳴らす。黒潮の滝はカプセルを上下左右に弄びながら海底へと流れ落ちていった。

目を固く閉じた泉は祈るように呟いた。

「大きい爺ちゃん、私を見守って……」

一度も会ったことのない曽祖父との絆だけが泉の命綱だった。七十五年の歳月を経て、曽祖父と曽孫が同じ歴史の謎を追う。終戦後、賢治は志半ばで死んだ。だが娘の漣を経て隔世遺伝で研究者の血は受け継がれた。曽孫の泉は、そんじょそこらの研究者ではない。知恵も、行動力も、胆力もある女傑だ。もし泉が死ねば、海神の秘宝は永遠に日の目を見ない。賢治がそんなことを許すはずがない、と泉は信じていた。

泉は恐怖で震えながらも、こう呟いていた。

――できる。できる。できる。できる。

どれくらい時間が経ったことだろう。カプセル内の警報が止んでいた。海上の新垣からの通信が耳に入り、泉は目を開けた。

『花城先生、聞こえますか？』

「無事よ。上手く流されたようね。カプセルが横に倒れているから、ちょっとだけ巻き上げて」

カプセルは泉の目論見通り、海流の吹き溜まりまで流されていた。ただカプセルが横倒しになっているので、このままハッチを開けたら水没してしまう。

しばらくして真上に到着したヴァン・ゴッホが、撓《たわ》んだワイヤーを巻き取ってくれた。

「カプセルを海底から二メートルの位置に固定して。そこに支えになる岩場がある」

カプセルが静かに止まった。ここから船外活動に移る。底のハッチを開けた泉は、潜水服で海底に降り立った。

「静かすぎる……」

月面に降り立ったアポロ11号の宇宙飛行士は、こんな心境だったのではないか、と泉は思った。ライトで照らされた視界は十メートル程度だ。意識しないと上下の感覚すら危うくなる。呼吸ガスを提供するアンビリカルホースがなければ、すぐにカプセルの場所さえ見失ってしまうだろう。

「ポタージュスープを飲んでいるみたい……」

ヘリウム混合ガスに味はないが、高圧ガスの影響で息をするたびに喉がゴロゴロした。水温は摂氏十五度。サウナの水風呂のような温度だ。泉が海底を這うように歩くたびに、海底に溜まったプランクトンの死骸が煙のように視界を覆った。その合間から、深海に棲《す》むエビやカニが逃げていくのが見えた。

「涼、何か人工物のような物を発見した！」

『J‐20ですか？』

「わからない。接近して確かめる」

泉がライトを当てた先には板のようなものが壁状になっていた。それが沈没船によく見られる特徴だとわかった時、息を飲んだ。泉は、船首と思しき場所にライトを当てた。明かりに誘き寄せられるように、真っ赤なオニカサゴが泉の前を横切っていく。船名は、オニカサゴが過ぎた後に現れた。

「一心《いっしん》丸。日本の船だ」

しかし沈没船にしては奇妙だ。船体の中央部がほぼ消失している。これは爆発によるものではないか、と泉は考えた。

「涼、ネットで照合をお願い。戦時中に旧日本軍に徴発された船のリストを洗って」

『どうぞ――』

「徴発後の一心丸の海軍名は？」

『えっと……。第五千早丸です』

――大きい爺ちゃんの乗っていた船だ。

米軍の記録によれば、B‐24のロケット弾を食らって真っ二つに折れた船である。賢治はこの第五千早丸に乗っていた。その後、沈没から免れた第一千早丸に救助され、魚釣島に漂着した。今から七十五年前の出来事である。殆どの日本人はこの事実を知らない。沖縄県人ですら、石垣島に住む一部の高齢者が知るのみである。

「ここに流されていたんだ……」

第五千早丸は原形をほぼ失った姿で、東シナ海に眠っていた。水中考古学者をしていると、海がタイムカプセルになっていると実感するものだ。水温が低く微生物が少ない海底では、千年程度の時間を易々と遡《さかのぼ》ることができる。琉球王朝時代の進貢船なら歴史ロマンだが、七十五年前の第二次世界大戦の戦没船には、まだ血の匂いが残っている。この船に乗っていた島人たちの子供は、漣オバァの年代である。

泉は無意識のうちに第五千早丸の残骸に手を合わせていた。

――安らかにお眠りください。

その時だ。深海に銅鑼《どら》を叩くような騒音が轟いた。只事《ただごと》ならぬ振動に驚いて見上げると、泉の頭上を巨大なクジラのようなものが通り過ぎていくところである。それは、月明かりほどの日光しか届かない深海二百メートルにおいてさえ、暗い影をなす異様な迫力の物体だった。たちまち泉の視界は完全な闇に覆われた。

「中国海軍の０９５型攻撃型原子力潜水艦！　やっぱり来てたんだ！」

潜水艦は通常、水の抵抗を減らすために涙滴型になっている。だが中国の０９５型原子力潜水艦は核ミサイルを積んでいるために背中にラクダのような瘤がついている。海上では穏便に中国海警局が対応している中国だが、海中には最新鋭主力潜水艦を投入していた。

「涼、レイノルズ中佐に報告して。中国海軍の原子力潜水艦がいる」

０９５型原子力潜水艦の巨体はまるで海の帝王のようだ。泉など相手ではないとでも言うように、ゆっくりと頭上を航行していく。

「中国はこちらの意図を察知したのかもしれない。ヴァン・ゴッホが危ない！　涼、すぐに接続水域から退避して！」

『カプセルを置いて退避なんてできません！』

海中に鈍い金属音が響く。０９５型原子力潜水艦が魚雷発射管のハッチを開けた音だ。

「いいから逃げて。中国は本気でヴァン・ゴッホを狙っている！　今、魚雷発射管を開けた音を聞いた。もうすぐ撃たれる！」

泉はこれが最善の方法だと信じた。ヴァン・ゴッホがワイヤーを切ったら、カプセル回収の見込みはなくなる。しかし本船を失ってもどうせ帰還の道はなくなるのだ。ここは小を切り捨てて大を生かすのが選ぶべき戦術だ。

『花城先生、必ず回収しに来ます！　信じて待っていてください！』

ヴァン・ゴッホがカプセルのワイヤーを切り離した。途端、有線で接続していた通信が途絶える。ヴァン・ゴッホは泉を残して無事に海域から脱出したようだ。

「これでひとりぼっちか……」

泉は、切断され海底に落ちてくるワイヤーを見ながら胸を詰まらせた。水中考古学者を志したとき、海で死ぬなら本望だと決意した。アルピニストが山で死ぬのを恐れないのと同じように、志と死に場所が一体となっている。ただ尖閣沖で死ぬとは思わなかっただけのことだ。

泉は幼き日の自分を思い出し、語りかけた。

「泉、これが私の人生よ。どう思う？」

心の中は不思議と落ち着いていた。暗い海の中で、少女時代の泉の幻が言った。

――いいと思うよ。

その声に泉はクスッと笑った。子供の時の自分の口癖だったからだ。恐怖の中に仄かな温かさを感じた泉は、ひとりで作戦を続行することにした。幸い、カプセル内には生命維持装置がある。カプセルに籠もれば二日は生きていられる。その間に、この沈没船の吹き溜まりを調査したい、と水中考古学者の本能が体の奥から突き上げてくるのだ。

第五千早丸の残骸のほど近くに、明代のジャンク船の竜骨を発見した泉は、死の恐怖を払いのけて目を輝かせた。

「ここは海のスイートスポットだったんだ」

泉が狙っていたトカラギャップに勝るとも劣らぬ規模だ。ここには過去数百年の歴史の記憶が眠っていた。泉は携帯していた水中カメラのシャッターを夢中で押した。

「これは清代の船。これは太平洋戦争の時の商船。これは琉球王国初期の進貢船。何この宝の山？　ウハウハしちゃう」

泉は自分の命があと二日だということも忘れて、クリスマスプレゼントの山に喜ぶ少女のように歓喜した。この記憶を残せなくても泉は構わなかった。生きているうちに世界の真理の一端に触れられたことは、まさに僥倖だ。生まれ変わる必要など露ほども感じない。

やがて海底の彼方から明かりが近づいてくるのが見えた。

「中国海軍のＲＯＶだ」

遠隔操作型無人潜水機は現代の海底探査の主力となっている。過酷な環境の深海に人間を送り込まずに、ロボットに任せようという考えだ。

泉も将来の水中考古学がＲＯＶ任せになるのを否定しない。ただ人間が肌で触れる歴史の体験が、ビデオカメラ越しになることに違和感がある。それは美術館で複製品を鑑賞する行為に似ていた。たとえ真作が汚れていても、損傷があっても、人間には時空を超えたものに触れる体験が必要だ。その体験が個人を通過して知見となる。ビデオカメラ越しに見る沈没船は事実を伝えてはいるかもしれないが、現実の一断面しか伝えていない、というのが泉の持論だ。

ここは頭の固い古い人間の面目躍如を果たしておきたいところだ。

「レイノルズ中佐に義理もあるし、ちょっとは仕事しておくか」

泉はＲＯＶのカメラの死角をつくように回り込んだ。ＲＯＶのカメラは可視光線しか捉えられない。即ちライトの範囲外は真っ暗にしか映らなかった。

「ロボットには人間のように複雑な動きはできないのよ」

ＲＯＶは腕の生えたビールケースのような形をしている。上面のケバケバしい黄色のタンクに浮力材とバラストが入っていて、これで浮上と潜航を行なっている。泉はタンクのある上面から延びるケーブルをサバイバルナイフで断ち切った。

「これで中国海軍も大慌てでしょう」

電源ケーブルを切られたＲＯＶは、抵抗することなく突然沈黙した。「失踪」したＲＯＶは自動的に浮上するようにプログラムされているはずだ。だからタンクには穴を空けておく。

「人生最後の戦利品にしちゃ無骨なのよね。もっとロマンチックなものがいいのに」

泉はＲＯＶをカプセルに回収した。このカメラに映っている映像はアメリカ軍に届く。これでレイノルズ中佐からも、役に立つ女だったと少しは感謝されるだろう。

泉はカプセルに戻ると、無我夢中でパソコンに向かい沈没船に関する考察を綴《つづ》った。時計を見なければ、深海では時間がわからない。仮眠のつもりだったのに、目覚めたのは三時間後だった。残り僅かな命なのだから、眠るのは最低限にしておきたいところだ。カプセル内には非常食も完備されている。食事を摂ったら泉は再び船外活動を行なう予定だ。時刻は午後六時半だった。海底には夕日も届かない。

スイートスポットに溜まっている沈没船はざっと数十隻といったところだろうか。地形の凹凸で陰になっているところもあるからよくわからない。範囲を広げれば百隻はあるだろう。泉は数百年前の人々が海を渡った思いを想像し身震いした。現代ほど航海技術が発達していなかった時代、人は未知の地を求め、富を求め、決死の覚悟で海を渡った。その気持ちを遺物を通じて汲んであげるのが水中考古学者の務めだ。

「思い残すことなんてなさそうだな」

泉は心の底からワクワクしていた。こんな気持ちになったのは小学校の修学旅行以来だ。あの、一日が異常に長く感じられるような高揚を、大人になってから体験したことはない。潜航から丸一日も経っていないのに、一週間は潜っているような気がした。ちょっと外に出ればすぐお宝に当たるという状況だ。もしかすると世の水中考古学者が一生かかっても触れられないであろう数の沈没船と遭遇しているのではないか。そう考えると何と恵まれた研究人生であろう。泉は太く短く生きることが信条だったので、三十六時間後に尽きる寿命など知ったことじゃなかった。

泉は狙っていた岩場の奥に行ってみることにした。

「これなんだろう？　バージ船の舵かな？」

ライトが照らしたのは、大きな板状の物体だ。灰色のそれは金属に見えないこともない。持ち上げてみると、意外と軽くて拍子抜けした。素材がわからないので拳でノックしてみて、その音にドキッとした。

「これはＣＦＲＰ（炭素繊維強化プラスチック）だ！」

泉はすぐにこれがＪ-20のカナードだとわかった。Ｊ-20のシルエットを特徴づける、機首後方についている空力パーツだ。これがあるということは、機体本体も近くにあるはずだ。

泉がカナードを持ち上げた途端、鈍い振動と共にカナードに銛《もり》が突き刺さった。見渡すと水中に五つの明かりが見える。水中スクーターに乗った中国海軍のダイバーたちが泉に迫っているところだった。彼らはナイトロックスのボンベを二本積み込んで深海探査に対応していた。

「ＲＯＶの音波を逆探知したんだ」

泉はすぐに退避しようとする。しかし水中スクーターの機動力は人間を上回る。あっという間に泉は中国海軍のダイバーたちに囲まれてしまった。

泉の潜水服は、海底を歩くように設計された重たいものだ。スキューバダイバーのような足ひれはなく、ゴム靴でゆっくりと歩くことしかできない。

中国海軍のダイバーたちが狩りをするシャチのように、泉の頭上で旋回し始めた。泉の持っているアイテムは、工具と斧《おの》しかなかった。

「やられる！」

ダイバーに水中銃を向けられた瞬間、泉は息を飲んだ。射出された銛の動きは目に見えるほどの速さだが、泉の動きは地上の五分の一程度に落ちていた。感覚的には避けられる速さでも、体が思ったように反応しない。

泉はカナードを盾に銛を防ごうとしたが間に合わない。銛は泉のヘルメットの脇、数センチのところを掠めていった。もし背後から撃たれたら為す術《すべ》もない。斧を振り回してダイバーたちを追い払ったものの、彼らは泉の無様な姿をあざ笑うかのように、悠然と回游している。

「フィンがない分、こっちが不利だ。何か対抗手段を考えなきゃ。考えるのよ、泉！」

泉は苦し紛れに海底の泥を煙幕にして身を隠した。タコが墨を吐いて天敵の目を眩ますように、たちまち泉が泥の煙に飲み込まれていく。

「これは何？」

泉が足で攪拌《かくはん》した海底から、黒い紐状の物体が現れた。

煙幕が消えかけると、泉はダイバーたちにハンドサインを送った。両手でグーとパーをパチンと合わせ［FUCK］と示す。次に人差し指で相手を指し［YOU］と送る。今度は自分を指して［I AM］と述べ、最後にヘルメットの前で掌を垂直に立てて［A SHARK］と表した。

繋げると、

〝Fuck you, I am a shark!〟

となる。

『他妈的屄！』

（クソアマーッ！）

泉に挑発されたダイバーたちが、全方向から一斉に泉に向けて突進する。泉は十分にダイバーを引きつけてから、持っていた斧を振りかぶった。

「喰《く》らえっ！」

泉は渾身の力で足元にある紐状の物体を断ち切った。その瞬間、海底に凄まじい電流が走ったではないか。電気ショックを浴びたダイバーたちが次々と失神して海底に落ちていく。

泉の足元にある黒い紐状の物体は海底ケーブルである。直流五百キロボルトの電流が一瞬にして海中に放出されると、その地点を中心に半径十メートルの同心円にスタンガンを撃ったのと同じショックを与えられる。

それができるのも、泉の潜水服が加硫《かりゅう》ゴム製のドライスーツだからだ。ヘルメットは強化プラスチック製である。即ち泉は絶縁体で覆われていた。

一方でウェットスーツのダイバーたちは通電する。同時にリチウムイオン電池で動いていた水中スクーターは、高圧電流の直撃を受けて爆発した。

「次からエレクトリック・シャークって名乗ろうかしら？」

敵五人を同時に沈めた泉は、潜水服の中で息を荒らげた。切断された海底ケーブルは中継器のある箇所で自動的に遮断される。きっとどこかの地域で、ネット接続が遅くなったと騒いでいることだろう。

意識を取り戻したダイバーが失神した仲間たちを抱きかかえる。

『あいつ飽和潜水してやがるぞ！』

『エアが切れる。戻るぞ！』

ナイトロックスの潜水で深海二百メートルにいられる時間は、三分未満とされている。それ以上の滞在には潜水病の危険が伴う。彼らは海面まで二時間以上かけて、ゆっくりと浮上していかなければならないのだ。

中国海軍のダイバーたちは、すごすごと退却していった。しかしJ-20の水没地点は特定した。次に潜ってくるダイバーたちは、泉と同じように飽和潜水してくるはずだ。それまでの猶予は約二十四時間。その間にJ-20の機体を先に発見しなければならない。

「結局私は、義理固いのよねえ……」

研究と仕事を天秤《てんびん》にかけたら、断然、研究の方が重いのだが、不義理をするのは信条に反する。J-20の性能なんて知ったこっちゃないが、仕事ができない女と思われることだけは我慢できない。こっちは歯を食いしばって、男性研究者の三倍の努力と情熱で、やっとこ第一線級と認められているのだ。アメリカ海軍にいる女性士官たちのためにも、ここは頑張っておく。三十年後、女性潜水士が男と同じように働いていることを願って。

泉は月面を歩く宇宙飛行士のように、脚で交互にジャンプしながら海底を散策した。泉の命の保証こそないが、カプセルにミッション・コンピューターを回収しておけば、アメリカ海軍は必ずや見つけるだろうと信じていた。

泉は海底散策の道すがら、やはり沈没船のことが気になってしまう。

「これは旧帝国海軍の伊号潜水艦。戦争で沈められたんだ」

近年の考古学では、第二次世界大戦も研究対象として扱われている。「戦争考古学」という新しい分野だ。泉は、ゆくゆくは現代史の沈没船も調査の対象に含めようと考えていた。いつか世界水中文化遺産という概念を世界に定着させたいと願っている。海はどこの国のものでもない。その中立性を人類が獲得した時、新しい世界の枠組みが見えてくると信じている。

領土や領空や領海に縛られず、公有という概念を体現してくれるのが、沈没船である。例えば明代の沈没船に現代中国が所有権を主張するとは思えない。タイタニック号の遺留品の所有権をイギリスが主張しないように、だいたい百年程度で所有権は喪失するものと考えられている。今しがた発見した伊号潜水艦も、あと数十年ほどで日本の船という概念が消えるだろう。その時、公有が成立する。海は人智を超えた仲裁者である。

突如、泉の前に巨大な円筒形の物体が現れた。J-20のエンジン渦扇-15である。機体はバラバラになりながら、海底一帯に散らばっていた。この様子だと機体は垂直に海面に激突し、その衝撃でエンジンが外れたと考えるのが妥当だろう。エンジンの排気ノズルにタコが絡みついている。どうやら新しい寝床にしようとしているらしい。

「コックピットはどこにあるの？」

泉の持っている懐中電灯の電池が切れた。泉が捜索し始めて三時間半が経過していた。飽和潜水しなければ、とても潜っていられない時間だ。泉は予備の懐中電灯を点けた。

現在の時刻が気になった泉は、新垣のジンU2をちらりと見る。午後九時を少し回ったところだった。泉の耳に奇妙な音が聞こえてきた。

「エアが漏れてるのかな？」

急いで装備をチェックしたが問題ない。しかしまたゴボゴボと配管が詰まるような音がする。音は頭上から響いてくるようだった。見上げた泉が感嘆の声をあげた。

「マッコウクジラだ！」

海の潜水士と呼ばれるマッコウクジラが、泉の周りに集まってきていた。その姿は小型潜水艦ほどもある。深海を照らす微かな懐中電灯の明かりでも、その巨体ははっきりと捉えられた。さっきの音は、マッコウクジラが仲間たちとコミュニケーションを取る時の鳴き声だったのだ。

「なんて綺麗なの……」

群れはざっと八頭というところだろうか。子クジラもいるから家族なのかもしれない。彼らはこうやって群れで暮らしている。泉は深海が見せる束の間の楽園をうっとりとした眼差しで眺めた。どうやらここはマッコウクジラの縄張りらしい。人間たちが深海で騒動を起こしているのを快く思っていないようだ。

「ごめんなさい。私たちのいざこざでお庭を荒らしちゃったみたいね」

子クジラがしきりと何かを突いている。珍しい玩具を見つけて興奮しているようだ。泉が温かな眼差しを送った時だ。子クジラが頭突きして遊んでいる透明な物体の正体に気づいた。

「コックピットの風防だ。クラゲと勘違いしているんだ」

泉は恐る恐る子クジラの許に近づいていった。そこにはJ-20の機首が転がるように落ちていた。

「見つけた。ミッション・コンピューターは無事かしら？」

見る限り、機首のレーダーを覆うレドームは失われていた。あるのはモノコック構造のコックピット周りだけだった。座席がついていたので、ベイルアウトする間もなかったのだろう。恐らくパイロットのバーディゴ（空間識失調）で墜落した。

　飛行中の戦闘機のパイロットには、常に強いＧ（重力加速度）がかかっている。地上では容易に判断できる上下の感覚も、超音速の空中だとわからなくなることがある。それは人間が二次元的空間識の地上で進化してきた名残だ。どんなベテランパイロットにも、バーディゴの危険はつきまとう。

　コックピットを覗いた泉は思わず目を背けた。この衝撃だと肉体は残らない。

「お気の毒に――」

　泉は斧を打ち付け、機体へ上る足場にした。

「ミッション・コンピューター……。ミッション・コンピューター……」

　ミッション・コンピューターはアビオニクスと称される電子装置類の中枢である。通常の戦闘機は、コックピットの前方か、座席の後ろにミッション・コンピューターを積んでいる。デジタル化された第五世代機の心臓部とでも言うべきものだ。

「これは多分ＶＯＲ（超短波全方向式無線標識）受信機。これはＡＴＣ（航空交通管制用）トランスポンダ。下の画面が火器管制システム。タッチパネルだからわかりにくいな。どこと繋がっているの？」

　泉は腰に巻いていた工具ベルトからドライバーを抜き出した。グラスコックピットと呼ばれる第五世代機のコックピットは、以前の戦闘機に見られた無数のボタンやスイッチ類が存在しない。必要な情報だけが全てコンピューター画面に表示されるようになっていた。泉の探しているミッション・コンピューターは、一枚の基盤に纏められているはずだ。高熱を発するCPUには冷却装置が必要だ。空冷ファンが目印となるはずだった。

「なんか整備士にでもなったような気がするな」

ディスプレイのネジを緩めても開かない。墜落のショックでフレームが歪んでしまったのだろう。泉はナイフをテコにして無理矢理引き剝がした。すると奥から、空冷ファンを主体に構成された箱が現れた。これがミッション・コンピューターである。その大きさは外付けのハードディスクほどだ。

「よし。ミッション・コンピューターを回収した。これでもう機体に用はない」

泉はポリカーボネイト製の風防で遊んでいる子クジラに、礼を言った。

「あなたのお蔭で見つけられたよ。もうお庭を荒らさないから心配しないでね」

*

カプセルに戻った泉は残りの酸素を確認した。カプセルに装着した予備のタンクは全て正常に機能していた。

「残り二十四時間か。長いような。短いような……」

この狭い空間に持ち込んだ私物といえば、パソコンくらいだ。身辺整理するようなものはない。死装束に纏う一張羅も、死化粧する化粧品もないから、このまま下着姿で遺体が発見されるだろう。グレーのスポーツブラジャーとボクサーパンツで冥土《めいど》に旅立つのは、色気がなさすぎた。泉は初めて自分の女子力の低さに絶望した。

「嗚呼、来世こそは、モテ女子に生まれ変われますように……」

取り敢えずミッション・コンピューターをアルミ箱に入れる。あとは遺書を書くくらいしかないが、二十四時間も書き続けるほどの内容なんてない。泉は新垣宛にメッセージを残した。

『涼、あなたが人生で迷った時は、いつでも困難な道を行きなさい。
誰にも見向きもされない道にこそ、人が見落としていた発見がある。
無能な多数派にならず、賢い少数派でいることを恐れないで。
これが私があなたに贈る最後の言葉です』

読み返して、我ながらクサい台詞だと失笑した。しかし新垣が苦笑する顔を見ることもないのだから、よしとする。

残りの時間は、これまでに発見した沈没船の地図を描くことに専念した。泉が発見した沈没船は既に二十六隻。範囲を広げれば百隻を上回るのは確実だった。この地図を新垣に残し、彼に研究を引き継いでもらおう。新垣に足りないのは、当事者としてのスイッチだけである。自分の人生を受け入れ、背伸びせず、卑下せず、成功も失敗も当事者の自分の責任だと自覚することだ。いつ、どこで、そのスイッチが入るのか、それは人それぞれだ。タイミングが早い人もいれば、遅い人もいる。泉の死がそのスイッチになるのなら、本望である。

「なんか眠くなっちゃったな……」

欠伸をした泉はカプセルの小窓から外の景色を眺めた。水深二百メートルの深海は、賢者の思考のように静かで穏やかだった。

「大好きな海の中で死ぬんだから、いいか……」

泉は満足そうに微笑んで、静かに眠りについた。

座席の背もたれを倒してから、六時間が過ぎた頃だ。頭蓋骨に響くような嫌な音が聞こえてきた。ヘリウム混合ガスを吸い続けたことによる症状だろうか。泉は眠っていたいのに、破《わ》れ鐘のような音で目覚めてしまった。

「うるっさーい！　飽和潜水したら騒音で死ぬなんて聞いてないよ！」

腹立ち紛れに泉は座席から飛び上がった。今際の際のムードもへったくれもない、怒りを覚えるほどの騒音だ。加圧されたカプセルが水圧で崩壊するなんて考えられない。では、何が鳴っているんだ、と小窓から外を見渡した。

「あ！　誰かいる！」

外には飽和潜水した複数のダイバーたちがいて、ハンマーでカプセルを叩いているではないか。泉が床のハッチを急いで開けると、潜水士が顔を覗かせた。

「あなたは誰？」

「我々はアメリカ海軍潜水艦救難部隊だ。救出が遅れてすまない。飽和潜水の準備に時間がかかってしまったのだ」

「レイノルズ中佐に派遣されたのね」

「我々は貴殿の勇敢な行為に敬意を表する。すぐに潜水服に着替えてくれ。ＤＳＲＶ（深海救難艇）が待機している」

「待って。これを先に持って行って。Ｊ‐20のミッション・コンピューターよ」

海軍の潜水士は、女００７ばりの泉の活躍に、舌を巻いたように目を白黒させた。

泉の知らないうちに、事態は急速に悪化していた。ついに中国海軍が秘蔵っ子の０５５型ミサイル駆逐艦を、尖閣に投入することを決めた。中国版イージス艦と呼ばれる海軍最大の駆逐艦だ。性能通りなら、０５５型ミサイル駆逐艦一隻で、尖閣海域に投入された日米の全ての艦船と航空機を十分で全滅させることができる。中国共産党は日米との戦争辞さずの強硬策を執ったのである。

この事態に、海上自衛隊はＰ‐１哨戒機を後退させた。駆逐艦と哨戒機では圧倒的に駆逐艦の方が強いからだ。さらに日本政府は中国との全面衝突を恐れ、アメリカ軍に自重を求めた。第三海兵遠征軍司令部は、Ｊ‐20の捜索を断念すると決めたばかりだった。

「あなたの功績はシルバー・スター勲章級です。米軍を代表して感謝します」

泉が潜水服で海底に出ると、頭上にはモスグリーンに塗装された大型ミサイルのようなＤＳＲＶ‐２アバロンが待機していた。深海救難艇と呼ぶにはあまりにも大きすぎる。泉がさっき見たマッコウクジラほどもある。

船内には、深海と同じ気圧に加圧されたモジュールがある。そこに入れば潜水病を気にすることなく、海面まで一気に浮上できる。泉はＤＳＲＶ‐２の底部のハッチから中に入った。

「助かった――！」

シートベルトを締めた後、泉はやっと安堵の息を吐くことができた。泉は、同行したアメリカ海軍の兵士からのレクチャーを、上の空で聞いた。

「マム、洋上でサン・アントニオが待機しています。そこで減圧します。ドクターチェックを受けるのは減圧した後になります」

意識ははっきりしているのに、瞼が猛烈に重い。眠る気になんてならないほど興奮しているのに、なぜなのか泉にはわからなかった。

輸送揚陸艦サン・アントニオは、ステルス設計が施された最新鋭艦である。外観の特徴となる二本のマストが八角柱の形にパネルで覆われている。しかしサン・アントニオの最大の特徴は、なんと言っても、運用の柔軟性にある。目的によって構成を変えることで、輸送艦、強襲揚陸艦、病院船と、どんな状況にも対応できるというものだ。

今回は潜水艦救難支援艇として派遣された。モジュール化された加圧減圧室を積み込み、ＤＳＲＶ‐２を船底のウェルドックに格納する。

泉が振動で気づいた時には、ＤＳＲＶ‐２はサン・アントニオに収納されていた。

「マム、減圧室へ！」

右も左もわからない泉は、促されるまま、海軍の兵士たちと共に減圧室に入った。

飽和潜水は加圧より減圧の方が慎重を要する。潜水病とは、所謂減圧症のことだからだ。ダイバーが深海から急激に浮上すると、生体内に溶けていた窒素が膨張して組織を破壊する。これが減圧症のメカニズムだ。だから減圧には加圧よりもずっと長い時間をかけなければならない。

泉は見覚えのある顔が減圧室の窓を叩いているのを見つけた。

『花城先生！　ご無事で何よりでした。僕が見捨てたなんて思わないでください。これでも頑張ったんですよ』

「涼、わかってるって。レイノルズ中佐に掛け合ってくれたのは、あなたなんでしょう？」

『はい。沖縄の劣化ウラン弾とダイオキシン汚染のことを、グレタさんに国連で演説してもらうぞって脅しました』

「あの子怖いよね？　アダムス・ファミリーのウェンズデーの生き写しみたい」

『僕もちょっと苦手です。レイノルズ中佐も怖がっていたので、ちょうどいい脅しになりました』

「それでこそレディーシャークの一番弟子よ。そうやって気迫で圧《お》していくのが交渉のコツよ」

『花城先生の側でずっと詐欺の手口を見てきたんで、よーくわかっています』

「あんた、一言多いよ」

新垣が涙を拭いながら笑った。

一般的に加圧に二十四時間かけた場合、減圧には一週間ほどかかる。泉は長い一週間を減圧室で過ごすことになった。

*

「Decompression（減圧中）」

減圧室の扉の上の運転灯が緑色に変わった。一気圧の世界に戻った泉は、久しぶりに自然の空気を吸った。

「なんか空気が薄い気がするなあ」

「これが正常なんですよ。ほら、花城先生の声だって戻っているじゃないですか」

「視界もシャープかな？　今まで、度の合わないコンタクトレンズをつけてるみたいだったから」

泉は、宇宙飛行士が地球に戻ってきたとき、よく違和感を述べるのは、こんな感じかと思った。海中の浮力と無重力はよく似ていた。そのうち体も一気圧に馴染んでくるだろう。

「ドクターチェックを受けてくる。その後はわかっているよね、涼？」

「もちろんです。後でサン・アントニオのウェルドックを覗いてみてください」

医務室から戻った泉はキャットウォークから船底のウェルドックに視線を落とした。

「あ！　レッドウルフ号がある！」

ウェルドックに泉の愛船が、ボートトレーラーに積まれて格納されているではないか。

「僕は目覚めたんです。これからは頼りにしてください」

新垣は得意そうに胸を張った。レイノルズ中佐と丁々発止の取引をしたのは、泉の救出についてだけではない。真の目的は尖閣上陸なのだ。

「すぐに出発できる？」

「はい。燃料は満タン。食料も二週間分積んでいます」

「涼、あんたを見直したよ！」

泉は新垣に抱きついた。

サン・アントニオのウェルドックに海水が満たされていく。それに合わせてレッドウルフ号が静かに浮かんだ。

「ハッチ開きます！」

新垣がクルーザーのエンジンを始動させた。

軽快なエンジン音に合わせて泉が号令をかける。

「出発進行。目的地は魚釣島！」

サン・アントニオの船尾から滑るように駆け出したクルーザーは一路、尖閣を目指した。

第十一章　禁断の島へ

冬の時化た海は、尖閣上陸を阻む天然の要害のようだった。波の高さは三メートルを超え、泉の乗るクルーザーを上下させた。針路は合っているはずなのに、波が視界を遮っているせいで、奈良原岳の山頂は、まだ見えない。泉は、尖閣が無人化する理由がわかる気がした。

舵輪をしっかりと握る新垣が、不安そうに泉を見た。

「花城先生、急に時化てきましたね。さっきまであんなに波が穏やかだったのに……」

「冬の東シナ海は荒れるのよ。遭難が起きやすい季節だから気をつけてね」

「花城先生、迂回しましょう！」

甲板が波を被って船体が沈んだ。そこから浮上したかと思いきや、船底が海面を離れ一瞬宙に浮かんだ。下半身から血の気が引いていくような感覚で、泉たちは操舵室の柱にしがみついた。

「この程度の波じゃ船は沈まない。そのまま真っ直ぐ！」

操舵室の窓ガラスに貼られた魚釣島の写真に目をやり、新垣はボソッと呟いた。

「まさに南海の孤島ですね。断崖絶壁の岩山じゃないですか」

泉は荒海の気休めにこんな話をした。

「涼、島と岩礁の違いって何だと思う？」

「何言ってるんですか、花城先生。島は大きい陸地ですよ。岩礁は人が立つのもやっとの岩場です」

「大きさの違いだけで区別したのね。じゃあ、沖ノ鳥島は？」

新垣はぎょっとした表情で息を飲んだ。沖ノ鳥島は満潮時には大人がひとり、やっと立てるかどうかの小さな岩しか海面上に出ない。しかも波の浸食により、水没の危機にある。日本政府はＥＥＺ（排他的経済水域）を守るために、沖ノ鳥島の護岸工事を行なった。それは護岸というよりも金庫で保護したとでもいうべき、過剰な工事だ。コンクリートで岩礁を囲み、チタン鋼の網で蓋をするというものだった。

「沖ノ鳥島は、島です。さっきの発言を補足します。満潮時に陸地が海面上にあれば、島です」

泉は新垣の狼狽ぶりに可笑しくなった。

「実はね、国際法では十九世紀から島と岩礁を分ける定義があるのよ」

「え？　そんなの初めて聞きました！」

「島っていうのは、人間が独立経済活動できる陸地のことを指すのよ。陸地の生態系の範囲で人間が文明活動できるのが島。それ以外は岩礁とみなす、というのが通説なの。だからこの基準に則れば、沖ノ鳥島は島じゃない」

「そんなバカな。じゃあ沖ノ鳥島の領有の根拠がなくなってしまうじゃないですか」

「だから国際法では、ってこと。国際法には罰則がないのよ。第一発見者と先住民の論理でいけば、沖ノ鳥島はスペイン領だって前にも言ったよね？　島である根拠も薄いのに、日本は実効支配を根拠に領有権を主張している。一方の中国はあれを岩だって主張しているよ」

「だったら、あいつらがやってる南沙《なんさ》諸島の人工島は何なんだよ」

「沖ノ鳥島を島と言っている日本とどっこいどっこいかな？」

「天然島と人工島は違うでしょう！」

「沖ノ鳥島の天然岩の大きさは、護岸工事で使ったコンクリートの〇・一パーセントもないのよ？　つまりほとんど全てが人工島」

「一体花城先生はどこの国の人間なんですか？　日本人？　それとも中国人？」

「私はアイデンティティに縛られて客観的視点を失うのが嫌なのよ。物事を認識するときは、必ず複数の視点からアプローチするべきでしょ。それが論理や科学というものよ。私と国家は必ずしも一体じゃない。もし一体だって言うなら、国は私に深海潜水艇を与えるべきだと思うな」

新垣はこれまで信じていた領土観を揺さぶられて、唖然《あぜん》としていた。

「島と岩礁の境目は、自国の利益によって変わるというのが現状なのよ」

「でも魚釣島は、島ですよね？　あれを岩礁という国はないと思いますよ」

尖閣諸島は魚釣島と久場島《くばしま》の二つの島と、六つの岩礁で構成される。国際法で独立経済活動が可能とされるのは魚釣島と久場島だけだ。しかし久場島には湧水がないことから、人が独立して生活するのは難しい。そんな久場島は明治時代に魚釣島の補助島として、水の補給を受けながら一時人が住んでいたことがある。

魚釣島は、紛れもなく独立経済活動が可能な「島」だ。水源が豊富にあり、食料も自給できる。タンパク源は海鳥たちの卵だ。魚釣島は、外部から補給を受けずに数十人なら最低限の生活ができる。しかし、琉球王国も中国も、一度たりとも定住を試みたことがない。

それは領土や領海という概念さえなければ、人間を送り込む魅力が島に欠けているからである。住人に先史時代さながらの生活を強いてまで、領有する理由がなかった。尖閣は海上標識や水の補給基地として以外、役に立たなかった。

また船が大きく揺れて、船底が海面に叩きつけられる衝撃を受けた。

「花城先生、なぜあんな無人島に海神の秘宝があるんでしょうか？」

「無人島かどうかは関係ないのよ」

泉は、新垣の考えが一般人の感覚に近いことを知っている。だが、その感覚を国際政治の場に持ち込むと危ない。

「じゃあ次の質問ね。有人島と無人島の違いは何だと思う？」

「それは簡単です。人が住んでいれば有人島、住んでいなければ無人島です」

「嘉弥真島《かやまじま》は、有人島？　それとも無人島？」

「ああ、通称ウサギ島のことですね。あれは無人島です」

「ブー。一人の定住者がいる」

「えーっ？　ずっと無人島だったじゃないですか」

泉は沖縄の離島の歴史から、有人島と無人島の差に意味を見出さない。歴史上、島の有人化と無人化は政策によって左右されてきたからだ。

例えば、八重山諸島の新城島《あらぐすくじま》は有人化と無人化を繰り返している。有人島になったのは、新城島で貴重なジュゴンが獲れるからだ。ジュゴンは中国で皇帝でも滅多に食べられない不老長寿の霊肉とされていた。その肉を冊封使をもてなす料理に使うことで、破格の待遇を表した。ジュゴン漁がなければ、新城島は雨水以外の水源がなく、耕作に適さないから人は住まなかった。

戦後も八重山諸島の小さな島々では、有人化と無人化が数十年間隔で発生している。しかしそれは、必ずしも領有を放棄したことにはならない。

由布島《ゆぶじま》は西表島の衛星島と言えるほどの小さな島だが、集落があった。島人は西表島に畑を持ち、夜には由布島に戻った。西表島の原生林から来るハブやマラリア蚊から逃れるために、衛星島を本島としたのだ。昭和四十四年、由布島は台風エルシーによる高潮で冠水の被害を受け、廃村となった。しかし現在は観光地となり、再有人化されている。

「無人島になるか、有人島になるかは、時代のテーマによって変わるのよ」

「では、尖閣が有人化する可能性もある、ということですか？」

「涼、太陽系の話を思い出して」

船首を波に突っ込みながら新垣は曖昧な返事をした。

「太陽系の惑星は何個ある？」

泉の質問に新垣は指を折りながら答えた。

「水金地火木土天海冥。あ、冥王星は惑星から外れたんだった」

「そうよ。惑星の定義が時代によって変わるように、島の定義や、有人島と無人島の境界も曖味なの」

冥王星が惑星の定義から外れ、準惑星となったのは、太陽系の辺縁部に新たな天体が続々発見されたことに端を発する。冥王星よりも大きな天体が、外の軌道上に千個以上存在することがわかったからだ。

「魚釣島は冥王星のように、島の定義の境目にあるのよ」

「仰っている意味がわかりません」

「冥王星が惑星から降格した理由は、軌道を独占するほど大きな天体ではなかった、ということでしょう？」

新垣は、この話がどこに向かっているのか、まだわかっていない。

「国際法における島の定義は、人間が独立経済活動を行なえるかどうかって言ったけど、魚釣島は人間が独立経済活動をする当落線上に存在するのよ」

「なんとか住めるなら、人を送り込めばいいじゃないですか」

「原始人のように狩猟採集で生きろ、っていうの？」

「補給を受ければいいじゃないですか」

「食料、燃料、生活雑貨、通信装置、医薬品、建築資材、発電設備、学校、防災、上下水道、輸送コストも含めて維持するのに年間いくらかかると思っているの？」

新垣は改めて考えて、うーんと唸った。

「因みに沖ノ鳥島の護岸工事費には七百五十億円かかったのよ。無人でも年間二億円の管理コストがかかるって言ったら？」

「魚釣島に人を送り込むのは難しそうですね……」

「魚釣島は現代人の生活水準を満たすほどの能力を持っていない。五百年前の人でさえ無理よ。先史時代の人間しか受け入れられないの。つまり、生物としての人間は居住可能だけど、文明人は居住不可能なの」

もし魚釣島が耕作可能な平地を擁していたなら、琉球王府は定住化の可能性を考えたかもしれない。しかし魚釣島の九十パーセントは山で、平地は海岸線の一部にしかない。同じ理由で西表島も定住化したのは明治以降だ。西表島は沖縄本島に次いで二番目に大きな島なのに、大規模な集落を作れるほどの平地がなかった。定住化したのは、石炭が採れることがわかってからだ。

「つまり魚釣島は準惑星ならぬ、準島ということですか？」

「国際法ができた十九世紀の基準に則れば、そうね。でも現代人が十九世紀の生活水準で暮らせる？　石炭を燃やす蒸気機関の時代よ。アーク灯がギリギリあったかな。電球はまだない。電波も利用できない。抗生物質もない。飛行機もない」

「僕には無理ですね」

「まして二十一世紀の人間活動は、十九世紀よりもっと複雑になっているのよ」

「コストを度外視すればいいじゃないですか。海底ケーブルでインフラを通せば、なんとか」

「涼、日本列島も島だということを忘れないで」

新垣はハッとした眼差しになり、舵輪を握り直した。島の定義が不変の真理なら、日本全体にも当てはまる。

　泉は操舵室の窓ガラスに打ち付ける波飛沫を見つめながら続けた。

「厳密な意味で、独立経済活動できることが島の条件なら、日本列島だって定義を満たしていないよ。私たちは食料をどこから輸入しているの？　エネルギーをどこから輸入しているの？　鉱物資源をどこから輸入しているの？　現代の人間活動はグローバル経済の中にある。中国だって、食料もエネルギーも世界最大の輸入国だよ」

「大陸国家も独立経済活動の定義を満たしてないんですね……」

「食料もエネルギーも完全に自給自足できる国は、地球上にアメリカしかない。じゃあ、それ以外の九十九・五パーセントの国は準国家ということなの？」

　新垣は憑き物が落ちたように、溜息を吐いた。

「花城先生の仰る通りです……。領有には意味がない……」

「そもそも近代国家という枠組みが国境という概念を生み出したのよ。本州や北海道、九州、四国の自然的国境はいいとして、辺縁部まで拡大すると、無人島や岩礁が現れてくる。今まで利用したことのない場所まで無理やり国境を広げたら、どう扱ったらいいのかわからない島が現れた。その代表が尖閣諸島よ。あそこを日本の歴史的国境とするには無理がある。たかだか明治末期から昭和初期までの四十五年間人が住んでいただけで、歴史と呼べるほどの連続性はない。歴史は一般的に、数世代の時間を指すものだから」

「じゃあ中国の言い分は理があるんですか？」

「ない。中国が十五世紀に釣魚臺を認識していたのは事実よ。しかし定住化を見送った。利用の仕方がわからなかったから。見つけたもん勝ちの論理は国際法では通用しない。領有というのは、最低でも住民による数世代分の歴史があって、中央政府が赤字を出しても積極的に維持管理していないと認められない。だから日中どちらの主張も無理筋よ」

「国家のエゴですね」

「近代国家が国境を明確にしたいせいで矛盾が生じた。でも近世以前の日本と中国は尖閣を巡って争うことはなかった。お互いに尖閣諸島の存在を認識していても、曖昧にしておく方が生理的に納得できた。有人島か無人島か、島か岩礁かなんて、昔の人は問題にしなかった。冥王星のようにね」

「じゃあ太陽系の惑星と準惑星は、まとめて何て言えばいいんですか？」

新垣は「あ、そうか」と納得した。

「天体、でいいのよ」

「島か岩礁かなんて、地質学的に何の意味もないのよ」

「じゃあそっちは何て呼べばいいんですか？」

「陸地、でいいんじゃない？」

新垣は拍子抜けしたように舵輪に凭れかかった。こんな単純な話をややこしくしているのが現代だ。そんな言葉遊びのような定義のせいで、危うく戦争が起きるところだった。

泉は、たかだか出来て二百年程度の近代国家の概念で、人が殺し合うのは馬鹿らしいと思う。むしろ辺縁部を思考の場にした方が良いと考えている。国家とは何か、国境とは何か、それらの鬩《せめ》ぎ合う地で冷静に語り合うべきだ。

東京や北京《ペキン》がどこの国の領土か、と問うているわけじゃない。尖閣諸島が果たして、国家の存亡を懸けてまで争うべき場所なのかどうか、お互いに自問してみればいい。存亡を懸ける価値があるというなら、首都壊滅の可能性がある総力戦まで覚悟するべきだ。そして首相は、何百万人もの国民の屍《しかばね》の前でこう追悼すればいい。

『尖閣のためにあなたたちの尊い命が犠牲になった』と。

　果たしてそれが国民主権の国家のあるべき姿なのかどうかは別として。

「尖閣を領有するのは、中国にも日本にも負担が大きすぎる。でも公有すれば、そこは両国が協力し合う絶好の投資の場になるかもしれない」

　時化が収まってきた。泉たちの目には、両翼を広げた威風堂々たる奈良原岳が映っていた。

　魚釣島には船着場があった。と言ってもそれは、岩盤を掘削して拵えた原始的な船着場で、クルーザーが接岸できるようなものではない。泉たちは沖止めした本船からゴムボートに乗り換えて、船着場に接岸することにした。

「怪獣映画にでも出てきそうな島ですね」

　新垣は視界を覆わんばかりの山影に寒気を覚えた。無人島だからひっそりしているものだと勝手に思っていたが、意外にも魚釣島は、海鳥たちの鳴き声で賑やかである。ここは一万羽以上のオオミズナギドリの営巣地でもある。

　魚釣島以外の北小島《きたこじま》、南小島《みなみこじま》、久場島、大正島を合わせると、海鳥の種類はもっと多くなる。アホウドリ、クロアシアホウドリ、カツオドリ、セグロアジサシ、クロアジサシなど総数百万羽以上の海鳥たちが生息していると言われる。二〇二〇年現在、尖閣諸島の主人は海鳥である。

オオミズナギドリは恐らく人間を天敵とみなしていないのだろう。翼長一メートル以上もある翼を広げて、泉たちの膝下を掠め飛んでいった。

「ここが大きい爺ちゃんが辿り着いた島なのね……」

領有権を巡り尖閣諸島が日中の政治問題化した七〇年代以降、民間人が魚釣島に私的目的で訪れたことはない。一部の政治家や活動家が領有をアピールするために上陸し、その度に中国政府を刺激した。

「海が綺麗ですね」

魚釣島の海は、沖縄人の新垣でも見惚れるほどの透明度を誇っていた。

「無人化している証拠よ。人間が足を踏み入れると、急に汚れるのよ」

手付かずの自然を満喫したければ、まずは無人化することである。人間活動で生じるゴミは、動物たちの活動で生じるものの比ではない。人間がひとり入っただけでも、プラスチック、燃料の油、洗剤、生活排水などでたちまち海が汚れてしまう。

魚釣島の景色を眺めた泉は、不思議と考古学者の血が騒いだ。現在の魚釣島は完全に無人だが、人がいた痕跡が辛うじて認められるからだ。それは新垣も同じようだった。

「花城先生、遺構のような区画がありますね」

船着場一帯には風化したグスクのような石積みが、途切れ途切れに連なっている。

「明治時代の古賀村跡地よ。カツオ漁の最盛期には二百五十人以上が住んでいたと言われているの」

たった百数十年で文明の香りが掻き消えることに、新垣は驚きを隠せなかった。パッと見には千年前の文明の痕跡に映った。無論、当時の住居は屋根も柱も残っていない。

「現代文明の建築だって補修しなければ、百年しか保たないのよ。橋も、道路も、ビルも、線路も、トンネルも、放っておけばこんな風になるの。風化ってものすごい力なのよ」

「人間が地球で我が物顔しているのがおこがましくなりますね」

「客観的事実は、国家が誕生する前から、尖閣諸島があったってこと。後から来た人間が領有を掲げたところで、何の権利があるっていうのよ。金になると思うと人が来て、金にならないと思われたら捨てられ、資源があると思われたら、争いが起きた。魚釣島は日中の継子《ままこ》よ。財産を持っているとわかったら、それぞれ親権を主張してきた。浅ましい義理の親たちに振り回されて、可哀想だと思わない？」

瓦礫の中に木製の浮きが大量に転がっている。沖縄で浮きがガラス玉に代わったのは、大正時代だ。泉が何気なく持ち上げると、浮きは消し炭のように粉々に砕けた。

「この風化の力に耐えうるお宝って何だろう？」

泉は膝をついて、古賀村跡地を眺めた。百数十年前の明治でこれなら、千年以上前のものなどほぼ形が残らない。鉄器はおろか青銅器でさえ怪しい。極めて保存状態の良い土器やガラスのとんぼ玉なら、風化を免れるかもしれない。

泉が思索に耽っていると、新垣が声を荒らげた。

「花城先生、あそこで鳥たちが騒いでいます！」

新垣が指差す先を見ると、遠くで海鳥たちが旋風《つむじかぜ》を起こすように飛び回っていた。

＊

海鳥たちの騒ぎの中心にいたのは汀と隼人だ。日米中が尖閣沖で一触即発の事態を迎える最中、趙大佐を口八丁で丸め込んで、なんとか055型ミサイル駆逐艦に潜り込むことに成功したのである。汀の口説き文句は、こうだ。

「伶奈ちゃんと結婚できるようにお手伝いしますわ」

さらに伶奈からのおねだりが奏功し、汀は趙大佐と共に中国へ飛んだ。汀と隼人の偽造パスポート、偽造軍籍があっという間に手配され、中国人民解放軍の海軍士官として趙大佐と共に、055型ミサイル駆逐艦に乗船した。泉が飽和潜水して九日目のことである。

汀の目論見では、そのまま中国海軍の強攻策でチャチャッと尖閣に上陸してくれるはずだった。だが現実はアメリカ軍を前に威嚇射撃も許されない緊張状態にあった。現代戦では国際世論を味方につけた方が優勢となる。そのためには、先に相手に一発撃たせることが肝要だ。相手が一発撃てば正当防衛が成立し、あらゆる報復が可能になる。それはアメリカがもっとも得意とする戦法で、近年の紛争地であるイラクでもコソボでも、必ず相手から先に撃たせている。

それがわかっている中国海軍は、絶対に撃ってはならない、と共産党中央委員会から厳命を受けていた。それは、火器管制レーダー照射を含めてである。

「慢慢騰騰没那么有趣」

（チンタラしてて面白くないわね）

アメリカ海軍の艦影を双眼鏡で見つめながら、汀が趙大佐にボソッと呟いた。

「你可能会死」

(死ぬかもしれないんですよ)

汀は趙大佐の部下ということになっている。そうでもしておかないと何をするかわからないからだ。

軍服に身を包んだ汀は、睨み合うだけの戦場にイライラしていた。ここは中国らしくチャチャッと物量で圧倒してもらって、アメリカ海軍も海上自衛隊も蹴散らしてくれないと、中国を味方につけた甲斐《かい》がないではないか。

汀は、中国人の滅茶苦茶なところが気が合うと思っているのに、中国海軍は接続水域内に決して入ろうとしない。まるで見えない線でもあるかのように、ピタッと横一列になって接続水域外で陣形を組んでいた。

数日前には、海底で泉と中国海軍のダイバーたちが水中戦を繰り広げていたとも露知らず。汀は趙大佐に、海神の秘宝が中国の尖閣領有の根拠になるだろう、と唆《そそのか》していた。

これは隼人からの受け売りだが、海神の秘宝は中国大陸から伝来した可能性が極めて高いと予想していた。根拠は、古代中国人が日本に渡来した時、やはり尖閣航路を使ったという説だ。日中の古代史料を読み込んだ隼人は、なんとなく海神の秘宝の正体に気づいてしまった。隼人は汀にこう耳打ちした。

「海神の秘宝とは、徐福《じょふく》に関するものです」

徐福は、秦《しん》の始皇帝から不老長寿の丸薬を入手せよとの命を受け、日本に渡ったと中国の史書に記されている人物だ。その一行は老若男女三千人と多数の技術者を乗せた大船団だった。徐福一団は当時の移民船の規模であり、乗船した技術者は皆、当時のハイテクを修めていた。水耕、土木、治水、鍛冶《かじ》、建築――。秦の叡智を結集した集団は日本を目指した。

徐福が出航したのは揚子江《ようすこう》河口域の慈渓《ツーシー》市だという説がある。しかし慈渓市から直接日本に向かうのは当時の航海技術では難易度が高い。洋上の島から島へ、水平線上に見える山を海上標識にした航路なら福州発の方が便利だ。これなら一日と置かずに次から次へと島影が現れる。即ち、冊封使たちが使っていた伝統的航路である。

琉球在海中本與浙閩地勢東西相値但其中平衍
無山船行海中全以山爲準福州往出五虎門
必取雞籠彭家等山諸山皆偏在南故夏至乘西南
風叅用辰巽等針衺繞南行以漸折而正東琉球歸

『中山傳信録』

（琉球という国は洋上にあって、浙閩《チユービン》の地と東西に向かい合っている。ただしその間に陸地はない。
船が洋上を航行するには、全て小さな島を目印とする。
福州から琉球へ行くには、五虎門《ウウフウメン》を出て、必ず雞籠《ケーラン》、彭家《ポンジャー》などの島を標識にする。これらの島々は全て南に偏在しているので、夏至に西南風に乗じて、辰と巽などの針路を併用して、南の方向へ回り、漸次方向を変えて正東に至る）

この航路だと確実に日本に辿り着ける。もし徐福が福州航路を使ったなら、日本に辿り着くまでの島の中に沖縄本島やトカラ列島が含まれていたことになる。その大船団の中で尖閣に上陸した者がいて、目印となる何かを祀った。それと同じ物が牧港補給地区内の海神の墓にもあり、賢治が関連性を見出したのだとすれば、中国大陸由来のものであろう。

汀は顧客である中国共産党中央委員会の幹部たちにもメールを送っていた。

如果能证明徐福访问过钓鱼岛的，
那么尖阁作为中国领土的理由是成立的。
（もし徐福が釣魚島を訪れていたことを証明できれば、
尖閣が中国領である名分が立つことでしょう）

現代において尖閣を実効支配しているのは日本である。いくら中国が領有を主張しても、実効支配の現実は覆せない。尖閣が政治的係争地であることは事実だが、国際法では第二次世界大戦後の領土の現状変更は認められない。その点で中国は不利である。そこで中国としては、歴史的占有の事実を突きつけて、日本に一矢《いっし》報いたかった。汀の話は渡りに船なのである。

「ところで徐福ってなあに？」

艦橋にいた汀が隣の隼人にボソッと呟いた。

「シーッ。日本語で喋らないでください。いつこっちの正体がばれるかヒヤヒヤなんですから」

「隼人は肝が小さいわね。あたしたちは共産党から派遣された広報官だってことになっているから大丈夫よ。隼人は海軍の制服がよく似合っているわよ」

「シーッ。徐福は古代中国の偉い人です」

「ふーん。大福の一種かと思ったわ」

「嘘，你给我闭嘴」

（シーッ。黙ってください）

「あたしは尖閣が中国領でも日本領でも、どっちでもいいのよ」

汀は退屈そうに欠伸を噛み殺した。

日米中の海軍が、尖閣沖で睨み合うこと二十四時間以上、あまりにも長いので、汀はこれ以上待てなくなっていた。

「隼人、あたしたちだけでチャチャッと尖閣に行っちゃいましょうよ」

汀は、ゴムボートを奪って魚釣島へ上陸しようと、隼人を唆した。さっき見た海図だと、駆逐艦は魚釣島沖二十四海里、約四十四キロメートルの海上にある。戦闘寸前の緊張で、兵士たちは皆前方のアメリカ海軍の動きにしか注目していない。その隙をつき、上陸用の複合艇でならなんとか届く距離に島はあった。

そこで汀は機を待つことにした。深夜二時半、船内が騒がしくなった。飽和潜水した中国海軍のダイバーたちが、J-20の機体を発見したという知らせが入ったのだ。機体回収を絶対命令とされていた士官たちは歓喜に沸いた。そのどさくさに紛れた汀と隼人は、闇夜に複合艇を浮かべたのだった。

最初の数時間はエンジンをかけず、ひたすら手漕ぎで艦隊から離れ、艦影が水平線の彼方に消えた後、エンジンを始動させた。海上自衛隊のレーダーを避けるために、念を入れ、迂回して魚釣島の背後から上陸した。

魚釣島に上陸した汀は高笑いで海岸を闊歩した。

「おーほほほほ。ついに尖閣に上陸したわよ！」

「汀ママに付き合ってたら、命がいくつあっても足りませんよ」

急転直下の出来事に、隼人はまだ頭が整理できていない様子である。彼は支給された軍服も馴染まないうちに、今度はウェットスーツに着替えさせられ、機銃を浴びせられるかもしれない恐怖の中、複合艇を必死で漕がされ、魚釣島に上陸した。隼人の脚は生まれたての子鹿のように震えていた。

「これも隼人が頼りになるからよ。あ・り・が・と。うふふ」

汀の男殺しの決め台詞を聞かされても、隼人はまだ正気に戻らない。汀と一緒にいると何が正気なのかわからなくなってくる。ポルシェビルのためならば、中国海軍の駆逐艦にもしれっと潜り込む汀の神経には、豪胆という言葉だけでは済まされないものがある。汀には死の恐怖がないばかりか、死の概念すら備わっていないのかもしれない。

「さて、ゆっくりと海神の秘宝を探しましょうか」

汀がウェットスーツから士官服に着替えていた時だ。その背後から声がかかった。

「エロ！　なんであんたがここに？」

「処女！　まさかあなたがいるなんて！」

お互いに指を差し合うと、心底うんざりしたような顔で立ち尽くした。普段は俗世の煩わしさから自由に振る舞っている姉妹も、鉢合わせしたときだけ、逃れられない現世の重苦しさを実感する。なぜかお互いに、軛《くびき》をかけられたかのように自分が鈍重な存在に思えてくるのだった。

新垣と隼人はなんとなく顔見知りになった誼《よしみ》で会釈しあった。お互いに豪放磊落な女主人に仕えている者同士の、連帯感のようなものを感じている。隼人と涼が一緒に呑めば、多分一晩では語りつくせないほど会話を弾ませるだろう。

野生の狼の血というものは因果なものだ、と汀は急に不機嫌になった。共に一匹狼の汀がいるところに必ず泉が現れる。どんな方法を使って魚釣島にやってきたのか、だいたい想像がついた。自分と同じように人の弱みにつけ込み、非合法の限りを尽くしたに違いなかった。その差は、アメリカ海軍を利用したか、中国共産党の功名心を操ったかだけだ。

汀は泉と魚釣島で出くわす前に、お宝を攫って島を脱出する予定でいた。

「んもー。処女のくせに、どんな悪いことをしたんでしょう！」

「エロより体を張ったのは間違いないと思うよ」

「んま！　ついに女を使ったのね。ちゃんとお金を貰ったの？」

汀が心配そうな顔で親指と人差し指で輪っかを作った。

「違う！　人を売春婦呼ばわりすんな！」

「女がそれ以外に体を張るって、何をしたのかしら？」

汀は女を駆使することを少しも悪びれない。男が腕力を誇示して偉そうにするのを男の特権だと言うのなら、女が色仕掛けするのも女の武器だ。男女がお互いの性を駆使して騙し合う場が社会で、偉そうな男に勝つためには、より強大な色気を纏えばいいというのが汀の論理だった。

一方、泉はフェアプレイを信条とする。男女同じ条件で、成果の有無で勝負する。性を使うのは能無しの悪あがきだとバカにしている。泉は減圧症になるリスクを冒し、飽和潜水を行なった。そして約束通り、J-20のミッション・コンピューターを奪取した。その褒賞として、魚釣島に渡航することをアメリカ軍に黙認してもらった。それが汀の色仕掛けと同じ結果なのが気に入らない。

「あんたいつか刺されるよ」

「挿されるのには慣れてるわよ。うふふ」

「もう嫌！　全部変な意味に変わる！」

「挿されたことのない人に女の歓びなんてわからないわよ」

「もう無理。吐いてもいい？」

隼人と新垣は、花城姉妹の喧嘩を漫才の一種だと思っている。台本も打ち合わせもないのに、ピッタリ息が合うのは、姉妹ならではだ。かつて共闘した時には絶妙のコンビネーションを見せてくれたのだから、遺産は半分こにすればいいのに、と思わなくもない。

「海神の秘宝は渡さないわよ」

「そっちこそ吠え面かくな」

汀と泉が魚釣島の浜辺で睨み合っている傍《かたわら》で、新垣が沖に何かを見つけた。

「ちょっと、あれは何ですか？」

隼人は双眼鏡で新垣が指差す方を見る。沖でカツオドリの群れが、餌を見つけたように騒いでいる。その中心に蛍光オレンジの物体があり、こちらに迫ってくるのが見えた。

「あれは……シーカヤックだ」

双眼鏡の倍率を上げた隼人は慄いた。シーカヤックを漕いでいるのは若い女性、それも見覚えのある顔だった。

「汀ママ大変です！　出た！　出たあっ！」

「うるさいわね。何を騒いでいるの隼人？」

まるで化け物でも見たかのような隼人の狼狽ぶりに、汀が双眼鏡をひったくった。そして汀もまた、あり得ない光景に悲鳴をあげた。双眼鏡越しの遠目にも見間違えるはずはない。シーカヤックに乗っているのは澪である。

「ロリ⁉　そんなバカな！」

「ロリ？　あいつも尖閣に？」

泉も自前のフィールドスコープの焦点を、汀の見る方向に合わせた。こちらの方が双眼鏡よりもずっと鮮明な画像で捉えられる。泉の目は、無駄のない力で華麗にパドルを操る澪の姿を捉えていた。

「信じられない……。あいつ人間じゃない……」

もし澪が単身尖閣を目指すとしたら、最短距離は石垣島の底地湾からである。その距離は実に百五十五キロメートルだ。シーカヤックの速度を五ノットとした場合、十七時間かかることになる。

「あれは幻なんじゃないかしら……？」

汀は夢でも見ているのかと思った。

だが泉はあり得る話だと頷いた。七十五年前、尖閣列島戦時遭難事件の時、魚釣島に漂着した遭難者たちは、漂着物の板を繋いで急拵えのサバニを製造し、二十四時間漕ぎ続け、石垣島まで救援を呼びに行った。シーカヤックなら海上自衛隊の潜水艦にエンジン音を探知されることもないし、レーダーにも映らない。それに今の季節なら石垣島沖から北上する黒潮に乗れる。澪の行動は原始的だが、一番確実な方法ではあった。

「やっと着きましたー！」

澪は十七時間余りの航海の疲れも感じさせず、砂浜で無邪気に飛び跳ねていた。

澪はJ-20墜落の報道を台湾のニュースで知り、すぐに帰国した。それから市谷《いちがや》の防衛省を訪れ、柳瀬防衛大臣のコネで何とか海上自衛隊の潜水艦救難艦ちはやに乗り込めるように、お願いした。

澪は上目遣いで柳瀬防衛大臣におねだりした。

「澪は尖閣に行きたいんですぅ。乗せてくださーい」

「澪ちゃんには参っちゃったなあ」

デレた柳瀬防衛大臣だが、澪を遇《あし》らうのに手間取った。有事でさえなければ、最新型の潜水艦「とうりゅう」にだって乗せてあげるが、今回はいくら何でも無理な相談だ。J・20サルベージ作戦は今やアメリカ海軍主導で、海上自衛隊はサポート役とされていた。海上自衛隊は中国海軍を刺激しないように、駆逐艦を出さなかった。ちはやのみを派遣するのは戦意のなさを示すためだ。しかしアメリカ海軍は偶発的な戦闘を含めて対処すると言う。もし、ちはやが被弾したりしたら、国内の反中感情が一気に爆発することだろう。そんな一触即発の状況で地下アイドルを乗船させたことが明るみに出たら、大臣失職どころか政権の基盤をも揺るがすことにもなりかねない。

柳瀬防衛大臣は澪にデマカセを並べることにした。

「呉《くれ》港だと人目につくから、石垣港で合流しようね」

「指切りしてくださーい」

柳瀬防衛大臣は鼻の下を伸ばしながら、澪と指切りした。

「ゆーびきーりげーんまーん、うーそつーいたら、はーりせんぼーん、のーます。ゆびきった！」

澪は鼻歌を歌いながら、石垣島で待つことにした。しかし待てど暮らせど、ちはやが石垣港に入ってくる気配はない。それどころか、海上保安庁による港の警備が日を追うごとに厳しくなっていた。不安を感じた澪は、柳瀬防衛大臣にチャットアプリでメッセージを送った。

『いつになったら迎えに来てくれるんですかー？(*、ω、)』　既読

『魚釣島で合流しようね(ToT)/』　午後2：27

『わかりましたー。向かいまーす(^O^)／』　既読

『待ってるよ(^^)』　午後2：35

普通ならこの辺で騙されたと気がつくものだ。しかし澪は、自分を好きな人は絶対に自分を裏切らないと純粋に信じていた。魚釣島で待ち合わせなら、向かうまでである。そこに恐怖心は微塵もなかった。

底地湾に出向いた澪は、観光客向けのシーカヤックが浜辺に並んでいるのを見つけた。

「これで行きまーす」

澪は、航海安全を祈願するために、底地御嶽を詣でることにした。御嶽は拝殿のない原始的な造りだ。精神を集中した澪は、曽祖父の賢治が何と答えるか心の声に耳を澄ませた。もし、危険だからやめておけ、と聞こえたらやめるつもりだった。しかし聞こえてきた言葉はこうだ。

――できる。

「聞こえた。本当に聞こえましたー！」

なぜだか知らないが、眠っていた細胞が次々と目覚めていく感じがする。こうなると距離はもう関係なかった。カヌーなら中学生の時に遊びで乗ったことがある。センスのいいパドリングを認められた澪は、危うく国体強化選手に指定されるところだった。そんなことになったら、アイドルの夢は潰えてしまう。澪には上京するのを口実に断るのが精一杯だった。

シーカヤックを海面に滑らせた澪は、パドルの動かし方を思い出した。腕の力で漕ぐのではなく、脚で踏ん張って半身《はんみ》ごと前に押し出す感覚だ。澪はシーカヤックに試し乗りしているうちに、身体感覚の延長線上で操るコツを掴んだ。

「うん。いける！」

日が沈んだのを見計らった澪は、魚釣島に向けて静かにシーカヤックを漕ぎ出した。船首にコンパスを打ち付けたのも澪の本能だ。かつて賢治も決死の渡海のときに同じことをした。あの尖閣列島戦時遭難事件から七十五年後、澪は無意識のうちに、賢治の血を蘇らせていた。

「魚釣島にレッツゴー」

澪は一片の迷いもなく、日米中の海軍が睨み合う尖閣海域に向けて、シーカヤックを走らせた。

途中、水平線の彼方にアメリカ海軍の輸送揚陸艦サン・アントニオの明かりが見えた。それを孤独の慰めにしながら、澪は一心不乱にパドルを漕いだ。航海中の時化で澪のシーカヤックは何度も転覆させられたが、その都度舟を復元し、決して諦めることはなかった。それは往時の賢治の行動を彷彿とさせるものだった。

花城三姉妹には賢治の血が少しずつ分散されている。観察力と記憶力は汀に、知力と根気強さは泉に、そして澪には体力が遺伝していた。三分割されて薄くなった余白にそれぞれ、過剰なお色気と、男っ気のなさと、無防備さが混じり込んでいる。

ライフベストを外した澪は、辺りを見回した。

「あれー？　エロと処女だー。柳瀬防衛大臣はどこにいるんですかー？」

結局、澪は単身で尖閣上陸を果たしたのだった。

＊

奇しくも花城三姉妹は、各々の飽くなき欲望と探究心と行動力が重なって、禁断の島で邂逅《かいこう》することになった。全ては相続人になって、己の欲望を実現するためだ。そこに中国もアメリカも日本も関係ない。

久しぶりに顔を合わせた三姉妹は、いつもの口喧嘩を始めた。

「んまー。なんてことでしょう。ロリは色気も頭も使わなかったようね」

「アイドルに枕営業はご法度なんですぅ」

「この子ったら。芸能人でもアフターは大切なのに……」

「澪は夢を売ってるんですぅ。エロのやってる管理売春とは違いますぅ」

「んまー。失礼しちゃうわね。店外での恋愛は自由なのよ」

「そういうのは処女に教えてあげればいいんですぅ」

「あら？　処女は体を使ってここまで来たのよ」

「使ったのは、ヘリウムよ」

「一体どういうプレイなのかしら……？」

汀はこめかみを押さえて、真剣に悩んだ。

「はいそこまで。いちいち自分のフィールドに持ち込まない！」

「澪はひとりで来たのに、エロも処女も他人を利用するなんてずるいですぅ」

「ちょっと待って。あれだけの大艦隊の監視の目を潜り抜けたっていうの？」

尖閣沖には、中国側は海警局の巡視船十隻、ミサイル駆逐艦、原子力潜水艦、補給艦を派遣していた。日本の海上自衛隊はＰ－１哨戒機、潜水艦救難艦ちはや、隠密に派遣したそうりゅう型潜水艦しょうりゅうを、後方には海上保安庁の尖閣領海警備専従十二隻全てを展開させていた。アメリカ海軍の輸送揚陸艦サン・アントニオとヴァン・ゴッホを含めると三十隻近くが犇めき合っていたはずだ。

「大きな船をたくさん見ましたー」

泉は力なく浜辺に膝をついた。こっちは知力と体力を駆使して、やっとの思いで尖閣に上陸したというのに、澪は中学生でも思いつかない幼稚な方法で、同じ結果を出したというのか。思い返せば、子供の頃からいつもそうだった。汀は人を陥れて欲しいものを得るが、澪は考えなしでやった結果が上手くいく。理路整然とフェアに取り組んだ泉は、欲しいものを得るのに時間も手間もかかった。

「ロリに頭でも体力でも負けた……」

「処女はいつも難しく考えるから、損するんですぅ」

澪の言葉は深海三千メートルでの水圧よりも重かった。泉のプライドはプレス機に潰されたビール缶のようにぺちゃんこになった。

「絶対に海神の宝は渡さない！」

泉はこうなったら意地でも海神の秘宝を見つけ、汀と澪の目の前に突き出し、絶望を味わわせてやらなければと決意した。

　魚釣島がいくら小さな無人島だと言っても、その面積は皇居の三倍以上ある。ただ大部分が険しい山で、居住可能な平地が海岸線の一部にしかなかった。海神の秘宝を探すのに、一日ではとても無理な広さだ。

　汀と隼人は比較的地形がなだらかな島の北側、千畳岩《せんじょういわ》から山に入ることにした。そこからなら山歩きに不慣れな汀でも、容易に方角を把握できそうだった。南側の山肌は傾斜角六十度もあるのに対して、北側斜面は傾斜角二十度ほどしかない。

「ほら隼人、ここからなら登りやすいんじゃないかしら？」

「僕が先導して道を確保します。汀ママは後からついてきてください」

「なんか霧がかかって歩きにくいわね」

「亜熱帯性の原生林に特有の濃霧です」

　不安定な岩場に足を取られながらも、汀が魚釣島にアタックする。

　澪は村があった船着場周辺から捜索することにした。かつて賢治は魚釣島で一ヶ月以上過ごした。ならば賢治が寝泊まりした地点から範囲を広げていった方が確実だと考えたのだ。だが澪には海神の秘宝が何なのか見当もつかない。澪は足元にある茶碗の欠片を拾った。匂いを嗅いでみると、明らかにそこら辺の石とは違う微かな腐敗臭がした。

「くんかくんかして探しますぅ！」

　四つん這いになった澪は、地面に鼻を押し付けた。頭脳戦も色仕掛けも苦手な澪は、動物的嗅覚で対抗する。

「同じ匂いですぅ」

鼻で見つけたのは、別の茶碗の欠片だ。試しにさっきの欠片と合わせると、ぴったりと割れ目がくっつくではないか。澪はこの方法は使える、と確信した。次に拾ったのは、ジャムの蓋のような金属だ。なぜかこの匂いが山から漂ってくると感じた澪は、トリュフを探す豚のように、くんかくんか鼻を鳴らしながら山の中に入っていった。

一方、泉は写真との照合を行なうために、クルーザーで魚釣島を周回することにした。賢治の写真は必ずしも、船着場周辺で撮られたとは限らない。手がかりは、スマホのフォルダに落としてある、セピア色に染まった写真だけである。

「花城先生、島から離れていいんですか？」

「船着場からの景色と写真の背景が合わないのよ」

「そうなんですか？」

新垣がタブレット端末に落としてある賢治の写真を拡大する。海神島とされる海岸線の地層に見られるチャートは船着場周辺のものと似てはいるものの、泉は違うと思う。泉は船着場で拾ったサンプルの石を指で摘んで新垣に見せた。

「古賀村の地層は完新世《かんしんせい》の崖錐堆積物《がいすいたいせきぶつ》で成分は砂。船着場のある一角だけ新しい時代の地層なの」

続いて泉は、画像解析した賢治の写真をタブレットで開いた。すると鮮やかなカラー画像の賢治が現れたではないか。

「彩色したんですか？」

「白黒写真のデータをコンピューターにディープラーニングさせたのよ。これはカラー写真ならこうなるはずだってＡＩが予測した画像なの。九十九パーセントの再現度で信頼性は確かよ」

「すごい。本当に最初からカラー写真だったようだ」

新垣は最先端のテクノロジーに仰天した。泉は、賢治の写真から何か手がかりを得られないかと、早稲田大学の理工学術院に解析を依頼した。ディープラーニングによる人工知能の開発で世界のトップを走るグループだ。ＡＩの予測は正確で、例えば人間の肌の色を青と認識することはない。トーンカーブも自然で違和感のない仕上がりだった。色味を伴って二十一世紀に現れた賢治は、日焼けで鼻の頭を赤くしていた。それはいつも海にいる泉の鼻の色とそっくりである。

――海神島にて。

写真に裏書きされた賢治のメッセージが七十五年の時を超えて、泉に語りかけている。花城三姉妹は賢治のこの言葉に導かれて、尖閣諸島にやってきたのだ。

「花城先生はひいお祖父さん似なんですね」

泉は尖閣諸島の空気を胸いっぱいに吸い込んだ。写真の中でしか知らない曽祖父の賢治と、繋がったような気がした。

――大きい爺ちゃん初めまして。曽孫の泉です。

墓や仏壇に手を合わせる時よりも尖閣の風に吹かれている時の方が、ずっと賢治を身近に感じられた。

泉が画像をピンチで拡大していくと、背景の岩肌が現れた。

「ほら、この奥の崖を見て。チラッと赤黒っぽい岩が見えるでしょ。これは礫岩《れきがん》で中新世のものよ。こっちの方が五百万年以上古い地層なの」

「つまり魚釣島には違う時代の二つの地層があるってことですか」

「ひいお祖父さんは、古い時代の地層の近くで写真を撮った。船着場のある古賀村周辺じゃない」

泉はクルーザーから、魚釣島の礫岩層のチャートが見える箇所を具に洗っていった。

「あれは何？　陸ギタラ？」

泉の指差す方向に、垂直に立ち上がっている奇岩があった。あれはどこかで見たことがある、と泉は記憶を手繰った。

「基地の中にあるノッチだ！」

同じものが写真の中にもあった。賢治はこれを目印として残したのだ。しかし魚釣島の南斜面は断崖絶壁である。いくらなんでも南からのアタックは不可能だ。アルプスのアイガー北壁級の絶壁である。

魚釣島到着から二日目、奈良原岳の山頂に雲が湧いているのが見えた。川が自然発生する山の最低高度が三百メートルと言われている。奈良原岳の標高三百六十二メートルは、海から吹きつける湿気《しけ》た風を上昇させ、水蒸気の雲を発生させる高さの基準を満たしていた。

なんと、お宝の第一発見者は澪だった。

「見つけましたー！」

古賀村跡地から延びる尾瀧渓《おたきたに》の奥に入っていった澪は、視界を覆い尽くす原生林の中でお宝を発見した。谷間に無造作に置かれた百本以上の錆びたドラム缶の山が、濃霧の中からにわかに現れた。

「海神の秘宝って石油だったんだー」

澪はジャムの蓋のような金属の匂いを辿って、ドラム缶の山を見つけた。しかし、これらは沖縄の本土復帰後、アメリカ軍が不法投棄したダイオキシンである。

「ロリ、触っちゃダメ！」

遅れてやってきた泉はそのことにすぐ気づき、血相を変えて叫んだ。

「澪が発見した石油ですぅ。横取りしようったってそうはさせませーん」

「それは猛毒のダイオキシンよ。すぐにそこから離れて！」

泉は念のために持ってきていた防毒マスクを着用した。その緊迫感に圧《お》されるように澪は後退った。

「すぐに沢で手を洗って！　顔を触らないで！」

「なんか怖いですぅ」

尾瀧渓を流れる沢で手を洗った澪は、泣きべそをかいた。その側で、泉はアメリカ軍の犯罪現場をカメラに収めた。尖閣が無人島で、領有権を中国と争っているせいで、日本人は島に上陸できなくなった。その混乱に乗じてアメリカ軍は極秘裏に、尖閣を産業廃棄物処理島にした。

泉はこの事実を学会で発表するつもりだ。島の汚染がどの程度なのか調べるために、泉はサンプルの土を採取しようとした。その時だ。強烈な既視感が泉の脳裏を貫いた。

――漣オバァもこうしたのでは？

泉たちが生まれる前、若かった漣オバァは牧港補給地区にある海神の墓で、賢治の痕跡を辿ろうとしたはずだ。もし、海神の秘宝の手がかりを探るために、周辺の土を触っていたとしたら、漣オバァはダイオキシンに触れていたことになる。

「沢の水じゃ足りない。ロリ、海に入って全身を洗うのよ。わかった？」

泉の剣幕に圧倒された澪は、涙目で頷くことしかできなかった。

魚釣島上陸二日目の夜を迎えた。

奈良原岳の山の深さは想像以上で、丸一日費やしても麓《ふもと》の一部しか探索できなかった。クルーザーの寝室には澪が寝ていた。現地での寝食のことを考えていなかった澪は、昨晩は野宿したという。その話を聞いて泉は目眩がした。澪の考えなしっぷりは幼稚園児並である。泉は仕方なく備蓄していた食料を澪に与えてやった。お腹いっぱいになった澪は、乗船を許可してもいないのに、勝手にベッドで眠りこけてしまった。そういえば、いつも澪の側にいた貧相なヤギみたいな男はどこに行ったのだろう。

「花城先生、澪さんを味方に引き込んだんですか？」

ベッドの上に大の字で寝ている澪の姿を見た新垣が、解《げ》せなそうに尋ねた。

「追い出すわけにもいかないでしょ」

「やっぱり姉妹なんですね」

新垣は微笑ましい光景に目元を緩ませた。

「言っとくけど、私はロリもエロも大っ嫌いなのよ」

「はいはい。わかってますよ」

その言い方が癪に障った泉は、新垣にこう命じた。

「あんたはスターン（後部甲板）で寝るのよ！」

「えー。僕は最近ヘルニア気味なんですけど……」

泉は船内に二つ並べられたベッドの片方に寝転がった。無防備な澪の寝息を聞きながら泉は漣オバァのことを考えていた。

――なんでもっと早く気がつかなかったんだろう。

魚釣島上陸三日目、泉は奈良原岳を離れて、屏風《びょうぶ》岳の探索に狙いを変えた。屏風岳は奈良原岳と連立するもう一つの山頂で、標高三百二十メートルである。この辺りは断崖が多く、できれば探索したくなかったエリアだ。山登りの専門家でも、十分な装備がないと難儀するだろう。

奈良原岳狙いを捨てたのは、尾瀧渓はアメリカ軍が調査済みだとわかったからだ。公文書では、遭難事件の遺品を回収した後、最適な場所にダイオキシンの入ったドラム缶を投棄したとあった。アメリカ軍もやはり傾斜のなだらかな北側斜面から入った。わざわざ難儀な屏風岳を選ぶ理由がなかったのだ。

泉は原生林にサバイバルナイフとピッケルだけを手に分け入った。本来ならもっと大きな鉈《なた》が必要だ。

「陸は専門外なのに、なんでこんなことを……」

不慣れな山歩きで、泉の腕や脚は擦《かす》り傷で覆われていた。クバの葉は島の生活に欠かせない万能植物で、笠や籠を編むのに適している。それが生だと鋭い葉がカミソリのように体を切りつけるのだった。魚釣島は天然の刃《やいば》で人間の侵入を防いでいる。この島の風土自体が人を拒んでいるのに、大国のエゴが島を飲み込んでしまった。案の定、喉に引っかかって往生する羽目になったではないか。サメがハリセンボンを食べないのは理由があるからだ。

「痛《い》ったーい。顔を切った」

泉の頬から鮮血が流れた。押し分けたクバの葉が反動で戻り顔に当たったのだ。

足元を確認しながら歩くから、一時間で百メートル進むのが限界だった。迂闊に歩くと沢に落ちてしまいかねない。泉は手袋を嵌めた手でクバの葉を掴み体勢を確保してから、足を踏み込んだ。瞬間、地面だと思った茂みから脚が抜けた。ひやっとした泉が下を見ると、深さ五十メートルはある深い谷が霧の切れ目から見えた。魚釣島最大の渓谷、大渓《おおたに》と呼ばれる崖である。

「あっぷなかったー」

腰にジャラジャラつけたカラビナとロープが足りるかどうか、ギリギリの深さだ。ここからロッククライミングの懸垂下降で降りていく。腰と両脚を繋いだハーネスにロープを通した泉は、濃霧に覆われた谷底に降りていった。

大渓を選んだのは考古学者の勘だ。魚釣島の地表は絶えず波と風の侵食を受けている。百年前の古賀村でさえ形を失うほどの風化力だ。海神の秘宝が千年以上前のものと仮定した場合、残っている可能性は薄い。しかし渓谷や洞窟なら比較的良好な保存状態が期待できるはずだった。

泉が握るロープが水滴に包まれて滑りやすくなっている。雲と雨の境目に突入したのだ。念のためにこの辺でハーケンを打ち込んでおいた方が良さそうだ。

泉がロッククライミングを始めてから三十分が経過していた。上も下も濃霧で見えないから、どれくらい降りたのかわからなかった。ハーケンを打ち込んで新しいカラビナをつける。途端、岩肌から水が噴き出すではないか。

「しまった。沢になった！」

泉が水に驚いた瞬間、カラビナが外れた。泉は悲鳴をあげながら大渓の底へと落ちていく。死を覚悟するほどの時間もない、あっという間の出来事だった。

背中に衝撃を感じた泉は、これまでと思った。痛みはないが、もうじき自分の意識は途絶えるのだろう。せめて最期の光景を目に焼き付けておこうと、目を開いたら、濃霧が晴れて青空が広がっているのが見えた。

「さっきのハーケンがある……」

手を伸ばせば届きそうな距離に、カラビナを仕掛け損なったハーケンが見えた。泉が落ちたのは地面から二メートルもない場所だった。九死に一生を得た、とやっと安堵の息を吐いた。

「ここが大渓ね」

ほぼ垂直の崖が屏風岳に向かって延びていた。頭上から差す一条の光が、僅かに谷底まで届いている。まるで黄泉《よみ》の国へと誘《いざな》う回廊のように思えた。谷を横切る風の音が亡者の嘆きのように聞こえる。泉は何かに呼ばれるように大渓の回廊を渡っていった。

「洞窟がある……」

地層は石灰岩に変わっていた。洞窟ができやすい地質だ。泉は懐中電灯を点けて中を覗いた。入り口は狭いが内部は鍾乳洞《しょうにゅうどう》になっている。なんとか人ひとりくらいなら通れそうである。これと同じような洞窟は伊平屋島にもあった、と泉は思った。こういう場所は大抵信仰の場になる。

洞窟の入り口は狭いが、中は見上げるほど広かった。典型的な鍾乳洞である。

「意外と深いな」

洞窟の奥にライトを当てた泉は恐る恐る踏み入っていく。だが恐怖心よりも、高揚感の方が強い。鍾乳洞の中はまるで掃き清められたように静謐だった。

懐中電灯の明かりが行き止まりの壁を照らした瞬間だ。泉は地面に人の手が加わった石積みを発見した。それを見た泉の考古学者の血が全身を駆け巡った。

「これは塚なのでは？」

泉が石を丁寧に退《ど》けていくと、化石化した人骨が現れたではないか。

「海神の秘宝はこれのことだったんだ！」

泉はショックでその場に立ち尽くした。七十五年前に曽祖父がこれを発見した時、やはり泉と同じようにショックを受けた。考古学において化石人類は、土器や石器を遥かに上回る価値を有する。化石から得られる情報は、石器一万個に匹敵するとも言われている。

「完全骨格だなんて信じられない……」

　普通化石は、一部しか発見されないものだ。類人猿や原人などは主に下顎の骨が発見され、そこから失われた全容が解明されていく。完全骨格など、これまでに発見された化石人類の一パーセントもないのだ。それにはこの洞窟の地質が関係している。石灰岩は化石を生み出しやすい地質だからだ。

　この化石は太古の昔、尖閣を訪れた人がいて、何かの理由でこの地に埋葬された証拠だ。

「どれくらい昔の骨なの？」

　泉は化石を具に検分したが、見ただけではわからない。しかし、中国や日本が尖閣を認識する遥か昔のものだというのは確実だった。

　埋葬の仕方も変わっている。両腕を開き片脚をくの字に掲げた姿は、まるで踊っているようである。そこには死者の苦悩や静けさなど微塵も感じられなかった。

――海神様だ。

　化石の正体が何者なのかまだわからないが、この人は何千年も、何万年も、ここで踊り続けていたのだろう。まるで誰かに発見されることを、楽しみに待っていたかのように。

　泉は厳かな踊りを見ているような気分で跪《ひざまず》いた。

「海神様……。大きい爺ちゃんに会ったんですね……」

　太古の人類と現代人の泉が悠久の時を経て邂逅した。太古の人は、愚かな現代人が魚釣島の領有を巡って争うことすら、憂いの舞に昇華するかのように優雅に踊っていた。海神は、生者だった時間よりも、圧倒的に長く死の時間に存在している。死を「存在」に変えた海神こそ、永遠の命の象徴なのではないか、と泉は思った。

「永遠とはこういうことなのね……」

この「発見」は東アジアの太古の歴史全体を揺さぶる可能性がある。日本人の起源を示す考古資料である。泉はさっきから冷静になろうとしているのに、滂《ぼう》沱《だ》の涙が止まらなかった。現代人の領有権争いなど木っ端微塵に砕く、歴史的大発見である。

泉は化石に手を合わせた。

「海神様、サンプルを採らせてください。あなたが何者なのか、私が明かしてみせます——」

泉は慎重に、大地と一体となった海神の化石を発掘していった。

脱脂綿で包んだアルミ箱を襷《たすき》掛《が》けにした泉は今度は崖を登った。これで正式な相続人は泉となり、トライトン深海潜水艇を購入する資金を調達できる。その後も大変だ。陸の考古学会で発表すれば、日本の歴史が変わるだろう。泉は、世間にもたらされる知のインパクトを想像するだけで、震えが止まらなかった。

「あと少しで頂上だ」

縁に手をかけた泉は、大切なアルミ箱を先に地面に置いた。その瞬間、

「はい。ご苦労様でした」

と頂で待ち構えていた汀がアルミ箱を奪っていった。

「ど、泥棒っ！」

泉が這い上がるのにもたついている間に、汀は驕慢《きょうまん》な笑い声を響かせて原生林の中に消えていく。またしても汀は泉を鵜飼の鵜にして、獲物を横取りしていった。

「これでポルシェビルはあたしのものよ。おーほほほほ」

有頂天になって山を下っていく汀に声がかかった。

「このダイヤの指輪、誰のですか？」

「もちろん、あたしのよ」

と反射的に振り返った汀の手からアルミ箱が攫われた。奪ったのは新垣である。

「まったく。花城先生ったら詰めが甘いんだから」

こんなこともあろうかと、新垣は別行動を取っていたのだ。新垣は泉とクルーザーで落ち合う手筈にしていた。海神の秘宝は船に保管すれば安全だ。

山から降りたところで突然、新垣に衛星電話が渡された。

「小百合さんからお電話です」

びっくりした新垣は反射的に衛星電話を受け取った。電話口から聞こえてきたのは愛しい小百合の声だ。

『涼さん、結婚してください！』

「は、はい！」

その隙に隼人がアルミ箱を掠め取った。

「尖閣くんだりまで来て俺は何をやってんだか……」

隼人は走りながら、欲に駆られた者たちの人間模様にうんざりしていた。複合艇を着けた海岸までは百メートルほどだ。これで汀が正式な相続人になり、銀座の路面店へ進出することになる。複合艇までもう少しという時だ。連続して銃声が鳴り、隼人の足元に無数の銃弾が撃ち込まれた。立ち止まった隼人の目の前に、迷彩服に身を包んだ兵士たちが現れる。

「跪いて手を上げろ！」

アサルトライフルを突きつけてくる兵士たちを前に、隼人は膝をついて手を上げた。屈強そうな兵士たちが隼人を取り囲み、アルミ箱を強奪した。状況を把握する暇もないほどの見事な早技だった。

屛風岳の麓で破廉恥な人間模様が繰り広げられているのをよそに、澪は海岸で貝殻集めをしていた。

「綺麗な貝ですぅ。これが海神の秘宝だったらいいのになー」

薄紅色をしたハート形のリュウキュウアオイガイに魅せられている澪には、銃声も喧騒も聞こえていなかった。この貝をイヤリングにしたら可愛いだろうな、と浜辺に横たえた脚をパタパタさせている。突然、澪が掌に乗せ愛でていた貝殻の上にアルミ箱が置かれた。

「これを持って逃げろ！」

何事かと振り返ると、迷彩服の兵士たちがボートで撤収していく姿が目に映った。澪は不思議そうに箱を開けた。

「また骨だ……」

箱の中には脱脂綿に包まれた人間の頭蓋骨が入っていた。澪は、なぜ自分の許には何度も人骨が送り届けられるのか、とメソメソ泣いた。まるで人骨の呪いにかけられたような人生である。

しばらくして遠くから、

「海神の秘宝を返せ！」

という複数の声が届いた。浜辺を駆けて来るのは、泉、汀、涼、隼人の四人だ。澪は反射的にアルミ箱を抱えて逃げ出した。

「なんだかわかんないけど、怖いですぅ」

三姉妹はお互いの携帯電話の登録名を口々に叫びあっていた。

「私が苦労して見つけたのに、なんで『底辺ロリ』が持ってるの！」

「お待ち！　『ロリー駄』には代わりにブドウパンをあげるから！」

「ぷんだ。『処女長』と『エロキチ』には渡しませーん！」

「ムカつく！　私のことを陰でそんな風に呼んでたのね！」

「ぷっ。『処女長』だなんて傑作だわ」

「あんたは『凶悪エロ』なんだけど？」

「失礼ね。『処女病』のくせに！」

新垣が隣を走っていた隼人に尋ねる。

「これトリオ漫才ですかね？」

「仲がいいんだか悪いんだか……」

澪は天性のすばしっこさで足場の悪い砂浜を軽々と駆け、四人の追っ手を突き放した。しかし魚釣島の浜は極端に狭かった。たちまち澪は浜辺の端にある切り立った崖へ追い詰められた。登るには急すぎるし、もう一方は海だ。四人がジリジリ間合いを詰めてくる。

「私が見つけたのよ！」

「あたしが貰ったのよ」

「いい子だから、あたしにお寄越し！」

「あげてない！」

澪はアルミ箱を抱え込み頭を振った。お宝は、誰が最初に発見したのかが問題なのではない。最後に誰が所有したのかが重要なことくらい、澪にもわかっていた。

「海神の秘宝は誰にも渡しませーん！」

しかし二対二対一で澪が劣勢なのは否めない。このままだと海神の秘宝が汀側か、泉側に渡るのは確実だった。澪は咄嗟に叫んだ。

「五十嵐さーん。助けてえー！」

その瞬間、山の向こうから空気を切り裂く爆音が轟いてきた。山腹の陰から現れたのはS-70C対潜哨戒ヘリコプター「サンダーホーク」である。ローターのダウンウォッシュで砂や海水が吹き飛ばされる中、澪の許にハーネスのついたロープが下ろされた。

「澪ちゃん、それに掴まれ！」

頭上からの声に反応した澪は目を丸くする。五十嵐がヘリから身を乗り出しているではないか。なぜ五十嵐が、という疑念よりも澪は安心感を抱いた。澪は何の躊躇いもなくハーネスを体に括りつけた。

「みんなバーイバーイ！」

ヘリコプターは澪を回収しながら高度を上げていく。追いかける泉と汀の声も届かないところまで飛んで行ってしまった。

「あのロリ！　またやりやがったな！」

泉と汀は腸《はらわた》を煮えくり返らせながら、夕日の中にヘリコプターの機影が溶けていくのを見届けた。

第十二章　太古からのメッセージ

沖縄県慶良間諸島・渡嘉敷島沖　北緯二六度五分　東経一二七度二〇分

已《すんで》の所で海神の秘宝を澪に奪われてしまった泉は急遽、クルーザーで沖縄本島に向かった。

海神の秘宝の第一発見者は泉だが、最終所有者は澪になってしまったのが悔しくて、十秒に一回は怒気が衝きあげてくるのを抑えられない。

「あのロリ！　いつもいつも最後にいいところを掻っ攫っていくんだから！」

最大船速で夜中の海をかっ飛ばすこと十一時間、明けの靄の向こうにようやく慶良間諸島が見えてきた。石垣島に戻って翌朝の航空便を使うより、ずっと早く沖縄本島に着けたはずだ。

「花城先生、あの軍隊は一体どこの国のものなんでしょうか？」

「考えられるのは三つ。一つは自衛隊。一つは中国人民解放軍。一つはアメリカ海兵隊ってとこかな？　このうち消去法で考えていくと、中国人民解放軍ならエロに味方するはず。エロは中国海軍の士官服を着ていたもの。アメリカ海兵隊なら、私の邪魔をする理由がない。残るは自衛隊の水陸機動団になる」

「自衛隊が妹さんを援護しているってことですか？」

泉は海風を浴びながら考えた。もし自衛隊が澪を援護しているなら、魚釣島までシーカヤックを漕がずに、海上自衛隊の船で来れば済んだはずだ。わざわざ難儀する手段を選ぶ理由がない。

「自衛隊の水陸機動団が、日本人に向けて発砲すると思う？」

「うーん。やっぱり違うか」

泉は浜辺で拾った薬莢《やっきょう》を新垣に見せた。人差し指と親指で挟んだ薬莢は、単四電池ほどの大きさである。

「これは彼らが使ったアサルトライフルの薬莢よ。五・五六ミリ、通称、新ＮＡＴＯ弾。これを使っているのはアメリカ軍と自衛隊。中国海軍の〇三式自動歩槍《ほそう》と九五式自動歩槍は五・八ミリでこれより大きい。だから中国海軍は除外していい」

「じゃあ、あいつらはアメリカ海兵隊ですかね？」

「だとしたらなぜ私がアメリカ軍に邪魔されるのか、理由がわからない。私はＪ‐20のミッションヨン・コンピューターを回収してあげた恩人なのに？　シルバー・スター勲章級って言われたのよ」

「うーん。そっちも違うか」

「あのヘリ、なんて言ったたっけ？　あんなの自衛隊は持ってたかなー？　海上自衛隊のＳＨ‐60Ｊは側面がバブルウインドウだったはずだけど……」

澪が飛び乗ったヘリの名前が思い出せない。シコルスキー社のブラックホークの派生型なのはわかるが、細部が異なる気がした。ブラックホークは導入国の国情に応じて、微妙にカスタマイズされているのだ。

「アメリカ製のヘリなら、自衛隊かアメリカ軍ですよ」

「ブラックホークは米中国交回復の後に中国にも輸出したのよ」

「ますますわからなくなりました」

泉と新垣は狐に抓まれたような表情で、首を傾げた。あの兵士たちの所属は未だ不明である。

泊《とまり》港は那覇港と並ぶ沖縄本島の二大港である。近年の外国人観光客の増加で、中国からのクルーズ船は泊港に接岸する。遠くから見ると、那覇の街並みの中でクルーズ船が突出しているのがわかる。クァンタム・オブ・ザ・シーズは全長三百四十八メートル、重量十六万八千トンもある。まるで巨大なリゾートホテルが海岸に現れたかのようだ。

その脇を縫うように泉のクルーザーが泊港に入っていく。その姿はさながらシロナガスクジラに身を護ってもらうコバンザメのようである。

「尖閣でドンパチやっている一方で、こっちでは優雅に観光しているのね」

泉は二十一世紀の国際紛争の典型を目の当たりにした思いだ。国家の存亡を懸けた全面戦争は起こらない代わりに、国家の辺縁部での小競り合いが頻発する。小火《ぼや》のような戦争には、大都市に住む人たちは気づかない。しかし火種は世界中の国境に存在する。

「僕はタイムスリップしたみたいな気分です」

半日前まで明治時代の遺構しかない無人島の魚釣島にいた新垣は、豪華客船が停泊する二〇二〇年の泊港の光景に、頭がクラクラした。

泊港に入港した泉は、事前の打ち合わせ通り新垣と二手に分かれた。化石人骨の行方も気がかりだが、泉にはもっと大きな懸念がある。

上陸した泉はそのままレンタカーで県立中部病院へ向かった。

「お願い。私の思い過ごしであって……」

アクセルを踏み込んだ泉の車が国道３３０号線を北上していった。

泉が気がかりだったのは漣オバァの病名である。未だに昏睡状態が続いている漣オバァは、もしかすると別の病気なのではないかと疑っていた。

当初、オバァは全身性ＡＬアミロイドーシスと診断されたが、海神の墓で長期間ダイオキシンに触れていたとなると、別の病気の可能性が浮上する。

県立中部病院を訪れた泉は、漣オバァの主治医にもう一度診断するよう掛け合った。

「医師《せんせい》、全身性ＡＬアミロイドーシスは誤診かもしれません」

「素人の生兵法《なまびょうほう》は大怪我の基です。お祖母様は全身性ＡＬアミロイドーシスで間違いありません」

主治医はムッとした表情で泉の言葉を退けた。だが泉は医師の言葉に被せるように食ってかかった。

「祖母は長期間、ダイオキシンに触れていました。証拠は牧港補給地区の土壌です。ダイオキシン中毒で全身性ＡＬアミロイドーシスには罹りません」

「よくお勉強なさったようだ。ではお祖母様は何の病気だと言うのですか？」

泉は付箋を貼った医学書を開いた。

「祖母は多発性骨髄腫だと思われます。多発性骨髄腫は全身性ＡＬアミロイドーシスと同様の症状が出ることがあって、よく診断を間違われるのです」

続いて泉は全身性ALアミロイドーシスと多発性骨髄腫の症例を研究した論文を差し出した。

日本において、ダイオキシン中毒と見られる患者は稀である。だから無意識に多発性骨髄腫の可能性を排除して診断したのだろう。なぜなら多発性骨髄腫は男性に多く発症すると言われているからだ。しかし治療法は全然違う。

泉は無礼を承知で再検査を願い出た。

「医師《せんせい》、もし私が間違っていたら後でいくらでも謝ります。祖母の命のためにもう一度検査してください。お願いします」

主治医は泉が深々と頭を垂れている側を忌々しそうに離れていった。泉は所謂モンスター家族《ファミリー》と思われてしまった。医師の資格もないくせに生半可な知識で治療に首を突っ込んでくるタイプだ。そう煙たがられることを覚悟の上での発言だった。医師が怒るのは理解できる。

こうなったら最先端の琉球大学病院に転院させるしかない。しかし主治医の機嫌を損ねた泉には使えそうなコネがない。

翌日、泉は汀に連絡を取ってみることにした。いい加減汀も東京に戻っている頃だろう。

数ヶ月ぶりに開いたチャットアプリは、淑女協定破棄以降、更新されていなかった。

『漣オバァの病気は誤診かもしれない』　既読

しばらくして汀がチャットアプリに反応した。

『どういうことかしら？』　午後5:19

汀は花椿通りの美容院で髪のセット中だった。

魚釣島で孤立した汀と隼人は、趙大佐を無線で呼び出して救助してもらった。それから福州まで戻り、東京に飛んだ。汀はこの後、趙大佐が査問委員会にかけられるとも知らずお気楽なものだった。

『よく似た症例と混同されている可能性が高い』　既読
『そのヤブ医者許せないわ！』　午後5：20
『医者の世界に太ゴネはある？』　既読
『東大病院の病院長と国立がん研究センターの理事長、どっちがお好みかしら？』　午後5：22
『東大病院の病院長でお願いします！』　既読
『何を頼めばいいのかしら？』　午後5：24
『漣オバァを琉大病院に転院させることってできるかな？』　既読
『お茶の子さいさいよ』　午後5：27
『さすがお姉様。尊敬します！』　既読

　利害が一致した場合、姉妹の連携プレーは見事なまでに機能する。漣オバァの件では協調しつつ、相続人争いでは反目する。さりながら、汀と泉は相続人争いでは澪の後塵を拝したままだ。

　これで漣オバァの心配事はいったん片付いた。あとは澪への対応に専念できる。

　化石人骨の鑑定を受けなければ、正式な相続人にはなれない。もし鑑定を受けるとするなら琉球大学であろう、と泉は考えた。澪が琉球大学に現れたところを、再び化石を強奪するのが確実な方法だった。そこで泉は新垣を琉球大学の考古学研究室に潜らせることにした。そこは新垣の古巣でもある。もし澪が考古学研究室に化石人骨を持ち込んだら、配下の新垣に奪い取らせるだけだ。

泉は新垣に電話をかけた。

「そっちに鑑定の依頼は来てない？」

『まだです。念のために理学部の院生にも声をかけてあります。もし何か動きがあったらすぐに連絡します』

「わかった。私はこれから弁護士事務所に向かう」

澪が化石を持ってのこのこ弁護士事務所に現れた場合、相続人に認定されてしまう可能性もあった。弁護士がお宝を認定するまで、相続は保留されたままである。泉に残された手段は、澪の動きを封じ込めることしかなかった。

泉は弁護士事務所のある久茂地のオフィスビルのエントランスホールで、澪の到着を待ち構えることにした。

「ロリが論理的な行動をするとは思えない。絶対に浮かれてやって来るはずよ」

だがその日、夜になっても澪が現れることはなかった。

＊

泉が沖縄本島に滞在すること二週間。漣オバァは琉球大学病院に転院して再検査が決まったものの、昏睡状態なのは変わりなかった。泉はこのまま沖縄本島に留まり続けるか、それとも一度東京に戻るかの決断を迫られていた。もしかしたら澪は琉球大学以外の研究室で鑑定を受けようとしているのかもしれないと思ったからだ。

「ロリが化石に詳しいとは思えないんだよな」

日本で化石鑑定をする専門組織は、大学の考古学研究室か、つくば市にある産業技術総合研究所の地質調査総合センターしかない。

「つくばを張っておくべきだったかな?」

日がな一日久茂地のオフィスビルで張り込むのにも疲れたときだ。泉の電話が鳴った。琉球大学医学部附属病院の病院長からだ。

『花城漣様の再検査の結果をお知らせいたします。泉様の予想通り、多発性骨髄腫でした』

「やっぱり。診断は間違っていたのね。それで治療はできますか?」

一瞬の間がやたらと長く感じられる沈黙があった。泉がその間に三回はいろんなケースを想像できたほどだ。

『残念ですが手遅れです。多発性骨髄腫の進行は止められません。もう半年ほど早ければ、なんとかなったかもしれません……』

泉は胸にナイフを突き刺されたような衝撃を受けた。手遅れとはどの程度なのか、もう半年とはどれくらいなのか、意味がはっきり捉えられない。泉は支離滅裂な発言をした。

「じゃあすぐに治療してください! 今すぐに!」

『大変お気の毒ではありますが、心の準備をしておいてください。それでは――』

泉が落としたスマホが、大理石の床でカツンと弾かれ画面に罅が走った。

それから一週間後、漣オバァは帰らぬ人となった。奇しくも賢治の命日と同じ日であった。きっと漣は父が迎えにくるまで、懸命に耐えていたのだろう。容体の急変の予告もなく、まるで潮が引いていくように静かに生涯を終えた。生前言っていた通り、海神の墓の維持を孫娘たちに託した漣は、もう何もこの世に未練はなかった。

漣オバァの最期を看取ったのは汀と泉だ。数十人の医者が特別室の外まで並んでいる。汀はまるでこの世の終わりであるかのように絶叫した。

「漣オバァ。死んじゃダメよ。あたしの二度目の花嫁姿を楽しみにしていたじゃない」

医学界の太ゴネを駆使して琉大病院の幹部全員を引き連れてきた汀は、これだけいて治らないのはおかしいと訴えた。

「ほらすぐに心臓マッサージ。人工呼吸器に繋ぎなさい。何をボーッとしてるの？　それでもお医者？　患者が死にそうなのよ」

「エロ、やめなよ……」

漣オバァの手を握っていた泉は、掌から温もりが消えていくのを感じた。子供の頃、男勝りの仕事ぶりを目にしていた、あの女偉丈夫な漣オバァはもういない。漣オバァは気っ風が好く、判断力に優れ、何より包容力があった。泉たちは漣オバァのような豪快な女になりたくて、野望を持って生きるようになった。そして挫けそうなときには励ましてもらい、何度も立ち上がってここまでの人生を築き上げた。

「漣オバァ、あたしが銀座の女帝になる姿を見たかったんじゃないの？」

汀は漣オバァに頬を寄せて号泣した。泉は泣くに泣けない思いだ。牧港補給地区にある海神の墓がダイオキシンに汚染されていると知ったのは半年前だ。あの時、すぐに漣オバァの病気との関連性を疑っていれば、手遅れにならずに済んだかもしれない。自分の飛び抜けた頭脳を愛する人のために使えなかったことが、泉には悔やまれてならない。

「私が欲に目が眩んだばかりに……」

五億円の軍用地代収入に目が眩んだ三姉妹は、漣オバァへのお見舞いを忘れるほど、お宝探しに夢中になっていた。この一年、海神の秘宝のことばかり考えていた。曽祖父の賢治の足取りを摑むことが漣オバァへの孝行だと信じた。しかし目の前の絆は日に日に消えかけていたのだった。

泉はここで涙を零したら自分のことを一生許せそうもない、と唇を嚙み締めた。

床についた血痕に驚いて汀が見上げると、泉の唇からツーっと血が滴り落ちていた。

汀が泉の背中を押して漣オバァの傍に立たせる。

「ほら、最後に水中考古学者らしい姿をお見せなさい」

汀の意図がわからず泉が戸惑っていると、

「漣オバァのお父様のことをご報告なさい」

と耳打ちされた。それで汀の意図がわかった。漣オバァもまた、肉親の気持ちに寄り添えなかった子供だ。戦後、心を病み入退院を繰り返す父を疎ましく思うことがあった。戦後の新しい時代に適応できない落伍者だと思っていたという。しかしそうではなかった。泉はこれまで追った賢治の足取りを、学者らしく冷静に報告した。

「石嶺賢治は七十五年前の歴史学の水準を超えた偉大な研究者でした。彼は戦争末期に、疎開船で尖閣諸島に漂着したとき、海神の秘宝を発見しました。それは太古に埋葬された人骨です。海神とは、海を渡ってきた私たちの祖先のことでした」

石嶺賢治は地方の郷土史研究家などではない。琉球史が学術的な体系をなす前の戦中に、貝塚時代よりも前の先史時代に目をつけた。まだグスクが城跡としか理解されていなかったご時世だ。当時の常識では、沖縄は日本よりも一等劣る文化水準とみなされていた。

賢治は周囲の奇異な目に動じることなく、沖縄は日本の衛星文化圏ではなく、独自の文化を持っていると信じていた。先史時代に国境を越えてダイナミックに動いた海洋民族こそ、沖縄人のルーツであると確信していた。

泉は七十五年前の賢治の発想に驚かされるばかりだ。あの息苦しい帝国主義の日本で、沖縄人が学校の社会科教師をしているだけで、特高警察に共産主義者だと逮捕された時代に、賢治の心は自由に考古学の世界を羽ばたいていた。泉は、自分が同じ境遇だったら、心が折れていたと思う。

泉は続けた。

「グスク時代よりもずっと前、貝塚時代よりもずっと前、私たちの祖先は尖閣を経て沖縄本島に渡ったと思われます。その目印が牧港補給地区の海神の墓です。あの岩は太古の海洋民族の標識でした。そして石嶺賢治は尖閣で日本の先史時代を揺るがす大発見をしました。私はこの事実を学会で発表します――」

「漣オバァのお父様は偉大な方だったのね」

汀は目を閉じて漣オバァの心の声を聞こうとした。すると、

――ありがとう。

という言葉がはっきりと聞こえたではないか。汀は驚きもせず、ただただ頷いた。

「漣オバァのお父さんの遺志は、水中考古学者の私が一生を懸けて引き継ぎます。海神族がどこから来たのかを証明し、現代人の私たちとの繋がりを必ず見つけます。後生《あのよ》でお父様にお会いすることがあったら、曽孫の私に任せた、とお伝えください」

拳を握って淡々と語る泉に、汀が微笑む。

「さすが花城一族きっての才媛ね。これで漣オバァも安心して眠れるわ」

汀が病室で漣オバァに死化粧を施していると、ようやく澪が現れた。大きな瞳を揺らせた澪は、エンバーミング中の光景を見て、全てを悟った。

「オバァ死んじゃったの……？」

「ロリ！　今までどこにいたの？」

「台湾にいましたー」

その言葉で泉はピンときた。

「あのヘリはS‐70Cサンダーホークだ！　あの軍隊は中華民国海軍だったんだ！」

尖閣沖で睨み合う日米中の艦隊を尻目に、割って入ったのは台湾だ。台湾もまた尖閣の領有権を主張する国である。中華民国海軍を動かしたのは、五十嵐の知見だった。

五十嵐は雑誌編集者時代、旅のビジュアルムックを作っていた。五十嵐が得意だったのは小さな島の特集だ。その中に台湾の離島も含まれていた。緑島《リューダオ》、澎湖諸島、小琉球などである。

独自の文化を持つ少数民族の暮らしや風習、祭祀の特集は、旅慣れたシルバー世代に好評を博した。

海神の秘宝は太古の海洋民族に関わるものかもしれない、と考えていた五十嵐は、宮良を通じて台湾大学の教授との面会を実現した。

台湾は九州ほどの面積しかないが、アジア広域の特色を持った少数民族が多数存在する。台湾政府が認定したものだけで十六、未認定を含めると二十九の部族が存在すると言われる。この多様さから、台湾は太古のアジア民族の渡海の経由地ではなく、中心地だったという説がある。

台湾を中心に民族の移動が行なわれていた場合、当然近隣にある琉球列島も渡海先に含まれる。太古、台湾にいたある民族が琉球列島に渡った場合、やはり島から島へと渡っただろう。そのとき奈良原岳を擁する魚釣島は、格好の海上標識だったに違いない。

教授のお墨付きを得た五十嵐は、台湾政府にこう進言した。

「海神の秘宝には台湾の少数民族との関連性があるはずです。それを示せば台湾が尖閣を領有する根拠になるかもしれません。特に中国の海洋進出を阻む口実に使えます」

中国空軍のＪ‐20墜落のニュースは台湾政府をも揺るがした。日米中の超大国が一触即発の事態を顧みず艦船と航空機を投入しているのに、中華民国海軍が指を咥《くわ》えて傍観するわけにはいかなかった。しかし台湾は名誉よりも実利を取ることにした。超大国が制海権と国家の威信を懸けて睨み合うのをよそに、密かに海軍の精鋭部隊を魚釣島に送り込むことにした。海神の秘宝が何であれ、澪が持ち込めば、台湾大学で鑑定にかけられる手筈になっていた。秘宝が物品なら故宮博物院に収める。それがもっともスマートに、国際社会に尖閣の台湾領有を誇示する手段であるはずだ。

　五十嵐は、澪を中華民国海軍の艦船に便乗させて、魚釣島に送り込むつもりだった。しかし無鉄砲な澪は、いつの間にか防衛大臣と接触していた。五十嵐が台湾で段取りを整えている間に、澪は勝手にシーカヤックで魚釣島に向かってしまった。

「ロリ！　化石はどこにやったの？」

「台湾大学で鑑定してましたー」

「そうだ。あそこには、台湾大学医学院体質人類学研究室があった！」

台湾大学医学院体質人類学研究室は、先史時代の人骨を扱うアジア最大級の研究室だ。人骨の標本は一千五百八十体、そのうち先史時代の化石は三十体、原住民族の人骨は二百七体を所蔵する。特に先史時代の人骨の鑑定においては、世界屈指の水準にある。

　泉はまたしても澪の後塵を拝して、涙も出ない。

「ロリにまた頭で負けた……」

「処女は物事を複雑に考えすぎなんですぅ。こういうのは勢いに任せた方がいいんですぅ」

　偉そうな口ぶりだが、澪の手柄は五十嵐の手腕によるものだ。

　澪は漣オバァの亡骸を静かに見守った。今、誰かが澪の背中をポンと押したら、そのまま奈落の底に落ちていきそうな危うさを感じた。

　汀は自分のゲランの口紅で、漣に死化粧を施していく。うっすらと口角をあげたように引かれたルージュは恥じらう乙女のようだった。

汀は優しく漣オバァに声をかけた。

「オバァ、イッペーチュラサイビーン」

(オバァ、とっても綺麗よ)

泉と澪も、漣オバァの昔の面影が蘇ったことに満足そうに頷いた。

「ところで漣オバァは、処女のことが一番好きだったって知ってましたかー?」

「ロリだって愛されていたよ」

「ううん。澪は三番目に愛されていたんですぅ。処女がアメリカに留学しているのをいつも自慢していましたー」

泉はアメリカ留学時代から沖縄に帰ることが少なくなった。漣オバァと会ったのはこの十年間で片手で数えられるほどしかない。その再会も、家の倉庫にある荷物を受け取る合間の小一時間ほどだ。別に素っ気なくしたわけじゃなかった。

そんな泉だったが、漣オバァは水中考古学者になって世界を飛び回っている孫を、誇りに思ってくれていた。それは賢治の血が色濃く感じられたからだろう。

泉の胸中に、

『あんただけが頼りなんだよぉ』

と漣オバァがいつも泉に言っていた言葉が蘇った。あれは面倒を押しつける意味ではなく、いつか賢治の無念を晴らしてほしいという願いだったのだ。大人になった今ならわかる。

澪には、漣オバァの関心を引くには、スポーツで目立つことが一番だとわかっていた。賢治は若い頃は陸上競技に夢中だったと聞いたことがある。村で一番足が速かったそうだ。だが澪は体育の成績が「３」になるように敢えて手を抜いた。小学生だった澪は、そのことで漣オバァに咎められたことがある。

その時の漣オバァの顔を澪は今でも鮮明に覚えている。

「おまえは本気で走ってないだろ」

澪は曖昧な返事で誤魔化したが、完全にバレていたと思う。自分の得意分野の才能を伸ばしていく泉や汀に対して、澪は罪悪感のようなものを抱えていた。

「漣オバァに謝りたいですぅ。アイドルになりたいから嘘ついてましたー」

「ああ、本当のロリは運動神経抜群だったもんね」

「やっぱりバレてましたかー？」

「バレバレよ。中学の体育祭の混合リレーであんた、上級生の男子八人ゴボウ抜きにしたじゃん。トップの高江洲匠《たくみ》は中学生記録を持ってたのよ」

「あれは一位になれば、地元のＣＭに出演していいって漣オバァに言われたからですぅ」

あの体育祭は今でも語り草だ。ビリだった澪のクラスのランナーがトップから二十メートル遅れで澪にバトンを渡すや、アンカーの澪が本気を出した。疾風《はやて》の如く駆け出した澪は、陸上部の上級生男子を次々と追い抜き、僅差で競り勝ったのだ。その後、二位の高江洲は国体の百メートルで優勝している。

「人生、楽な方に楽な方に流れて、今やロリは地下アイドルだもんね」

「台湾でブレイクしましたぁ！」

「ちゃんと服着た仕事なんでしょうね？」

「ラミゴガールズに失礼ですぅ」

「何それ？　新手の風俗？」

「ちょっと二人ともおよしなさい。最後は静かに送ってあげたいわ」

汀は東京から京丹後《きょうたんご》の打掛を持参していた。二度目の結婚式で着るために誂《あつら》えたものだが、漣オバァの死装束に贈ることにした。

「ほら、処女もロリも手伝いなさい。漣オバァを綺麗にしてお父様の所に送ってあげるのが、あたしたちの役目よ」

ずっしりと重い打掛は螺鈿《らでん》織と呼ばれる最新の技法である。和紙の上に螺鈿を漆で貼り付け、表面が剝がれないように透明なフィルムで覆う。その後、和紙を〇・七ミリ幅に裁断し、縦糸にするというものだ。硬く割れやすい螺鈿を生地の模様に織り込むこの技法は、伝統工芸とハイテクが融合した現代の美である。

「こんなの見たことない……」

虹色に輝く螺鈿の打掛に泉と澪は目を奪われた。着物と工芸が合体した螺鈿織は柔らかい金属のような風合いである。

「これ、いくらしたんですかー？」

「さあ……。二千万円くらいだったかしら……？」

汀は事も無げに言ってのけた。

京丹後の螺鈿織の打掛を纏った漣オバァの姿に、三姉妹は溜息を漏らした。沖縄戦、米軍統治時代、本土復帰、と激動の時代を逞《たくま》しく生きた漣の人生を象徴するように、全身が宝石で覆われたような螺鈿の煌めきで彩られている。

漣オバァの人生は光だけでは語れない。軍用地主という存在は戦後沖縄の暗部だ。米軍基地は沖縄に弊害をもたらすと同時に、地主たちにとっては金の卵を産む鶏であった。純白の正義を掲げる平和活動家やマスコミにとって、基地地主の存在はタブーとなった。単純化されたイデオロギーの世界では、社会的弱者であるはずの者が、貴族的な生活を送っている事実は受け入れられなかった。

しかし様々な葛藤を抱えた上で現代の沖縄がある。漣オバァは自分の立場を明かすことを躊躇い、金の出所を隠すように事業を拡大していった。そして地代収入が行く行く、子孫たちの争いの元になることを危惧して死んでいった。

「エロ、ありがとね。私にはこんなのできないよ」

「処女はひいお祖父様の遺志を継いだんでしょう？　そんなのあたしにはできないわ」

汀と泉は悲しみの中に仄かな温かさを感じ合った。

「澪は何もしてあげられないですぅ」

二人の姉はできることを精一杯やっているのに、澪は何かを引き継いだり、贈ったりすることができない。そんな自分の不甲斐なさに澪はイライラした。

泉は邪険に澪を追い払った。

「ロリは売店で飴玉でも買ってきて、お棺に入れてあげたらいいんじゃない？」

「そんなの嫌ですぅ！」

澪は情けなくて消えてしまいたい思いに打ちひしがれた。

こうして漣オバァの葬儀はしめやかに執り行なわれた。

*

斎場からの帰り道、三姉妹は牧港補給地区を訪れた。遺骨の一部を、海神の墓に散骨してほしい、と漣オバァの遺言状にあったからだ。喪服姿の三姉妹は口数少なくゲートを通り過ぎた。

海神の秘宝とは、太古の海洋民族の化石人骨だった。彼らは洋上の島から島へと渡ってアジア全域に広がっていった。目印は奇岩のノッチである。彼らはノッチを灯台のような目印にしていた。そして定住した彼らは命を繋いでくれたノッチを信仰した。

鳥たちの囀りが頭上から降り注ぐノッチの下で、泉がお清めの泡盛を土にかけた。

「まさかここが本当に遺跡だったなんて……」

返還話をひっくり返したくて、捏造した遺跡が本物の遺跡だったことに、泉は驚きを隠せない。ここを掘れば必ずや原始的な石器の類が出てくるだろう。魚釣島との関連性を示せれば、航路の一部が確定する。ここは太古の海洋民族が躍動した証拠となる重要な遺跡だ。もしかしたら日本人のルーツを遡れるかもしれない。海岸線の奇岩は、伊是名島、甑島など琉球弧から日本列島に繋がる島々の至る所で見られるからだ。

泉は改めて賢治の慧眼に驚かされた。当時の沖縄はまだ先史時代の発掘さえ行なわれていなかったのに、賢治は地道な研究と想像力で旧石器時代へ思いを巡らせていたのだ。ここに無骨な米軍基地は要らない。本来の自然の形に還すべきだ、と今の泉は思う。太古の昔、海神の一族がこの海岸線に辿り着いて、ノッチを崇めた時のように。

――ノッチは風のように駆けていく人の営みを優しく見守っていた。ノッチの許を賢治が去り、漣が去り、そして大人になった三姉妹が現れた。人の命は儚《はかな》く短いが、人はノッチにすらできない時の流れを遡って真理を探ることができる。そのことがノッチが人を愛してやまない理由である。

首を仰け反らせてノッチを見上げる泉を見て、汀がクスッと笑った。

「武者震いしてるってところかしら？」

「私に出来るかなあ……？」

切り立ったノッチは研究の壁に似ている。最初は到底不可能だと諦めの境地になったりもする。しかし最初の切っ掛けを摑んだら、ひたすら登っていく。途中で滑落することもあるが、食らいついたら命のある限り、アタックするのみだ。

「一生結婚しないで研究を続けていけば、そのうち成果も出るわよ」

汀は骨壺の灰をノッチの懐に撒いてやった。思い出すのは漣オバァに連れられて、海神の墓に詣でた幼き日のことだ。あの日もなんやかんやと口喧嘩をしながら、墓守になるように言われた。あれから二十一年経った今も、こうやって三姉妹が並んで口喧嘩している。漣オバァは呆れていることだろう。でもしょうがない。これが私たちの関係性なのだ、と汀は開き直っている。もし仲良くして欲しいなら、来世は赤の他人として巡り会わせてもらいたい。そうすればお互いに、違う人生を尊重し合える気がする。

ノッチへ吹き上げる一陣の風が漣オバァの遺灰を天空高く舞わせた。樹冠から漏れる日差しが灰をキラキラと輝かせた。きっと賢治が呼んだ風に違いない、と汀は思った。

「御覧なさい。綺麗ね」

煙のように上っていく灰を眺めた三姉妹は、子供のように澄んだ瞳をしていた。

「あの人骨の鑑定はどうなったんだろう？　あれを手掛かりにすれば、なんとかなるかな」

泉は相続なんてどうでもよくなってきていた。それよりも新しい研究テーマの胎動の方にずっと心が躍る。確かに五億円は惜しいが、旧石器時代の海洋民族の調査は主に陸地で行なわれる。泉には活動領域が広がったことの方が新鮮だった。

澪は有頂天になっているかと思いきや、感傷的になったのか、ずっと漣オバァの骨壺を抱いている。

「あんたって、いっつも骨ばっかり抱いてるよね。一体どういう人生なの？」

「澪は心でオバァの声を聞いているんですぅ」

「漣オバァはこう言ってるよ。『さっさと芸能界を引退しろ』ってね」

「ひどいですぅ！」

突然、汀のスマホが鳴った。

「シーッ。弁護士事務所から連絡が入ったわ」

花城三姉妹に招集がかかった。どうやら化石の鑑定結果が出たらしい。

弁護士事務所を訪れた三姉妹は、神妙な面持ちで弁護士の言葉に耳を傾けた。

「当職は遺言状に則り、相続人を花城澪と決定します――」

「やったー！」

澪が足をルの字にして飛び跳ねる。一方で汀と泉は身が萎むほどの溜息を吐いた。ついに海神の秘宝を巡る争いに終止符《ピリオド》が打たれた。

「先生、海神の秘宝はあの人骨だったんですね？」

泉が振り絞るように声を出す。

「はい。手帳には、故石嶺賢治氏は『我、海神様を発見せり』と記されております。そのことから物ではなく、人だったと推定できます。そして彼は尖閣列島戦時遭難事件の生存者でもありました」

「あの化石はどんな人だったのですか？」

弁護士は台湾大学医学院体質人類学研究室の鑑定結果を泉に見せた。化石は旧石器時代のもので、放射性炭素年代測定の結果、約三万五千年前のものと判定された。

「それって港川《みなとがわ》人よりも古い、日本最古の化石人類ってことですよね⁉」

「台湾大学では間もなく、歴史的大発見、と発表するそうです」

泉は断然興味が湧いてきた。沖縄の石灰岩性地質は化石を生みやすい。現在日本最古の人骨と言われる、石垣島の白《しら》保《ほ》竿《さお》根《ね》田原《たばる》洞穴遺跡出土の化石も、鍾乳洞から発見された。その全身骨格の化石が二万七千年前のものと言われている。三万五千年前の人骨ならこれまでの記録を一気に八千年も更新することになる。

「それで人種的な鑑定はどうなりましたか？　やっぱり縄文系ですか？」

「魚釣島の人骨は蘭嶼《らんしょ》のタオ族と酷似しているということです」

「オーストロネシア人……」

　泉は発見の驚きに、何度も目から鱗が落ちる思いだった。

台湾南部の離島、蘭嶼に住むタオ族は、台湾本土の少数民族から人種的にもかけ離れていることで知られる。彼らはオーストロネシア人に属し、フィリピンのバタン諸島に暮らすイヴァタン族の一派だと言われている。タオ族の言語は明らかにイヴァタン族系のものであり、お互いに通訳なしで意思疎通できるほど類似している。

　モンゴロイドの一派であるオーストロネシア人は、現在ポリネシア、ミクロネシア、メラネシアといった南半球の島嶼部に分布するグループだが、太古には北半球にも版図を広げていた。当初、沖縄県民の直系の祖先と思われていた港川人も、現在ではオーストロネシア人と判明している。氷河期を終えて、沖縄人の直系とされる『父系遺伝子Y染色体ハプログループD1a2a』の集団が大陸から島に渡ってくる前まで、沖縄の主人はオーストロネシア人だったということだ。

　泉は尖閣を領有するのが日本だろうと中国だろうと台湾だろうと、関係ない。時間軸を三万五千年前まで広げれば、そこには日本も中国も台湾という国もない。ただ尖閣諸島に、人がいたという事実だけが提示される。化石になった人骨の国籍を問うなんてナンセンスだ。

　もし台湾がタオ族の存在を理由に尖閣領有を主張するなら、タオ族に対する差別の歴史を振り返らなければならない。タオ族は人種的に台湾本土と違うという理由で迫害され、就職や進学で深刻な差別を受けている。男は学校を卒業すると、高雄港で苦力《クーリー》さながらの港湾作業員として働く。女は夜の仕事に就く。高等な仕事は大陸系の台湾人が独占している。それらの差は、シンガポールにおける華僑とマレー系住民の生活水準のそれよりも大きい。

　そして彼らの住む蘭嶼は、台湾社会の抱える暗部だ。原発から出る放射性廃棄物貯蔵施設が蘭嶼に作られ、ゴミ捨て島にされた。一般的な台湾人に蘭嶼のイメージを問えば「政治的問題」と答えるだろう。それは日本人における尖閣と同義である。米軍のダイオキシン投棄場にされた魚釣島と、どんな違いがあるというのか。

　それでも台湾政府がタオ族の存在を領有の根拠にするなら、それは自己矛盾を孕《はら》む。民族固有を理由に掲げるならば、彼らの直系の祖地であるフィリピンが浮上してくるからだ。果たしてフィリピン国民は、ルソン島から八百キロメートル離れた尖閣諸島を自分たちが領有していると思うだろうか？　日中台の揉め事のとばっちりを受けたと思うのではないだろうか。

　泉の研究者魂に点いた火が、最高潮に達した。

「国境を越えていく海神族か。面白い！」

　いつまでもこんなところで燻《くすぶ》っているわけにはいかない。弁護士が話している相続の話なんてもう耳に入っちゃいなかった。

「相続人の花城澪氏は、牧港補給地区の軍用地を祖母の花城漣氏から正式に相続いたします。ここに署名捺印をお願いします」

　漣オバァのお骨を抱えていた澪は、震える手でペンを握った。これで五億円の地代収入が澪に入ることになる。五億円を使って主演映画を作り、カンヌでパルム・ドールを獲った暁には、国民的女優への道が開かれることになるだろう。

「ロリ、何してるの？　まさかオシッコちびったんじゃないでしょうね？」

汀は路面店進出の野望を挫かれて、自暴自棄になっていた。これでしばらくは、オーナーから浪費を咎められる日々が続くことになる。むしゃくしゃした腹いせにパーッと五千万円分くらい着物を買って、経費で落としてやろうかと企んでいた。あのオーナーの顔が、赤くなったり青くなったりするのを見られるなら、いっそクビになってもいい、とさえ思っていた。

ペンを握っていた澪が、キャップを閉めて頭を振る。

「澪は……。わたし花城澪は……。相続を放棄しまーす！」

その言葉を聞いた汀と泉は、同時にずっこけた。

*

鹿児島県トカラ列島・悪石島沖　北緯二九度七分　東経一三〇度五分

漣オバァの葬儀から一ヶ月が過ぎた。

穏やかな波間に白いクルーザーの影があった。見渡す限りの水平線に、他には船影ひとつない。時を刻むのはゆっくりとした雲の流れだけだった。

船尾の縁に腰掛けた人影が、床に置いたモニター画面を前のめりで覗き込んでいる。

「深度一千二百メートル……。一千三百メートル……。一千四百メートル。やった。ついにトカラギャップの底に着いた！」

「花城先生、おめでとうございます！」

泉と新垣が船上で歓喜の声をあげた。泉はついにトカラギャップを制覇した。ただし、有人潜水艇によってではない。トライトン三三〇〇は依然として高嶺の花であることに変わりはなかった。

「ライト最大光量。ロボットアーム展開。映像記録開始！」

「了解。慎重に動かさなきゃ……」

ジョイスティックを動かす新垣がゴクリと唾を飲んだ。泉たちが扱っているのはＲＯＶ（遠隔操作型無人潜水機）である。それは泉が尖閣沖で中国海軍と死闘を繰り広げた際に鹵獲《ろかく》したものだ。バラストタンクに補修跡をつけたＲＯＶが泉の新しいパートナーだった。

「さすが中国海軍のＲＯＶね。深海一千四百メートルも余裕で突破した！」

「こいつ軍用だから何でもできますよ。移動用のクローラーまである」

「トライトンなんかよりよっぽど使えそうじゃない？」

泉にとって潜れるなら、有人潜水艇である必要はなかった。無人潜水艇で同じことができるなら、こちらの方がずっと安上がりだ。陸で金策に駆けずり回る時間も節約できて、一石二鳥だった。

「花城先生、こいつに名前をつけましょう。何がいいですかね？」

泉はちょっと考えるように小首を傾げた。

「……ケンジ号がいいかな？」

「ひいお祖父さんのお名前ですね。いい名前だ」

泉は漣オバァとの約束通り、石嶺賢治の遺志を継いだ。これからはこのＲＯＶが賢治と泉の目となり腕となって、海の考古学の世界を切り拓いていく。体に負荷がかかるスキューバダイビングをやめれば、現場にいられる時間は飛躍的に延びる。泉は八十歳まで現場で頑張っていくつもりだ。

泉は目を爛々と輝かせてモニターを覗いた。

「大きい爺ちゃん、見て。これが、あなたが見たかった歴史ロマンよ」

モニター画面に映る深海の映像は幻想的である。眠たくなるような暗闇の中にぼんやりと青い円で切り取られた世界は、さながら二十一世紀から過去へのタイムトラベルの視点だった。

「涼、十一時の方向に人工物と思しき物体がある。コンタクトして」

「了解。移動クローラー始動！」

履帯《りたい》で海底を這いずるように移動するＲＯＶが一面に泥を撒き散らすと、モニターの視界が消失した。泉と新垣はまるで自分たちが方向を見失ったように、目を瞬《しばたた》かせる。しばらくして消えかかった泥の幕の中から真っ直ぐな棒状の物体が現れた。

「進貢船のメインマストだ。間違いない」

泉の予想通り、トカラギャップには尖閣沖と同じように、沈没船を一箇所に集める力が働いていた。メインマストは、泉がこれまで見た中でも最大級の遺物である。これだけ大きな物が残っていられるのも、海水温の低さと微生物の少なさのお蔭である。

新垣が冗談めかして笑った。

「これはロボットアームで回収できるかな？」

「メインマストにＵＳＢＬ測位装置を取り付けられる？　後で調査する」

「そりゃあもう、簡単に」

新垣はビデオゲームで遊ぶかのように、嬉々としてロボットアームで水中音響測位装置を取り付けた。メインマスト級の重い物が沈んでいるなら、船体だって近くにあるはずだ。

「メインマストの基部は折れてない。竜骨と繋がっているかもしれない」

「はいはい。泥を払いますよ。ケンジ号頑張れ！」

ロボットアームでメインマストを摑んだケンジ号は、海底に向けてスクリューの逆噴射をかけた。たちまち辺りが煙に覆われたように濁っていく。

「あった。竜骨……。何これ！」

泉がパチクリと目を見開く。開けた視界に点在するのは数百隻の沈没船である。

「凄い。こんなの見たことない……」

やはりトカラギャップは、海のスイートスポットだった。ここに眠るのは十八世紀の近世から古琉球と呼ばれる十二世紀の間に沈んだ船だ。詳しく調査すればさらに昔の貝塚時代や先史時代の船だって見つかるかもしれない。

泉は幼い頃の口調で声を弾ませた。

「宝物みーつけた！」

「レディーシャークの嗅覚は鈍っちゃいませんね。潜らなくても百発百中だ！」

「あんたも論文を書くのよ」

「えーっ、共同執筆じゃないんですか？」

「そろそろ独り立ちしなさい。涼はもう一人前の水中考古学者よ」

敬愛する花城泉から認められ、新垣は感無量だった。

「こ、これで小百合さんと結婚できます……」

「あんた騙されていたのにまだ気づいてないの？　彼女はエロの手下だったんだよ」

「そんなことないです。小百合さんは『いつまでも待っています』と言ってくれました」

銀座の女は男を泣かせてナンボだとはいえ、新垣の愚かさには呆れてしまう。いや、騙されている方が楽しいのだろう。泉は新垣に聞かれないように、小声で呟いた。

「銀座の女、恐るべし――」

食事を摂りながらの休憩中に、泉は漣オバァのことを考えた。

――漣オバァ、これでいいんだよね？

思い出すのは一ヶ月前の弁護士事務所での出来事だ。

澪の爆弾発言には呆れて物も言えなかった。相続放棄を宣言した澪は、土地を国に寄付したいと言う。国なら、これから泉が発見していく石器類から海神の墓一帯の遺跡保存もできるし、何より姉妹が争う姿を天国の漣オバァに見せたくない、というのがその理由だ。

澪は心で聞いたオバァの声に従ったまで、と言った。三姉妹仲良くするのは無理だが、石嶺賢治の功績を後世に残してほしいというオバァの希望は、聞き届けたかった。

「エロも処女も漣オバァに孝行したのに、澪だけが何もしないなんて、恥ずかしいですぅ」

澪はこう言って、淡々と相続放棄の手続きを始めた。その様子を汀と泉は呆気《あっけ》にとられた表情で眺めた。

泉は澪にこう訊《き》いた。

「ロリ、主演映画がフイになってもいいの？」

「映画のオーディションなんていくらでもありますぅ。澪は実力で這い上がりますぅ」

いつもフワフワと条件の良いところに流れていっていた澪が、初めて意志を持った。この一年のお宝争奪戦の鎬《しのぎ》の削り合いに比べたら、芸能界はぬるま湯だと澪は思う。人骨を送りつけられ、日本と台湾の警察で取り調べを受け、下腹部を踏んづけられて検尿させられた経験を持つアイドルなんて、そうそういない。パニック映画かホラー映画のヒロインなら演れそうな気がした。

ついに澪にも、花城一族が持つ猛烈な闘争心が目覚めた。こうなると澪は、汀と同じくらい手強くなる。ポヤンとした性格と見た目で男を油断させつつ、欲しいものを手に入れていく。男たちは、自分が澪から遠隔操作を受けているなどとは、露ほども思わないだろう。

「やっぱり仲良くはなれないや」

泉のフィールドは海なので、空と大地は汀と澪にあげることにした。敬して遠ざける。これが泉の提案できる最大級の譲歩だ。ビール缶を呷った泉は、後は勝手にどうぞ、と澪を放ったらかすことにした。

＊

東京　銀座

クラブ汀はオープン前の最終チェックで大忙しだった。

「ひとつ、ひとつ、確実に。お辞儀は三秒をキープ。ほら、ヒロちゃん、ネクタイが曲がっているわよ。カズさん、ズボンのポケットに余計なものを入れない。マサト、御髪が乱れているわよ。ナオヤ、トイレチェックは終わった？」

「はい、汀ママ！」

「那月さん、いつものやつを頂戴」

「はい。用意しております」

那月は汀の好きなレモンピール入りのドライマティーニを差し出した。

「もうひとつ持ってきて」

那月がキョトンとしていると、汀がトレーのカクテルを那月に勧めた。

「これはあなたの分。あたしの分を頂戴」

「汀ママ……」

那月は目頭を押さえながらカクテルを受け取る。店を二人で守《も》り立てていこうという女の固めの盃だ。

「今日のお客様の『係』は那月さんにお願いするわね」

「はい。精一杯頑張ります……」

汀と那月はグラスを持つお互いの右腕を肘を絡めて交差させ、白鳥の番《つがい》のポーズで乾杯した。

那月はもはや単なるチーママではなく、汀の右腕となったのだ。

「新しいお着物を用意してあるわ。これからは色無地のお気遣いは無用よ」

那月が更衣室に入ってみると、そこにはいつか汀が着ていた大島紬の総絣が、竿に掛けられているではないか。着物は汀の命とも言えるものだ。それを譲るのは、命を預けたという意味である。那月はガラにもなく更衣室で泣き崩れてしまった。

「ではオープンよ。今日も頼りにしているわよ」

路面店進出の野望が潰えた汀は、気落ちしているかと思いきや、以前にも増して辣腕経営者ぶりを発揮していた。今夜の貸切客は店始まって以来の大物だ。準備したのは赤、白、黄、ピンク、オレンジ色の薔薇千輪分の花びらで拵えたフラワーシャワーだ。

汀はヒンディー語の挨拶とともに扉を開けた。

गिज़ा में आपका स्वागत है

『ギンザ メイ アーッパカ スワーガ ヘイ（銀座へようこそ）』

エキゾチックな民族音楽と共に入店したのは、インドのラージャスタン州ジャイプルのマハラジャである、サワーイー・ラジープ・シン閣下御一行である。金糸で織られたターバンと、花柄のムラダーラ模様の中心に本物のルビーを縫い付けたクルタを纏ったマハラジャは、初めての銀座に興奮した様子だった。

シン閣下は、インド最大手の携帯電話会社と、アジア最大級のＬＣＣを傘下に持つホールディング・カンパニーのＣＥＯでもある。日本に来たのは、インド全域に５Ｇ通信網を整備するための機器を買い付けるためだ。その総額は一兆円にも上ると言われていた。

　本物のマハラジャが日本に来る、とインド大使館から情報を得た汀は、ぜひ銀座でおもてなししたいと申し出た。

〝This is your attendant, Natsuki. Your Highness.〟

（こちらが閣下をおもてなしする那月です）

　豪華な大島紬の総絣を着た那月は、マハラジャ相手に見劣りしない。那月の持つ和の控えめな雰囲気と総絣はよく合っていた。

「まさに大和撫子《なでしこ》だな」

「まあ。閣下ったら、日本語がお上手ですこと」

　のっけから快調に飛ばす汀は、上機嫌である。

　澪の遺産相続放棄宣言を聞いたとき、妹は頭がおかしくなったのではないかと汀は思った。だったら自分が相続すると名乗りを上げたが、相続するか放棄するかは相続人が決める問題だ、と弁護士から一蹴された。澪の相続放棄は法的な手続きを経て、正式に受理されることになった。汀は自分のものでもないのに、目の前で五億円の札束が焼かれていくような思いがした。

　この一年、海神の秘宝を巡って汀が投じた労力と資金は途方もない量だ。泉の裏をかき、澪の手元から掠め取り、あらゆる手を尽くして相続人になろうとした。銀座のクラブで路面店を出せば、それは自動的に、世界屈指の高級クラブの称号を手に入れたも同然である。これまで手薄だったヨーロッパ、ロシア、南北アメリカ大陸の上客を手中にする千載一遇のチャンスだった。

「あたしはマダム・ハナシロになるのが夢だったのに！」

汀はそう絶叫して沖縄を離れたのだった。

汀は相続争いで負けたが、タダでは起きない性分だった。こうなったら、世界屈指の称号狙いはやめた。世界一のクラブを目指す。そこで汀は那月とタッグを組むことにしたのである。

那月は計算高いところもあるが、しっかり面倒を見てやれば、忠義に厚い女でもある。率先して野望を掲げることは苦手だが、目標を与えてやると着実にこなしていく。彼女は誰かと一緒に夢を見るタイプの女だった。マハラジャの「係」にしたのは次なる野望への第一歩なのだ。

「シン閣下はどんなお酒がお好みなのでしょうか？」

那月はさりげなくマハラジャの装身具を観察している。腕時計はグラフの、全面ダイヤモンドのジャイログラフだ。これを銀座で買えば一億円以上はする。

シン閣下は手始めに喉を潤すワインを注文した。

「あー。一九四五年のロマネ・コンティを頼む」

その言葉に、それとなく聞き耳を立てていたクラブ汀のホステス全員が、色めき立った。もしクラブ汀で火事があったら、これを持って逃げろと言われている伝説のワインだ。そのお値段は一本五千六百万円である。

「さすがシン閣下。ご趣味がよろしいのね」

一九四五年のロマネ・コンティを持ってきたボーイのナオヤは、ボトルを持つ手が震えていた。もし来月請求金額が振り込まれなければ、汀は夜逃げする運命だ。不安になったナオヤはチラッと汀に目配せした。

――いいからお出しして。

と、汀は息を止めて目力で無言のメッセージを送った。

シン閣下は、日本の不動産にも興味を持っている、と駐日インド大使から聞いていた。

那月は、今度はさりげなくマハラジャの趣味を聞き出した。なんでも、その国の最高のエリアのランドマークを所有したいのだそうだ。

那月はカウンターにいる汀にアイコンタクトした。待ってましたとばかりに汀がファイルを抱えてくる。隣にスーツ姿の隼人を座らせたのはビジネスに信用をつけるためだ。

「閣下のご希望に添える物件といたしましては、このビルなんて如何でしょうか？」

汀が開いたページを見て隼人は飲みかけの水をブッと噴き出した。

「銀座和光《わこう》ビル――！」

隼人は思わずファイルを二度見するほどの衝撃を受けた。しかし特徴的な時計台とネオ・ルネサンス様式の白亜の建造物は間違いなく和光ビルだ。

シン閣下は優美なカーブを描く和光ビルに一目惚れした。

「美しい。これは東京の絵葉書にも使われているビルだな？」

「閣下のご慧眼に感服いたします。銀座を、いいえ、東京を象徴する歴史的建造物でございます」

　シン閣下は、和光ビルの優美な姿に相好《そうごう》を崩した。今や超高層ビルは途上国にも捨てるほどあるつまらない建築物で、エンパイア・ステート・ビル以外に特段の価値はない。しかし歴史的建造物は、途上国がどんなに頑張っても決して手に入れられないものだ。それが銀座のシンボルならば尚のことである。

「汀ママ、和光ビルなんて絶対に買収できないですよ」

　血相を変えた隼人がヒソヒソ声で耳打ちする。汀はそんなの知ったこっちゃない。

「なぜ？　ロンドンのハロッズだって、カタールのファンドが買収したじゃない。その前はエジプト人のモハメド・アルファイド氏の所有だったわ。この前だってウェスティンホテル東京を中国人富豪が買収したじゃない。和光ビルをインド人が買収しちゃいけないなんて法律はないのよ。日本は自由の国なのよ？」

「一体いくらすると思ってるんですか！　銀座四丁目のド真ん中ですよ！」

　汀は顔色ひとつ変えずに暗算する。

「ええっと。一平米約四千万円として、約一千平米だから……。土地代だけで四百億円くらいかしらね。上物を合わせると七百億円あれば、なんとか……」

　隼人は痙攣のような空笑いをしながらソファーから崩れ落ちていった。

　片やシン閣下は前のめりになって商談に夢中だ。

「फंडू『ファンドゥー（素晴らしい）』。たった七百億円で、銀座のシンボルが買えるのか！」

「それで、閣下が和光ビルを買収した暁には、ぜひ折り入ってご相談したいことがございますの」

汀と那月がもうひと押し、と目で頷き合った。ママとチーママの初めての連携プレーはおねだりドルビーサラウンドだ。二人で左右からマハラジャの膝に撓垂れかかった。

「和光ビルの一階を『クラブ汀』にしていただけませんかぁん？」

汀の新たな野望は、銀座和光ビルに出店することである。並木通りのような辺鄙な場所はもう要らない。銀座のメインストリートである中央通りと晴海《はるみ》通りの交差点に、一千平米の店舗を構えられれば、ニューヨークの五番街にある老舗高級百貨店サックス・フィフス・アベニュー本店や、パリのシャンゼリゼ通りにあるルイ・ヴィトン本店に並ぶ名声を得ることができる。もちろん高級クラブでは世界一である。

「あたしは銀座に骨を埋《うず》めるわ。処女とロリは近づかないでちょうだい！」

汀のフィールドは夜なので、朝と昼は泉と澪にあげることにした。敬して遠ざける。これが汀のできる精一杯の譲歩だ。後は遺産を寄付するなり、海に潜るなりご勝手に、と思っていた。

営業が終わった深夜零時、久しぶりにチャットアプリの着信音が鳴った。見れば泉からのメッセージだった。

『ロリが大変なことになっているよ！』　午前０：02

『自己破産したのならご愁傷様でした』　既読

『あいつ頭おかしいって！』　午前０：03

『相続放棄する人なんて頭おかしいわよ』　既読

『すぐにロリのツイッターを見て！』　午前０：04

不審に思った汀は、澪のツイッターを開いた。そこにはこんな文章がツイートされていた。

MIWOON @underground555

『沖縄県浦添市牧港補給地区正面ゲート前で平和のライブ開催中。米軍基地は沖縄に要らないと思う人がいたら、ぜひライブに参加してください。先着三十名様にチェキ無料プレゼントだよん☆』

3月29日11：35

＊

沖縄県浦添市　牧港補給地区正面ゲート前

沖縄の大動脈である国道58号線は今日も往来が激しかった。牧港補給地区は、嘉手納基地や普天間基地のように米兵相手の歓楽街を持たないから、街の界隈性から隔絶したところにある。澪はポツンと路上に立っているようなものだった。

『基地ダメダメ』

と走り書きしたプラカードを掲げる澪は、炎天に晒されながら過ぎ行く車を見送っている。

路上に立つこと三時間、ただの一人として澪の存在を受け入れてくれる者はいなかった。かといって澪は誰かと徒党を組むことを良しとしなかった。これは澪が漣オバァにしてやれるただ一つの感謝の表し方だからだ。

澪が芸能界から追放されるたびに、漣オバァは手を差し伸べてくれた。十代でグラビアアイドルから転落した澪は、漣オバァからの毎月十万円の送金がなければ、危うくＡＶ女優になっていたところだ。

ぶっちゃけアイドルで二度目の芸能界追放を喰らったときも、毎日のように風俗への誘いが来た。それを断れたのも、漣オバァの援助のお蔭である。

澪はあんなに世話になった漣オバァに、胸を張って自慢できるものが何一つないことに後ろめたさを感じていた。大好きだった漣オバァはもう死んでしまったけれど、漣オバァが好きだった景色を守ることが供養になると信じていた。遺産は要らない。もう漣オバァから何も受け取らない。これから何十年と、逆に澪からの平和のメッセージを受け取ってくれればいい。

「今から歌を歌いまーす！」

スピーカーから流れてきた前奏は、澪のテーマ曲の「夢見る未来」である。

〽夢を叶えること、OH YEAH!
自分を信じること BELIEVE ME!
きっと明日は輝く未来 SHINY DAYS!
NEVER CRY! NEVER CRY!

歌声のほとんどが街の喧騒にかき消されていった。

犬を散歩させていた老人が澪の滑稽な姿を見て「頭大丈夫か」とでも言うようにこめかみを指で叩きながら通り過ぎていった。

「オジィ、応援ありがとー」

澪はずっと人のいないライブで歌ってきたから、こんな冷や水を浴びせられても何とも思わなかった。便器に着替えを捨てられたり、骨壺を贈られたりしてきた経験は伊達《だて》じゃない。

しばらく歌っていたら信号で停まっている車の窓から、ペットボトルの残りの液体が澪にかけられた。衣装をシークァーサージュース色に染められた澪は、悲鳴をあげながらも笑顔を忘れなかった。

「ご声援ありがとうございまーす」

しばらくしてツイッター上では、澪のことを「アホな子」と揶揄《やゆ》するツイートが拡散され、バズり始めた。牧港補給地区のゲート前で、痛い女がパフォーマンスをしているという噂が広まった。

一週間後、澪が沖縄で晒し者になっていると知った汀と泉は、居ても立ってもいられなくなって沖縄に駆けつけた。対向車線で車を停めた汀と泉は、無様な澪の姿を見て頭を抱えた。

「あのバカ。よりによって平和活動家になるなんて……」

ハンドルの上に頭を乗せた泉が溜息を吐く。助手席に座っていた汀が何かを思い出したようにポンと手を叩いた。

「いつだったかしら。お店で一緒にテレビを視てたとき、あたしが平和活動家を見て『処女の知り合いにあんなのいる?』って訊いたわよね?」

そんなこともあったかな、と泉が生返事をした。

「ロリがそうだったわ!」

「イーンケーン。あんた本当に性格が悪いね」

「冗談よ。冗談」

仲の悪い二人がわざわざ沖縄まで来たのには、理由がある。

澪がやっている平和活動は何も間違っていない。メッセージは百パーセント正しいのだが、正論なら何をやっても許されると思っているのが、ズレている。澪のやっているのは、半世紀以上前に学生運動の残党たちがやっていた時代遅れのスタイルのままだ。メッセージが伝わる前に、ファッションのダサさが目につく。それは、ブスが恋愛マスター気取りで、いい女論を語ったり、童貞のオタクがテクニシャンを自称したりしているのと同様の悍ましさだ。

ファッションがダサいなら、装いを最先端にすればいい。二〇二〇年という今の空気に乗せて、若者たちに向けて発信する。これでメッセージは伝わる。

泉はプリントアウトしたリストを汀に渡した。

「これを来週の日曜日までに用意して」

「んもー。とんだ出費だわ!」

「プログラムは私がやるんだからいいでしょ」

「これでもあたしは忙しいのよ。さてと来週の日曜日の予定は……と」

汀が開いたスケジュール表は、日付欄がハートマークで埋め尽くされていた。それを覗き見た泉が、ゴキブリでも見るように嫌悪感を顕にした。

「うわ。やりまくってるよ、こいつ……」

「失礼ね。そんなんじゃないわよ！」

「だって普通は、ハートってそういう行為をするって意味でしょ？」

「違うわよ。これはうちの子が新しい『係』についたときに、ご縁がありますようにって縁結び神社に願掛けする予定よ」

　泉は疑《うたぐ》り深い眼差しを向けたままだ。

「いくらなんでも一日に十四回もやれるわけないじゃない！」

「じゃあ、この髑髏マークは何？　もしかして中絶だったりして……」

「毎週中絶する女ってどんな化け物よ？　これは縁切り神社にお参りする予定って意味よ。セクハラやモラハラがひどかったり、支払いが滞ったりする客と縁を切りたいときの印よ！」

　汀はこれでも信心深い。水商売は景気に左右されやすいし、人との巡り合わせは運による。良縁に感謝し、悪縁を断ち切るのも商売繁盛のコツである。汀は毎週日曜日に、日本各地の縁結び神社と縁切り神社を詣でるのをルーティンにしていた。

「イケメンの神主目当て、じゃないよね？」

　すると汀が押し殺した笑いで、

「んーふふふふふ」

　と煙に巻いた。

＊

翌日曜日、今日も牧港補給地区の正面ゲート前で、澪は一人で平和活動をしていた。地下アイドルと平和活動の組み合わせは頓痴気《とんちき》で、まるで見世物小屋的な面妖さがあった。冷やかすのも忌まわしいとばかりに、通り過ぎる車も澪を避けているように見えた。

「基地はダメですぅ！　みんなで反対しましょう！」

コスプレのような衣装を纏い、基地の前で叫ぶ澪は、地方選挙で見かける面白候補者と同類だった。

「なんでみんな聞いてくれないんですかー！」

沖縄で平和活動をすること二週間。澪はついに堪えていた涙を零した。澪は炎天の路上に座り込んでメソメソ泣き出してしまった。

今まで、痛々しいのは百も承知、恥ずかしいのは百も承知、無様なのは百も承知でやってきた。澪は自分がＳＮＳでバカにされているのも知っている。売名と言われているのも知っている。知的に危ういと言われているのも知っている。でも、漣オバァの残した想いを世間に届けたかった。ここは私たち民族の誇りとなる聖地なのだ、と。

しゃがみ込んだ澪は、もう立ち上がる気力も失せてしまった。

「漣オバァごめんなさい……。澪はもう限界ですぅ……」

そのとき、澪に声がかかった。

「ロリ！　泣くなら最初からやるな！」

聞き覚えのある声に澪が顔をあげると、泉と汀が呆れた顔で立っていた。姉たちだけではない。隼人に新垣、そして五十嵐までいた。

「みんなで澪を嗤いものにしに来たんですかー！」

五十嵐は穏やかな眼差しで澪に言った。

「違うよ澪ちゃん。お姉さんたちは澪ちゃんを応援しに来たんだよ」

「一緒にプラカードを掲げてくれるんですかー？」

泉は腕時計を気にしながら、車に乗れと澪の背中を押した。敬して遠ざけてばかりではいられないのが姉妹というものだ。そして一行は北谷町にあるサンセットビーチに向かった。

午後八時、闇に包まれたアメリカンビレッジは、多くの人で賑わっていた。何かのイベントがあったのだろう。

「ロリ、ここを覚えてる？」

「子供の頃に漣オバァと一緒に来ましたー」

「そうよ。観覧車で一緒に花火を見たの」

「あの時の写真は澪の宝物ですぅ」

「ロリは言ったよね？　色んな形の花火が見たいって」

澪は二十一年前のことを訊かれて、小首を傾げた。

泉が新垣に合図を送った。

「涼、プログラムを実行せよ！」

軽快なモーター音が広場に響く。空を見上げると、ＬＥＤライトで発光する総計二百機のドローンが浮かんでいた。

泉が夜空に向かって叫んだ。

「私たちの平和活動はこういうやり方よ！」

プログラムで動くドローンは一糸乱れぬ編隊飛行で、次々と夜空に模様を描いていく。最初にハートマーク。続いて英文で、

WE LOVE OKINAWA

と文字が綴られる。そして、

NO WAR!

と続いた。町にいる人たちは、ドローンが図形や文字を描くたびに大きな歓声をあげた。若者たちがスマホで撮影して、自らのＳＮＳに次々と動画をアップしていく。それを見たフォロワーが続々と「いいね」を押した。これが本来のメディアの在り方だ。

――いいと思うよ。

泉はほくそ笑んだ。

最先端のテクノロジーによる演出に、澪は向日葵のような笑顔になった。

「すごい、すごーい！　さすが処女は頭がいいですぅ」

観衆の反応がいいので、汀もまんざらでもない様子だ。

「ねえ、ちゃんとあたしのお店の宣伝も入れてるわよね？　『GINZA CLUB NAGISA』って」

「平和活動にそんなの入れるわけないでしょ！」

「んまー。あたしがスポンサーなのに！」

地上ではいつもの姉妹喧嘩が始まっていた。そんな三姉妹をよそに、パフォーマンスはフィナーレを迎えた。ドローンが縦一列のフォーメーションを組んでいく。

沖縄上空に現れたメッセージは、亡き賢治と漣、父娘《おやこ》からのものだ。

ワレワレハ　ワダツミノ　マツエイデアル

解説　爆走するパワフルな冒険小説～「宝探し」の物語～

阿津川辰海

優れた冒険小説は、宝探しの物語である。

ひとまず、ここでいう「宝探し」は比喩だ。自分にとっての誇りや矜持《きょうじ》を見つけること、大切なものを守ること、どこかへ辿《たど》り着くこと。冒険小説の主人公たちは、自分たちにとってかけがえのないものである「宝」を常に探している、そんな風に思う。だからこそ冒険小説を読むことは、とてつもなく血湧き肉躍る体験なのだろう。自分にとっての宝を探し、あるいは守る主人公たちの姿が胸を打つからだ。

あるいは、怜悧《れいり》な情報戦もここに含まれるかもしれない。理屈で考え抜き、自分や自軍にとって値千金となる情報という「宝」を探す。そういう「理《り》」の冒険小説も興奮を掻《か》き立てる。

そう、優れた冒険小説は、その意味で、宝探しの物語である。だからこそ、最高の冒険小説とは、宝探し《トレジャーハント》の物語なのではないか。

池上永一『海神の島』は、まさしく、「宝」を見つけ出す興奮と、三姉妹による熾烈《しれつ》な争奪戦を描く「理」を兼ね備えた、格好の冒険小説である。

中学生の頃から、池上永一の小説の虜《とりこ》だった。最初に読んだのは『シャングリ・ラ』だ。当時学校で地球温暖化について勉強させられていたため、地球温暖化が進行した世界で、炭素税が課された炭素経済社会になっているという設定に大いに惹《ひ》かれたのだと思う。文庫版の上下巻千ページに投入された恐るべきアイデア量に、いたく興奮した。同書は二〇〇九年にアニメ化されているのだが、この時もクラスメートにずいぶん布教していた記憶がある。

入り口が『シャングリ・ラ』だったので、当時はまず『レキオス』などSF作品から入っていったが、『シャングリ・ラ』文庫の二カ月前に刊行されていた歴史小説『テンペスト』も、単行本上下巻を一気読みしてしまった。手に取る作品が全て面白くて、夢中で貪《むさぼ》っていた。

そして、私が池上作品の密《ひそ》かな偏愛作として必ず挙げるのが、『ぼくのキャノン』という小説だ。ここでは、六十年前に帝国陸軍が配備した「九六式カノン砲」への信仰に身を捧げる村が描かれ、この村に住む三人の少年少女たちの冒険が綴《つづ》られる。まるで一つの理想郷のように描かれた村の中心に、沖縄の過去を象徴するように置かれた、宝物としてのカノン砲。村の秘密が少しずつ明らかになっていくたびに、理想郷は奇妙な現実へと飲み込まれていく。中学生の頃、これを文春文庫で読んだ時の感動は、一言では言い尽くせない。夢と現実を交錯させながら、一級品の冒険小説を紡ぐ作者の手法に、途方もなく魅了された。

なぜこんな長い前置きを書いたかというと、『海神の島』は、この『ぼくのキャノン』の当世アップ・デート版とでもいうべき作品だからだ。

『海神の島』では、漣《れん》オバァの遺言状をきっかけに、漣の父・石嶺賢治《いしみねけんじ》が発見したとされる「海神の秘宝」を探し出そうとする、三姉妹の活躍が描かれる。秘宝を見つけ出した人間が祭《さい》祀者《ししゃ》となり、漣オバァの遺産を相続できるので、それぞれの理由で金が必要な三姉妹は、血《ち》眼《まなこ》になって秘宝を探す、というプロットだ。

　しかし、この秘宝を巡る騒動は、次第に沖縄という土地の歴史の暗部を抉《えぐ》っていく。米中日の思惑が絡み合う中、沖縄の基地問題をはじめ、かなりセンシティブな話題まで踏み込んだ作品になっている。池上永一は二〇〇八年刊行の『テンペスト』で十九世紀の琉球《りゅうきゅう》王国を描き、二〇一七年に刊行された『ヒストリア』で革命家チェ・ゲバラの活躍を描くなど、歴史を描くことで現代の沖縄の姿を照射する試みを先鋭化させてきた。本書『海神の島』では、現代から歴史を掘り起こすという、『ぼくのキャノン』と同様の構成を採っていることによって、これまで池上作品を読んでこなかった人にも入りやすい逸品になっているし、同時に、これまでの池上作品で完成を見た、歴史の重みもしっかりと堪能《たんのう》出来る一作になっている。

　この解説の内容だけ読むと、「政治的・歴史的な主題に挑んだ、堅苦しい小説なのかな」と思われるかもしれないが、安心して欲しい。なぜなら、池上永一は絶妙のユーモア感覚の持ち主だからだ。二〇二〇年九月八日の琉球新報で、著者は「すごくセンシティブな題材を扱っているので大上段から語るのではなく、登場人物にひたすら下世話なことをさせた」と語っているが、その言葉通り、作中で展開される登場人物たちの言動は、下世話も下世話、ブラックユーモアを交えて描かれており、もはやスラップスティックコメディーの域に達している。たとえて言うなら、この小説は、大学の講義を教室で座って聞くような小説ではなく、語りの上手《うま》い先輩の話を、酒を飲みながら聞くような小説だ。面白くて、笑わされて、でも、酔いが醒《さ》めた瞬間に、ふと胸に残るものが確かにある。これだから、彼の話を聞くのはやめられない——そんな読書体験だ。

池上永一はこれまでに挙げた『シャングリ・ラ』『テンペスト』『ヒストリア』などにも、冒険小説的なプロットを盛り込んできた。それらに共通する大きな特徴として挙げられるのが、どれも「女性が主役となる冒険小説」だったことだ。『シャングリ・ラ』では武装ゲリラを率いる十八歳の少女・北条國子《ほうじょうくにこ》の魅力が素晴らしいし、『テンペスト』では父親の命令によって男として生きることになった少女・真鶴《まづる》の、荒波に揉《も》まれるような人生が描かれる。『ヒストリア』は表紙こそチェ・ゲバラの肖像画だが、読んで心に残るのは、主人公である女性・知花《ちばな》煉《れん》の生きざまだ。

そして、『海神の島』では、個性もバラバラな花城《はなしろ》三姉妹が描かれるのだからたまらない。物語は一九九九年、まだ小学生の三姉妹を描く沖縄のシーンで幕を開けるが、この頃から姉妹たちは個性満開である。学校に琉球絣《かすり》を着て行く問題児で、妖艶な雰囲気を纏《まと》った長女・汀《なぎさ》（あだ名は「エロ」）。男の庇護《ひご》欲《よく》をそそり、女性には老若問わず嫌われる三女・澪《みお》（あだ名は「ロリ」）。そんな二人に挟まれながら、貝集めを趣味とし、冒頭で水中考古学者と邂逅《かいこう》する、理論派の次女・泉《いずみ》（あだ名は「処女」）。

第二章、二〇一九年では、そんな彼女たちの大人の姿が描かれる。汀は銀座のクラブのママに（第二章冒頭、汀の行動を描く、パリッとした文体のカッコ良さを見よ）。泉は水中考古学者に。澪はグラビアアイドルを経て地下アイドルに転身している。下世話さという点では、この澪のパートこそ最たるものだろう。読者の中には眉をひそめる方もいるかもしれないが、油断してはならない。手練手管《てくだ》を弄《ろう》してあの手この手で宝に迫る汀をダークヒーロー、あくまでも考古学や歴史学の見地からロジックで宝を探す泉を探偵になぞらえるなら、澪は最も予測不能な動きを繰り出すキラーキャラだからだ。三姉妹同士の、罵詈雑言《ばりぞうごん》飛び交う口喧嘩《くちげんか》には、私も読み始めこそ面食らったものの、途中からは思わず笑わされてしまった（ギャグ方面だけでなく、泉に対する汀の意外な心情が中盤でさりげなく吐露されたりして、単なるキャラクター小説に留まっていないのはもちろんのこと）。この個性と個性で食い合うような花城三姉妹こそ、本冒険小説の魅力の中核である。三姉妹がそれぞれの事情から大金を求め、宝探しの攻防を繰り広げることになるのだが、この応酬の一つ一つが、まさに一寸先も予測出来ない展開の連続となっている。

本書を『ぼくのキャノン』の当世アップ・デート版だと言ったのには、三つの理由がある。一つは、両者が宝探しという共通項を持っており、そのスケールもアップしていること。二つ目は、この〝海神〟が二〇一九年の世界を描き出していること。そして最大の理由は、『ぼくのキャノン』では男性二名、女性一名が主人公格の三人衆だったが、本書ではパワフルな女性が三人も投入されるので、池上永一小説の魅力がフルスロットルで発揮されているからだ。この三人姉妹のうち、誰か一人でも気になってしまったら、読者はもう、池上永一の術中である。

かつて、夢中になった「冒険小説」の歓《よろこ》びを、絶妙のユーモアを楽しみながら味わい尽くせる一作。この『海神の島』は、まさしくそんな一冊である。そして、結末まで読み切った時、読者の心には必ずや、大切な「宝物」が残されるだろう。

（令和五年四月／あつかわ・たつみ　小説家）

初出　「読売新聞オンライン」二〇一九年四月一日～二〇二〇年四月一日
単行本　『海神の島』二〇二〇年九月　中央公論新社刊
本書は右単行本を加筆修正したものです。

この作品はフィクションです。実在する個人、団体等とは一切関係ありません。

中公文庫

海神《わだつみ》の島《しま》

2023年6月25日　初版発行

著　者　池《いけ》上《がみ》 永《えい》一《いち》

発行者　安部 順一

発行所　中央公論新社

〒100-8152　東京都千代田区大手町1-7-1

電話　販売 03-5299-1730　編集 03-5299-1890

URL https://www.chuko.co.jp/

DTP　嵐下英治

印　刷　大日本印刷

製　本　大日本印刷

Published by CHUOKORON-SHINSHA, INC.

Printed in Japan　ISBN978-4-12-207376-0 C1193

定価はカバーに表示してあります。落丁本・乱丁本はお手数ですが小社販売部宛お送り下さい。送料小社負担にてお取り替えいたします。

各書目の下段の数字はISBNコードです。978-4-12が省略してあります。

中公文庫既刊より

お-54-1
沖縄文化論 忘れられた日本 岡本太郎
苛酷な歴史に翻弄されつつも古代日本の息吹を今日まで伝える沖縄文化。その源に潜む島民の魂を画家の眼と詩人の直観で把えた名著。〈解説〉岡本敏子
202620-9

き-15-17
香港・濁水渓 増補版 邱永漢
戦後まもない香港で、台湾人青年がたくましく生き抜くさまを描いた直木賞受賞作「香港」と、同候補作「濁水渓」を併録。随筆一篇を増補。〈解説〉東山彰良
207058-5

き-15-18
わが青春の台湾 わが青春の香港 邱永漢
台湾、日本、香港——戦中戦後の波瀾に満ちた半生を綴った回想記にして、現代東アジア史の貴重な証言。短篇「密入国者の手記」を特別収録。〈解説〉黒川創
207066-0

よ-43-2
怒り（上） 吉田修一
逃亡する殺人犯・山神はどこに？ 房総の港町で暮らす愛子、東京で広告の仕事をする優馬、沖縄の離島へ引越した泉の前に、それぞれ前歴不詳の男が現れる。
206213-9

よ-43-3
怒り（下） 吉田修一
田代が偽名を使っていると知った愛子、知らない女とカフェにいる直人を見た優馬、田中が残したものを発見した泉。三つの愛の運命は？ 衝撃のラスト。
206214-6

よ-43-4
新装版 静かな爆弾 吉田修一
テレビ局に勤める俊平と耳の不自由な響子。音のない世界に暮らす君に、この気持ちを伝えたい。言葉にならない思いが胸を震わす恋愛小説。〈解説〉宇垣美里
207185-8

よ-43-5
おかえり横道世之介 吉田修一
横道世之介、バブル最後の売り手市場に乗り遅れた二十四歳。人生のダメな時期にあっても、彼の周りには笑顔が絶えない。〈巻末対談〉沖田修一×高良健吾
207213-8